MERITARE MAISY

Il Rifugio, Libro 6

SUSAN STOKER

Copyright © 2024 di Susan Stoker

Titolo originale: *Deserving Maisy*

Traduzione dall'inglese di Patrizia Zecchin per One More Chapter Translations

Editing di Mimma Maio

In cerca di Finley
In cerca di Heather
In cerca di Khloe

<u>Silverstone</u>
Fidarsi di Skylar
Fidarsi di Taylor
Fidarsi di Molly
Fidarsi di Cassidy

<u>Forze Speciali alle Hawaii</u>
Trovare Elodie
Trovare Lexie
Trovare Kenna
Trovare Monica
Trovare Carly
Trovare Ashlyn
Trovare Jodelle

<u>Delta Duo</u>
La forza di Gillian
La forza di Kinley
La forza di Aspen
La forza di Jayme
La forza di Riley
La forza di Devyn
La forza di Ember
La forza di Sierra

<u>Armi & Amori: verso il futuro</u>
Soccorrere Caite
Soccorrere Brenae

Soccorrere Sidney

Soccorrere Piper

Soccorrere Zoey

Soccorrere Avery

Soccorrere Kalee

Soccorrere Jane

Mercenari di Montagna

Difendere Allye

Difendere Chloe

Difendere Morgan

Difendere Harlow

Difendere Everly

Difendere Zara

Difendere Raven

Delta Force Heroes

Salvare Rayne

Salvare Emily

Salvare Harley

Il Matrimonio di Emily

Salvare Kassie

Salvare Bryn

Salvare Casey

Salvare Sadie

Salvare Wendy

Salvare Mary

Salvare Macie

Salvare Annie

Armi e Amori

Proteggere Caroline

CAPITOLO UNO

«Jase, ti prego, non farlo.»

«Ti ho detto un milione di volte di non chiamarmi così. Il mio nome è Jason. Sei così stupida.»

Jack rimase immobile. Non sapeva dove si trovasse, chi stesse parlando o perché la testa gli facesse così male. Non era nemmeno sicuro del motivo per cui non avesse aperto subito gli occhi, raddrizzandosi a sedere per scoprire cosa stava succedendo... ma qualcosa nel profondo di lui gli aveva detto di aspettare. Di ascoltare.

«Scusa.»

«Lo farai, Maisy. Non voglio più sentirne parlare. Altrimenti...»

La voce dell'uomo si interruppe, e anche se Jack non conosceva nessuno dei due, non gli piacque quella minaccia implicita.

Probabilmente avrebbe dovuto continuare a tenere gli occhi chiusi, ma non poteva più rimanere in silenzio. Non gli piaceva il modo in cui quel tizio stava trattando la donna.

Si mosse un po' sul letto e li aprì. O meglio, provò a farlo. La luce nella stanza era troppo intensa e fece una smorfia, riabbassando subito le palpebre.

«Si sta svegliando!» esclamò la donna.

Jack aspettò che il mal di testa micidiale si attenuasse leggermente e si arrischiò ad aprire di nuovo gli occhi. Ci andò più piano e li socchiuse appena. Tutto era sfocato mentre si sforzava per mettersi seduto.

Sentì una mano tirargli il braccio e resistette all'impulso di sospirare. Era lei. La donna dalla voce gentile. Viste le dimensioni della mano, di certo non era in grado di spostarlo, ma Jack fece del suo meglio per mettersi comunque a sedere sul letto. Poi si girò per guardarla, desiderando vedere il volto che accompagnava quella voce rassicurante.

E rimase senza fiato.

I suoi capelli castano chiaro erano scompigliati e, al suo occhio inesperto, sembravano aver bisogno di una spuntatina. Aveva una sfumatura rosa intenso sulle guance, e lo guardava senza esitazione con i suoi bellissimi occhi castani. Era un po' troppo magra, ma la trovava comunque molto bella.

«Piano» gli disse con quella voce melodica.

«Mi fa piacere vederti sveglio» si intromise l'uomo, e la sua voce gli diede sui nervi. Ora che gli occhi si erano adattati alla luce, gli lanciò un'occhiata sapendo istintivamente che era lui l'unico nella stanza di cui doveva preoccuparsi.

«Ci conosciamo?» chiese Jack con la voce un po' roca. Si sentiva destabilizzato, gli pulsava la testa e non aveva idea di dove si trovasse.

«Mi chiamo Jason Feldman.»

Non gli tese la mano per farsela stringere, e gli sembrò

che il tizio stesse valutando la situazione, che stesse attento a non dire troppe cose troppo presto. Jack non aveva idea di come facesse a saperlo, ma dava quell'impressione. Si portò una mano alla tempia e la massaggiò, cercando di alleviare il dolore che si irradiava nella testa. «Dove mi trovo? Cos'è successo?»

«Come sarebbe a dire cos'è successo?» chiese la donna, che Jack ricordava di averla sentita chiamare Maisy. Si era un po' chinata sul letto e lo guardava preoccupata. Ciò gli piaceva. Molto. Gli era mai capitato che qualcuno sembrasse così in ansia per lui?

Ma a quella semplice domanda, la sua mente mostrò il vuoto. Non era sicuro di cosa significasse, e guardò Maisy negli occhi. «Non lo so.»

«*Cosa* non sai?» gli chiese con dolcezza.

«Qualsiasi cosa» sbottò. «Cioè... so che mi chiamo Jack, ma è tutto. Perché mi fa male la testa? Dove sono? Chi sei? Cosa mi è successo?»

Da Jason arrivò uno sbuffo quasi deliziato, così rivolse subito la sua attenzione a lui.

«Scusa, è solo che... non me l'aspettavo» disse.

Jack socchiuse gli occhi e lo studiò. Se non si sbagliava, quell'uomo stava cercando di trattenere un sorriso. Ma non era possibile. Perché avrebbe dovuto essere contento che non ricordasse nulla?

«Come ho detto, mi chiamo Jason Feldman. Sei a Seattle, Washington, nella mia casa. Hai avuto un incidente e hai battuto la testa.» Indicò con un cenno del capo la donna. «Lei è mia sorella Maisy. E tu sei Jack Smith, mio cognato.»

Si sentì girare la testa, e l'unica cosa che gli rimase impressa fu la questione del cognato. Ciò significava...

Si voltò a guardare Maisy.

Stava fissando il fratello con un'espressione che poteva solo definire straziata. Ma nascose quell'emozione quando abbassò lo sguardo su di lui.

«Ciao» stranamente mormorò.

«Siamo sposati? Sei mia *moglie*?» sbottò, cercando freneticamente nella sua mente il più piccolo ricordo di quella donna... senza trovare nulla.

Ma rispose il fratello al suo posto. «Certo. Siete sposati da un paio d'anni. Stavate facendo un'escursione insieme e sei caduto. Sei rimasto incosciente per ore. Il medico ha detto che ti saresti ripreso, ma eravamo molto preoccupati. Non ricordi *nulla*?»

Jack scosse lentamente la testa. Aveva un vuoto completo. Il suo respiro accelerò mentre veniva travolto dalla preoccupazione. Ma poi sentì un tocco leggero sul braccio. Maisy.

«È tutto ok... ora stai bene» gli disse con foga.

«Be', merda. Immagino ciò significhi che la cerimonia di rinnovo delle promesse che stavate progettando sia saltata» sostenne Jason.

Maisy si morse il labbro, sollevando la testa di scatto per fissare il fratello.

«Cosa?» chiese Jack.

«Voi due piccioncini avevate intenzione di rinnovare le promesse. La cerimonia doveva tenersi questo fine settimana. Poi ti sei fatto male. La mia cara sorella, che ha passato un sacco di tempo a lavorare sui dettagli, era così eccitata. Credo che dovremo rimandare... anche se potremmo semplicemente ridimensionare le cose. Invece del centinaio di invitati che aveva pianificato Maisy, potremmo fare una cerimonia più piccola, limitandoci alla famiglia.»

«Jase» protestò debolmente lei.

«*Jason*» la corresse subito. Abbassò lo sguardo su Jack. «Non si ricorda mai che odio quello stupido soprannome fin dall'infanzia.»

«Forse dovremmo dargli il tempo di recuperare la memoria» suggerì Maisy.

«Vorresti dirmi che non vuoi farlo?» chiese alla sorella.

Jack percepì tensione tra i due, ma non riuscì a capirne il motivo.

Il fratello non le diede il tempo di rispondere. «Voi due vi amate più di qualsiasi altra coppia abbia mai conosciuto. Eravate entrambi così eccitati per la cerimonia. Ma la ridimensioneremo. Ho un amico che è stato ordinato, posso farlo venire qui. È il vostro nuovo inizio. Sai che mamma e papà lo vorrebbero.»

Maisy impallidì alla menzione dei suoi genitori.

Jack era frustrato, odiava non sapere cosa stesse succedendo.

«I nostri genitori sono morti anni fa nel furto della loro auto. Maisy era la loro piccolina. Straviziata. Era persa senza di loro. Ha dovuto abbandonare il liceo perché non riusciva a sopportare che non ci fossero più. Mi sono trasferito qui, nella casa di famiglia, per aiutarla, e non ce ne siamo più andati.»

«Da quanto tempo siamo sposati?» Jack chiese a Maisy in tono gentile. Si sentiva dispiaciuto per lei. Non sapeva se i suoi di genitori fossero ancora vivi o meno, ma immaginava che perderli dovesse essere terribile, e se succedeva mentre si era minorenni, doveva essere ancora peggio.

Ma, ancora una volta, fu il fratello a rispondere per lei. «Solo da circa due anni, e le cose tra voi sono state difficili per un po', ma ultimamente sono migliorate molto. Così avete deciso di impegnarvi nuovamente. Da lì la cerimonia di rinnovo delle promesse.»

Tutto ciò che Jason aveva spiegato non gli diceva niente. Anzi, gli sembrava... sbagliato. Se era sposato con quella donna, se l'amava tanto quanto l'altro sosteneva, sicuramente avrebbe dovuto provare qualcosa nel profondo dentro di sé. Invece, gli sembrava di trovarsi davanti a due estranei. E ciò lo disorientava.

«Hai fame?» gli chiese Maisy con dolcezza.

«Molta» ammise.

«Dirò a Paige di preparare qualcosa e di portarlo su» disse Jason. «È la nostra cuoca.» Poi guardò la sorella. «Vi lascio a riconnettervi... e chiamerò il mio amico per questo fine settimana.»

«Jason, per favore» lo implorò lei.

«È la cosa migliore da fare. Sai che è così. Mi occuperò di tutto. Sai quanto ti stressa. L'ultima cosa che vogliamo è che tu abbia una ricaduta e che il medico debba venire a sedarti. Rilassati, sorellina. Ci penso io.»

Ancora una volta, gli sembrò di brancolare nel buio. Non capiva di cosa diavolo stesse parlando Jason, e lo odiava.

Non appena l'uomo lasciò la stanza, si voltò verso di lei. «Ricaduta? Ti ha *sedata*?»

Maisy si leccò le labbra nervosamente. «Non reggo bene lo stress.»

Quello non rispondeva alla sua domanda, ma dato che sembrava molto a disagio, lasciò perdere. Per il momento. I suoi occhi scrutarono la stanza, cercando disperatamente di riconoscere qualcosa, ma nulla di quello spazio un po' austero gli era familiare.

«Posso avere dell'acqua?» chiese, scorgendo una caraffa su un tavolino dall'altra parte della stanza.

«Oh! Certo. Scusa, avrei dovuto portartene un po' appena ti sei svegliato» disse un po' agitata, voltandosi per andare al tavolo.

«Non c'è problema. Allora... il mio cognome è Smith?» le chiese.

Maisy gli lanciò un'occhiata imbarazzata prima di voltargli le spalle per versare l'acqua in un bicchiere. «Sì» rispose.

«Jack e Maisy Smith, eh?»

Si limitò ad annuire.

C'era qualcosa che non quadrava in quella situazione, ma non riusciva a capire cosa. Soprattutto dato che la testa gli pulsava così forte. Si portò una mano alla nuca per tastare il punto da dove sembrava provenire il dolore, e fece una smorfia quando sentì un grosso bernoccolo.

«Ti fa male?» chiese sua moglie, che ancora una volta si chinò sul letto, porgendogli il bicchiere.

«Da morire» rispose, tendendo la mano per prenderlo.

Le loro dita si sfiorarono, e lei ansimò piano.

Anche lui inspirò bruscamente quando gli sembrò che una scossa elettrica gli attraversasse il braccio. Senza nemmeno rendersene conto, allungò la mano libera mentre Maisy si allontanava. Le sue dita le circondarono il polso e lei si bloccò.

Jack fece scorrere il pollice sul battito accelerato. La sua pelle era morbida e gli sembrava un po' fredda, ma non poteva negare che toccarla sembrasse giusto. L'unica cosa che lo sembrava da quando si era svegliato in quella stanza. Era possibile sentirsi così con un'estranea? Assolutamente no. O almeno non pensava. Non era sicuro di credere alla storia che Jason gli aveva raccontato, ma mentre guardava il rossore colorare le guance di Maisy per quella carezza, si sentì pervadere da un senso di soddisfazione.

Lei era sua moglie. Poteva non ricordare nulla della sua vita, ma non aveva dubbi che quella donna fosse *sua*.

All'improvviso era anche lui altrettanto ansioso per la cerimonia di rinnovo delle promesse.

«Non ricordo di essermi sposato» mormorò, dopo aver bevuto un sorso d'acqua e aver posato il bicchiere sul comodino.

«È stata una cosa improvvisa. Non abbiamo fatto una grande cerimonia.»

«Non mi sorprende.»

Si accigliò. «Cosa non ti sorprende?»

«Che fossi troppo ansioso di farti mia per aspettare che tu organizzassi una grande festa.»

Il suo rossore aumentò.

«Lo farò» le disse.

«Cosa?»

«Sposarti di nuovo questo fine settimana. Non ricordo la nostra prima cerimonia, e questo sarà un nuovo inizio per noi, come ha detto tuo fratello.»

Lei lo fissò per un lungo momento. «Non siamo obbligati a farlo» sussurrò.

«Non mi ricordo di te, né della vita che abbiamo avuto, ma nel profondo so che sei mia. La mia anima ti riconosce. Non sapere chi sono e non ricordare nulla del mio passato fa schifo, ma per qualche ragione, il solo fatto di averti qui fa sì che il buio nella mia mente non sembri così spaventoso. Ti conosco, Maisy Smith, e sarebbe un onore sposarti... di nuovo.»

Le si riempirono gli occhi di lacrime, che le scesero sulle guance. «Jack» sussurrò.

«Troppo?» le chiese, tirandole delicatamente la mano per portarla verso di sé e baciarne le nocche.

«È che... è tutto così travolgente.»

«Ti va di sederti con me? Voglio che mi racconti tutto di te. Cosa ti piace e cosa no, i tuoi sogni... accidenti, non so nemmeno quanti anni hai.»

«Ne ho ventotto.»

Jack aprì la bocca, poi sospirò e la chiuse.

«Che c'è? Sono troppo giovane?» gli chiese.

Lui ridacchiò, ma non fu un suono divertito. «Niente affatto, stavo per fare una battuta sulla mia età, ma poi mi sono reso conto che non ricordo la mia data di nascita. Quanti anni ho, amore?»

Lei si irrigidì, e lo fissò a occhi spalancati.

In quel momento la porta si aprì ed entrò una donna che portava un grande vassoio. Era alta più o meno come Maisy, doveva essere sulla sessantina e aveva i capelli neri raccolti in uno chignon disordinato. Era snella e aveva un aspetto regale, e scorse delle caratteristiche dei nativi americani nei suoi lineamenti. Guardò Maisy con la fronte aggrottata mentre avanzava con il vassoio tra le mani. Jack non riuscì a interpretare quello sguardo, e fu travolto ancora una volta dalla confusione e dall'inquietudine che aveva provato al risveglio.

Sua moglie sfilò la mano dalla sua e si affrettò ad aiutarla con il cibo.

Jack non capì perché ci fosse tensione tra le due donne. Paige sembrava preoccupata e non ne comprendeva il motivo. Lui non era una minaccia per sua moglie. E perché Maisy non voleva dirgli quanti anni aveva? Era molto più giovane di lei? Più vecchio? Non gli sembrava di avere vent'anni, ma nemmeno quaranta.

«Ho preparato un'abbondante minestra di verdure. Avere la pancia piena fa sicuramente sentire meglio» disse Paige dopo aver posato il vassoio sul comodino.

«Grazie. Ha un profumo meraviglioso» si complimentò Jack.

«Oh, quasi dimenticavo. Tieni.» Vide che Maisy gli stava porgendo un paio di occhiali, e automaticamente li prese e li indossò. Non si ricordava nemmeno di portarli, ma appena se li mise si rilassò un po'. Sì, la sua vista non era terribile, ma ora tutto era molto più chiaro.

Fissò la moglie e si sforzò di ricordare, ma non aveva proprio memoria del passato, a parte il suo nome di battesimo.

«Ho sentito che ci sarà un matrimonio questo fine settimana» affermò Paige un po' esitante.

Maisy si morse il labbro inferiore e si girò verso Jack.

«È così» disse lui con fermezza.

Non capì l'occhiata che la donna rivolse a sua moglie. «Fantastico. Comincio a preparare il menu.»

«Niente di eccessivo» la avvertì Maisy. «Ci sarà solo la famiglia.»

«Capisco.»

Anche in quel caso, nella conversazione c'era un sotto-fondo strano che andava al di là della sua comprensione, tanto da confonderlo ancora di più. Prima che potesse fare domande, Paige si girò e lasciò la stanza senza dire altro.

«Dovrei andare» disse Maisy incerta.

«Resta.» Il pensiero che lei se ne andasse gli fece accele-rare il battito del cuore. Se non l'avesse reputato impossi-bile, avrebbe pensato che stesse per avere un attacco di panico. Ma non aveva senso. Non era il tipo d'uomo che perdeva la testa alla minima provocazione... no? In realtà, non poteva saperlo con certezza.

«Sei sicuro? Ho pensato che forse volevi un po' di privacy.»

«Sei mia moglie, non ho bisogno di privacy da te. Mi conosci meglio di chiunque altro. Mi hai visto nel mio momento peggiore e migliore, suppongo. Rimani.»

Impiegò qualche secondo prima di annuire.

«Puoi raccontarmi di più sulla nostra vita insieme mentre mangio. Cosa facciamo per vivere, qualcosa di tuo fratello, di tua madre e tuo padre, e qualsiasi altra cosa ti venga in mente.» Quando lei rimase in silenzio, le strinse delicatamente la mano. «Maisy?»

«Sì?»

«Magari non mi ricordo di te o del nostro matrimonio... ma non vedo l'ora di avere la possibilità di innamorarmi di nuovo di te.»

I suoi occhi si riempirono di lacrime. «Non ti merito, Jack.»

«Certo che mi meriti» le disse. «Ci meritiamo a vicenda.»

CAPITOLO DUE

MAISY FISSÒ JACK MENTRE DORMIVA. L'ultima ora circa era stata assolutamente orribile. Ogni parola uscita dalla sua bocca era stata una bugia. Non era sua moglie. Non aveva mai incontrato quell'uomo prima che Jason lo trascinasse in camera sua e lo scaricasse sul letto.

Suo fratello era terribile. Terrificante. Non assomigliava affatto al ragazzo che aveva ammirato durante l'infanzia. A un certo punto si era trasformato dal fratello maggiore protettivo al mostro che era ora. E lei si trovava in trappola.

Era vero che i loro genitori erano stati uccisi quando lei aveva solo quindici anni e che lui si era trasferito lì per prendersi cura di lei, dato che era minorenne. Anche perché era impazzita dal dolore.

Alla fine era passato un anno, poi due, poi cinque e poi dieci. E ora, tredici anni più tardi, viveva ancora nella casa in cui era cresciuta, con un fratello che la odiava.

Per la maggior parte del tempo erano stati solo loro

due, con Paige e qualche altro membro del personale. Jason, però, si era sposato cinque anni prima... ma la moglie era misteriosamente scomparsa appena quattro mesi dopo il matrimonio. Suo fratello sosteneva che Martha lo aveva lasciato senza dire una parola, ma Maisy non ne era convinta. Era stata insieme alla cognata la sera prima della sua scomparsa, e le era sembrata... a posto. Non era felicissima, perché aveva ammesso che lei e Jason avevano dei problemi, ma Martha era stata determinata a risolverli. Amava sinceramente il marito, il che aveva reso la sua scomparsa ancora più sconcertante.

Quanto a Jason, invece di essere affranto, era apparso... soddisfatto.

Era stato allora che Maisy aveva iniziato *davvero* ad avere dei sospetti. Non aveva mai voluto credere che suo fratello avesse avuto qualcosa a che fare con la scomparsa della moglie... ma come poteva non pensarlo?

Per anni aveva taciuto su ciò che aveva visto la notte in cui Martha se n'era presumibilmente andata... ma se doveva davvero credere alla storia di Jason, che sosteneva di essere andato a letto accanto a sua moglie e di non averla trovata lì quando si era svegliato...

Allora come poteva spiegare il comportamento del fratello di quella notte?

Perché aveva conservato le foto che gli aveva scattato, tenendole accuratamente nascoste?

Negli ultimi mesi, mentre l'effetto dei farmaci che aveva assunto per oltre un decennio aveva cominciato a svanire, permettendole di pensare con chiarezza per la prima volta dopo un sacco di tempo, aveva iniziato a farsi delle domande anche sulla morte dei suoi genitori.

Dopo il loro decesso Jason aveva ricevuto un ingente risarcimento dall'assicurazione sulla vita, ma sembrava che i soldi fossero finiti piuttosto in fretta. Poi, tre mesi dopo essersi sposato, era finalmente riuscito ad accedere al denaro aggiuntivo che i genitori gli avevano lasciato in un fondo fiduciario.

Ora anche quello era apparentemente sparito da tempo. Era stata una somma piuttosto cospicua, eppure era riuscito a spenderla tutta. Se avesse dovuto tirare a indovinare, avrebbe detto che aveva esaurito l'ultima parte dell'eredità quasi un anno prima... più o meno quando aveva iniziato a farle smettere di prendere le medicine e a incoraggiarla a trovarsi un fidanzato.

Ma a quanto pareva la sua pazienza si stava esaurendo. Solo due mesi prima, Jason aveva cominciato a insistere apertamente sul fatto che lei dovesse sposarsi. Ovviamente, dato che la riteneva vecchia, grassa e brutta, aveva detto che sarebbe toccato a *lui* trovarle un marito.

Ma non si era aspettata che trascinasse letteralmente in casa un estraneo trovato per strada.

Maisy non sapeva cos'avesse combinato suo fratello o dove avesse trovato Jack, ma il fatto che lui avesse un'amnesia era stato un colpo di fortuna incredibile per Jason. L'uomo non sapeva nemmeno che il suo cognome non era Smith.

Suo fratello era furbo; la storia della loro intenzione di rinnovare le promesse era stata geniale. Maisy non aveva idea di come avesse pianificato di convincere Jack a sposarla se non avesse perso la memoria, ma il fatto che fosse successo gli aveva reso le cose molto più facili.

Voleva la sua eredità. Il denaro che i suoi genitori avevano disposto per lei in un fondo fiduciario e di cui riceveva ogni mese un assegno, che prendeva lui. Ma voleva anche tutto il resto e, purtroppo, aveva le stesse clausole del suo: non poteva accedervi se non era sposata.

Era stato quello il motivo per cui Jason aveva sposato Martha; a un certo punto l'aveva capito. Era venuta a conoscenza che c'era un periodo di attesa di tre mesi dopo l'ufficializzazione del matrimonio prima che i soldi potessero essere sbloccati, e la povera Martha se n'era presumibilmente "andata" non molto tempo dopo.

Maisy aveva anche capito che suo fratello avrebbe evitato tutta la messinscena del matrimonio con un estraneo, e probabilmente lei ora sarebbe morta, se non fosse per il fatto che, in caso di decesso, l'eredità non sarebbe andata a lui ma in beneficenza. I suoi genitori erano state persone eccentriche, ma anche molto chiare nelle loro volontà riguardo alla distribuzione dei loro beni. Sapevano che il denaro poteva portare la gente a fare cose terribili.

Ma era sicura che non avrebbero mai pensato che il loro stesso *figlio* avrebbe potuto fare cose così orribili per mettere le mani sui loro milioni.

Invece ora Jason la stava costringendo a sposarsi per avere accesso ai suoi soldi.

Avrebbe voluto opporsi, andare alla polizia ad avvalorare i suoi sospetti. Ma aveva il terrore di suo fratello. Era circondato da molti amici malvagi. Persone che non avrebbero esitato a infrangere la legge. Persone che probabilmente aveva ingaggiato per uccidere Martha... e forse anche i loro genitori. Persone che quasi certamente avevano rapito il povero Jack.

Jason era un avido bastardo, e lei non aveva idea di come sottrarsi al suo controllo.

Non aveva un'istruzione universitaria, non aveva amici,

non aveva la patente o soldi propri; le era impossibile fuggire dalle sue grinfie. A prescindere da dove fosse andata, lui l'avrebbe trovata. E nel momento in cui avrebbe messo il suo nome su un certificato di matrimonio, sarebbe cominciato il conto alla rovescia per il suo povero marito... e probabilmente anche per lei.

Tre mesi. Era il tempo che rimaneva prima che ogni centesimo che i suoi genitori le avevano lasciato finisse sotto il controllo di Jason.

E poi sarebbe stata sacrificabile.

Così come Jack.

Tornò a concentrarsi sull'uomo che riposava sul letto, e lo studiò. Era eccezionalmente bello. Immaginava che avesse circa trent'anni. Aveva un fisico muscoloso. La leggera barba esaltava la mascella quadrata invece di nasconderla. E gli occhiali? Andava pazza per gli uomini che li portavano bene come lui. Al liceo, l'ultima volta che aveva provato interesse per i ragazzi, era sempre stata attratta da quelli intelligenti e dall'aspetto da nerd. Non che Jack lo sembrasse. Tutt'altro. Ma gli occhiali lo trasformavano da bello a figo pazzesco. Aveva anche intravisto un tatuaggio sulla sua spalla destra.

In definitiva, era decisamente fuori dalla sua portata, ed era impossibile che un uomo così volesse legarsi a una come lei, se non avesse creduto che fossero già sposati.

Ciò sollevava un altro problema: la sua mancanza di esperienze sessuali. Per fortuna non era vergine, sarebbe stato impossibile *giustificare* la cosa quando si supponeva che fossero sposati da due anni.

Aveva fatto sesso una sola volta, poco prima che i suoi genitori morissero. Era giovane, *troppo* giovane, e farlo di nascosto le era sembrato liberatorio. Si era sentita una vera adulta in quel momento. Ma l'esperienza era stata bruttissima. Era finito tutto in pochi minuti e aveva fatto terribilmente male.

Poi i suoi genitori erano stati uccisi e suo fratello era tornato a vivere nella casa di famiglia e, prima che lei si rendesse conto di ciò che stava accadendo, Jason aveva preso il controllo della sua vita. Aveva fatto in modo che venisse istruita a casa e ottenesse la certificazione di esame equivalente GED, l'aveva segregata tenendola lontana dai pochi amici che aveva, assumendo anche un medico che la teneva sedata con dei farmaci, all'inizio per gestire il dolore del lutto, poi, presumibilmente, per aiutarla a gestire lo stress. E lei non si era lamentata. Era stato più facile adattarsi, e i farmaci l'avevano aiutata a non pensare a tutto ciò che aveva perso.

Sospirò. Jack avrebbe scoperto che non erano mai stati in intimità quando si sarebbe rifiutata di andare a letto con lui. Non capiva come diavolo Jason pensasse di poter far credere a quell'uomo che erano stati sposati per due anni.

«Maisy? Vieni qui.»

Fu come se il pensiero del fratello lo avesse evocato, e si voltò verso la porta.

«Mi hai sentito? *Subito*.»

Sospirando, Maisy annuì e guardò di nuovo Jack. Stava ancora dormendo. Senza pensarci, gli tolse delicatamente gli occhiali dal viso e li posò sul comodino, in modo che non li schiacciasse se si fosse girato, poi andò da suo fratello.

Non appena fu abbastanza vicina, lui le afferrò il braccio con una stretta spietata e la strattonò fuori dalla camera. Chiuse silenziosamente la porta, poi la trascinò fino al piano di sotto, nel suo ufficio.

Odiava quella stanza. Una volta era di suo padre, e aveva dei bellissimi ricordi di quando si metteva a giocare sul divano mentre lui lavorava. O di aver condiviso la grande poltrona con la mamma mentre le leggeva qualcosa.

Ma ora quel posto era pieno di brutti ricordi e di sofferenza. A suo fratello piaceva portarla lì per sgridarla. Per dirle che era stupida, che era fortunata che ci fosse lui a gestire la sua vita. Per ricordarle che sarebbe stata una senzatetto se non fosse stato per lui. Aveva anche la tendenza, più che altro negli ultimi anni, a usare la forza fisica per esprimere il suo punto di vista. Schiaffi, spintoni e, in particolare, amava pizzicarla provocandole dei lividi sulla pelle.

Il fratello del passato non era altro che un ricordo, e al suo posto c'era quell'uomo crudele e avido che pensava di avere il diritto di ottenere tutto ciò che voleva, quando lo voleva.

«Dobbiamo far combaciare le nostre storie» le disse non appena chiusa la porta dell'ufficio. «Dimmi di cos'avete parlato, ciò che gli hai già detto.»

«Non funzionerà» ribatté, scuotendo leggermente la testa.

Una fitta di dolore si irradiò sulla sua guancia quando Jason la schiaffeggiò.

«Funzionerà se lo vorrai» ringhiò, poi si mise faccia a faccia con lei stringendole il bicipite con una forza tale che sapeva le sarebbero usciti dei lividi. «Sei in debito con me» le disse. «Ho sprecato tutta la mia cazzo di vita per tornare qui e assicurarmi che tu stessi bene dopo la morte di mamma e papà. Ho rinunciato ai miei sogni per farti da babysitter. E abbiamo bisogno dei soldi che riceverai sposando questo tizio.»

Maisy non osò mostrare sul suo volto i dubbi che aveva. Nel corso degli anni aveva imparato a mascherare le emozioni, a nascondere al fratello ciò che pensava. Non aveva davvero idea di come fosse riuscito a spendere non solo i soldi dell'assicurazione sulla vita, ma anche quelli del fondo fiduciario. Dovevano essere stati milioni di dollari.

«Inoltre» continuò, lasciandole il braccio e spingendola via, «non è che *tu* abbia bisogno di quei soldi. Sono lì a prendere polvere, e che io sia dannato se andranno in beneficenza. Mamma e papà hanno lavorato duramente per metterli da parte, sarebbe come uno schiaffo in faccia per loro se andassero a degli estranei.»

Maisy resistette all'impulso di strofinarsi il braccio. Era un'altra cosa che suo fratello amava: la prova di averle fatto del male. «Mi ha fatto domande a cui non sapevo rispondere» ammise.

«Tipo?»

«Quanti anni ha.»

Suo fratello agitò la mano in aria come per spazzare via la sua preoccupazione. «Non importa. Digli solo che ha trentasei anni o giù di lì.»

«Si insospettirà quando scoprirà che non ci sono vestiti o un documento di identità, e nemmeno uno spazzolino da denti in bagno» lo avvertì Maisy.

«Ci ho già pensato io. Ho fatto portare un po' di roba. Ricordati che gli ho detto che avete avuto un periodo difficile. Al limite digli che avete deciso di non tornare a vivere insieme fino a dopo la cerimonia.»

«Ma non vorrà comunque avere le sue cose o vedere dove viveva?» chiese. Quel piano era orribile. Come diavolo pensava di poterlo realizzare?

«Merda, Maisy, non essere così maledettamente fastidiosa. Inventati qualcosa! Giusto, scusa, sei troppo stupida per farlo. Ok... diciamogli che viveva a Spokane o nei dintorni, in un posto non troppo vicino, e che la sua casa è andata a fuoco. Quindi tutto ciò che possiede è quello che c'è qui. È tornato a vivere con te poco prima dell'incidente in montagna.»

Fissò il fratello. Si era seduto alla scrivania del padre e lei era in piedi lì davanti come una bambina che veniva rimproverata dal preside. Lui aveva la capacità di farla sentire piccola, e odiava quella sensazione. Odiava *lui*.

Quel pensiero la fece trasalire. Aveva passato la vita a dargli il beneficio del dubbio. Aveva scacciato i timori che nutriva verso di lui, anche se era diventato sempre più duro e spaventoso. Dopotutto, era suo *fratello*. L'unico legame di sangue che le era rimasto. E si era preso cura di lei, le era stato vicino nei momenti più difficili.

Sapeva che ciò non bastava a giustificare il comportamento che aveva nei suoi confronti. Neanche lontanamente.

Ma eccola lì, un'adulta che viveva sotto il suo controllo.

In sua difesa, poteva dire che suo fratello non era il tipo d'uomo che si osava sfidare. Lo aveva imparato bene nel corso degli anni. Ma rapire uno sconosciuto per costringerlo a sposarla, solo per avere accesso alla sua eredità... era incredibilmente folle. L'assegno mensile che riceveva era generoso. Andava direttamente sul conto di Jason ed era più che sufficiente per vivere comodamente per la maggior parte delle persone. Ma ora che aveva esaurito tutto il denaro, la sua avidità aveva ovviamente avuto il sopravvento.

Era stata insieme a Jack a malapena un paio d'ore, ma aveva già la sensazione che non si sarebbe fatto ingannare da nessuna delle storie di suo fratello. Non per molto almeno. Era solo questione di tempo prima che capisse che c'era qualcosa che decisamente non quadrava. Era anche possibile che recuperasse la memoria. E quando fosse successo, sarebbe sparito così in fretta che lei non avrebbe fatto in tempo ad accorgersene.

Quello era il motivo principale per cui Jason aveva fretta che si sposassero. Non importava se lui se ne fosse andato... purché fossero rimasti sposati per almeno tre mesi, così avrebbe avuto libero accesso alla sua eredità.

Ma in fondo sapeva che suo fratello non aveva alcuna intenzione di lasciare andar via Jack. Da morto, non avrebbe potuto andare alla polizia e accusarlo di averlo rapito e costretto a sposare una sconosciuta.

«Bene, allora cos'altro mi devo inventare per te?» la derise.

Maisy non avrebbe voluto essere lì, non voleva avere quella conversazione, ma aveva bisogno di aiuto. Non era brava a mentire. Non lo era mai stata. «Cosa gli dico che fa per vivere? Me lo chiederà di sicuro, e anche se ha qualche collega che dovrebbe invitare alla cerimonia di questo fine settimana.»

«Mmm» rifletté Jason. Poi schioccò le dita. «Cacciatore di taglie.»

«Cosa?»

«Cacciatore di taglie» ripeté. «Sono uomini solitari. Gli dici che non si è mai legato a nessuno perché nella sua professione non sarebbe stato intelligente. E tu sei una casalinga. Non che tu sappia fare chissà cosa, ma comunque...»

La sua frecciatina purtroppo era accurata. Jason si lamentava sempre che lei non faceva altro che stare chiusa in casa, ma non era che le avesse dato l'opportunità di fare qualcos'altro. Avere un lavoro avrebbe portato alla possibilità di farsi degli amici, e ciò non sarebbe stato positivo, perché la gente avrebbe potuto fare domande sul motivo per cui una donna di quasi trent'anni vivesse ancora con il fratello maggiore.

Ed era un'ottima domanda. Nel corso degli anni Jason si era dato un gran da fare per convincere lei – e gli altri – che era fragile. E, quando necessario, aveva usato dei farmaci per impedirle di preoccuparsi troppo di ciò che le accadeva intorno. Ma quando aveva smesso di farle prendere le pillole ogni mattina, la ritrovata lucidità mentale aveva portato non solo i sospetti su suo fratello, ma anche un'eclatante verità...

Si vergognava di sé stessa.

Avrebbe dovuto essersene andata già da un sacco di tempo. Avrebbe dovuto rivolgersi alla polizia non appena avuti i sospetti sulla scomparsa della cognata e la morte dei suoi genitori. Ma non aveva accesso ai suoi soldi, non aveva amici che potessero aiutarla e, pur essendo legata al personale della casa, soprattutto a Paige, si rifiutava di metterli in pericolo chiedendo il loro aiuto per fuggire.

E ora c'era Jack. Maisy non aveva dubbi che se non avesse seguito il piano escogitato dal fratello, *lui* ne avrebbe pagato il prezzo. E se al mondo esisteva una cosa che avrebbe potuto fare nel modo giusto, era proteggere l'innocente sconosciuto che si trovava nel suo letto al piano di sopra.

Jason stava continuando a darle possibili risposte alle domande che Jack avrebbe inevitabilmente posto, e anche se all'apparenza sembrava che lo stesse ascoltando, nella sua mente c'era un turbinio di pensieri. Non ce l'avrebbe fatta per tre mesi. Era impossibile.

Ma l'orribile realtà era che doveva tenere sulla corda Jack fino a quando non avrebbe apposto la sua firma sul certificato di matrimonio.

Durante una pausa tra le ridicole storie che Jason stava vomitando, Maisy sbottò: «Come sarebbe andata se non avesse avuto l'amnesia?» Non riusciva a smettere di pensarci. La gente ormai non faceva più matrimoni riparatori, e se qualcuno l'avesse rapita dicendole che era *obbligata* a sposare un qualsiasi uomo, gli avrebbe riso in faccia.

«Gli avrei dato un'unica possibilità di accettare di fare quello che gli avevo chiesto» le rispose impassibile. «Se si fosse rifiutato, avrei dovuto convincerlo usando misure più drastiche.»

«Tipo cosa?» gli chiese con riluttanza quando non spiegò.

Jason sorrise. «Le dita non servono *tutte*.»

Lo fissò scioccata.

E lui rise. *Rise*.

Sì, era stata una stupida a concedergli il beneficio del dubbio per così tanto tempo.

«Se non avesse funzionato nemmeno così...» Scrollò le spalle. «La canna di una pistola premuta contro la tempia contribuisce notevolmente a far capire a qualcuno i vantaggi di firmare un pezzo di carta.»

Le venne da vomitare. Non poteva credere di essere imparentata con quell'uomo così spietato e senza cuore.

«Ci serve solo la sua firma sul certificato di matrimonio. Dopodiché...» La fissò per un lungo momento. «Devi tenerlo buono. Se dovesse sospettare qualcosa, non finirà bene per lui.»

Maisy deglutì a fatica e annuì.

«Perfetto. Ora vattene. Mi fai venire il mal di testa.»

Si girò verso la porta senza dire altro. Si sentiva male dentro. Non sapeva cosa fare. Se avesse confessato a Jack tutta la storia, lui se ne sarebbe andato via in un attimo... se Jason lo avesse lasciato uscire di casa, cosa di cui dubitava. Ma se avesse assecondato il piano del fratello, sarebbe stata malvagia quanto lui.

«Maisy?»

Si voltò a guardarlo dalla soglia.

«Non rovinare tutto. Altrimenti non ti piaceranno le conseguenze. E quando avremo questi soldi, potrai prenderti una casa tutta tua. So che ti piacerebbe.»

Oh, era bravo. La vecchia Maisy avrebbe abboccato con entusiasmo all'esca che le aveva appena gettato, ma ora che aveva finalmente aperto gli occhi, ora che l'annebbiamento mentale causato dai farmaci era svanito...fanculo all'appartamento tutto suo. L'unica cosa a cui riusciva a pensare era di allontanarsi dalla malvagità del fratello. Di andarsene da quello Stato.

Annuì obbediente perché era quello che si aspettava da lei.

«Bene. Sono contento che siamo d'accordo. E Maise?»

Avrebbe voluto che stesse zitto e la lasciasse andare via. Aveva bisogno di tempo per pensare. Per cercare di trovare un modo per salvare non solo sé stessa, ma anche Jack. Poteva essere un estraneo, ma quando l'aveva toccata, aveva sentito.... un legame.

Non meritava quello che gli stava accadendo. Poteva essere stata complice di molte cose che suo fratello aveva combinato, ma avrebbe fatto tutto il possibile per aiutare suo "marito", a prescindere dalle conseguenze che ne sarebbero derivate.

«Quando ti farà delle domande a cui non sai rispondere con qualcosa di convincente perché sei troppo stupida, succhiagli il cazzo e allarga le gambe. Il sesso è una distrazione miracolosa.»

Sentì la bile risalirle in gola, e uscì rapidamente dalla stanza chiudendo piano la porta. Vi si appoggiò contro e chiuse gli occhi, con una miriade di pensieri nella mente. Per la prima volta dopo anni desiderò che i suoi genitori non fossero stati ricchi. Magari se non avessero avuto tutti quei milioni in banca non sarebbero morti, lei sarebbe stata sposata per davvero, avrebbe avuto una bella famiglia e suo fratello non si sarebbe trasformato in un mostro. Certo, il denaro aveva i suoi vantaggi, ma non avrebbe augurato a nessuno di avere una vita come la sua.

«Ehilà, sexy.»

Quelle parole le fecero spalancare gli occhi e spingersi via dalla porta.

Don Coffey le era andato troppo vicino e la stava fissando con uno sguardo lascivo. Era uno dei tanti uomini con cui suo fratello "lavorava"... e che le aveva sempre messo i brividi.

«Jason è dentro» gli disse, indicando l'ufficio.

«Grazie. Ti va di vederci più tardi?»

Maisy rabbrividì. Don ci provava sempre con lei e ciò le faceva sentire il bisogno di farsi una doccia. «Scusa, ho da fare» gli disse.

Socchiuse gli occhi. «Uno di questi giorni ti pentirai di avermi rifiutato.»

Quella suonava decisamente come una minaccia. Don era un uomo massiccio, alto un metro e novanta e muscoloso. Una volta Jason le aveva detto che prendeva steroidi per rimanere così imponente, e non ne dubitava affatto. Se avesse voluto avrebbe potuto farle seriamente male, quindi aveva sempre cercato di stargli alla larga.

Maisy non sapeva perché suo fratello non l'avesse fatta sposare con uno dei suoi amici. Sarebbe stato molto meno rischioso che rapire uno sconosciuto. Immaginava fosse perché erano proprio come lui, e la possibilità che facessero il doppio gioco o lo ricattassero a cose fatte era molto alta. Non erano esattamente dei cittadini modello e probabilmente avrebbero fatto tutto il necessario per ottenere più soldi.

Non rispose al commento di Don, si limitò a girargli intorno cercando di non toccarlo, e si diresse verso le scale.

«Quello è un culo che voglio scoparmi.»

Era ovvio che Don avesse voluto farle sentire il suo commento osceno, ma lei non reagì, continuò a salire le scale. Doveva sparire da lì. Se ne sarebbe andata quel giorno stesso se avesse potuto, anche se non aveva soldi. Ma ora c'era Jack. Non lo avrebbe lasciato in quel nido di vipere. Avrebbe fatto del suo meglio per convincerlo che erano una coppia innamorata e portato a termine la farsa della cerimonia di rinnovo delle promesse, e poi avrebbe improvvisato.

Tre mesi. Era tutto ciò di cui aveva bisogno. Dopodiché sarebbe stata libera. Jason poteva tenersi i suoi soldi, lei voleva solo andarsene.

Rientrò in camera e il suo sguardo si posò immediatamente sull'uomo sdraiato sul letto. Aveva un braccio allargato di lato e girava la testa a destra e a sinistra in preda all'agitazione. Sembrava che stesse avendo un incubo.

Fece una smorfia, perché probabilmente stava sognando qualcosa che quello stronzo di suo fratello gli aveva fatto, e si affrettò a raggiungere il letto. Si sedette sul materasso e gli mise una mano sul braccio.

Lui trasalì al suo tocco e Maisy si chiese se stesse facendo la cosa giusta. Avrebbe potuto farle del male senza volerlo, se stava sognando qualcosa di violento. Ma quando un lamento lasciò le sue labbra, si chinò su di lui come se fosse attratta da quel suono vulnerabile.

«È tutto a posto. Stai bene» mormorò.

Con sua sorpresa lui aprì gli occhi, ma aveva uno sguardo perso. «Non farlo. Ti prego, non farlo! Basta... *fa male*.»

«Non ti farò del male» lo tranquillizzò. «Farò tutto il possibile per aiutarti. Per tirarti fuori da questa situazione.»

Lui richiuse gli occhi, e le sembrò che si fosse calmato; smise di dondolare la testa e rimase immobile. Ma quando lei fece per alzarsi, le afferrò l'avambraccio di scatto.

Ansimò spiazzata, ma la sua presa non le fece male. Si era talmente abituata a Jason che la afferrava e la stringeva con forza, che si ritraeva automaticamente ogni volta che qualcuno la toccava. Ma le dita di Jack intorno al suo braccio, pur essendo ferme, non le provocarono alcun dolore.

«Resta» sussurrò. «Ti prego.»

Maisy si sistemò di nuovo sul materasso. «Sono qui» gli disse con dolcezza.

Allentò un poco le dita intorno al braccio, ma non la lasciò andare.

Lo osservò dormire e si chiese quale fosse la sua storia. Dove Jason lo avesse trovato. Se avesse degli amici che si stavano preoccupando per lui. Se avesse una famiglia, una vera moglie.

A quel pensiero si accigliò. E se fosse stato già sposato? Quando suo fratello avrebbe presentato il certificato di matrimonio, ci sarebbe stata la possibilità di scoprirlo nonostante il cognome falso? Se non fosse stato possibile registrare il documento, Jack era bello che morto. Perché Jason non lo avrebbe mai lasciato andare.

Sorprendentemente, il pensiero che appartenesse a un'altra le fece provare una fitta di gelosia. Era irrazionale. Non si conoscevano nemmeno. Magari era il tipo d'uomo che picchiava la sua donna. O forse era uno stronzo.

Ma dal poco che sapeva di lui, non pensava fosse così.

«Ti prego, non essere sposato» sussurrò. Non sopportava l'idea che da qualche parte ci fosse una donna disperata perché il marito era scomparso.

Anche se non fosse stato sposato, doveva esserci qualcuno che si era accorto della sua assenza. Una persona carismatica come sembrava essere Jack, non avrebbe vissuto in una bolla come lei. Alla fine avrebbero scoperto dove si trovava e sarebbero andati a prenderlo. E quando fosse successo, Maisy avrebbe fatto il possibile per aiutarli. Era il minimo che potesse fare. Jack si era sfortunatamente imbattuto in suo fratello, e anche se purtroppo lei non aveva fatto nulla per la povera Martha, ora poteva fare qualcosa.

Tuttavia, per quanto odiasse ammetterlo, la cosa migliore per lui in quel momento era assecondare il piano di Jason. Era il modo migliore per proteggerlo. Pregava solo che entro pochi giorni non gli ritornasse la memoria. Almeno fino a quando non fosse riuscita a trovare un modo per tirarli fuori da quel pasticcio.

Non appena firmato il certificato di matrimonio, sarebbe partito il conto alla rovescia. Una volta che il fratello avesse avuto i suoi soldi, lei e Jack sarebbero stati sacrificabili. Rabbrividì al pensiero e fece un respiro profondo.

Più rimaneva seduta accanto a lui mentre dormiva, fissando le sue dita intorno al braccio, più capiva che il destino di quell'uomo era totalmente nelle sue mani.

CAPITOLO TRE

Jack si svegliò quando qualcosa gli sfiorò il viso. Aprì gli occhi e rimase per un attimo confuso, ma poi inspirò e gli tornò la memoria. Non che avesse molti ricordi in testa al momento, ma la donna che dormiva tra le sue braccia non era qualcosa che avrebbe potuto dimenticare tanto presto.

Era disteso su un fianco con la schiena di Maisy contro il petto. Aveva un braccio intorno alla sua vita e il naso infilato tra i suoi capelli. Sapeva di... mele. Di quelle rosse e dolci. E ci stava alla perfezione contro di lui. Odiava non avere alcun ricordo della loro vita insieme. Di come si erano conosciuti, di come l'aveva convinta a dargli una possibilità, perché era assolutamente sicuro che lei avrebbe potuto trovare qualcuno molto meglio di lui.

Dei versi che emetteva quando la faceva venire.

Il pensiero di fare sesso con lei gli fece indurire il cazzo, ma non avrebbe fatto nulla per appagare la sua eccitazione. Si sarebbe accontentato di tenerla tra le braccia mentre dormiva. Era ancora completamente vestita, lui invece era in maglietta e boxer. Inspirò di nuovo, e il profumo di mele si insinuò nella sua anima.

Non aveva idea di quanto tempo rimasero in quella posizione, ma alla fine lei cominciò a muoversi. Vide che il sole stava sorgendo fuori dalla finestra, segno che aveva dormito senza mai svegliarsi dalla sera prima. Non sapeva quando Maisy lo avesse raggiunto a letto, ma gli piaceva il pensiero che fosse andata da lui mentre dormiva.

Capì quando lei si rese conto di dove si trovava perché si irrigidì tra le sue braccia. Non gradendo quella reazione, Jack si spostò indietro e la fece rotolare verso di sé finché non fu supina. Poi si sollevò su un gomito e si chinò su di lei. Le percorse il viso con lo sguardo, cercando di memorizzarne i lineamenti. Il suo bel naso a punta, le lentiggini. Le occhiaie, che lo inquietarono.

«Buongiorno» le disse dopo un lungo momento.

«Ciao.»

«Hai dormito bene?»

Lo fissò per un attimo, poi annuì. «E tu?»

«Come un sasso. Probabilmente perché sono stato stretto a mia moglie per tutta la notte» scherzò.

Ma lei non sorrise. Anzi, sembrò ancora più turbata.

«Sto bene» le disse, pensando che fosse preoccupata per il suo incidente.

«Ti è venuto in mente qualcosa?» gli chiese.

«No, nulla» rispose, scrollando le spalle. «Ma stamattina mi fa un po' meno male la testa e mi sono svegliato con il profumo di mele nelle narici... potrei pensare a modi molto peggiori di svegliarsi» disse, cercando di farla sorridere.

«È il mio shampoo» sussurrò.

«Mi piace.»

Rimase a fissarlo, con il corpo rigido e le dita piantate nel suo braccio, come se fosse spaventata. Ma perché? Aveva paura di lui? Quel pensiero lo fece accigliare. «Ma *tu* stai bene?»

«Non sono io quella che si è fatta male alla testa e ha un'amnesia» rispose.

Jack si accigliò di più. Non gli era sfuggito che non avesse risposto alla sua domanda, così ci riprovò. «Ti mette a disagio dormire con me?»

«Siamo sposati, è ciò che fanno le persone sposate.»

Ecco. Aveva eluso di nuovo la sua domanda. Jack s'imbronciò.

Notò qualcosa sulla parte superiore del suo braccio, dove la manica della maglia era salita. La spinse un po' più in alto con il dito rivelando un brutto livido. «Che cos'è? Cos'è successo?»

«Niente, sto bene» rispose con leggerezza. «È che faccio presto a farmi degli ematomi. Devo alzarmi.»

Ma invece di spostarsi e lasciarla scendere dal letto, Jack le si avvicinò di più e poi si mise a cavalcioni sulle sue cosce, intrappolandola sotto di sé. «Che cos'è successo? Non sono stato io a fartelo, vero?»

«No! Certo che no.» Se possibile si irrigidì ancora di più.

«Non ti farò mai del male, Stellina.»

«Lo so.»

Jack si rilassò quando percepì la sincerità nella sua risposta.

«Hai paura di me?» Non poté fare a meno di chiedere. Era rigida come una tavola, e lui odiava che non si rilassasse.

«No.»

«Sei sicura?» le chiese, inclinando la testa.

«Perché mi hai chiamata Stellina?»

«Non lo so. Immagino di non aver mai usato questo termine prima, vero?» Quando lei scosse la testa, le disse: «Mi sembra che si adatti a te. Nella mia testa tutto è buio. Indistinto. I miei ricordi sono lì, ma per qualche motivo sono avvolti nelle tenebre. Ma tu... sei come una piccola stella cadente, una luce in quell'oscurità. Forse non ricordo che tipo d'uomo sono, o il mio passato, ma devo aver fatto qualcosa di giusto per averti come moglie.»

Con sua grande sorpresa, gli occhi di Maisy si riempirono di lacrime.

«Che c'è? Che è successo?» chiese, sentendo montare il panico per la seconda volta in due giorni.

«Niente. È solo che... hai detto una cosa molto dolce.»

Jack la studiò. Non gli piaceva che un complimento così semplice potesse renderla così emotiva. Era evidente che non gliene aveva fatti abbastanza durante il loro matrimonio, se reagiva così. Si ripromise di fare di meglio.

«Cosa c'è in programma per oggi?» le chiese.

Lo fissò confusa. «Ehm... non lo so.»

«Cosa facciamo di solito?»

Maisy si morse il labbro e distolse lo sguardo.

Jack socchiuse gli occhi. Di nuovo evasiva.

Lei tornò a guardarlo. «Credo che dovremmo alzarci, cambiarci e scendere a fare colazione. Dopo vediamo come ti senti.»

«Mi sento bene.»

«Jack, hai battuto la testa. Molto forte. Hai perso la memoria. Non penso che dovremmo forzare le cose.»

«Sto bene. Ho subito cose molto peggiori di una botta in testa.»

Entrambi si bloccarono.

«Davvero?» sussurrò Maisy.

Per quanto si scervellasse, non gli venne in mente se aveva subito altre ferite. «Credo? Non mi ricordo.»

«Non è un problema» lo tranquillizzò, accarezzandogli il braccio. «Non sforzarti di ricordare. Non fa bene alla tua testa.»

Jack si sfregò la fronte e sospirò. «Già. Comunque, una doccia mi sembra un'idea fantastica. Per quanto mi piaccia stare qui a letto con te, probabilmente dovremmo alzarci. La facciamo insieme?»

Lo fissò di nuovo. «Ehm... no.»

«Peccato» la stuzzicò. Poi gli venne in mente una cosa. «Immagino che i miei vestiti siano qui.» Si guardò intorno. «Questa stanza ha un aspetto piuttosto... femminile.»

«Ehm... sì. In realtà non vivevi qui... avevi un appartamento a Spokane.»

«Spokane? È a un sacco di ore di distanza!» esclamò.

«Sì. Jason ti ha detto ieri che avevamo dei problemi. Ci stavamo lavorando, ma tu... avevi un contratto d'affitto che non potevi chiudere. Quindi abbiamo pensato che fosse meglio continuare a vivere separati, finché non avessimo rinnovato le nostre promesse. Ci stavamo... ehm... frequentando.»

«Perché avevamo dei problemi?»

«Ehm... li avevamo e basta» rispose, eludendo un'altra domanda.

«Ti ho tradita? Ho abusato di te?»

«Cosa? No!» disse senza esitazione.

Jack si rilassò, enormemente sollevato di non aver fatto nessuna di quelle cose a sua moglie. Non si sentiva il tipo d'uomo che avrebbe infranto le promesse matrimoniali, ma dato che non aveva alcun ricordo a sostegno di quei sentimenti, non ne aveva la certezza. «Allora perché? Perché avrei dovuto vivere così lontano da te?»

«Magari sono stata io a *tradirti* e ti sei arrabbiato» mormorò.

«Non è vero.»

«Jack, non puoi saperlo.»

«Vogliamo davvero discutere di questo?» le chiese con un piccolo sorriso.

Maisy sospirò. «Va bene. Non ti ho tradito. Non è stata una cosa sola. Ma... tu eri spesso via. Per il tuo lavoro.»

«Il mio lavoro?»

«Sei un... ehm, un cacciatore di taglie. Dovevi dare la caccia alle persone malvagie quindi eri sempre via e io non l'ho gestita bene.»

Jack rimase a fissarla sorpreso. «Un cacciatore di taglie?»

«Sì. Ti piace lavorare da solo. Non hai molti amici. Passi molto tempo a guardare la gente... ehm... a sorvegliare.»

Niente di quello che gli stava dicendo evocò qualcosa. Perché mai avrebbe dovuto trascorrere così tanto tempo lontano da casa, soprattutto con una donna come Maisy che lo aspettava nel loro letto?

«Allora io... sono tornata a vivere nella casa di famiglia con Jason, e tu sei andato a Spokane. Ma... odio dovertelo dire dopo tutto ciò che stai passando... c'è stato un incendio che ha raso al suolo il tuo condominio. Quindi tutte le tue cose... sono andate.»

La fissò. «*Sul serio?* Ho solo questa maglietta e le mutande?»

Lei ridacchiò nervosamente. «No, certo che no. Jason ti porterà altra roba oggi.»

Jack rifletté attentamente sulle cose che aveva appena appreso. Sembrava tutto così strano. Ma non riusciva a capirne il motivo dato che molte coppie sposate si separavano al giorno d'oggi. Ma in ogni caso, si sentiva destabilizzato e confuso.

Forse perché gli sembrava quasi che Maisy si stesse inventando le cose man mano che gliele chiedeva. Sospettava che stesse mentendo spudoratamente, ma dato che non ricordava nulla di lei, non poteva dirlo con certezza. Non aveva nemmeno idea del perché potesse mentirgli. «Quindi, non ho vestiti, né effetti personali. Niente di niente.»

«Hai me» rispose tranquilla ma con fermezza. «E farò tutto il possibile per assicurarmi che da ora in poi non avremo più problemi.»

Le sue parole suonarono sincere e quasi disperate.

«Ho la sensazione di non meritarti» le disse.

Con sua grande sorpresa, sembrò intristirsi. «Non è così» rispose. E non gli diede la possibilità di replicare. «Allora, ci alziamo o no? Paige si agiterà se non scendiamo in tempo per la colazione.»

«In tempo?»

Lei scrollò le spalle. «A mio fratello piace mangiare a determinati orari.»

Jack voleva saperne di più su Jason. Accidenti, voleva sapere tutto di sua moglie e della sua famiglia. Non si era spostato, era ancora sopra di lei, ma non sentiva il bisogno di allontanarsi. Nonostante le sue perplessità, gli piaceva starle così vicino, o il modo in cui lei gli accarezzava inconsciamente il braccio. «Parlami di te, Stellina.»

«Ehm, cosa vuoi sapere?»

«Tutto.»

Ridacchiò di nuovo nervosamente. «Non sono così interessante.»

«Ne dubito fortemente. Parlami della tua famiglia.»

Il suo sorriso svanì. «I miei genitori sono morti quando ero un'adolescente. Durante un furto d'auto. Hanno sparato a entrambi. Jason si è trasferito qui per prendersi cura di me. Forse ricorderai che ieri abbiamo accennato al fatto che non gestisco bene lo stress. Per un po' non sono stata in me, senza le medicine che mi impedivano di dare di matto in continuazione non riuscivo a fare nulla. Ho lasciato la scuola, ho ottenuto il GED... ed eccomi qui.»

«Mi dispiace molto per i tuoi genitori, Maisy. Come ci siamo conosciuti?»

Fu una domanda semplice, nonostante ciò lei aveva l'espressione di un cervo abbagliato dai fari. «Ehm... online.»

«Online? Non dirmi che ero iscritto a un sito d'incontri» disse ridendo.

Ma lei non sorrise. «No, ci ha messo in contatto un amico di mio fratello. Abbiamo parlato per un po' online e poi ci siamo incontrati. Tutto qui.»

Le sue spiegazioni erano estremamente carenti, ma dato che sembrava molto tesa e stressata, Jack lasciò perdere. Supponeva che non fosse importante. Si erano conosciuti, innamorati e poi sposati. «Qual è il programma per questo fine settimana?» chiese.

A quello si rilassò sotto di lui, dimostrando che smettere di chiedere informazioni su di loro era stata una buona idea.

«Non conosco i dettagli. Jason ha detto che se ne sarebbe occupato lui.»

«Giusto. Be', non posso dire di essere entusiasta di essermi fatto male o che il mio condominio sia andato a fuoco, ma *posso* dire di essere grato di avere una seconda possibilità con te. Ti prometto che farò tutto il possibile per far funzionare il nostro matrimonio. Ma ho bisogno che tu parli; se faccio qualcosa che non ti piace, dimmelo subito, così possiamo risolverlo. Non voglio arrivare a un'altra separazione. Ok?»

Invece di rispondere gli diede un pizzicotto sul braccio.

«Ahi» si lamentò Jack, anche se non aveva sentito male. «Perché l'hai fatto?»

«Per assicurarmi che tu sia reale e non un sogno. Gli uomini non dicono cose del genere. Non vogliono parlarne.»

«Io sì. Cioè, credo di sì» le disse. «Se ciò farà in modo che non te ne andrai da casa mia, dal mio letto, dalla mia vita, voglio farlo di sicuro.»

Maisy gli posò una mano sulla guancia. «Sistemerò le cose.»

Sembrò una promessa solenne, che non capì completamente. Si abbassò e la baciò. Non fu un bacio appassionato, ma vi indugiò a lungo. L'eccitazione che aveva sentito la prima volta che l'aveva toccata tornò di prepotenza, scese lungo la sua spina dorsale e andò dritta al suo cazzo. Era davvero sorprendente. Quel bacio era stato casto, un semplice tocco di labbra. Eppure sentì che gli aveva cambiato la vita.

Quando sollevò la testa, lei si leccò le labbra, come ipnotizzata. Poi fece un respiro profondo e disse: «Forza, dobbiamo proprio alzarci.»

Jack la lasciò scivolare via da sotto di lui e la seguì. Quando si alzò in piedi ondeggiò un po', ma Maisy fu subito lì, a mettergli un braccio intorno alla vita. «Come va?»

«Sono un po' stordito, ma sto bene.»

«Vieni, ti accompagno in bagno. Credo che ci sia uno spazzolino in più. Se non c'è, puoi usare il mio.»

«Mi lasceresti usare il tuo?»

«Be', no. Te lo lascerei. Condividere gli spazzolini fa schifo.» Lo guardò con un piccolo sorriso mentre camminavano.

Jack scoppiò a ridere. «Quindi condividere lo spazzolino fa schifo, ma io devo usare il tuo?» chiese, continuando a sorridere.

Lei arrossì un po'. «Giusto. Scusa, non ci avevo riflettuto.»

Non lo stava sostenendo un granché. Essendo più bassa di circa quindici centimetri rispetto al suo metro e ottanta, non aveva l'angolazione e la forza necessarie per impedirgli di cadere. Ma gli piaceva lo stesso la sensazione di averla contro di sé.

«Ma... condividere uno spazzolino da denti è diverso dal condividere... altri fluidi corporei?» le chiese, sempre sorridendo.

Con sua sorpresa, le sue guance diventarono rosso fuoco.

«Sì. Ora stai attento a non cadere e a non sbattere di nuovo la testa» lo avvertì, mentre entravano nel piccolo bagno.

«Forse dovresti restare a fare la doccia con me» la stuzzicò.

Il rossore sulle sue guance non si attenuò. «Vabbè. Farò

la doccia nel bagno in fondo al corridoio. Vedo se Jason mi presta un paio di pantaloni della tuta per te, finché non ti procura altri vestiti. Va bene?»

«Perfetto, Stellina.»

Lei lo fissò per un lungo momento, poi fece un respiro profondo e tornò in camera da letto.

«Maisy?» la chiamò. Per qualche motivo era riluttante a vederla andare via.

Lei si fermò e si voltò verso di lui. «Sì?»

«Grazie.»

«Per cosa?»

«Per essere così buona con me. Per avermi sposato. Per essere disposta a sposarmi di nuovo dopo che ti ho trascurata. Per essere te.»

I suoi occhi si riempirono ancora una volta di lacrime, poi si girò e lasciò la stanza senza dire una parola.

L'istinto gli diceva che c'era qualcosa che proprio non quadrava, e chiuse la porta del bagno accigliato. Si fissò nello specchio sopra il lavandino. Era una strana sensazione vedere un estraneo che lo guardava. Non si riconosceva. Gli occhiali erano sul comodino, ma riusciva a vedere piuttosto bene il suo riflesso. Aveva una piccola cicatrice sotto il mento e la barba era un po' troppo lunga. La sua pelle era abbronzata, come se avesse trascorso molto tempo al sole, il che aveva senso se era un cacciatore di taglie a cui piaceva fare escursioni.

Se era un cacciatore di taglie. Dubitava della storia di sua moglie su ciò che faceva per vivere? Non aveva motivo di non fidarsi di lei, ma in fondo non si vedeva a passare la vita a dare la caccia ai criminali. Non sapeva bene perché, ma non gli sembrava una cosa che gli sarebbe piaciuta. Per non parlare del fatto che non pensava di essere il tipo d'uomo che avrebbe trascurato la moglie.

La testa gli pulsava come se un ricordo cercasse disperatamente di affiorare, ma per quanto si sforzasse, non riusciva a farlo emergere.

Frustrato, confuso e dolorante, si voltò bruscamente dallo specchio e afferrò la maniglia della porta della doccia. Si sentiva sporco, aveva ancora del sangue nei capelli e aveva bisogno di lavarsi. Forse la giornata avrebbe portato maggiore chiarezza sulla sua situazione. Se non altro, avrebbe avuto la possibilità di conoscere meglio sua moglie.

Non capiva la tensione tra Maisy e il fratello, ma ricordava il modo in cui Jason le aveva parlato prima di sapere che lui era sveglio, e non gli era affatto piaciuto. Sua moglie aveva bisogno di un protettore, e forse non c'era stato per lei in precedenza, ma ora sì. Se avesse scoperto che Jason non la rispettava, Jack avrebbe cercato una nuova casa tutta per loro non appena terminata la cerimonia. Poteva anche non sapere chi era, né ricordare il suo passato, ma non avrebbe lasciato che qualcuno a cui teneva venisse maltrattato in qualche modo.

E Maisy Smith era sicuramente una persona a cui teneva. Nel bene e nel male, in salute e in malattia, aveva giurato di stare al suo fianco e lo avrebbe fatto. L'avrebbe protetta da lui stesso, da suo fratello e da chiunque avesse osato cercare di farle del male.

Non sapeva da dove arrivasse quella feroce protettività, ma pensava dipendesse dal fatto di essere suo marito. Dai ricordi del suo inconscio di averla amata. *Farò ciò che è giusto per te, Stellina, te lo giuro.*

Soddisfatto della sua intima promessa, Jack si spogliò ed entrò nella doccia. Quello era letteralmente il primo giorno del resto della sua vita, ed era pronto ad andare avanti... con sua moglie al suo fianco.

CAPITOLO QUATTRO

Il resto della settimana fu estremamente stressante per Maisy. Era come se camminasse sempre sulle uova. Ogni volta che Jack le faceva una domanda, era sicura che la situazione sarebbe precipitata. Che avrebbe detto la cosa sbagliata o che la sua memoria gli sarebbe improvvisamente tornata.

Era sabato mattina, il giorno del matrimonio.

Che ironia. Aveva sognato quel giorno per tanto tempo. Uno dei suoi giochi preferiti da piccola era stato quello di vestirsi da sposa usando un asciugamano o una coperta come "velo", e di scendere le scale come se stesse andando davvero verso il suo futuro marito. La mamma era solita interpretare la parte dell'officiante e Maisy aveva ripetuto le promesse parola per parola al suo sposo immaginario.

E ora eccola lì, a portare avanti quel finto matrimonio. Si odiava, e odiava Jason per averla resa troppo timorosa per dirgli di no.

Non le importava dei soldi… ci avrebbe rinunciato in

un batter d'occhio se ciò avesse significato che Jack non si sarebbe trovato in quella situazione. Ma purtroppo ci era finito dentro, e la rammaricava perché nell'ultima settimana aveva scoperto che quell'uomo le *piaceva*.

Era premuroso, intelligente, educato e protettivo.

L'ultima caratteristica la fece riflettere. Pensava davvero che lei fosse sua moglie, e ogni volta che Jason oltrepassava il limite, cosa che si guardava bene dal fare davanti a Jack, lui interveniva, allontanandola dal fratello.

Non l'avrebbe mai perdonata per quello che gli stava facendo... mentirgli, fingere di essere qualcuno che non era.

Ma era in mattine come quella, mentre stava sdraiata tra le sue braccia sentendosi amata per la prima volta da quando i suoi genitori erano morti, che Maisy poteva quasi dimenticare che era tutta una farsa. Ascoltare il suo cuore battere sotto la guancia mentre era accoccolata contro il suo petto, il suo profumo virile, le sue braccia intorno a lei... la faceva sentire protetta.

Era già certa di non voler rinunciare a Jack, ma sapeva anche che quel momento sarebbe inevitabilmente arrivato. Lui si sarebbe ricordato che in realtà non erano marito e moglie, che era stato rapito e ingannato per sposarla... e se ne sarebbe andato.

Da un lato pregava che la memoria gli tornasse. Voleva che se ne andasse, che si allontanasse da Jason. Se fosse stato ancora lì dopo i tre mesi richiesti, sarebbe stato spacciato. Come lo era lei. Ormai ne aveva la certezza. Eppure, eccola lì. Complice di tutto ciò che Jason stava combinando.

Era una persona orribile. La paura di ciò che il fratello avrebbe potuto farle se avesse rovinato il suo piano non era una scusa. Non quando nutriva dei sospetti su ciò che aveva fatto a sua cognata, o addirittura ai loro genitori. Ma che opzioni aveva quando era letteralmente senza un soldo? Avrebbe potuto andare a vivere per strada, anche se Jason non avrebbe mai smesso di cercarla perché aveva bisogno di lei per avere accesso ai suoi fondi.

Jack sussultò, e Maisy distolse il pensiero dalla sua deprimente situazione per concentrarsi sull'uomo che in pochi giorni le era entrato nel cuore.

Fino a quel momento non c'era stata una sola notte in cui non avesse avuto un incubo. Non aveva idea di cosa riguardassero, ma a giudicare dalle sue reazioni erano orribili. E odiava che quell'uomo forte, compassionevole e premuroso, fosse traumatizzato da qualcosa di così tremendo da soffrirne ogni notte.

Pregò che la causa di quegli incubi non fosse qualcosa che avevano fatto i malvagi scagnozzi di Jason per portarlo lì.

«Va tutto bene» mormorò con tono rassicurante, accarezzandogli la guancia. «Sei al sicuro.»

«Owl! Stai bene? Parlami, amico!»

Maisy non sapeva chi fosse Owl, ma non era la prima volta che pronunciava quel nome nel bel mezzo di un incubo. Ed era evidente che si trattasse di una persona a cui teneva molto. «Sta bene» gli disse, sperando che fosse vero. Ma d'altronde, sarebbe stata solo un'altra bugia da aggiungere a quelle che gli aveva già detto.

«Gli stanno facendo male!» gemette lui, agitando la testa sul cuscino.

Il braccio che la circondava la strinse quasi dolorosamente.

«Che problemi ha?»

Maisy sussultò al suono della voce di Jason. Era stata così concentrata su Jack che non lo aveva nemmeno sentito entrare nella stanza. Non era sorpresa che non avesse chiesto il permesso. Invadeva sempre la sua privacy, ma non lo aveva più fatto dopo che Jack si era svegliato. Non sapeva perché fosse lì adesso, ma non le piaceva. Non le piaceva affatto.

«Ha un incubo» rispose brusca, senza guardarlo.

«Svegliati!» esclamò Jason ad alta voce.

Maisy guardò il fratello. Non le sembrava il modo appropriato di svegliare qualcuno che stava facendo un brutto sogno.

Lo osservò avvicinarsi al letto senza curarsi del fatto che lei fosse sdraiata lì con il suo futuro marito, mettergli una mano sul braccio e scuoterlo quasi con violenza. «Ehi! Torna in te! Devi alzarti e prepararti per il matrimonio!»

Jack si mosse così velocemente che si trovò totalmente impreparata; la spinse di lato e tirò un pugno a Jason colpendolo forte sullo zigomo.

Lui emise un grugnito mentre la sua testa scattava all'indietro.

Poi Jack fece qualcosa che Maisy faticò a capire. Invece di spingere via suo fratello, gli afferrò la camicia e lo tirò *verso* il letto. E lo colpì di nuovo.

Lei poté solo restare a osservare a occhi spalancati.

Anche se Jack era forte e apparentemente aveva un ottimo gancio destro, Jason riuscì a liberarsi dalla sua presa e a barcollare all'indietro. «Ma che cazzo» disse.

«Basta!» esclamò Jack. «Smettila!»

Incredibilmente sembrava ancora addormentato, bloccato in qualsiasi orrore vedesse nella sua mente.

Senza pensare alla propria sicurezza, ma volendo solo

tranquillizzarlo, Maisy gli tornò vicino e gli mise una mano sul petto. «Va tutto bene, ha smesso!»

Si sorprese quando lui si calmò subito al suo tocco e al suono della sua voce.

«Sul serio, ma che cazzo?» imprecò Jason, indietreggiando un po' di più. «Credo che mi abbia rotto il naso!»

«Sta sognando, non sa che sei tu» disse Maisy sulla difensiva.

«È fortunato che mi serva per sposarti.»

Sentendosi sollevata ora che Jack si era di nuovo sdraiato accanto a lei, chiese: «Cosa ci fai qui così presto?»

«Prima si fa questo matrimonio, meglio è. L'officiante è arrivato.»

«Adesso?» chiese, guardando l'orologio. «Non sono nemmeno le sette.»

«Vi do un'ora» la avvertì. «Vi voglio giù per le otto. Mi hai sentito?»

Maisy digrignò i denti e strinse le labbra.

«Fidati, Maise, se non sarai di sotto alle otto te ne pentirai, cazzo» la minacciò. Poi si girò e uscì dalla stanza, lamentandosi sottovoce del suo naso.

Il fatto era che era già pentita. Pentita di essersi lasciata coinvolgere in quella situazione, di non aver già confessato tutto a Jack e di non averlo aiutato ad andarsene lontano da lei.

Ma anche se l'avesse fatto, Jason avrebbe rapito qualcun altro. Non gli importava chi avrebbe sposato, purché lo facesse. Probabilmente avrebbe trovato un uomo orribile, solo per dimostrarle che non aveva controllo su nulla. Qualcuno che l'avrebbe picchiata e violentata. Qualcuno come il suo terribile cosiddetto *amico*, Don.

Provò un impeto di determinazione. Per la prima volta

dopo anni, aveva qualcun altro di cui preoccuparsi e prendersi cura oltre a sé stessa. Se fosse stata solo lei probabilmente avrebbe continuato a comportarsi come nell'ultimo decennio, facendo tutto ciò che Jason voleva, chiudendo un occhio sulle cose terribili che aveva fatto, nascondendosi dietro l'intorpidimento indotto dai farmaci, solo per avere un posto in cui vivere. Ma ora era responsabile della sicurezza di un'altra persona.

Avrebbe sposato Jack e fatto il possibile per proteggerlo dal fratello. Avrebbero guadagnato un po' di tempo. Se non lo avesse sposato, quel mostro lo avrebbe ucciso e avrebbe rapito qualcun altro.

Aveva tre mesi per capire cosa fare e come spiegargli la situazione. Aveva tutte le intenzioni di dirglielo... se non altro così avrebbe potuto proteggersi da Jason. Lo avrebbe aiutato a trovare le sue origini; non dubitava che ci fossero molte persone preoccupate per quello che gli era successo. Lui l'avrebbe odiata, non aveva dubbi, ma se fosse stato abbastanza indignato da lasciarla, da allontanarsi da suo fratello...

Quella era la cosa migliore che avrebbe potuto fare per lui.

Sperava che ciò lo avrebbe salvato.

Non c'era bisogno che Jack andasse con lei in banca per avere accesso all'eredità, il certificato di matrimonio sarebbe stato sufficiente. Jason avrebbe avuto comunque i suoi soldi e lei sarebbe stata libera o morta. A quel punto, non aveva molta importanza quale delle due opzioni.

Jack si mosse e Maisy si rese conto di aver fatto scivolare la mano sotto la sua maglia e che gli stava accarezzando il petto, sia per tranquillizzarlo sia perché la sua pelle calda le dava una sensazione fantastica contro il palmo.

«Buongiorno» le disse con una voce profonda e roca che sembrò trafiggerla fin dentro l'anima. Si sistemò, circondandole la schiena con un braccio e premendo l'altra mano sopra la sua, impedendole di toglierla da sotto la maglia.

«Buongiorno» gli rispose cauta. Non era passato molto da quando aveva preso a pugni suo fratello. Se ne sarebbe ricordato?

«Che ora è?»

«Le sette. E devo dirti che Jason è ansioso per la nostra cerimonia e ci vuole di sotto per le otto.»

Lui sollevò un sopracciglio, sorpreso. «Non abbiamo molto tempo per prepararci. Come mai questa fretta?»

Scrollò le spalle. «Credo sia emozionato.» Era l'eufemismo del secolo. Prima l'avrebbe fatta sposare, prima sarebbe iniziato il conto alla rovescia che lo avrebbe portato a ricevere milioni di dollari.

«Le cose... vanno bene tra voi due?» le chiese con dolcezza.

Maisy si irrigidì. Non sapeva come rispondere. Non poteva essere onesta e dire al suo futuro marito che odiava il fratello. Che era un essere umano orribile.

«È solo che ho notato che non ti tratta esattamente con riguardo. Devo averti fatto davvero soffrire se hai scelto di tornare a vivere qui con lui.»

Le si riempirono gli occhi di lacrime. Odiava che Jack pensasse di aver fatto qualcosa per allontanarla.

«Non piangere» la implorò. «Posso gestire tutto tranne questo. Mi dispiace, è il giorno del nostro secondo matrimonio, la smetto. Ma devi sapere che... voglio andarmene da qui. Voglio trovare un posto tutto per noi. Non mi piace come a volte ti parla, e anche se è tuo fratello, non va bene. Devo cercare di ottenere un documento di identità sostitutivo, accedere al nostro conto in banca, parlare con il mio padrone di casa dei depositi dell'affitto e comprare un cellulare.»

Alle sue parole lo fissò e le lacrime smisero di scendere. Era *ovvio* che volesse fare tutte quelle cose. Chiunque fosse stato in affitto in un appartamento andato a fuoco si sarebbe comportato allo stesso modo. Ma il problema era che lui *non aveva* un conto in banca, *non c'era* un padrone di casa e lei non aveva idea di dove fosse finito il suo vecchio cellulare. Per non parlare del documento d'identità. Jack Smith non esisteva, e lo avrebbe scoperto molto presto quando avrebbe iniziato a cercare di riappropriarsi della sua inesistente vita.

«Respira, Stellina. Mi dispiace, non volevo stressarti proprio oggi.» Poi sorrise. «Devo dire che mi piace svegliarmi con te che mi tocchi.»

Maisy deglutì a fatica.

«Non voglio fare pressioni, ma stasera... mi piacerebbe davvero fare l'amore con mia moglie. Anche se mi secca non ricordarmi cosa ti piace.»

«Cosa mi piace?» sussurrò lei.

Jack sorrise. «Già. Ti piace farlo in modo duro e veloce o lento e tranquillo? Quanto è sensibile il tuo clitoride? Riesci a venire se ti stuzzico i capezzoli o hai bisogno di una maggiore stimolazione? Non so quale sia la tua posizione preferita, se ti piace avere il controllo o preferisci quando sono più dominante.»

Maisy si dimenò e lui ridacchiò.

«Mi sembra di essere come un uomo del passato, che desiderava disperatamente la sua donna ma doveva aspettare la prima notte di nozze per scoprire tutti i suoi segreti. Ma qui mi sento come se fossi io quello vergine. Sarà come la nostra prima volta e non vedo l'ora.»

Non si era permessa di pensare troppo a *quella* parte della storia che suo fratello aveva architettato per loro. Sì, aveva dormito al fianco di Jack da quando Jason l'aveva trascinato a casa, ma aveva ignorato la parte sessuale dell'essere sposati, pensando di poter trovare un motivo per rimandare. Ora si rendeva conto di quanto fosse stata sciocca. Di nuovo. Ovviamente non poteva evitare di fare sesso con suo marito per mesi.

Lui voleva fare l'amore quella sera. Sarebbe stata davvero la loro prima volta, ma lei non poteva certo dirglielo.

«Stellina? Scusa, ti ho scioccata?»

Si costrinse a respirare. L'unica cosa scioccante di ciò che le aveva detto era quanto anche lei lo desiderasse. Sentiva quanto si era bagnata tra le gambe. «No» mentì.

«Bugiarda» la accusò con dolcezza.

Dovette metterci tutta sé stessa per non trasalire a quella parola.

Lui si sollevò, tenendole sempre la mano intrappolata sotto la maglia, avvicinandosi sempre di più al suo viso. Maisy chiuse gli occhi all'ultimo secondo e abbassò la testa, incontrandolo a metà strada. Aveva bisogno del suo bacio più di quanto avesse pensato.

Nel momento in cui le loro bocche si toccarono, ebbe la sensazione di essere tornata a casa.

L'aveva già baciata diverse volte, ma erano stati tutti tocchi casti. Quel bacio era completamente diverso. La sua lingua le accarezzò le labbra e lei si aprì subito a lui, che la infilò dentro prendendo il controllo, e Maisy poté solo tenersi aggrappata e gemere, mentre le prendeva la bocca come un uomo posseduto, mordicchiando, succhiando ed esplorandone ogni centimetro. Le si inturgidirono i capezzoli e gli conficcò le unghie nel petto mentre la divorava.

Quando lui si tirò indietro, respiravano entrambi a fatica e Maisy riuscì solo a fissarlo.

«Non ti lascerò andare di nuovo» le disse Jack, e quelle parole suonarono come una promessa. «Qualsiasi cosa sia successa tra noi fa parte del passato. Da oggi in poi saremo noi contro il mondo. Non ti deluderò e sarò sempre il tuo sostenitore. Grazie per avermi dato la possibilità di sistemare le cose. Ti prometto che sarò il marito che meriti.»

Le sue parole sembravano uscite da un film. Erano come... delle promesse di matrimonio. Le fastidiose lacrime le riempirono di nuovo gli occhi. Non avrebbe detto quelle cose se avesse saputo che era tutta una bugia. Che si conoscevano da meno di una settimana. Che suo fratello lo aveva rapito per costringerlo al matrimonio. Che aveva pianificato di torturarli entrambi se uno dei due avesse opposto resistenza.

«Prometto che farò ciò che è giusto per te» gli disse Maisy con voce bassa e roca. «Che farò tutto il possibile per sostenerti e tenerti al sicuro.»

«È compito mio» replicò lui con un piccolo sorriso, mentre le accarezzava i capelli, «quello di tenerti al sicuro, intendo.»

Maisy chiuse gli occhi e posò la testa sulla sua spalla. Che uomo. La faceva impazzire.

Rimasero lì per un paio di minuti, persi nei loro pensieri. Poi lui finalmente disse: «Se dobbiamo essere di sotto per le otto, devi alzarti e iniziare a prepararti.»

Non aveva torto. Ma il pensiero dell'enorme ingiustizia a cui lo stava per sottoporre era opprimente.

«Forza, Stellina, alzati. Prima finiamo, prima potremo tornare quassù e iniziare la nostra luna di miele.»

Lei sollevò la testa e vide un luccichio nei suoi occhi.

«Sempre che riesca a far calare l'erezione abbastanza a lungo da non sembrare un pervertito in pubblico.»

Maisy spostò lo sguardo senza nemmeno rendersene conto, e quando vide il rigonfiamento nei pantaloni della tuta, deglutì a fatica. A dire il vero, le sue dimensioni la spaventavano. L'unica volta che aveva fatto sesso, le aveva fatto molto male. E le dimensioni di quel ragazzo non si avvicinavano neanche lontanamente a quelle impressionanti di Jack.

Le mise un dito sotto il mento e le sollevò il viso per poterla guardare negli occhi. «Non ti farò del male. Di certo lo sai.»

Sì che lo *avrebbe* fatto, l'avrebbe devastata quando avrebbe rivolto il suo odio verso di lei dopo aver capito l'inganno. Ma annuì lo stesso.

«Non ricordo la nostra vita sessuale, ma è ovvio che mi hai preso molte volte perché non posso immaginare di essere stato in grado di resisterti, quindi sarà bello. Meraviglioso. Ti do la mia parola.»

Annuì ancora. E all'improvviso voleva tutto. Voleva Jack. Voleva sentire ogni centimetro di lui nel profondo del suo corpo. Voleva sapere cosa si provava a essere amati. Aveva letto molti libri, sapeva come *avrebbe dovuto* farla sentire il sesso, e per una volta voleva sperimentare cosa significava tutto quel clamore. E non aveva dubbi che con lui sarebbe stato indimenticabile.

«Ok» disse con fermezza. «Mi alzo. Ci sposiamo e poi faremo sesso.»

Lui sorrise. «Ci risposiamo, e sì, lo faremo.»

Accidenti. Doveva ricordarsi che quella era una cerimonia di rinnovo delle promesse e non un vero e proprio matrimonio. Jack era intelligente, molto intelligente, e se lei avesse fatto troppi errori si sarebbe insospettito.

«Alzati, signora Smith. Preparati. Scenderemo insieme.»

Maisy annuì e sfilò la mano da sotto la maglia. Lui gliela prese e ne baciò il palmo, poi le sorrise mentre lei si spostava sul bordo del letto per scendere.

Quando arrivò nel mezzo della stanza, le disse: «Maisy?»

Si girò a guardarlo.

«Mi sento l'uomo più fortunato del mondo per il fatto che tu voglia darmi una seconda possibilità. Grazie.»

Merda, si sentiva la peggiore imbrogliona. Aveva la gola così stretta che non riusciva a parlare, così si limitò a sorridergli, poi si avviò di nuovo verso il bagno. Non appena si chiuse la porta alle spalle, le lacrime iniziarono a scendere.

CAPITOLO CINQUE

«Vuoi tu, Maisy Smith, prendere quest'uomo come tuo legittimo sposo, per amarlo e onorarlo, nella buona e nella cattiva sorte, in ricchezza e in povertà, in salute e in malattia, finché morte non vi separi?»

«Lo voglio.» La voce di Maisy era gentile e un po' tremante.

Jack le strinse la mano per sostenerla e lei gli sorrise, mentre i loro sguardi rimanevano incollati.

«Vuoi tu, Jack Smith, prendere questa donna come tua legittima sposa, per amarla e onorarla, nella buona e nella cattiva sorte, in ricchezza e in povertà, in salute e in malattia, finché morte non vi separi?»

«Lo voglio» rispose, sorprendendosi della profondità dei sentimenti che provò pronunciando quelle due semplici parole.

Quel giorno non era andato come si era aspettato. Aveva pensato che Maisy avrebbe passato tutta la mattina a prepararsi e che poi avrebbero fatto un brunch tranquillo prima della cerimonia di rinnovo delle promesse. Invece si

era svegliato non solo con il mal di testa, cosa ancora abbastanza normale, ma per qualche motivo anche con le
nocche indolenzite. Poi Maisy gli aveva messo una mano
sul petto nudo, e ciò gli aveva procurato un piacevole
dolore all'uccello. E il bacio che si erano scambiati era
stato sconvolgente.

C'erano delle cose riguardo a sua moglie che lo turba-
vano molto. La più importante era il chiaro disprezzo che
Jason provava per lei. Era totalmente ingiusto, quindi Jack
stava in massima allerta. Non gli piaceva la mancanza di
rispetto che aveva dimostrato insistendo perché la cerimonia si svolgesse così presto, ma dato che non sapeva le
ragioni di fondo, non aveva potuto intervenire con la sua
opinione.

Ma era stato molto serio quando aveva detto a Maisy
che voleva andarsene da quella casa il prima possibile. Non
si fidava di Jason. Inoltre, non voleva preoccuparsi del
fatto che il cognato potesse irrompere nella loro stanza
ogni volta che ne aveva voglia; voleva avere sua moglie
tutta per sé.

Per la cerimonia lei aveva indossato un semplice abito
color lavanda che le arrivava alle ginocchia. Era aderente
sulla parte superiore del corpo e si allargava un po' sui fianchi. Era bellissima e non aveva esitato a dirglielo appena
l'aveva vista. Il rossore che era divampato sul suo viso e lo
sguardo timido che gli aveva rivolto gli avevano fatto voglia
di buttarla sul letto e mostrarle *esattamente* quanto la
trovava bella, ma non aveva voluto rischiare di dover
affrontare un Jason infastidito, così le aveva semplicemente offerto il braccio ed erano usciti dalla camera.

Avevano sceso le scale insieme, e appena erano entrati
nella zona pranzo Jason aveva detto: *"Bene, stavo per*

mandare qualcuno a cercarvi. Diamoci una mossa". E l'officiante aveva iniziato a parlare.

Jack aveva dato un'occhiata al cosiddetto "officiante" e gli si erano rizzati i peli sulla nuca. Non conosceva quell'uomo, ma di certo non aveva l'aspetto di uno che per mestiere celebrava matrimoni. Era calvo, aveva un pizzetto ispido e il suo sguardo si era soffermato un po' troppo a lungo sul petto di Maisy. A parte l'interesse inopportuno per sua moglie, quell'uomo era sembrato quasi annoiato.

Non era esattamente l'ideale per rinnovare le promesse, ma aveva fatto del suo meglio per ignorare gli aspetti imbarazzanti e concentrarsi su ciò che era importante.

Maisy.

Ora la cerimonia era quasi terminata, praticamente un attimo dopo essere iniziata.

«Puoi baciare la sposa.»

Aveva sempre tenuto le mani di Maisy mentre l'amico del fratello officiava, ma dopo aver sentito quelle parole gliele lasciò per circondarle il viso, e lei si appoggiò al suo petto, guardandolo.

L'intera "cerimonia" era durata cinque minuti al massimo. Non aveva avuto modo di dirle quanto fosse orgoglioso di essere suo marito. Quanto fosse grato che lei gli stesse dando una seconda possibilità. Odiava che si fossero allontanati, ma si era ripromesso di fare tutto ciò che era in suo potere per non farlo accadere di nuovo.

«Sei davvero bellissima» le disse con dolcezza.

La sentì appoggiarsi un po' di più a lui. «Grazie. Anche tu hai un bell'aspetto.» Jason gli aveva portato un po' di vestiti all'inizio della settimana e Jack quella mattina si era messo un paio di pantaloni eleganti invece dei soliti jeans con cui si sentiva più a suo agio... visto che era un giorno speciale e tutto il resto.

«Per l'amor di Dio, baciala!» esclamò Jason.

Jack non distolse lo sguardo dalla moglie e abbassò lentamente la testa mentre lei sollevava il mento.

Tenne gli occhi aperti e fece il possibile per memorizzare quel momento. Non aveva molti ricordi di Maisy, quindi ora ne custodiva ognuno con cura. Tipo il modo in cui si abbandonava contro di lui a letto e si accoccolava come un gatto soddisfatto. Come si preoccupava per lui. Com'era estremamente turbata per la sua perdita di memoria e voleva sempre sapere se fosse tornato qualche ricordo. E come non aveva problemi a sedersi al suo fianco per ore, semplicemente a parlare. Gli piaceva essere accudito da lei e voleva ricambiare. Era protettivo nei suoi confronti, Maisy sembrava... fragile. Non sapeva perché aveva quella sensazione, ma persisteva.

Il loro bacio fu breve ma estremamente sentito. Jack vi riversò tutti i suoi sentimenti. Lo sentì giusto. Aveva l'opportunità di conoscerla di nuovo, e a causa dei ricordi perduti gli sembrava di averla appena incontrata, ma una parte di lui, nel profondo, l'aveva riconosciuta come sua. Se così non fosse stato, avrebbe dubitato di ogni singola cosa che gli era stata detta fin da quando si era risvegliato.

«Va bene, basta così. Potete fare sesso dopo che avremo sbrigato le pratiche» disse Jason brutalmente. Fu una brusca intrusione in un momento bellissimo, e ancora una volta Jack si risentì della sua presenza.

Staccò a malincuore la bocca da quella di Maisy e la fissò. Lei incontrò il suo sguardo e si leccò le labbra in modo sensuale. Le sue dita erano artigliate alla sua camicia, e si era appoggiata al suo corpo come se lui fosse l'unica cosa che la teneva in piedi.

«Ciao» le disse come uno sciocco.

«Ciao» sussurrò lei.

«Ecco qua» si intromise Jason, agitando qualcosa verso di loro e rovinando ancora una volta un bel momento.

Accigliato, Jack si voltò e vide il cognato con una penna in mano.

«È ora di firmare i documenti.»

«Documenti? Siamo già sposati» replicò Jack confuso.

«Certo che sì. Ma ho pensato che avreste voluto un ricordo di oggi, qualcosa da mettere in un album. È tutto ok, è solo una testimonianza. Ovvio che non potete sposarvi due volte.»

Jack lo fissò socchiudendo gli occhi. Gli sembrava che parlasse un po' troppo velocemente, come se fosse nervoso... o eccitato. Non riusciva a capire quale delle due.

«Forza, prima tu, Maise» disse alla sorella, praticamente spingendole contro la penna.

Lei abbassò una mano dal suo petto e si voltò per prenderla. Ma lui non la lasciò andare, la girò tra le sue braccia e le cinse la vita, tenendola contro di sé.

Quando gli lanciò un'occhiata timida pensò che non ne avrebbe mai avuto abbastanza di vedere quel lieve rossore sul suo viso. La accompagnò per qualche passo fino al tavolo della sala da pranzo, dove vide un documento dall'aspetto ufficiale.

Jason si avvicinò a Maisy e le indicò una riga in basso del foglio. «Ecco. Firma qui» le ordinò.

La sentì irrigidirsi, anche se non esitò a chinarsi e a firmare dove le aveva indicato il fratello. Poi si girò a guardarlo, offrendogli la penna.

Per qualche motivo, Jack esitò. Andò con lo sguardo sul foglio e poi su Jason. Quell'uomo sembrava un po' troppo impaziente che firmasse. Eccitato. Era quasi compiaciuto. Come un bambino che stava per ricevere un cono gelato gigante o qualcosa del genere. Ciò fece scattare un campanello d'allarme. Era estremamente frustrante non sapere perché si sentisse così nei confronti del cognato.

«Jack?» sussurrò Maisy.

Guardò la mano che teneva la penna e vide che tremava. Era nervosa? Se sì, per cosa?

«Di solito lo sposo è titubante *prima* di sposarsi» scherzò Jason. «Cos'è, ti sei pentito di esserti legato di nuovo a mia sorella?» Poi rise come se avesse detto la cosa più divertente del mondo.

Maisy trasalì, ma fu una cosa fugace, e se Jack non fosse stato a guardarla, non si sarebbe accorto dell'effetto che aveva avuto su di lei quella frecciatina. Quelle parole evidentemente l'avevano ferita più di quanto avesse lasciato intendere.

Prima ancora di pensare a ciò che stava facendo, prese la penna e si chinò per firmare sulla riga sopra quella di Maisy, poi la sbatté sul tavolo. «Non mi sono pentito di averla sposata. Né ora né la prima volta.»

«Giusto, certo che no. Vado a farvelo incorniciare» disse, e sembrava non gli importasse che Jack fosse incazzato con lui. Raccolse il foglio dal tavolo facendo un cenno all'amico che aveva celebrato la cerimonia.

L'uomo distolse lo sguardo dal sedere di Maisy e sorrise a Jack, poi seguì Jason verso la porta. Una volta usciti nella stanza calò un silenzio pesante.

«Bene» mormorò Maisy nervosamente, ma non continuò.

«Salve, signora Smith.» La attirò con la schiena contro di lui, le avvolse le braccia intorno alla vita e la strinse dolcemente a sé.

Lei piegò la testa per guardarlo, ma Jack non vide felicità nei suoi occhi, solo apprensione. Il che era inaccettabile. Maledisse il fratello per aver reso quella giornata tutt'altro che gioiosa. «Hai fame?» le chiese.

A quello le sue labbra ebbero un guizzo. «A dire il vero sto morendo di fame.»

Quello era un altro aspetto che lo preoccupava; pensava che sua moglie non mangiasse abbastanza. Non aveva consumato molti pasti con lei e il fratello in sala da pranzo, ma durante quei pochi che avevano condiviso, non gli erano sfuggite le occhiate di disapprovazione che Jason le aveva rivolto mentre mangiava.

«Credo che Paige volesse prepararci una colazione speciale» gli disse.

«Vuoi andare da qualche parte?»

Maisy aggrottò la fronte. «Tipo, al ristorante?» domandò confusa.

«Sì, Stellina. Tipo al ristorante. Non usciamo da quando... sai, dal mio incidente. Ho pensato che forse potremmo fare un giro in macchina, parlare, mangiare un pasto delizioso da qualche parte. Potresti raccontarmi qualcosa di più su di te. Ci sono tante cose che voglio ancora sapere. Sarebbe una buona occasione per corteggiarti di nuovo.»

«Come un appuntamento.»

«Esatto.» Non gli piaceva che sembrasse scioccata dal fatto che volesse portarla fuori.

«Ok, ma dobbiamo parlare con Paige. Probabilmente avrà già iniziato a preparare il brunch.»

Quella era un'altra cosa che gli piaceva di sua moglie. Era molto attenta ai sentimenti degli altri. Non si seccava con loro. Era molto premurosa. Ogni giorno imparava qualcosa di nuovo su di lei. Adorava gli animali, non amava molto stare all'aria aperta, non le piaceva il pesce, ma per qualche motivo mangiava il tonno in scatola. Non russava, ma sbuffava nel sonno, e non dormiva bene se non era attaccata al suo fianco. Quell'ultimo particolare gli piaceva più di quanto volesse ammettere.

Era una sensazione... strana. Bella, ma strana. Come se fosse una cosa nuova per lui avere qualcuno che dormiva al suo fianco, il che lo confondeva visto che era un uomo sposato. Ma, d'altra parte, a quanto pareva lui aveva vissuto a Spokane mentre lei era rimasta lì a Seattle, quindi forse non era poi così insolito. Ogni sera, quando andavano a dormire, lei sembrava esitare a salire sul letto, ma dopo essersi addormentata, inevitabilmente si spostava dalla sua parte e gli si aggrappava come se stesse annegando e lui fosse il suo salvagente personale. E lui lo adorava. Amava la sensazione che gli dava tenerla tra le braccia. Amava averla accanto.

«Va bene, cerchiamo Paige, poi possiamo andare. È una seccatura che mi abbiano rubato la macchina mentre facevamo l'escursione. Un tempismo pessimo. Devo comprarne una nuova al più presto. Apprezzo che tuo fratello ne abbia noleggiata una per noi. Dovrai guidare tu, però, perché non ho ancora richiesto il duplicato della patente.»

«Ehm... cavoli. Non ci avevo pensato. Io... non ce l'ho.»

«Non hai la patente?»

Scosse la testa. «No. Quando i miei genitori sono morti non avevo ancora l'età, e dopo non mi è interessato farla.

Faticavo già a superare ogni giorno. E visto il modo in cui sono stati uccisi, avevo ancora meno voglia mettermi al volante di un veicolo.»

Jack poteva capirlo, ma provò un senso di frustrazione. Aveva bisogno di uscire da quel posto. Non sapeva perché, ma si sentiva come un prigioniero lì. Ed era orribile, perché era l'attuale casa di Maisy.

«Fanculo» mormorò. «Se mi fermano, pazienza. Prenderò la multa perché non ho la patente, ma tu dovrai dire ai poliziotti chi sono in modo che non venga arrestato.»

Stava scherzando, ma l'espressione sconvolta sul suo viso gli fece rimpiangere di aver voluto alleggerire il momento. Così disse rapidamente: «Possiamo restare qui.»

«No! Va bene così. Sono sicura che sei stufo di stare in casa. Mi fido di te, Jack.»

«Questo significa molto, perché ti posso assicurare che sei al sicuro quando sei con me.»

«E anche tu sei al sicuro con me» replicò.

Le sorrise e la attirò ancora una volta contro di sé. Amava la sensazione di averla contro il proprio corpo. Era la morbidezza per la sua durezza, lo yin per il suo yang. Gli era difficile credere di averla dimenticata. Sembrava che ora occupasse ogni centimetro del suo spazio mentale. Il suo cervello era pieno di tutto ciò che riguardava Maisy Smith. Sua moglie. Era incredibile, ma allo stesso tempo giusto.

Abbassò la testa senza dire una parola, e provò un impeto di soddisfazione quando lei si alzò in punta di piedi per raggiungere avidamente la sua bocca. Mentre l'abbracciava, lei gli mise una mano sulla nuca e gliela accarezzò.

Quello che era iniziato come un modo per dimostrarle quanto fosse contento che lei fosse sua moglie, che la onorava e la amava, in un attimo si trasformò in qualcosa di più. Jack dovette trattenersi per non sdraiarla sul tavolo dietro di loro e prenderla.

Voleva quella donna. Sua moglie. Desiderava vedere il suo corpo. Scoprire cosa le piaceva a letto. Sentirla stringere il suo cazzo mentre lui si spingeva in profondità nel suo sesso caldo e bagnato.

Era sua moglie, l'aveva già avuta centinaia di volte, ma non ne ricordava nemmeno una, e ciò rendeva tutto un po' più eccitante. Quanti uomini avevano la possibilità di avere una seconda prima volta con la propria moglie?

Respiravano entrambi a fatica quando Jack si costrinse a sollevare la testa. Con una mano le aveva tirato su l'orlo del bel vestito color lavanda e le stava massaggiando la natica morbida, e si era avvolto i suoi capelli nell'altra, per tenerle ferma la testa mentre le assaliva la bocca.

Lei aveva le pupille dilatate e le labbra gonfie e rosse mentre lo guardava stordita, anche se con le dita continuava ad accarezzargli la pelle sensibile della nuca. I suoi capezzoli premevano contro il corpetto del vestito, e gli ci volle tutto il suo autocontrollo per non chinarsi e prenderne uno in bocca.

«Carini.»

Quella voce bassa lo fece muovere prima ancora di rendersene conto. Si girò, mettendosi tra Maisy e chiunque avesse osato interromperli, lasciandole andare il sedere in modo che il vestito ricadesse coprendole ancora una volta le cosce. Fissò torvo l'uomo che si trovava appena dentro la porta. Era alto e muscoloso, aveva i capelli biondi e gli occhi di un azzurro ghiaccio che sembravano senza vita. Aveva un sorrisetto che lo irritava e che gli fece venire voglia di allontanare subito Maisy dalla sua vista.

Non lo riconobbe, non l'aveva mai visto prima in casa.

«Non fermatevi per colpa mia» disse il tizio ridacchiando. «Le cose stavano diventando promettenti.»

«Chi sei?» sbottò Jack. Quell'uomo gli metteva i brividi e non voleva che stesse nella stessa stanza di sua moglie.

«Nessuno» rispose con un sorriso beffardo. «Stavo solo cercando Jason.»

«Non è qui» replicò brusco.

«Bene. Allora vado a cercarlo. Ho sentito che le congratulazioni sono d'obbligo?»

Non sapeva perché l'avesse detto come una domanda, ma fece un breve cenno di assenso.

«Bene. Allora congratulazioni. E mi dispiace per il problema della memoria... ma sembra che le cose siano andate meglio del previsto per te. Fortunato.»

Non capì cosa intendesse dire, ma di sicuro quel tizio non gli piaceva. Non disse nulla, continuò solo a fissarlo torvo.

L'uomo fece finta di toccarsi un cappello immaginario, poi se ne andò in silenzio com'era arrivato. Ma la risata che riecheggiò nel corridoio e nella sala da pranzo gli fece digrignare i denti.

«Chi era?» chiese, voltandosi e attirando di nuovo Maisy tra le braccia.

«Non lo so. Non l'ho mai visto prima. Ma Jason ha molti... soci... che non ho mai incontrato.»

La testa gli pulsava più forte di prima. Era come se il suo inconscio stesse urlando un avvertimento che lui non riusciva a decifrare. Era frustrante e irritante.

«Jack? Se non vuoi andare da nessuna parte, non c'è problema. Sono sicura che qualsiasi cosa Paige abbia in programma sarà meravigliosa.»

Fece un respiro profondo, cercando di far attenuare il dolore martellante, e scosse la testa. «No, usciamo, decisamente.» Poi la osservò. Percorse con lo sguardo il suo viso, le labbra ancora gonfie dai baci, i capelli spettinati, conscio che era stata la sua mano, e poi disse: «Stasera vorrei fare di nuovo l'amore con mia moglie... se per te è accettabile.» Sì, ne avevano già parlato, ma dopo averle giurato di amarla e onorarla, sentiva di dover ottenere il suo permesso.

Lei sembrò nervosa, persino un po' spaventata, il che lo infastidì. Ma poi si leccò le labbra e annuì.

«Non siamo obbligati se non ne sei sicura» si sentì in dovere di chiarire.

«Sono sicura. Io... ti voglio. Ma... è passato un po' di tempo per me.»

Jack aggrottò le sopracciglia. «Un po'?»

Lei annuì e si morse il labbro. I suoi occhi si spostarono verso sinistra per una frazione di secondo, poi tornarono su di lui. «Non abbiamo... sai... da diversi mesi. Da quando ti sei trasferito a Spokane. E probabilmente sono... fuori esercizio. Possiamo... ti va... di andarci piano?»

Il suo cuore palpitò. «Non ti farò del male, Stellina. Ti do la mia parola.»

Lei annuì. «Allora sì, vorrei... consumare il nostro matrimonio stasera.»

Jack ridacchiò alle sue parole. «Sarà la nostra seconda luna di miele. Mi piacerebbe sapere tutto sulla prima durante la colazione. Andiamo a cercare Paige e poi usciamo?»

Maisy deglutì a fatica e annuì.

Lui si chinò e le baciò la fronte con riverenza, inspirando e impregnandosi ancora una volta della fragranza di mele. L'avrebbe associata per sempre a lei. Era uno schifo che nemmeno il suo profumo riuscisse a penetrare la nebbia che ricopriva il suo passato. L'odore non doveva essere uno dei più forti fattori scatenanti della memoria?

Non aveva importanza. Avrebbe creato altri ricordi, a partire da quel momento.

Jack avvolse le dita intorno alle sue e la allontanò dalla direzione in cui era andato il "socio" di Jason. Non voleva rivedere quell'uomo.

Il fratello di Maisy non era ciò che sembrava, ne era certo. Più stava in quella casa e più si sentiva a disagio. E di sicuro non gli piaceva il fatto che sua moglie avesse vissuto lì senza di lui.

C'era qualcosa di strano in quel posto, ma non riusciva a capire cosa. Sapeva solo che voleva andarsene e che lo facesse anche lei. Avrebbe fatto tutto il possibile per riappropriarsi della sua vita velocemente. Doveva procurarsi un documento, un'auto e capire come svolgere un lavoro che non ricordava nemmeno, in modo da poter provvedere a sua moglie.

C'erano molte cose che non sapeva ancora di sé stesso e di lei, ma avrebbe fatto tutto il necessario per essere il miglior marito possibile. E se fosse riuscito a far scomparire la preoccupazione e la paura che a volte intravedeva negli occhi di Maisy, sarebbe stato un uomo soddisfatto.

CAPITOLO SEI

Sorprendentemente, Maisy trascorse una giornata fantastica. Paige non era rimasta minimamente delusa dal fatto che avessero rinunciato al pasto che aveva organizzato. Anzi, era sembrata proprio contenta che lei uscisse di casa.

Jack era un guidatore molto sicuro e competente. La sua testa era sempre in movimento, ed era consapevole di dove si trovavano tutte le auto e le persone intorno a loro. Non si era mai sentita a suo agio in macchina a causa di quello che era successo ai suoi genitori, ma con lui al volante era riuscita a rilassarsi un po'.

Avevano finito per fermarsi in un piccolo locale che Jason non avrebbe mai frequentato. Era uno snob quando si trattava di cibo, mangiava solo in ristoranti costosi e formali.

Nella tavola calda c'era stato odore di fritto, e ancora adesso, a distanza di ore, lo sentiva nei capelli. Ma il pasto era stato assolutamente delizioso. Aveva ordinato dei waffle con panna montata e fragole, un bicchiere di latte e cacao e per dessert un piatto di biscotti Oreo fritti. Jack non aveva fatto commenti sulle calorie che lei aveva consumato, né disapprovato le scelte alimentari poco salutari. Lui invece aveva preso un hamburger con patatine fritte e una fetta di torta di mele.

Ma la cosa migliore di quel pranzo era stata essersi sentita davvero a suo agio. Jack l'aveva tempestata di domande, e di solito lei aveva difficoltà a parlare di sé stessa, ma non erano mai state su argomenti che avrebbero potuto metterla in imbarazzo.

Quando lo aveva conosciuto, era stata riluttante a rispondere a *qualsiasi* domanda su di sé, non volendo legare troppo con lui. Ma più tempo passavano insieme, più si rilassava. Che problema poteva esserci a parlare di ciò che le piaceva o odiava, o se si fosse aperta un po'?

Gli aveva detto quali erano i suoi cibi preferiti, i libri che le piaceva leggere, come passava il tempo libero, e gli aveva raccontato un po' di quel terribile periodo successivo alla morte di sua madre e suo padre. Che si era sentita persa prima che Jason si trasferisse lì con lei per far sì che non dovesse lasciare l'unica casa che avesse mai conosciuto.

Maisy si era sentita abbastanza a suo agio, tanto da parlargli degli anni che aveva trascorso in depressione e delle medicine che le avevano prescritto, che erano state l'unica cosa che le aveva permesso di superare la maggior parte delle giornate. Jack era stato comprensivo ed empatico, non l'aveva giudicata per aver usato dei farmaci che l'aiutassero ad affrontare il dolore emotivo del lutto.

Era come se lui la capisse veramente, il che era un sollievo, ma la faceva sentire ancora più in colpa. Doveva esserci una ragione per cui era così empatico, e lei odiava il fatto di non *conoscerla*. Di non conoscere l'uomo che c'era dietro ai ricordi perduti.

Prima che potesse sentirsi ancora peggio per averlo sposato con l'inganno, e rimuginare sugli amici o i familiari che probabilmente erano preoccupati per lui, le aveva suggerito di pensare a cos'altro potevano fare prima di tornare a casa.

Maisy aveva pagato il conto – a Jack aveva dato fastidio non avere i suoi soldi per farlo lui – e poi erano tornati alla macchina mano nella mano. Erano andati in un ipermercato dove gli aveva comprato d'impulso uno smartphone. Probabilmente avrebbe rimpianto quella decisione, soprattutto se lo avesse scoperto Jason, ma voleva che Jack avesse la possibilità di chiedere aiuto...per ogni evenienza. Poi si erano fermati in un grande parco e avevano camminato per un paio d'ore, guardando la gente, ridendo e tenendosi per mano.

Era stato uno dei giorni più belli della sua vita.

E si sentiva ancora più colpevole. Perché se da un lato odiava suo fratello per aver rapito Jack e averlo costretto a sposarla, dall'altro non si era mai sentita così felice come in quel momento, con lui al suo fianco, che la baciava, che le teneva la mano e che la faceva sentire normale per la prima volta dopo anni. E non aveva il diritto di sentirsi così. Non per un uomo che non era veramente suo, tanto per cominciare.

Era uno schifo. Perché prima o poi Jack avrebbe ricordato tutto. Era inevitabile. E quando fosse successo, lei si sarebbe trovata di nuovo nella situazione di prima. Be', non proprio la stessa. Non appena Jason avesse avuto i suoi soldi, lei avrebbe probabilmente subito una sorta di orri-

bile incidente e suo fratello sarebbe stato libero di spen-
derli a suo piacimento.

Ma ora, dopo aver intravisto il futuro che avrebbe
potuto avere se avesse lottato di più, invece di sentirsi
riempire di disperazione... sentì montare la rabbia.

Come *osava* Jason trattarla in quel modo? A lei non
importava nulla dei soldi, voleva solo quelli sufficienti a
lasciare Seattle e ricominciare la sua vita. E poi magari
incontrare un uomo che la amasse per quello che era. Che
l'avrebbe baciata come se sarebbe morto se non l'avesse
fatto. Che le avrebbe tenuto la mano e avrebbe riso delle
sue stupide battute.

Accidenti, ma chi voleva prendere in giro? Era *Jack* quel-
l'uomo, ma la loro relazione era una bugia. Lui non aveva idea
di averla conosciuta solo una settimana prima, di essere una
pedina nel terribile piano di suo fratello. Era orribile, e Maisy
non sapeva proprio come sistemare le cose, se *potevano*
essere sistemate. Ormai era troppo coinvolta in quella truffa.
Era malvagia quanto Jason. Avrebbe dovuto dire tutto a Jack
il giorno in cui si era risvegliato. Spiegargli perché stava
soffrendo, che suo fratello lo aveva rapito. Fare il possibile
per liberarlo dal pericolo che avvolgeva la sua casa d'infanzia.

Ma non l'aveva fatto. E ora era colpevole quanto Jason.
Aveva sposato Jack con l'inganno, per l'amor di Dio. Era
impossibile che lui la perdonasse per una cosa del genere.

«Perché quel sospiro?» le chiese.

Erano seduti in macchina davanti alla casa. Nessuno
dei due aveva voluto rientrare e, per tacito accordo, negli
ultimi trenta minuti erano rimasti lì a parlare.

«È solo che... è stata una bella giornata» gli disse con
sincerità.

«È vero» concordò. Le prese la mano, se la portò alle labbra e le baciò le nocche. «E non è ancora finita.»

Il modo in cui la guardò, come se fosse la donna più desiderabile del mondo, la fece dimenare sul sedile. Lo voleva. Era assurdo e probabilmente stupido, ma per quanto ne sapeva, l'indomani avrebbe potuto ritrovare la memoria, e se poteva avere una sola notte con Jack, con un uomo che sembrava desiderarla con una disperazione che non aveva mai visto in nessuno prima, sarebbe stata avida e se la sarebbe presa. E una volta rimasta di nuovo da sola, intrappolata nell'incubo che era la sua vita, avrebbe potuto rivivere nella sua mente la loro prima notte di nozze.

«Forse dovremmo entrare» gli disse sommessamente.

«Già. Pensi che tuo fratello abbia organizzato una cena? Una sorta di ricevimento?»

Maisy scosse subito la testa.

Il che lo fece accigliare. «Perché no? Non vuole che la sua sorellina abbia un bellissimo ricordo del rinnovo delle promesse?»

Rendendosi conto che avrebbe dovuto inventare una scusa invece di dire semplicemente di no, Maisy si scervellò per trovare qualcosa che potesse avere un senso. Ma la sua mente era vuota. Come aveva detto a Jason, non era brava a mentire. Non le piaceva farlo e non era mai stata in grado di pensare velocemente. Alla fine, si limitò a scuotere la testa.

«Pazienza. Non importa. Senza offesa, ma non sono sicuro di voler passare la serata con lui.»

Gli fece un piccolo sorriso. «Non c'è problema. Nemmeno io voglio passare la mia prima notte di nozze con mio fratello.»

«Allora... forse potremmo saccheggiare la cucina di Paige e portare qualche stuzzichino in camera nostra, chiudere la porta a chiave e festeggiare a modo nostro.»

Le sembrò che il suo cuore volesse uscire dal petto. Gli fece un piccolo sorriso e annuì.

«Perfetto. Andiamo» disse Jack, suonando impaziente. Saltò fuori dall'auto e Maisy ridacchiò scendendo anche lei. Appena girò intorno al veicolo, lui le afferrò la mano e la trascinò verso la porta.

Si aspettava quasi che Jason fosse lì ad attenderla, con la fronte aggrottata e pronto a rimproverarla per essere stata via così a lungo, ma fu piacevolmente sorpresa quando entrarono nel corridoio vuoto. Andarono in cucina e trovarono Paige e due delle governanti che chiacchieravano.

Parlarono un po' con loro e Jack convinse Paige a preparare un tagliere di salumi con vari tipi di formaggio, cracker, sottaceti, olive, carote, cioccolato, qualche biscotto e delle noci. Lo portò fino in camera, e dopo averlo messo sul letto andò risoluto alla porta e la chiuse a chiave.

Maisy sapeva bene che ciò non avrebbe tenuto fuori suo fratello se avesse voluto davvero entrare. Lo aveva imparato a sue spese l'anno prima quando, dopo che le aveva urlato contro, lei si era nascosta in camera sua per sfuggirgli. Lui aveva riso e aveva usato una chiave che non sapeva avesse per entrare tranquillamente nella sua stanza. Le aveva detto che era stupida, che non poteva andare da nessuna parte senza che lui la trovasse, e le aveva giurato che se si fosse allontanata un'altra volta mentre lui le parlava, se ne sarebbe pentita.

Ma non era il momento di pensare a suo fratello e a tutte le cose orribili che aveva fatto. Era sposata e voleva stare da sola con suo marito più di quanto avrebbe mai immaginato. Era stupido, avrebbe dovuto rimandare, dirgli che aveva le mestruazioni o qualcosa del genere. Andare a letto con lui lo avrebbe portato solo a odiarla di più una volta ritrovata la memoria, ma Maisy aveva bisogno di Jack più dell'aria. Se poteva avere solo una notte, se la sarebbe presa, per quanto potesse sembrare egoista.

Jack le si avvicinò e le mise le mani sulle spalle. Poi la spinse delicatamente all'indietro finché le sue gambe non toccarono il materasso. «Sali» disse con un piccolo sorriso. «Facciamo un picnic.»

Obbedendo alla richiesta, Maisy si sedette in modo da trovarsi su un lato del grande tagliere che Paige aveva usato. Jack la raggiunse e si accomodò accanto a lei invece che di fronte.

Poi procedette a offrirle uno stuzzichino alla volta. Mentre mangiavano, risero e parlarono dei suoi programmi televisivi preferiti, ma ogni volta che le sfiorava le labbra con le dita, il suo desiderio aumentava. Dopo pochi minuti, il suo tocco si fece più audace. Le aveva posato la mano libera sul ginocchio e quando le dava da mangiare le passava il pollice sul labbro inferiore o le accarezzava la guancia.

E naturalmente Maisy ricambiò allo stesso modo. Lo imboccò anche lei, amando il modo in cui le sue pupille si dilatavano mentre lo stuzzicava a sua volta.

Al successivo quadratino di cioccolato gli afferrò il polso, impedendogli di tirare indietro la mano. Gli leccò il dito, eliminando il residuo che si era sciolto.

Jack gemette e lei lo avvertì sulla fica. Sentendosi estremamente vogliosa lo fissò negli occhi mentre gli prendeva in bocca l'indice, lo leccava tutto intorno e lo succhiava con forza.

Lui si mosse all'improvviso, facendola strillare sorpresa quando si ritrovò sulla schiena prima ancora di rendersi conto di cosa fosse successo. Lo guardò in trepidante attesa incombere su di lei. Poi, senza dire una parola, lui si chinò e la baciò. In modo duro, profondo, totalmente dominante. E ne amò ogni secondo. Si sciolse sotto il suo tocco, abbandonandosi a qualsiasi cosa lui volesse.

E a quanto pareva volevano la stessa cosa. Maisy non si era mai sentita così... viva. Ogni terminazione nervosa fremeva. Sentiva quanto era bagnata tra le gambe, le sue mutandine erano decisamente fradicie. Aveva bisogno di lui. Subito.

Non si era resa conto di averlo afferrato con le unghie per cercare di avvicinarlo, e si lamentò quando lui si tirò indietro.

«Calma, Stellina. Abbiamo tutta la notte.»

Lei scosse la testa. «No. Ti voglio, Jack. Adesso. Se non entri subito in me, credo che morirò.»

Sorrise vedendola così frustrata. «Ah sì?»

Socchiuse gli occhi. «Stai ridendo di me?»

Lui si fece serio. «Mai. Non lo sai? Ti desidero allo stesso modo. Ma questa è la nostra prima volta, voglio assaporarla. Assaporare *te*.»

Per una frazione di secondo si sentì prendere dal panico. Lo sapeva? Si era ricordato che non erano sposati? Che era praticamente un'estranea per lui? Ma poi continuò a parlare.

«Tu ricordi la sensazione di avermi, ma per me è tutto nuovo. Non voglio perdermi nulla. Come ti dimeni quando ti tocco, se ti inarchi quando ti succhio le tette, il tuo aspetto e ciò che proverò la prima volta che ti porterò all'orgasmo.»

«La prima volta?»

«Ti prego, non dirmi che sono un amante egoista» disse accigliandosi.

«Ehm... no, non lo sei. È solo che...»

La tolse dall'impiccio. «Shhh. Va tutto bene. E sì, la prima volta. Ho intenzione di vederti venire diverse volte stasera. Va bene?»

Se andava bene? Quell'uomo non poteva essere reale. «Certo» sbottò.

Sorrise di nuovo. «Ottimo. Ora sdraiati e non muoverti. Devo togliere il cibo dal letto.»

Maisy rimase immobile mentre Jack si raddrizzava, scendeva dal materasso e spostava rapidamente il tagliere sul cassettone. Poi quasi le si fermò il cuore quando si tolse gli occhiali e li posò sul comodino, si sfilò la camicia, si slacciò i pantaloni...

E prima che lei fosse pronta fu nudo. Il suo cazzo era grosso e la punta quasi violacea, mentre spiccava duro e deciso tra le sue cosce muscolose. Non poté guardarlo abbastanza a lungo perché tornò di nuovo sul letto, intrappolandola sotto di lui.

Le sue labbra erano curvate in un sorriso mentre la fissava. «Sembra quasi che sia la prima volta che mi vedi nudo. Di certo non è passato così tanto da quando siamo stati insieme da fartelo dimenticare.»

Il cuore le batteva forte. Jack era bellissimo. E intimidatorio. E dato che pensava avessero già fatto sesso molte volte, era ovvio che non avesse problemi a mostrarsi a lei senza pensarci due volte. «È solo che... sei bellissimo, Jack.»

Lui sembrò sorpreso per un attimo, poi le rivolse un tenero sorriso. «Posso?» chiese, anche se aveva già iniziato a sollevarle lentamente il vestito.

Maisy trattenne il respiro mentre la spogliava. Era estremamente difficile stare lì sdraiata e non cercare di coprirsi. Da quando era diventata adulta, non era mai stata nuda di fronte a qualcuno... che lei sapesse. Ora il lampadario sul soffitto era acceso e non c'era modo di nascondersi.

Inoltre, Jack non si sarebbe aspettato che fosse timida... erano presumibilmente sposati da due anni. Fece il possibile per non dimenarsi a disagio mentre lui la aiutava sfilare l'abito dalla testa, per poi gettarlo insieme alle mutandine e al reggiseno al lato del letto. Mentre stava lì distesa, cercò di interpretare la sua espressione. Era deluso?

«Sei *tu* quella bellissima» disse dopo un lungo momento. «Non so cos'ho fatto per avere la fortuna di essere tuo marito, ma farò di tutto per assicurarmi che non ti penta mai di avermi risposato.»

Maisy avrebbe voluto piangere. Quell'uomo... era tutto ciò che aveva sempre sognato. Ed era tutta una bugia.

Il senso di colpa la stava divorando. Non poteva continuare a mentirgli. Non poteva permettergli di continuare a pensare che fossero qualcosa che non erano. Aprì la bocca per dirgli che si erano conosciuti meno di una settimana prima e che suo fratello lo aveva rapito per costringerlo a sposarla, ma le parole le si bloccarono in gola quando Jack si sistemò tra le sue gambe e fece scorrere le mani sulle sue cosce, aprendogliele.

Era esposta come mai in vita sua, e avrebbe voluto morire dall'imbarazzo. Jack le fissava la fica come se non ne avesse mai vista una prima. Fece scorrere il pollice lungo le pieghe, e lei sobbalzò quando le passò il dito sul clitoride.

«Piano, Stellina» mormorò.

Maisy gemette inarcandosi contro il suo tocco. Si era masturbata, ma niente di quello che si faceva lei era bello come le dita di Jack. Chiuse gli occhi e si perse nelle sensazioni.

«Non posso credere di aver dimenticato questa fica. È così perfetta» disse con riverenza.

Sussultò di nuovo quando le spalancò ancora di più le gambe. Aprì gli occhi e guardò in basso. La visione erotica che la accolse le fece sfuggire un altro gemito dalle labbra; Jack si era disteso, e sollevò lo sguardo per incontrare il suo proprio mentre faceva uscire la lingua e la leccava.

«Jack» sussurrò, portando le mani sulla sua testa. Aveva pensato di allontanarlo, perché quel particolare atto le sembrava troppo intimo... ma quando la leccò di nuovo, gli afferrò invece i capelli con forza e lo tirò più vicino.

Lui ridacchiò e Maisy sentì il suo respiro contro le pieghe estremamente sensibili. Poi la divorò. Non c'erano altre parole per definire ciò che fece.

Quando le donne parlavano di quella pratica, non aveva mai dato molto peso a quel particolare modo di dirlo. Ma ora capiva. Jack usò il naso, le labbra, la lingua e persino le dita per stimolarla. Morse, leccò e succhiò, portandola in pochi minuti quasi al culmine.

Non poté far altro che tenersi aggrappata a lui mentre

la faceva letteralmente impazzire. Non provò alcun imbarazzo. Solo piacere sotto il tocco di quell'uomo. Quando attaccò le labbra al clitoride e usò la lingua come un vibratore, lei emise un piccolo grido e cercò di allontanarsi. Ma non glielo permise; strinse le mani intorno ai suoi fianchi e la tenne ferma.

E quando fece scivolare un dito dentro il suo corpo, Maisy gemette.

Un secondo dopo esplose. Fu l'orgasmo più intenso e piacevole che avesse mai avuto in vita sua, e sembrò non finire mai. La sua stretta sui capelli di Jack doveva essere dolorosa, ma lui non smise di assalire il suo clitoride.

Alla fine si abbandonò senza forze sotto di lui, mentre l'orgasmo scemava. Lo sentì muoversi, ma non ebbe la forza di aprire gli occhi. Solo quando lui si avvolse le sue gambe intorno alla vita, riuscì a sollevare le palpebre.

E la visione che la accolse sarebbe rimasta impressa nella sua mente per sempre. Jack aveva i capelli scompigliati e la parte superiore del petto arrossata. Si leccò le labbra come se non potesse sopportare di sprecare nemmeno una goccia del suo orgasmo che gli aveva ricoperto le labbra e il mento.

«Ho bisogno di te. Posso?»

Fu allora che Maisy si accorse che si stava accarezzando lentamente il cazzo, mentre il suo petto si sollevava con un respiro carico di desiderio. All'improvviso sentì il bisogno di averlo dentro di sé, proprio come lui voleva esserci.

Annuì, mise le braccia sopra la testa e inarcò la schiena, facendogli capire senza parlare che poteva prendersi ciò che desiderava.

Per tutta risposta, Jack si spostò in avanti allargandole ancora un po' le gambe. Maisy non riusciva a distogliere lo sguardo dal suo cazzo, gocciolava di liquido preseminale e sembrava fosse davvero doloroso. Poi si chinò su di lei sostenendosi con una mano, e con l'altra lo infilò tra le sue pieghe.

———

Jack non si era mai sentito così. Certo, non aveva alcun ricordo da poter confrontare su com'era fare l'amore con sua moglie, ma era sicuro di non essere mai stato così desideroso di entrare in una donna. Era un onore poter vivere una seconda prima volta con Maisy. E lei era assolutamente splendida. Era esplosa come se non avesse avuto un orgasmo da anni... il che lo fece sentire una merda perché ovviamente l'aveva trascurata per troppo tempo.

E veniva in modo meraviglioso. Aveva un sapore paradisiaco ed era estremamente reattiva. Si sentiva l'uomo più fortunato del mondo. Avrebbe voluto farlo durare, esplorare ogni centimetro di lei, riappropriarsi di sua moglie. Ma non poteva aspettare. Era sul punto di venire e voleva essere dentro di lei quando fosse successo.

Spostandosi in avanti, Jack guardò in basso e fece una smorfia. Stava gocciolando senza sosta ed era solo questione di tempo prima che perdesse il controllo. Fece scorrere la punta del cazzo tra le sue pieghe, adorando quanto fosse bagnata. L'orgoglio gli fece gonfiare il petto. Era merito *suo*. L'aveva fatta venire così intensamente che non solo gli aveva bagnato il viso, ma anche il lenzuolo sotto.

Poteva sentire la sua dolce fragranza su di lui e la cosa lo fece sorridere. Spinse il suo uccello desideroso e voglioso sulla sua apertura e la penetrò.

Prima ancora che Maisy strillasse allarmata, lui si era già fermato. Era così stretta! Se non fosse stato sicuro del contrario avrebbe pensato che fosse vergine. Ma era impossibile.

«Jack» sussurrò con voce tremante.

Fu travolto da un'ondata di tenerezza e preoccupazione, che fece diminuire un po' l'urgenza di venire, abbastanza da permettergli di riprendere il controllo. «Tranquilla, Stellina. Va tutto bene.»

«È solo che... sei così grande.»

«Sì, ma puoi prendermi. L'hai già fatto in passato. Rilassati.»

Le sue parole sembrarono non avere alcun effetto. Era rigida sotto di lui, e Jack lo odiò con ogni fibra del suo essere.

Sentiva il sangue pompare nel suo cazzo, ma resistette all'impulso di sprofondare nel paradiso che non aveva dubbi lo stava aspettando. Portò invece la mano sul suo clitoride sensibile e cominciò ad accarezzarlo piano.

Lei sussultò e il suo cazzo scivolò di un altro centimetro dentro il suo corpo caldo.

«Guardami, Maisy» le ordinò. Il suo sguardo andò subito a lui, il che gli diede un senso di soddisfazione. «Non distogliere gli occhi da me, capito?»

Annuì.

«Bene. Sai cos'ho pensato mentre ti leccavo?»

Scosse la testa, mentre le sue guance diventavano rosa acceso.

«Che hai un sapore buonissimo. Che potrei passare tutta la notte tra le tue gambe e morire felice.»

«Jack» protestò, arricciando un po' il naso.

Le sorrise, e fu immensamente compiaciuto quando i suoi

muscoli interni si rilassarono un po' intorno a lui. «Non ho mai provato nulla di così straordinario come quando sei venuta per me. Ti sentivo stringere il mio dito e riuscivo solo a pensare a quanto sarebbe stato incredibile quando lo avresti fatto con il mio cazzo.» Continuò ad accarezzarle il clitoride e iniziò a far scivolare gentilmente avanti e indietro la punta.

«Sei fatta per me, Stellina. Ti prometto che non lascerò più passare così tanto tempo da farti dimenticare la mia forma dentro di te. Solleva le gambe per me. Appoggia i piedi sul materasso. Così, perfetto. Ora allarga di più le cosce. Fammi spazio. Oh sì... proprio così.»

La volta successiva che Jack la penetrò, entrò quasi completamente. «Ci siamo quasi, stai andando benissimo. Ancora un po' e mi prenderai tutto.»

Maisy non aveva mai distolto lo sguardo, e ciò rese l'esperienza ancora più intensa. I suoi occhi castani sembravano scintillare e le pupille erano leggermente dilatate mentre cercava di fare quello che le chiedeva.

Jack iniziò a strofinarle il clitoride con più energia, e lei spalancò gli occhi e i suoi respiri si fecero più rapidi. «Ancora, Maisy. Vieni di nuovo per me.»

Come se quelle parole fossero state il permesso che stava aspettando, si irrigidì e volò nell'estasi con un grido.

Mentre veniva, Jack si spinse attraverso i suoi muscoli e arrivò fino in fondo. Poi rimase fermo e strinse i denti, mentre si godeva la sensazione del suo sesso caldo e bagnato che lo stringeva.

«Sei dentro del tutto?» gli chiese con voce tremante qualche secondo dopo.

«Sì, piccola, ed è meraviglioso. È una sensazione bellissima sentirti così.»

«Anche per me» ammise, con un tono che sembrò sorpreso.

Ciò lo irritò. Evidentemente era stato un pessimo amante in passato. Se era così stretta, significava che non facevano l'amore da troppo tempo. E che si fosse sorpresa perché lui voleva farle provare orgasmi multipli e perché le aveva detto che stare dentro di lei era bellissimo... lo fece intimamente giurare che avrebbe fatto di meglio. Che le avrebbe dimostrato quanto poteva essere incredibile il sesso tra loro.

«Hai... abbiamo finito?»

Ancora una volta, la sensazione di non aver trattato bene sua moglie lo infastidì, ma la mise da parte. L'avrebbe analizzata più tardi; ora doveva dare piacere alla sua donna. «Nemmeno lontanamente» le disse, sollevando i fianchi prima di affondare di nuovo dentro di lei. Quando i loro bacini furono praticamente incollati, sentì gli umori della sua fica ricoprirgli le palle.

«Oh!» esclamò Maisy, afferrandogli le braccia. Lui si stava reggendo sui gomiti, tenendo le mani intorno alle sue spalle per fare forza.

«Non so quanto potrò resistere» ammise. «Sei così calda e bagnata che devo sforzarmi per non venire.»

A quelle parole i suoi muscoli interni si contrassero intorno a lui, che tirò indietro i fianchi e uscì piano fino a lasciare dentro solo la punta. «Tutto bene? Non ti faccio male?»

«Sì. E no. Jack!»

«Jack cosa?» la stuzzicò.

«Muoviti!» esclamò.

Rilasciando un lungo respiro, si rilassò per la prima

volta da quando aveva capito che lei aveva difficoltà a prenderlo. «Con piacere» replicò con riverenza. «Guarda.»

«Pensavo mi avessi detto di guardarti negli occhi.»

Jack sorrise, e si rese conto di quanto gli piacesse quella situazione. Amava che lo prendesse in giro. Poterle parlare in modo sconcio e che sembrasse piacerle. Amava avere il pieno controllo nel loro letto. Non sapeva perché ne avesse *bisogno*, e fino a quel momento non aveva realizzato di averlo, ma era sollevato dal fatto che sua moglie glielo concedesse. Ma d'altra parte, probabilmente era abituata ai suoi modi di fare a letto.

«E ora voglio che tu veda come ti prendo» le disse. «Guarda com'è bagnato il mio cazzo. È ricoperto dai tuoi umori. Sei così scivolosa e calda. Sei perfetta.»

Jack si sistemò meglio in modo da tenere il busto sollevato e si limitò a muovere i fianchi, spingendosi avanti e indietro nella fica di sua moglie. La vista del suo cazzo lucido era estremamente erotica, e aveva la sensazione di non aver mai visto nulla di così bello in vita sua.

«Jack» sussurrò lei, affondandogli ancora una volta le unghie nelle braccia.

«Mi prendi perfettamente. Sei stata creata per me.» Percepì la verità di quelle parole fin dentro l'anima. «Non ti lascerò andare» la informò. «Non importa come andranno le cose tra noi, non ti lascerò mai più. Non ho intenzione di vivere dall'altra parte dello Stato. Risolveremo tutto, perché non permetterò che accada di nuovo. Forse ti terrò nel nostro letto, con le gambe aperte e il mio cazzo infilato dentro di te finché non avremo risolto le nostre divergenze.»

«Più forte, Jack.»

«Ne vuoi ancora?» le chiese, adorando il fatto che sembrasse disperata di avere il suo cazzo.

«Sì! *Ti prego*.»

Amava avere il controllo, ma odiò il suono della sua supplica. Sì, voleva che lei lo desiderasse, ma per qualche motivo non gli piaceva sentirla implorare.

«Riporta gli occhi sui miei, Stellina» le ordinò.

Lei obbedì senza esitare.

«Se vuoi qualcosa, l'avrai. Non mi devi supplicare per niente. Mai. Capito?»

Annuì.

«Bene, ora preparati. Sarà una cosa dura e veloce. Ok?»

«Sì, Jack. Prendimi. Fammi tua.»

«*Sei* mia. Così come io sono tuo.»

E a quello, il suo autocontrollo svanì. Cominciò a scoparla con intensità, proprio come le aveva detto. E sua moglie lo prese tutto. Gli conficcò le unghie nelle braccia, e fu travolto dal piacere senza preavviso. Si spinse il più possibile dentro di lei, le sue palle si contrassero e venne così forte da sentirsi stordito. Jack si svuotò dentro Maisy, marchiandola dall'interno, e continuò così tanto che sentì il suo sperma fuoriuscire da dove erano uniti. E in un certo senso non fu abbastanza.

Si inclinò un po' sopra di lei per infilare una mano tra di loro e cominciò a strofinarle il clitoride ancora una volta.

«Jack, no...»

«Maisy, sì» replicò. «Ho bisogno di sentirlo di nuovo. Spremimi, Stellina. Prendi tutto quello che ho da darti.»

Lei chiuse gli occhi, ma non la rimproverò. Percorse invece amorevolmente con lo sguardo i suoi lineamenti, mentre lei si sforzava di raggiungere ancora una volta il culmine. Quando alla fine venne, non fu intenso come il precedente, ma comunque non meno piacevole, sia per lei sia per lui.

Jack rotolò portandola con sé; era completamente sudata e abbandonata contro di lui. E niente era mai stato così bello. Allungò il braccio e riuscì a raggiungere le coperte e a tirarle sopra di loro.

Maisy sospirò, e lui sentì il suo fiato caldo sul collo. «Dovrei spostarmi.»

«Perché?»

«Perché sono troppo pesante.»

«Chi lo dice?»

Lei sollevò la testa e Jack non riuscì a trattenere un senso di soddisfazione. Era tutta scarmigliata e con un'espressione estasiata. Era stato lui a renderla così. L'aveva sconvolta. E la sensazione era straordinaria.

«Io... Jack?»

«Sì?»

«Sei ancora dentro di me.»

«Già.»

«È che... non devi alzarti e pulirti?»

«Perché? È quello che facevo di solito? Lasciavo il nostro letto dopo averti riempito e fatto provare tre orgasmi?»

«Ehm...»

Ancora una volta, Jack fu sopraffatto dalla sensazione che gli sfuggisse qualcosa. Qualcosa di enorme. Quando non disse altro, lui scosse la testa. «Be', forse era quello che facevo prima, ma ora non più. Non voglio muovermi. Sto comodo qui. La tua fica è fantastica intorno al mio cazzo, anche quando non sono duro. Voglio rimanerci il più a lungo possibile. A meno che... non ti stia facendo male.»

«No.»

Tirò un sospiro di sollievo. «Bene. Presto scivolerà fuori, ma per ora mi farebbe piacere se mi lasciassi restare.»

«Come potrei dirti di no?»

Anche se era una domanda retorica, Jack rispose: «Non puoi.»

Rimasero così accoccolati per un paio di minuti, poi Maisy si irrigidì.

«Che c'è? Cos'è successo?» le chiese, totalmente in sintonia con lei, soprattutto dato che poteva percepire ogni centimetro del suo corpo in quella posizione.

Lei sollevò la testa. «Non... non abbiamo usato alcuna protezione.»

Jack sbatté le palpebre. «Merda. Pensavo... ho dato per scontato che fossimo tranquilli visto che siamo sposati da tanto tempo. Mi dispiace.»

Maisy non rispose, continuò a guardarlo con le sopracciglia aggrottate.

«Non prendi la pillola?»

Lei scosse la testa.

«Usavamo i preservativi prima?»

Si bloccò un attimo prima di appoggiare di nuovo la testa sulla sua spalla. «Non c'è problema» disse dolcemente.

«Guardami, Maisy» le ordinò. Aspettò finché, a malincuore, lei sollevò ancora una volta la testa per guardarlo. Nei suoi occhi c'era preoccupazione, e non gli piacque, soprattutto dopo quello che avevano appena condiviso. «Domani andrò a fare le analisi. Non credo che ti tradirei *mai*, ma dato che non ricordo nulla della mia vita fino a dopo l'incidente, voglio esserne sicuro. Non farei mai niente che possa metterti a rischio.»

Lei esitò un attimo, poi annuì.

Il fatto che non si fosse opposta riguardo al test per le malattie sessualmente trasmissibili, dimostrava chiaramente che era *davvero* preoccupata per quello. «E prenderò anche dei preservativi, già che ci sono.»

«Io... non è il periodo giusto per me. E onestamente, mi piace sentirti. Sentire tutto di te. Si sporca, ma... mi rende strana dire che mi piace?»

Jack le sorrise. «No. Piace anche a me. Vuoi un bambino, Stellina?» le chiese con dolcezza.

«Non dovrei» sussurrò.

«Ma lo vuoi» sostenne, sentendosi pervadere da un senso di contentezza. Poteva immaginarsela incinta. Sarebbe stata assolutamente bellissima.

«Forse.»

A quella tenera ammissione, Jack sentì il suo cazzo contrarsi nel profondo di lei; era come se volesse fare un bambino proprio in quel momento.

Maisy gli sorrise.

Lui ricambiò. «Grazie» mormorò. «Grazie per avermi dato un'altra possibilità. Per non aver rinunciato a me, a noi. Prometto di non deluderti più.»

«Non mi hai delusa» protestò.

Ma non la lasciò continuare. «Sì, invece. Ovviamente non sono stato all'altezza delle promesse nuziali che ti ho fatto la prima volta. Vivevo dall'altra parte dello Stato, facendo chissà cosa, mentre tu eri qui, a casa di tuo fratello. È inaccettabile. Prometto di non lasciarti più, Stellina. Risolveremo tutti i problemi che si presenteranno. Insieme.»

I suoi occhi si riempirono di lacrime.

Jack le mise una mano sulla nuca e la tenne ferma

mentre sollevava la testa per baciarla. Quando cominciò a diventare di nuovo duro, spinse via la coperta e disse: «Non ho la forza di volontà per tirarmi fuori da te, ma dobbiamo fermarci finché non potrò fare il test.»

Maisy si morse il labbro, poi lentamente si mise a cavalcioni su di lui, spingendo il suo cazzo più a fondo. Appoggiò le mani sul suo petto e lo fissò, poi si dondolò fino portare le ginocchia ai lati dei suoi fianchi. «Mi fido di te, Jack.»

«Maisy» la avvertì, afferrandole i fianchi. Voleva tirarla via, ma non aveva la forza di volontà. E quando lei si sollevò un po' per poi sprofondare di nuovo giù, gemettero entrambi.

Jack le fissò le tette, che erano perfette, né troppo grandi né troppo piccole, e quando lei si muoveva si scuotevano in modo seducente. Ne prese una in mano e la strinse.

Lei si sollevò ancora una volta, abbassandosi però più forte.

«Così, Stellina. Cavalcami. Scopa tuo marito per bene.»

Le sue parole le fecero stringere i muscoli interni intorno a lui, mentre iniziava a muoversi più velocemente. Cercò di memorizzare quel momento. Sua moglie che lo prendeva, con la testa gettata all'indietro e le tette che rimbalzavano a ogni movimento. Anche se non riusciva a ricordare, aveva la sensazione di non aver mai visto nulla di così dannatamente sexy in tutta la sua vita.

Lei lo prese con intensità, i suoi movimenti divennero rapidamente scoordinati, persino goffi, rendendo il momento ancora più memorabile. Era come se fosse la prima volta che stava sopra, il che doveva essere impossibile. Con una donna del genere come moglie, Jack era sicuro di averla presa in tutte le posizioni immaginabili. Ma dato che la sua memoria aveva fatto cilecca, non aveva problemi a imparare da capo cosa amavano fare a letto.

E quello che stavano facendo ora gli piaceva decisamente.

«Toccati» le ordinò. Lei portò subito la mano tra le gambe e si strofinò il clitoride, mentre si muoveva su e giù sul suo cazzo.

Nel momento in cui sentì i suoi muscoli contrarsi, li fece rotolare e iniziò a scoparla con forza mentre lei veniva, fino a quando non arrivò anche lui all'orgasmo. La riempì ancora una volta con il suo sperma e non poté fare a meno di pensare alla possibilità di averla messa incinta. Quell'idea avrebbe dovuto spaventarlo a morte, invece gli sembrò una cosa... giusta.

Dopo aver ripreso fiato, Jack scivolò fuori dal letto e andò in bagno. Inumidì una salvietta e si ripulì, poi tornò in camera e pulì anche lei tra le gambe. Non gli sfuggì il rossore che le infiammò il viso. Ovviamente quella era un'altra cosa che non aveva mai fatto prima. Era stato un idiota, era l'unica risposta che gli veniva in mente al motivo per cui Maisy a volte si sorprendeva per le cose che lui faceva.

Dopo aver riportato la salvietta in bagno, si infilò di nuovo nel letto e la prese tra le braccia. Erano entrambi nudi e fu una sensazione meravigliosa averla a contatto con la pelle. Lei si addormentò quasi subito, accoccolata a lui, ma Jack rimase sveglio per un bel po', a pensare.

Non riusciva ancora a ricordare nulla della sua vita prima di essersi risvegliato in quella stanza, ma per qualche motivo tenere stretta Maisy gli dava una sensazione...

strana. Era meraviglioso e lo adorava, ma sembrava una novità, non qualcosa che aveva fatto per anni.

Quel presentimento lo preoccupava.

Rimproverandosi ancora una volta, si ripromise di essere un marito migliore. Se non avesse dormito con lei tra le braccia ogni singola notte, sarebbe stato un maledetto idiota. Perché non c'era niente di meglio della sensazione che gli dava avere quella donna addormentata e accoccolata contro il suo cuore.

La amava?

Jack pensò a quella domanda per un lungo momento. Era sposato con lei, quindi doveva essere così. Ma non avere alcun ricordo della loro vita insieme era un po' sconcertante. Avrebbe voluto dire *ovvio* che amava sua moglie, ma onestamente, senza memoria, gli sembrava di conoscerla solo da una settimana. Sì, gli importava di lei, era preoccupato per lei e per il rapporto evidentemente teso che aveva con il fratello. C'era qualcosa di strano, ma non era riuscito a capire quale fosse esattamente il problema... ancora.

Si sentiva protettivo nei suoi confronti... ma l'amore? Si vergognava di ammettere che non era ancora sicuro di provare quel sentimento. Non l'avrebbe mai ammesso con Maisy, perché probabilmente l'avrebbe distrutta. Era una donna che amava intensamente e profondamente. Lo aveva capito anche solo dopo una settimana.

L'amore sarebbe arrivato. Si era innamorato di lei una volta, sarebbe successo di nuovo. Non aveva dubbi. Per il momento, il legame che sentiva con lei, sia emotivo sia fisico, era sufficiente. Il sesso era stato fantastico, e ciò doveva essere dovuto al fatto che erano già stati innamorati. Il suo corpo ovviamente si ricordava di lei, anche se il suo cervello non lo faceva.

Maisy si agitò contro di lui e Jack girò la testa e le baciò la tempia. Lei si calmò immediatamente, e la sensazione di calore nel suo petto aumentò. Sì, poteva sicuramente innamorarsi di nuovo di sua moglie. Era solo questione di tempo.

Aveva un sacco di altre cose da risolvere, ma il suo matrimonio era solido. Si sarebbe assicurato che rimanesse tale, a prescindere da tutto.

CAPITOLO SETTE

MAISY ARROSSÌ quando si voltò e incrociò lo sguardo di Jack. Stavano cenando con Jason ed erano seduti l'una accanto all'altro. Lui aveva la mano sinistra posata sulla sua coscia, come se non potesse sopportare di non toccarla. E le piaceva.

Era trascorsa una settimana da quando si erano sposati ed era stato insaziabile. Avevano passato più tempo a letto che fuori. Non che si lamentasse.

Ma i commenti sprezzanti che le rivolgeva il fratello quando Jack non c'era – tipo quando era andato a fare le analisi per dimostrare di non avere malattie sessualmente trasmissibili, che in effetti non aveva – sul fatto di "prostituirsi" e con l'avvertimento di non mandare tutto a puttane, la irritavano. Ogni giorno che passava, Jason sembrava diventare più cattivo. Era come se avere Jack in casa lo stesse trasformando in un mostro ancora peggiore.

Era impaziente e risentito perché doveva aspettare tre mesi per mettere le mani su quelli che considerava i *suoi* soldi. Aveva usato alcune delle sue conoscenze criminali per procurare al cognato un documento d'identità "sostitutivo". Lo aveva anche aggiunto come cointestatario al conto corrente di Maisy, così che avesse una carta di credito. Quindi era ulteriormente scontento perché ciò significava che doveva versare denaro in modo che Jack non si insospettisse vedendo quanta poca liquidità c'era nel loro presunto conto comune.

Ora Maisy possedeva più soldi di quanti ne avesse mai avuti in vita sua, quasi diecimila dollari, ma Jason si era assicurato di farle capire che si trattava di un anticipo del minuscolo stipendio che le dava ogni mese. Il che era ridicolo, perché in realtà avrebbe dovuto ricevere il doppio di quei diecimila dollari. Invece se li teneva suo fratello, lasciandole pochi spiccioli... e soprattutto facendo in modo che dipendesse da lui.

Ma ora che era sposata le cose erano diverse. E Jason lo sapeva. Stava perdendo il controllo su di lei e lo odiava.

«Domani andremo a vedere qualche appartamento» annunciò Jack all'improvviso. Le strinse la coscia quando lei si girò a guardarlo scioccata.

«Perché?» chiese Jason con voce dura.

«Perché sì. È arrivato il momento. Ti siamo stati tra i piedi abbastanza.»

«Non mi state tra i piedi.»

Maisy avrebbe sbuffato a quel commento, se si fosse sentita abbastanza sicura di poterlo fare. Ma non lo era, quindi tacque.

«Io e Maisy abbiamo bisogno di stare per conto nostro. Apprezzo che tu le abbia permesso di stare qui mentre noi cercavamo di risolvere i nostri problemi e che mi abbia permesso di riprendermi dall'incidente, ma ci serve uno spazio tutto nostro» dichiarò con fermezza.

«Maise, non è una buona idea» disse Jason. «E se avessi una ricaduta? Quando Jack tornerà a fare il cacciatore di taglie sarai di nuovo sola. E sai cosa succede quando sei sola. Ti deprimi e hai bisogno di prendere dei farmaci per non fare qualcosa di stupido. E quando sei sotto farmaci, sei stralunata. Ricordi quella volta che hai acceso tutte quelle candele e hai quasi bruciato la casa?»

Maisy strinse le labbra. Suo fratello non aveva tutti i torti. *Non* le piaceva stare da sola. E i farmaci che il medico le aveva prescritto *l'avevano* aiutata, ma avevano anche fatto sì che si sentisse distaccata da tutto. Dopo la morte dei suoi genitori li aveva assunti per anni e anni, e a causa di ciò aveva perso gran parte della sua vita.

«Mi prenderò cura di lei» sostenne Jack. «Troverò un altro lavoro, è ovvio che quello che avevo non ha fatto bene alla nostra relazione. E se Maisy ha bisogno di vedere un medico, la porterò io. Non so che medicinali abbia preso, ma non c'è motivo di renderla stralunata. Probabilmente non le è stato dato il giusto dosaggio o la giusta combinazione di farmaci. È *mia* moglie, è una *mia* responsabilità. Non tua.»

La tensione nella stanza era alle stelle e la rendeva estremamente nervosa. Sapeva perché Jason non voleva che se ne andasse. Così non avrebbe potuto tenerla d'occhio e assicurarsi che non facesse qualcosa che potesse tradirlo. Non aveva dubbi che non si aspettava un uomo come Jack quando lo aveva rapito. Aveva pensato che fosse qualcuno da poter controllare, e lui non era così. Neanche lontanamente.

Senza dire altro, Jason spostò indietro la sedia e si alzò

in piedi. Lanciò a Maisy uno sguardo talmente minaccioso
da farla trasalire. Per un po' avrebbe dovuto fare il possibile per evitare di rimanere da sola con lui, perché quando
era di quell'umore si sfogava sempre su di *lei*. E ora che era
sposata e dormiva ogni notte con suo marito, non c'erano
posti in cui suo fratello avrebbe potuto lasciarle dei marchi
senza che Jack se ne accorgesse. Erano finiti i tempi in cui
poteva stringerle il braccio fino a lasciarle un livido, o spingerla talmente forte da farla cadere per terra o sbattere
contro un mobile. Stava perdendo il controllo anche su
quello. Il che lo rendeva ancora più arrabbiato.

Jason avrebbe dovuto trovare un altro modo per ferirla,
e aveva la sensazione che ciò avrebbe comportato minac-
ciare di fare del male a Jack.

Avrebbe funzionato. Era già arrivata al punto che
avrebbe fatto *qualsiasi* cosa per proteggere suo marito. Lui
non aveva chiesto di essere lì. Era stato strappato alla sua
vita reale e gettato in quella farsa. Jason non avrebbe
esitato a fare tutto ciò che era necessario per mettere le
mani sui soldi, e se ci fosse stato anche solo l'un per cento
di possibilità che Jack recuperasse la memoria o facesse
qualcosa che avrebbe minacciato i suoi piani, suo fratello
avrebbe agito di conseguenza.

Lo avrebbe chiuso nel seminterrato o, peggio, lo
avrebbe ucciso senza denunciare la sua morte o la sua
scomparsa alle autorità prima che fossero passati tre mesi.
Bastava che lei rimanesse sposata per quel breve periodo,
dopo di che non aveva importanza se Jack avesse divor-
ziato o se uno dei due fosse morto.

«Stai bene?» le chiese con gentilezza quando furono
soli.

Maisy fece del suo meglio per cancellare dalla sua espressione il terrore che provava, poi lo guardò. «Sì.»

Strinse la mano sulla sua coscia. «A me non sembra.»

Un'altra particolarità di quell'uomo era che sapeva leggere benissimo le sue emozioni. Sembrava che non riuscisse a nascondergliene nessuna. Sospirò.

«Mi dispiace.»

Maisy inclinò la testa con uno sguardo interrogativo. «Per cosa?»

«Per non averti parlato del fatto di cercare un appartamento prima di informare tuo fratello.»

Non ricordava l'ultima volta che *Jason* si era scusato con lei. Semmai, quando era in torto, si metteva sulla difensiva piuttosto che scusarsi. «Non c'è problema.»

«No?» chiese Jack. «Vuoi prendere un appartamento con me?»

«Sì.» Non le veniva in mente niente che desiderasse di più che uscire da quella casa. Un tempo era stata un rifugio, piena di ricordi della sua famiglia. Ma con il passare degli anni era diventata una prigione. Jason non era più la stessa persona che aveva ammirato da giovane, e ormai ne era terrorizzata da molto tempo.

«Tuo fratello... non è gentile.»

Avrebbe voluto sbuffare. Quello era proprio l'eufemismo del secolo. Ma cosa sapeva Jack? Cos'aveva sentito? L'ansia minacciò di sopraffarla.

«Questa casa è grande, ma non tantissimo. Ho sentito come ti parla quando pensa che non ci sia nessuno. Non è bello, Maisy. È un abuso e non posso più stare zitto. So che è tuo fratello e che gli vuoi bene, ma è un bullo. Se tu fossi una donna qualunque e lui il ragazzo con cui hai una relazione, ti consiglierei di andartene prima che ti ferisca con qualcosa di diverso dalle parole.»

Lei lo fissò, e sentì quella stretta che sembrava sempre avere intorno al petto allentarsi un po'. Era felice e allo stesso tempo frustrata che Jack non conoscesse la reale portata della personalità instabile di Jason.

Felice perché se avesse saputo che suo fratello *era* arrivato alle mani, probabilmente avrebbe perso la testa. Aveva visto alcuni dei lividi sul braccio la prima settimana di permanenza in quella casa, ma lei li aveva attribuiti alla sua goffaggine. Per fortuna sembrava avesse accettato quella scusa.

E frustrata perché sapeva che nel momento in cui gli fosse ritornata la memoria, la sua preoccupazione per lei sarebbe scomparsa in un soffio. Perché, maltrattata o meno, era complice di ciò che Jason aveva fatto. Non aveva partecipato al complotto per rapire uno sconosciuto, non avrebbe voluto sposarsi, ma non aveva nemmeno fatto sentire la sua voce. Non era andata alla polizia quando si era resa conto di ciò che era successo... o per gli altri sospetti sul fratello.

Aveva accettato di sposarsi sapendo benissimo che Jack non aveva idea di essere stato rapito, e gli aveva mentito in faccia più e più volte sulla loro cosiddetta vita insieme, tutto perché aveva paura di affrontare Jason.

Si vergognava di sé stessa. Ed era stanca. Terribilmente stanca.

Per la prima volta dopo mesi, il desiderio di perdersi nei farmaci che gli aveva somministrato in passato si fece forte. Voleva la via di fuga semplice che le davano. Voleva intorpidirsi per affrontare ciò che sapeva sarebbe arrivato... cioè le conseguenze delle azioni di Jason e delle proprie.

Perdere Jack l'avrebbe distrutta. Lo amava già. Era ridicolo, e le probabilità che suo fratello scegliesse per lei un uomo che sarebbe diventato l'amore della sua vita erano state infinitesimali. Eppure, eccola lì.

Jack la trattava come se fosse la persona più importante del suo mondo. La controllava costantemente per accertarsi che stesse bene. Voleva nutrirla. Si assicurava che dormisse a sufficienza e che fosse idratata. La ascoltava. Rideva con lei. La sosteneva.

In sostanza, era perfetto, e l'avrebbe odiata per sempre una volta compresa la profondità del suo inganno.

«Puoi dirmi tutto, Stellina» le disse con dolcezza, mentre si portava la sua mano alla bocca per baciarle le nocche. Lo faceva sempre, e ciò non mancava mai di farle venire voglia di sciogliersi tra le sue braccia. «Non importa quanto tu sia spaventata o a disagio per una situazione, puoi parlarmene e io farò il possibile per farti stare meglio. Non sei sola, ci sono io. Capito?»

Maisy lo fissò. Sì, lui c'era... per ora. Ma senza dubbio, non appena i suoi ricordi fossero tornati, se ne sarebbe andato senza più guardarsi indietro. Gli fece comunque un piccolo cenno di assenso.

«Bene. Non so tu, ma io ho perso l'appetito. Che ne dici di andare di sopra e accoccolarci sotto le coperte?»

Gli sorrise. Non avrebbe mai rifiutato una proposta del genere. «Sì, mi sembra un'idea fantastica.»

«Ho un regalo per te» Jack si lasciò sfuggire.

Sembrava nervoso, cosa non da lui, e ciò la fece sentire ansiosa a sua volta. «Non ho bisogno di nulla. Tranne che di te.»

Le labbra di Jack ebbero un guizzo. «Questa è una delle cose che amo di te. Non pretendi gingilli. Non collezioni roba inutile. Ti accontenti di sederti accanto alla finestra a leggere, o semplicemente a prendere il sole, osservando il mondo che passa. È meraviglioso. Ma ti ho preso qualcosa lo stesso. Andiamo, ma prima di salire passiamo a scusarci con Paige per non aver finito questa fantastica cena.»

«E vediamo se riusciamo a rubare uno spuntino per dopo?» gli chiese Maisy, che ormai lo conosceva abbastanza bene. Avevano passato le ultime due settimane praticamente sempre insieme. Sapeva che era goloso e che gli piaceva fare uno spuntino un paio d'ore dopo cena.

Lui sorrise. «Forse.» Poi si alzò e la tirò su con sé. Ma invece di dirigersi verso la porta, la abbracciò forte.

Lo sentì strofinarle il naso sui capelli, poi le disse: «Odio che tu soffra d'ansia. Che tu abbia dovuto prendere dei farmaci per superarla, perché non c'ero per te. Ma ti giuro che ora ci sono e sarò un marito migliore.»

Maisy avrebbe voluto spifferargli la verità. Non era giusto. Jack si stava rimproverando per qualcosa che non aveva nemmeno fatto.

Sentì crescere la determinazione. Magari fino a quel momento non si era comportata nl modo giusto, ma non poteva continuare così. Non poteva permettere che quell'uomo pensasse di averla delusa. Non aveva fatto *nulla*. Si era solo trovato nel posto sbagliato al momento sbagliato.

Doveva raccontargli tutto; che si erano appena conosciuti, che la loro cerimonia di rinnovo delle promesse in realtà era stata un finto matrimonio, anche se legale per quanto ne sapeva il governo, soprattutto perché "Jack Smith" ora aveva un documento a sostenerlo, supponeva. Che suo fratello lo aveva rapito, che forse aveva ucciso sua moglie. Dell'eredità e del fatto che Jason la voleva per sé, motivo per cui lui si trovava lì.

Scoprire chi fosse e da dove venisse sarebbe stato un compito più arduo, ma avrebbe potuto dargli i diecimila dollari che suo fratello aveva versato a malincuore sul suo conto, così avrebbe potuto usarli per assumere un investigatore privato. Sicuramente *qualcuno* lo stava cercando ed era preoccupato per lui. Jack avrebbe potuto trovare la sua gente e dimenticarsi di lei.

Sentendosi meglio di quanto non lo fosse stata da molto tempo, ora che aveva un piano, Maisy lo strinse forte. Rinunciare a lui avrebbe fatto male, ma era la cosa giusta da fare. Avrebbe già dovuto farlo, ma forse il fatto che finalmente stesse tirando fuori la testa dalla sabbia significava qualcosa.

Aprì la bocca per dirgli tutto, ma lui parlò prima che lei potesse farlo.

«Forza, troviamo Paige. Prima lo facciamo, prima possiamo metterci sotto le coperte... e coccolarci.»

«Coccolarci?» chiese con una risatina un po' triste, inclinando la testa per guardarlo. Suo marito era così bello che le faceva male il cuore. I suoi occhi scintillavano dietro agli occhiali, e lei fece il possibile per memorizzare il momento.

«Non so se prima ero il tipo di marito a cui piaceva accoccolarsi con la moglie, ma ora trovo che sia la parte migliore della mia giornata.»

«Anche la mia» ammise lei senza esitare, decidendo che sarebbe stato meglio raccontargli tutto nella loro stanza. Lontano da chiunque potesse origliare.

«E quando avremo finito di coccolarci, potrai cavalcarmi.»

Maisy sbuffò sorpresa mentre la voltava verso la porta della sala da pranzo. «Credo che tu sia ossessionato dal fatto che io stia sopra» gli disse.

«Non ti ho sentita lamentarti» replicò tranquillo. «E non hai idea di quanto sei stupenda quando lo fai. Posso vederti tutta, ho facile accesso al tuo clitoride, e mi prendi bene a fondo in quel modo. Inoltre, odi dormire nella parte umida e quando sei sopra di me non devi preoccupartene.»

Maisy si bloccò e lo fissò. Si era bagnata solo a sentirlo descrivere ciò che facevano in quella posizione, ma fu la considerazione nei suoi confronti a farla fermare.

«Che c'è? Troppo?» le chiese con un sorrisetto sexy.

«No, è che... mi sto innamorando di te» ammise. Era l'ennesima bugia di una lunga lista, ma non era abbastanza coraggiosa da dirgli che non si stava innamorando, lo era già.

«Meno male, visto che siamo sposati. Andiamo, Stellina, ho bisogno di accoccolarmi con mia moglie.»

———

Un'ora più tardi, Jack non riusciva a smettere di sorridere mentre fissava sua moglie che stava cavalcando il suo cazzo con una brama sfrenata. Era persa nelle sensazioni, con la testa gettata all'indietro, strusciandosi su di lui mentre si avvicinava all'orgasmo.

Non aveva mentito prima, quella *era* la sua posizione preferita, anche se tutte erano fantastiche. La sua Maisy era bellissima. E il punto era che non aveva idea del suo fascino. Provava imbarazzo per il suo corpo, e anche se suo fratello cercava di convincerla che era grassa, Jack pensava che fosse perfetta. Amava tutto di lei.

Amava.

Sì, amava sua moglie. Non gli ci era voluto molto per arrivare a quella conclusione. Era difficile credere che una settimana prima stesse mettendo in dubbio i suoi sentimenti per lei. Sentiva di amarla da sempre. E non si trattava di qualcosa di superficiale, o dettato dall'ottimo sesso che facevano. Era davvero grato di aver avuto una seconda possibilità di dimostrarle che poteva essere il tipo di marito che meritava. Non aveva idea di quale fosse stato il loro problema, del perché avesse ritenuto fosse una buona idea vivere a ore di distanza da lei e anteposto il lavoro alla relazione, ma sarebbe cambiato tutto.

«Jack» sussurrò quasi disperata.

Sapendo di cosa aveva bisogno, la rovesciò sdraiandola sulla schiena e la scopò duramente fino a lasciare entrambi senza fiato. Sembrava impossibile che solo una settimana prima lei riuscisse a malapena a prenderlo senza sentire male. Ora non aveva alcun problema e pretendeva di più di quello che lui aveva da dare.

Adorava quando la scopava con forza, e il modo in cui la sua fica gli stringeva il cazzo, come se non volesse mai lasciarlo andare, era la sensazione più incredibile del mondo.

«Vuoi venire?» le chiese.

«Sì, sì» sibilò.

«Allora toccati. Fallo tu, mentre io prendo ciò che è mio» le ordinò.

Lei portò subito una mano tra di loro. Non aveva molto spazio per muoversi, ma sembrava non importarle. Le sue dita gli sfioravano la pancia ogni volta che lui arrivava in fondo, ed era erotico da morire. La sentì strofinarsi freneticamente il clitoride e ciò non fece che aumentare il suo piacere.

Jack strinse i denti mantenendo a stento il controllo. Voleva portarla all'orgasmo prima di lasciarsi andare. Ne aveva bisogno. Lei veniva per prima, sempre. Non era una sensazione familiare, ma gli sembrava giusta. Maisy era tutto per lui. Avrebbe fatto qualsiasi cosa per soddisfare i suoi bisogni. A prescindere da quali fossero.

Nel momento in cui sentì la sua fica contrarsi intorno al cazzo, le scacciò via la mano e si mise le sue gambe sulle spalle. Poi si abbassò finché non si trovarono faccia a faccia. Lei era quasi piegata a metà, completamente aperta a lui. Jack pompava i fianchi su e giù scuotendole il sedere, mentre lei continuava a venire.

Non ci volle molto perché il piacere travolgesse anche lui, e quando finalmente si lasciò andare, si spinse il più profondamente possibile e gemette.

L'orgasmo gli fece quasi male. Ogni volta con lei sembrava la prima. Odiava ancora non avere idea di come fosse stata la loro vita sessuale prima dell'incidente, ma era convinto che non fosse neanche lontanamente così fantastica. Altrimenti non avrebbe mai potuto dimenticarlo. La sensazione di sentirsi sottosopra quando era nel profondo di lei era qualcosa che non aveva mai provato prima. Ci avrebbe scommesso la vita.

Invece di rotolare in modo da farla stendere sopra di lui, Jack le abbassò le gambe e si appoggiò su un gomito, allungandosi verso il comodino. Fece attenzione a non scivolare fuori dal suo sesso caldo e bagnato. Ogni volta che veniva si aspettava che l'erezione si sgonfiasse, ma rimaneva sempre mezzo duro, come se il suo cazzo avesse una mente propria e fosse determinato a rimanere nella fica calda di Maisy.

«Jack?» disse quando tornò sopra di lei.

«Sì?»

«Non che mi lamenti, perché adoro stare sotto di te, circondata da te in questo modo, ma... cosa stai facendo?»

«La sorpresa di cui ti ho parlato prima...» Tenne la piccola scatola tra loro.

Il suo verso sorpreso lo fece sorridere.

«Che cos'è?» gli chiese, senza muoversi per prenderla.

«Perché non la apri e vedi?» le suggerì.

Prese la scatola con riluttanza. Lo guardò, poi sollevò lentamente il coperchio.

«Ho notato che non porti l'anello, e nemmeno io ce l'ho. Immagino che sia andato distrutto nell'incendio. Ma ho scoperto che voglio che tutti quelli che incontriamo sappiano che sei mia. E voglio mostrare al mondo che anch'io sono sposato» le disse, quando Maisy non toccò gli anelli dentro la scatola.

«Non sono elaborati, ma non mi sembri il tipo che vuole qualcosa di enorme e vistoso.» Cominciò a innervosirsi mentre lei non faceva altro che fissare il set di fedi. «Se non ti piacciono, posso riportarle indietro e prendere qualcos'altro.»

«No!» esclamò all'improvviso. «Le adoro. È solo che... Jack.»

Nelle sue parole c'era una tristezza che non capiva. Pensava che sarebbe stata entusiasta del suo regalo. Quando aveva notato che nessuno dei due portava un anello, la cosa non gli era piaciuta. Ma ora era quasi pentito di averle fatto quella sorpresa. Forse avevano già concordato di non portarli per qualche motivo.

La guardò mentre tirava fuori i tre anelli. Sollevò la mano sinistra e fece per infilarsi la fede al dito, ma lui la fermò. Era un po' scomodo stare in equilibrio sopra di lei tenendosi sul gomito mentre le prendeva la mano, ma non si sarebbe perso quel momento per nulla al mondo. «Permetti?»

Annuì con un piccolo sorriso.

Gli porse la mano e Jack fece scivolare la sottile fascia d'oro lungo l'anulare. Poi aggiunse lentamente la fede di diamanti che pensava si adattasse perfettamente alla sua personalità. Vedere i suoi anelli al dito di Maisy gli fece battere il cuore più forte, e il suo cazzo si indurì nel profondo del suo corpo.

Lei ansimò e si leccò le labbra in modo sensuale. Poi prese l'anello che lui aveva comprato per sé.

Spostando il peso sul fianco destro, Jack le porse la mano. Sentirla farglielo scorrere sul dito fu come tornare a casa. «Sei mia» le disse.

«E tu sei mio» ribatté.

«Puoi dirlo forte.»

Un pesante bussare li fece trasalire entrambi, e Jack girò la testa verso la porta, accigliato.

«Maise? Abbiamo l'appuntamento con il banchiere domattina. Non dormire troppo!»

«Vattene!» gridò Jack, e sentì i passi del cognato allontanarsi lungo il corridoio. «Dopo l'incontro andremo a cercare un appartamento» la informò.

«Ok.»

«Bene.» Poi uscì a malincuore dal suo corpo e si mise in ginocchio. «Su» le ordinò. «Mettiti carponi, verso la testiera del letto.»

Le guance di Maisy si infiammarono, ma non esitò a

fare ciò che le aveva ordinato. Si girò e si mise in ginocchio tenendosi sui gomiti, esponendo la perfezione della sua fica e del suo sedere.

Gli si contrasse l'uccello nel vedere il suo sperma fuoriuscire lentamente da lei. Andò a raccoglierlo con il pollice prima che potesse cadere sulle lenzuola e lo spinse di nuovo dentro. Gli passò per la mente l'immagine di lei incinta di suo figlio, e sentì il cuore palpitare. Aveva ammesso di non prendere anticoncezionali, e sebbene una settimana prima avesse affermato che non era il momento giusto per rimanere incinta... ora poteva esserlo.

Il desiderio di legarla a lui in un modo così radicale fu talmente travolgente che avanzò in ginocchio, le afferrò i fianchi, probabilmente troppo forte, e affondò nel suo sesso con una rapida spinta.

Ansimarono entrambi.

«Merda, scusa... è stato troppo?» le chiese. Gli ci volle ogni grammo di autocontrollo per non incominciare a muoversi, per darle il tempo di adattarsi alle sue dimensioni.

«No, perfetto. Di più, Jack. Ti prego.»

Di nuovo quella parola. Molti uomini avrebbero goduto se la loro donna li avesse implorati per avere di più. Ma non lui. Odiava quando lo faceva.

«Non devi implorarmi se vuoi di più» le disse mentre iniziava a muoversi. «Ti darò con piacere tutto ciò di cui hai bisogno.»

«Ho bisogno solo di te.»

Nessuno dei due disse altro, e l'unico rumore nella stanza fu quello della loro carne che si incontrava, mentre la prendeva da dietro con forza. Jack teneva gli occhi incollati sull'uccello che scivolava avanti e indietro tra le sue pieghe, ricoperto dei loro umori. Era eccitante da morire e glielo fece diventare ancora più duro.

La sensazione era troppo bella, ed era solo questione di tempo prima che le sue palle si preparassero a liberarsi. Stringendo i denti si chinò sulla schiena di Maisy. Lei si sollevò sulle mani e incominciò a muoversi avanti e indietro sul suo cazzo, scopandolo mentre cercava disperatamente il piacere.

Jack abbassò lo sguardo e vide le loro mani sinistre una accanto all'altra sul materasso. Le fedi brillavano alla luce del lampadario che non si era preoccupato di spegnere. Vedere il segno tangibile del loro impegno reciproco gli fece battere più forte il cuore.

Si chinò a sfiorarle l'orecchio e non riuscì a trattenere le parole che gli uscirono dalle labbra. «Ti amo, Stellina. Non so cos'avrei fatto senza di te in queste ultime due settimane. Sei tutto per me e ti prometto che sarò sempre al tuo fianco. Qualunque cosa accada, sarò la tua roccia.»

Lei si irrigidì sotto di lui. «Non puoi prometterlo» sussurrò.

«Certo che posso» ringhiò. «Mi ami?» le chiese.

Per un attimo il suo cuore smise di battere, mentre aspettava una risposta.

«Sì.»

«È tutto ciò che conta. Risolveremo le cose man mano. Insieme.»

«Va bene.»

Jack si rilassò alla sua condiscendenza. «Ok» concordò. Poi le passò una mano sotto il corpo, e lei sussultò quando le pizzicò il clitoride. «Vieni sul mio cazzo, Stellina. Marchiami come tuo.»

«*Sei* mio» sibilò un attimo prima di esplodere.

Le sue parole possessive e la sensazione dei suoi muscoli che gli strizzavano l'uccello furono tutto ciò che gli servì per venire. Si immobilizzò nel profondo di lei schizzando getti di sperma. Quando finì, si sentì debole come un gattino. Cadde di lato, tenendo Maisy contro il suo petto, e continuò a stringerla a sé finché il suo cazzo non scivolò fuori. Poi la girò. Lei si sistemò subito nella posizione che trovavano più comoda per dormire: incollata al suo fianco, con la testa sulla sua spalla, una gamba sopra la sua e con il suo braccio intorno a lei.

«Come va la testa?» gli chiese dopo un attimo, un po' intontita.

Jack sorrise. Si preoccupava sempre per lui. Quando aveva scoperto che il mal di testa che aveva fin dal risveglio di due settimane prima non era diminuito, si era subito agitata.

«Bene.»

«Ma ti fa ancora male?»

«Sì.»

«Forse dovremmo portarti da un medico.»

«Sto bene.»

Maisy sospirò frustrata contro di lui, il suo fiato caldo gli accarezzò il petto. «Non dovrebbe fare ancora male.»

«Se non mi passa entro una settimana, ti prometto che ci andrò. Ok?»

Lei annuì subito. «Ok. Lo farai veramente?»

«Non faccio promesse che non mantengo» la rassicurò, e giocherellò con l'anello sulla mano posata sul suo petto.

Passarono un paio di minuti prima che lei parlasse di nuovo. «Mi ami davvero?» gli chiese sommessamente.

Jack non capiva perché sembrasse così sorpresa. «Sì.»

«Ma mi hai appena conosciuta.»

A quello lui si acciglià. «Non proprio. Siamo stati sposati prima che perdessi la memoria, ed è ovvio che la mia anima abbia riconosciuto la tua. Forse non ricordo cosa abbiamo fatto giorno per giorno, ma un amore come il nostro non può essere represso da una cosa così banale come la perdita della memoria.»

«Mi comporterò bene con te» disse Maisy in modo solenne. «Ho fatto degli errori *enormi*, ma rimedierò, fosse anche l'ultima cosa che faccio.»

«Shhh» la tranquillizzò Jack, non gradendo l'angoscia che sentì nella sua voce. «Dormi, Stellina. Domani andrai all'incontro in banca, poi ci recheremo da un agente immobiliare che ci aiuti a trovare un appartamento. Abbiamo il resto della nostra vita per risolvere qualsiasi cosa.»

«Ti amo, Jack. Davvero.»

Quelle parole si avvolsero intorno alla sua anima. Le baciò la fronte e poi chiuse gli occhi.

Non aveva idea di quanto tempo avesse dormito o di cosa l'avesse svegliato, ma un momento prima stava facendo un sonno tranquillo e quello successivo i suoi occhi si aprirono di scatto e non stavano fissando il soffitto della camera in cui dormiva con Maisy, ma qualcosa di buio e umido. Sentì delle urla e dei gemiti e il suo cuore cominciò a battere forte.

"Stone? Stai bene? Resisti, amico! Non moriremo qui, mi hai sentito? Non moriremo! L'esercito sta venendo a prenderci. Non lascerebbero mai a morire qui due dei migliori Night Stalker. Non abbandonarmi, Stone!"

Dopo aver sbattuto le palpebre più volte, la cella buia lasciò il posto alla confortevole stanza che aveva condiviso con Maisy nelle ultime due settimane. Il lampadario era ancora acceso e lei stava russando lievemente tra le sue braccia. Jack era madido di sudore e la testa gli pulsava così forte che gli faceva male persino respirare.

Cosa diavolo aveva sognato? *Era* stato un sogno? La cosa assurda era che sapeva che la persona che aveva parlato si chiamava Owl. Ma non aveva idea di chi fosse Stone. Niente di quel sogno aveva senso.

Chiuse gli occhi e si sforzò di rallentare il respiro e il battito cardiaco.

Era stato un incubo, nient'altro.

In fondo, però, sospettava che fosse molto di più. Ma non poteva pensarci in quel momento, sapendo istintivamente che se lo avesse fatto la sua testa sarebbe letteralmente scoppiata. Invece contò i respiri di Maisy. Si concentrò sulla sensazione del suo fiato contro la pelle nuda. Inspirò l'odore di sesso e di mele che permeava l'aria e il letto. Ascoltò il lieve rumore dei veicoli fuori dalla casa. Si leccò le labbra e assaporò la fragranza pungente di Maisy di quando le aveva leccato la fica prima che facessero sesso.

Deglutì a fatica e si lasciò andare a un sonno inquieto. Ma quando sognò fu di una bella montagna ricca di alberi, di chalet sparsi per la foresta, di risate, di odore di cibo che veniva cucinato e di una mucca che muggiva impaziente dall'interno di una grande stalla rossa. Gli diede una sensazione di pace che lo tranquillizzò, accompagnandolo in un sonno ristoratore.

———

«Non posso credere che non abbiamo trovato nulla!» disse

Owl passandosi una mano tra i capelli in preda all'agitazione.

Anche Brick non era contento, ma doveva essere la voce della ragione, altrimenti il suo amico avrebbe perso la testa. Erano passate due settimane dal rapimento di Stone. E da allora non c'era stato alcun segno di dove fosse stato portato, né da chi fosse stato preso.

Lara aveva ripetuto più volte quello che era successo in quell'hangar a Seattle, ma nulla di ciò che ricordava aveva dato qualche indizio su dove potesse trovarsi il loro amico. Aveva fornito una descrizione abbastanza decente dell'uomo che lo aveva rapito e dell'auto, ma non era riuscita a prendere il numero di targa. Senza di quello, brancolavano nel buio come quando avevano iniziato a darsi da fare per ritrovarlo. Sapevano solo che un serial killer aveva ingaggiato un uomo per rapire Lara e che quell'uomo aveva venduto Stone. Ed era tutto. Sia il serial killer sia il mercenario erano morti, portando ogni segreto nella tomba con loro.

Le telecamere di sorveglianza dell'aeroporto regionale erano state disattivate, e l'unica che aveva ripreso l'auto che lasciava l'hangar era stata troppo lontana per riuscire a leggere la targa.

Stone era scomparso nel nulla e non c'erano indizi su dove potesse essere. E Owl, il suo ex partner nell'esercito e compagno prigioniero di guerra, era sul punto di perdere completamente la testa.

«Non posso credere che con gli hacker migliori che ci stanno lavorando – Tex, Elizabeth, la donna con cui collabora, e persino Ry, il presunto genio del computer – non riusciamo a trovare la minima traccia! Deve essere là fuori da qualche parte, Brick! E probabilmente si starà chiedendo perché diavolo non siamo andati a prenderlo. Dobbiamo trovarlo. *Subito*!»

«Lo so. E ci stiamo provando.»

Owl si accasciò su una sedia al tavolo della sala conferenze più piccola del lodge. «Dobbiamo trovarlo» disse disperato. «Non posso sopportare il pensiero di quello che potrebbe star passando. Non ha senso. Chi l'ha preso? E perché? Se non hanno chiesto un riscatto, perché rapirlo?»

Brick non aveva risposte. «Non lo so. Ma ti prometto che non smetteremo di cercare. Non importa quanto tempo ci vorrà o quanto costerà, non ci arrenderemo. Mai.»

«Vado a parlare di nuovo con Ry. Ha detto di aver avuto un'idea ieri sera. Voglio vedere se ha scoperto qualcosa di nuovo» borbottò.

Brick avrebbe voluto fare di più. Avrebbe voluto aiutare il suo amico. Owl e Stone erano quanto più legati si potesse essere tra due uomini. Avevano vissuto un'esperienza orribile insieme, e sapeva che Owl si sentiva in colpa per il rapimento del suo compagno. Nonostante fosse svenuto quando era successo, si biasimava comunque.

Ryan, conosciuta anche come Ryleigh o Ry, lavorava al Rifugio da un po' di tempo e, a quanto pareva, era una sorta di prodigio dell'hacking informatico. C'era sicuramente una storia dietro, ma con Owl e Lara che si stavano riprendendo dal rapimento da parte di un serial killer, un bastardo malvagio deciso a fare di lei il suo giocattolo sessuale per la seconda volta, e con la scomparsa di Stone, nessuno aveva molto tempo per andare a fondo del motivo per cui Ryan lavorava lì e da cosa si nascondeva.

Brick mise una mano sulla spalla del suo amico e gli diede una stretta. «Come sta Lara?»

«Sta bene. Per ora non ha nausee mattutine» rispose. Parlare della moglie incinta sembrò cancellare un po' di angoscia dal suo sguardo.

«Ottimo. Fammi sapere se Ry ha trovato qualcosa.»

«Certo. Brick?»

«Sì?»

«Grazie.»

«Per cosa?»

«Perché non ti arrendi.»

«Non succederà *mai*. Stone è là fuori da qualche parte. È forte. Non ho alcun dubbio che stia tenendo duro nell'attesa che lo troviamo. E accadrà.»

Owl fece un respiro profondo. «Sì, lo troveremo.» Poi gli fece un cenno con il capo e si diresse verso la porta.

Dopo che se ne fu andato, Brick rimase fermo al centro della stanza. Chiuse gli occhi e fece un respiro profondo. Non aveva idea di chi potesse volere Stone, o per cosa. Ogni giorno che passava senza sapere dove fosse finito non era un buon segno. Ma non aveva mentito a Owl, non avrebbe mai smesso di cercare risposte. Stone era uno dei suoi migliori amici e non meritava ciò che gli era successo.

Il pensiero che fosse *di nuovo* tenuto in ostaggio era come una palla di acido nello stomaco. Quell'uomo ne aveva passate già abbastanza, e il responsabile del suo rapimento avrebbe pagato. Se ne sarebbe assicurato personalmente.

Lasciò andare il respiro, aprì gli occhi e andò alla porta. Voleva chiamare ancora una volta Tex, controllare gli altri amici per assicurarsi che non si perdessero d'animo, e doveva accertarsi che gli ospiti del Rifugio si stessero divertendo. Aveva un sacco di cose in ballo e non voleva trascurarne nessuna.

Ma prima doveva vedere Alaska. Lei era la sua roccia, la sua luce. Solo standole accanto le cose non sembravano più così brutte. Lei e le altre donne erano preoccupate per Stone come tutti, ma grazie alle esperienze vissute era fiduciosa della sua capacità di andare a fondo dell'accaduto e di riportare a casa il loro amico.

Gli serviva quella spinta, perché in quel momento sembrava davvero che Stone fosse scomparso nel nulla. Non c'erano indizi, né tracce di dove potesse essere. E ogni giorno che passava, le probabilità di riportarlo a casa vivo diventavano sempre più scarse.

CAPITOLO OTTO

MAISY ERA INQUIETA. Non solo perché quella mattina doveva andare in banca con suo fratello, ma perché Jack si comportava in modo... diverso. E non pensava fosse a causa delle parole d'amore che si erano scambiati la sera precedente.

Era successo qualcosa, ma non aveva idea di cosa. Sembrava diffidente, nervoso. Quando erano scesi a fare colazione, era trasalito a ogni minimo rumore. Maisy aveva temuto che gli facesse ancora più male la testa, ma lui aveva negato.

L'ultima cosa che voleva fare era andare da qualche parte con Jason da sola. Si era abituata ad avere Jack intorno che interveniva e faceva da cuscinetto tra lei e suo fratello, ma era ovvio che fosse sofferente. Era riuscita a convincerlo a rimanere a casa e a prendere degli antidolori-fici, in modo che al suo ritorno potessero uscire a cercare un appartamento.

Nel momento in cui chiuse la portiera della Land Rover, che Jason aveva comprato con i *suoi* soldi dicendole anche che prendere un'auto per lei sarebbe stato uno spreco visto che non andava mai da nessuna parte, lui scatenò la sua cattiveria.

«Nemmeno un grazie a tuo fratello?» chiese con un ghigno.

«Per cosa?»

«Ti ho comprato un cazzo e non mi hai ringraziato nemmeno una volta.»

Si sentì rimescolare lo stomaco, e afferrò il bracciolo della portiera con così tanta forza che le nocche le diventarono bianche.

«Davvero, sorellina, i rumori che provengono dalla tua camera di notte mi fanno quasi invidia. Jack sembra proprio sapere il fatto suo.»

«Stai zitto» borbottò, imbarazzata dalla volgarità del fratello.

Il palmo sul suo viso arrivò dal nulla. Poi Jason la spinse sulla spalla facendole sbattere la testa contro il finestrino.

«Non osare parlarmi così! Mostra un po' di rispetto» ringhiò, poi mise la retromarcia e uscì dal vialetto.

La guancia le pulsava e si passò la mano dove probabilmente era uscito un segno rosso. Era scioccata che fosse stato disposto a lasciare una prova che Jack avrebbe visto. Era la dimostrazione che stava diventando sempre più instabile. Doveva ricordarsi di fare molta attenzione. Forse avrebbe dovuto insistere per far andare Jack con loro, ma era sembrato davvero che stesse male e non aveva voluto peggiorare la situazione. In quel momento però, egoisticamente, desiderò che lui fosse lì, perché andare a quell'incontro era un errore. Lo sapeva benissimo.

Jason guidò verso la banca in silenzio, ma quando non svoltò sulla strada che lei sapeva avrebbe dovuto percorrere, l'ansia le fece rimescolare la pancia. Alla fine entrò nel parcheggio di un centro commerciale. Era affollato e c'era un gran via vai di macchine. Nessuno si sarebbe accorto di loro. Maisy rabbrividì.

Si voltò verso di lei e l'espressione sul suo viso le fece venire la pelle d'oca sulla nuca.

«Dobbiamo parlare» le disse serio.

Annuì. Non poteva dire di no, l'aveva portata lì per un motivo, e doveva rimanere ad ascoltare qualsiasi cosa volesse dirle.

«Non innamorarti di lui.»

«Cosa?»

«Non innamorarti di quello stronzo che hai sposato. Non resterà in giro a lungo.»

«Cosa vuoi dire? Perché?»

«Lo sai perché.»

Maisy deglutì a fatica. «Jase, no. Ti prego.»

Partì un altro schiaffo. «Ti ho detto di non chiamarmi così!» tuonò.

Le sfuggì un piccolo gemito e si vergognò di sé stessa. Avrebbe dovuto aprire la portiera e scappare. Avrebbe dovuto farsi valere. Ma aveva più paura di quello che lui avrebbe fatto se avesse osato sfidarlo, che di quello che stava facendo a lei.

«Senti, tutto il maledetto piano è andato all'aria. Non mi aspettavo che perdesse la memoria, anche se è stato sicuramente un bonus.»

«*Qual era* il tuo piano?» chiese Maisy in un sussurro.

«Un amico di un amico di Don è riuscito a trovare un accordo con un tizio, il quale sapeva che avevi bisogno di sposarti e ha fatto in modo di consegnarti qualcuno. Non ho idea di chi cazzo sia Jack o da dove venga, e non mi interessa, ma come ti ho già detto, ti avrebbe sposata in un modo o nell'altro. Anche se fosse stato necessario incatenarlo a quel cazzo di muro nel seminterrato, sarebbe successo. È stata una bella sorpresa quando si è svegliato e non aveva idea di chi fosse. E non dirmi che non stai godendo dei benefici, perché saresti una maledetta bugiarda. Ti sento di notte. Mi chiedo se alle *prostitute* piaccia il cazzo quanto sembra piacere a te.»

La bile le risalì in gola, ma la deglutì.

«Ho sborsato parecchi soldi perché diventasse tuo marito, quindi, se ci pensi, l'hai comprato per fare sesso. Tanto vale goderselo.» Jason rise. «Comunque, il gioco è fatto. Siete sposati ed è iniziato il conto alla rovescia per ottenere i tuoi soldi. Mamma e papà non avrebbero mai dovuto vincolarli in uno stupido fondo fiduciario con quelle ridicole clausole. Tra tre mesi, quando i fondi saranno sbloccati, non avremo più bisogno dello stallone.»

«Jason, ti prego, non fargli del male. Lo lascerò, divorzierò, qualsiasi cosa vorrai!»

«Sei così ingenua» le disse con fare paternalistico. «Pensi che possiamo semplicemente lasciarlo andare? Prima o poi la memoria gli tornerà, e poi? Non sarà contento di essere stato rapito e gettato in un bagagliaio, e di settimane di menzogne. E se per un attimo pensi che possa arrivare ad amarti, non succederà quando si renderà conto che sei parte di tutta la faccenda. Che gli hai mentito in faccia ogni giorno. Che sapevi quello che era successo, ma hai finto di essere già sposata con lui per convincerlo ad andare avanti con la presunta cerimonia di rinnovo delle promesse. Ci sei dentro fino al collo, Maise. C'è solo un'opzione.»

Suo fratello aveva ragione. *C'era* solo un'opzione.

Maisy doveva fare la cosa giusta per una volta nella vita. Doveva liberare Jack e assicurarsi che suo fratello pagasse per tutte le malefatte commesse.

«Capito?» le chiese con voce fredda e dura.

Lei annuì.

«Bene. Tre mesi. Persino *tu* puoi tenere la bocca chiusa così a lungo. Continua a fare quello che stai facendo, continua a spalancare le gambe, e qualche settimana dopo lo sblocco dei soldi diremo a tutti che è scappato. Che ti ha abbandonata.»

Maisy si trattenne dall'esprimere il suo pensiero. Non era possibile che la polizia fosse così stupida da credere due volte alla stessa storia. Che Jack se n'era andato nello stesso modo in cui se n'era andata la moglie di Jason, pochi mesi dopo il loro matrimonio e, coincidenza, dopo lo sblocco del denaro del fondo.

«Passato un po' di tempo chiederemo alle autorità di dichiararlo morto, quando si scoprirà che non ha usato nessuna carta di credito e non c'è più traccia di lui. Potrebbe lasciare un biglietto d'addio in cui c'è scritto quanto ti ama e che dopo aver saputo che non vuoi più stare con lui non può continuare a vivere. Potrei suggerire che è andato sulla costa e si è gettato nell'oceano o qualcosa del genere. In questo modo il suo corpo non potrà essere ritrovato. In ogni caso, una volta dichiarata ufficialmente la sua morte, potremo riscuotere la sua assicurazione sulla vita.»

Suo fratello era pazzo. Era l'unica spiegazione per la calma con cui stava tramando la morte di un altro essere umano. Poi recepì le sue parole. «Assicurazione sulla vita?»

«Sì» confermò, sporgendosi sul sedile posteriore e prendendo una cartella. Tirò fuori diversi fogli e gliene porse uno. «Ecco, firma qui.»

«Che cos'è?» gli domandò, cercando di leggere. Era chiaramente l'ultima parte di una sorta di documento ufficiale. C'erano due righe per le firme, una per la sua e una per quella di Jack. Lui l'aveva già fatto. In cima al foglio, a margine, c'era scritto che quella era la pagina quattordici di quattordici.

«La polizza di assicurazione sulla vita di Jack, naturalmente» rispose con un sorriso.

«E l'ha firmata?» domandò, aggrottando la fronte confusa.

«Certo che sì, non vedi?»

Maisy studiò il foglio davanti a sé, e quando alzò lo sguardo verso il fratello, capì che *ovviamente* non era la firma di Jack. Era stata falsificata, probabilmente come aveva fatto nella maggior parte dei documenti che avevano a che fare con il denaro e la loro eredità. «Questa non è la sua firma» disse con coraggio.

Ma Jason si limitò a ridere. «Sei un tipo sveglio» la prese in giro. «No, non lo è. Ma nessuno lo saprà mai. Ho solo bisogno che firmi anche tu così inoltrerò la pratica... e la retrodaterò, non posso permettere che la polizia pensi che l'abbiamo fatto subito dopo il matrimonio, instillerebbe dei dubbi una volta che Jack scomparirà.»

Maisy scosse la testa e cercò di spingere il foglio verso il fratello. «No.»

«No?» le chiese in tono cupo, senza accennare a prendere il documento che cercava di restituirgli.

«No» ripeté, cercando di suonare decisa. «Non è giusto. Stai già ricevendo i soldi della mia eredità. Questo non è necessario.»

Con una rapidità che lei non pensava fosse possibile, Jason si lanciò sopra il bracciolo centrale e la afferrò per la gola. La spinse contro la portiera, facendole sbattere di nuovo la testa sul finestrino. Si mise faccia a faccia e ringhiò. «Che cazzo ne *sai*, Maisy? Hai dormito negli ultimi dieci anni e mezzo. Sono stato io a preoccuparmi del mutuo, delle bollette, di assicurarmi che la nostra reputazione fosse immacolata. Pensi che sia stato facile? Non è così. Non ci sono più soldi. Finiti. Senza quelli del tuo fondo siamo fregati! Saremo nel lastrico e ci butteranno fuori dalla casa in cui siamo cresciuti.

Sei in *debito* con me, sorella. Sono tornato a vivere in questa casa, mi sono preso cura di te, ho assunto tutti quei medici per assicurarmi che non ti uccidessi nel tuo dolore. Finora sei stata una brava ragazza, quindi non rovinare tutto adesso. E non *pensare* nemmeno di tradirmi. Se lo farai, finirai come la povera Martha. Ora firma quel cazzo di foglio.»

Maisy non sapeva da dove arrivò il coraggio, ma riuscì a chiedere: «E se non lo faccio?»

Con sua grande sorpresa, Jason le lasciò la gola e si risedette al posto di guida ridendo. Non fu un suono divertito. In realtà la spaventò a morte. «Se non lo farai, andrò a casa, dirò al tuo innamorato che l'hai ingannato per farti sposare, che l'hai fatto solo per i soldi, e poi lo chiuderò nella stanza blindata del seminterrato, come avrei fatto se *non* avesse perso la memoria. Gli darò un pezzo di pane e un bicchiere di acqua al giorno. Forse. Quando saranno passati tre mesi, non sarà altro che pelle e ossa, seduto nella sua stessa sporcizia. Poi gli pianterò una pallottola nel cervello e mi sbarazzerò del suo corpo dove nessuno lo troverà mai.»

Maisy fissò il fratello con orrore. Quando erano piccoli, giocava a nascondino con lui. Le teneva la mano mentre andavano a scuola. Per sbaglio le aveva detto che Babbo Natale non esisteva, e poi l'aveva abbracciata quando lei aveva pianto. Le era stato accanto all'obitorio dopo la morte dei loro genitori, con un braccio intorno alle sue spalle, e le aveva promesso che si sarebbe preso cura di lei finché ne avesse avuto bisogno.

Ora era un mostro, e lo odiava.

«E per quanto riguarda te» Jason continuò, «riempirò la testa di Jack con storie del tuo tradimento. Farò in modo che ti odi a morte e che sappia che il piano di rapirlo è stato *tuo*. Gli dirò che hai riso per quanto è stato patetico per aver creduto a ogni parola, per quanto faceva schifo a letto. E alla fine, ti rinchiuderò con lui nei suoi ultimi giorni. Imbavagliata, ovviamente, in modo che tu tenga chiusa quella boccaccia del cazzo. A quel punto non gli importerà più nulla di quello che ti succederà, te lo assicuro. Ti farò guardare mentre gli pianto una pallottola nel cranio. Poi, visto che non posso permetterti di spifferare a nessuno quello che sai, farai la stessa fine. Potrete riposare non proprio in pace... dopotutto, finché morte non vi separi.»

Maisy si sentiva inebetita. Non poteva essere vero.

«Firma quel cazzo di foglio, sorella cara» ringhiò Jason, sporgendosi sul bracciolo, bloccandola con il suo sguardo maligno e porgendole una penna.

La prese come in trance, e firmò con dita tremanti.

«Sapevo che saresti stata d'accordo» le disse con soddisfazione, mentre infilava il documento nella cartella e la gettava sul sedile posteriore. Poi si voltò ancora verso di lei. «Tre mesi, Maise. Poi sarà tutto finito e potremo tornare a come eravamo prima.

Oh, e un'altra cosa. Quando torniamo a casa devi parlare con Jack e convincerlo che non vuoi trasferirti. Rimarrete fino alla fine dei tre mesi. Non mi fido che tu non faccia cazzate. E siccome so quanto sia stata stressante tutta questa storia, ti ho fatto prescrivere di nuovo le pillole. Oggi ricomincerai a prendere i tuoi ansiolitici. Fidati, sarà meglio per te.»

Non serviva un genio per capire perché Jason voleva che rimanessero fino allo scadere dei tre mesi; per avere facile accesso a Jack per farlo sparire. In modo permanente. Ma per nessun motivo al mondo sarebbe tornata a essere lo zombie che era stata a causa di quelle pillole. Ora era lucida, e non aveva dubbi che suo fratello avrebbe in qualche modo usato la sua presunta ricaduta come un modo per farla uscire di scena del tutto. Sarebbe stato abbastanza facile per lei "andare in overdose".

Fu travolta da un senso di urgenza. Doveva andarsene. Lontano da Seattle, lontano da suo fratello. Doveva allontanare anche *Jack* da lui. Aveva bisogno di un piano e, al momento, non sapeva da dove cominciare.

«Maisy? Hai capito? Quando torniamo a casa dirò a Jack che hai avuto un attacco di panico e che devi ricominciare a prendere le medicine. Stasera puoi metterti in ginocchio, succhiargli il cazzo e convincerlo che non vuoi trasferirti. Ok?»

Annuì. Avrebbe fatto qualsiasi cosa pur di farlo tacere.

«Bene. Ora andiamo in banca e compiliamo i documenti per dare il via allo svincolo del tuo fondo fiduciario. Firmerai quello che ti viene messo davanti senza fare domande, o le conseguenze non ti piaceranno.»

Annuì di nuovo. Non poteva opporsi, non adesso. Lui avrebbe fatto esattamente ciò che aveva detto. Avrebbe fatto del male a suo marito.

Jason aveva ragione, lei era altrettanto colpevole di aver ingannato Jack. Non avrebbe dovuto seguire il suo piano. Ma ormai era successo, e doveva fare il possibile per sistemare le cose. Avrebbe trovato un modo per salvarlo. Anche a costo di finire uccisa come sua cognata.

«È bello vederti compiacente. Tutto si risolverà per il meglio» le disse, in quello che chiunque avrebbe considerato un tono rilassante, ma che per lei aveva un suono sinistro.

«Lascia che sia io quello che pensa. Sei sempre stata troppo stupida per capire le cose. Me ne occupo io, e tra poco più di tre mesi tutti i nostri problemi saranno alle spalle.»

Tre mesi. Non era abbastanza. Maisy iniziò a farsi prendere dal panico mentre Jason accendeva l'auto e si rimetteva in marcia verso la banca. Intimamente fece un respiro profondo. Aveva dei soldi, dato che suo fratello aveva dovuto darglieli per ingannare Jack. Poteva usarli per... per cosa? Per prendere un aereo verso chissà dove? Jason avrebbe potuto trovarla se avesse usato il suo nome. E con Jack? Cosa gli avrebbe detto?

Forse avrebbe potuto pubblicare sui social un post su di lui e sul fatto che aveva perso la memoria, chiedendo se qualcuno lo riconosceva. Molte di quelle cose diventavano virali. Forse avrebbe trovato la strada per arrivare alla sua gente.

Ma Jason o i suoi amici avrebbero potuto vederlo prima dei cari di Jack, e ciò sarebbe stato un guaio per entrambi.

Però, avrebbero potuto letteralmente salire in macchina e andarsene... ma dove potevano andare senza che suo fratello li trovasse? Come avrebbero vissuto una volta esauriti i pochi fondi? Certo, potevano trovarsi un lavoro, ma per quanto tempo sarebbero riusciti a non farsi notare usando i loro nomi? Lei non era una criminale come suo fratello. O almeno... non lo era in passato. Non conosceva cose come documenti falsi e nuove identità.

Curvò le spalle. Allontanarsi da Jason sembrava sempre più impossibile ogni secondo che passava. Forse Jack avrebbe avuto qualche idea... se gli avesse raccontato tutto. La sera precedente aveva davvero avuto intenzione di farlo. Aveva perso il coraggio proprio quando lui aveva iniziato a baciarla, ad accarezzarla... a spogliarla.

Dio, era una debole.

E se possibile ancora più terrorizzata di prima. Aveva sempre sospettato che Jason avesse avuto a che fare con il furto dell'auto dei suoi genitori, ma ormai ne era quasi certa. E per quando riguardava Martha non c'erano più dubbi, dopo che le aveva detto che sarebbe finita proprio come lei.

Suo fratello era uno psicopatico. Non gli importava di nessuno se non di sé stesso. Aveva abbastanza conoscenze che avrebbe potuto tranquillamente aver assunto qualcuno per inscenare un furto d'auto e sparare ai loro genitori. Così come aveva trovato qualcuno per rapire Jack.

Si raddrizzò e fissò fuori dal finestrino con uno sguardo vuoto. Doveva dirlo alla polizia. Era la sua unica opzione... anche se le sembrava improbabile che Jason la perdesse di vista ora.

Magari lui sarebbe riuscito a rubarle i soldi e forse anche a ucciderla... ma se avesse scritto tutto quello che sapeva e lo avesse *lasciato* perché la polizia lo trovasse, avrebbero dovuto indagare, no? Almeno ci sarebbe stata una giustizia se suo fratello fosse finito dietro le sbarre, così da non poter spendere il denaro per cui si era dato tanto da fare.

Non era la soluzione migliore, avrebbe preferito vivere, ma era abbastanza sicura che non ci fossero possibilità che accadesse.

Il suo primo obiettivo era quello di salvare Jack. Lui non aveva chiesto di essere coinvolto in tutta quella storia. Inoltre, voleva che Jason pagasse per aver ucciso la povera Martha e probabilmente i loro genitori.

Più ci pensava, più l'idea le piaceva. Avrebbe scritto tutto ciò che riusciva a ricordare, ogni crimine che credeva avesse commesso suo fratello, fornendo dettagli e particolari che sperava potessero essere usati contro di lui. I nomi dei suoi amici, dei medici che avevano firmato le prescrizioni senza fare domande, delle persone che secondo lei potevano averlo aiutato a stipulare l'assicurazione sulla vita di Jack... e ora che ci pensava, probabilmente ne aveva stipulata una anche per lei.

«Ricordati di tenere la bocca chiusa il più possibile, lascia parlare me» le disse Jason, mentre parcheggiava davanti alla banca.

Maisy annuì. Per una frazione di secondo immaginò di alzarsi in piedi di fronte al direttore e all'esecutore testamentario dei suoi genitori, e spiattellare che era tutta una bugia. Che Jack era stato costretto a sposarla e che suo fratello era uno psicopatico.

Ma poi immaginò Jack incatenato al muro nel seminterrato, affamato e che la fissava con odio...

Rabbrividì al solo pensiero.

Non poteva farlo. Per il momento avrebbe fatto qualsiasi cosa Jason l'avesse costretta a fare, solo per guadagnare tempo. Tanto era certa al cento per cento che alla
fine Jack l'avrebbe odiata comunque. Ma finché fosse
tornato con coloro che lo conoscevano e amavano, e non
avesse vissuto nella menzogna... ne sarebbe valsa la pena.

Maisy aveva commesso molti errori nella vita, ma era
giunto il momento di confessarli. Era troppo poco, troppo
tardi, ma era tutto ciò che poteva fare.

Non avendo altra scelta, scese dal SUV e seguì Jason in
banca.

CAPITOLO NOVE

Jack era preoccupato per sua moglie.

Nell'ultima settimana, da quando era andata in banca con il fratello e lui era rimasto a casa per cercare di liberarsi del mal di testa, era diversa. Molto più riservata.

E ciò la diceva lunga, perché la sua Maisy non era esattamente espansiva. Ma ora era ancora più introversa e, francamente, ciò lo spaventava a morte.

Una volta tornata a casa era andata in camera, dove l'aveva trovato sdraiato a letto con gli occhi chiusi a cercare di rilassarsi. Gli si era accoccolata contro senza dire nulla, e dopo un po' gli aveva detto che non era ancora pronta a trasferirsi.

Era sembrata così triste, così sconfitta, che lui aveva accettato senza esitare.

Durante l'ultima settimana era stata una donna completamente diversa da quella che aveva imparato a conoscere. Aveva una ruga di preoccupazione quasi permanente sulla fronte, e usciva a malapena dalla loro stanza. Quando lo faceva, era per sedersi fuori al sole, dove fissava il vuoto senza parlare con nessuno. Oppure scriveva sul diario che aveva iniziato il giorno dopo la visita in banca.

L'aveva pregata di parlargli. Di raccontargli quello che era successo. Lei aveva solo detto di aver avuto un attacco di panico e che un medico del pronto soccorso le aveva consigliato di ricominciare a prendere le medicine. Si era rifiutata di parlarne ulteriormente, e Jason aveva affermato di avere i documenti dell'ospedale chiusi nel suo ufficio, dicendogli inoltre con tono condiscendente di non preoccuparsi, di non disturbarsi a fare niente perché si era sempre preso cura lui di sua sorella.

Jack era furioso. Ancora di più per il segno rosso che non aveva potuto fare a meno di notare sulla sua guancia. Avrebbe voluto affrontare Jason quel pomeriggio, non appena l'aveva visto, ma quando aveva tentato di alzarsi dal letto, Maisy aveva perso la testa. Aveva pianto, pregandolo di non dire nulla al fratello.

Era più che ovvio che avesse paura di lui. Anzi, ne era terrorizzata. Il che era un motivo in più per andarsene da quella casa. Ma Maisy sembrava fragile come non l'aveva mai vista, e l'ultima cosa che voleva era stressarla più di quanto già non fosse.

L'atmosfera inquietante di quel posto era ogni giorno più preoccupante. Non la capiva, ma di sicuro gli dava un brutto presentimento. Ogni volta che lei interagiva con il fratello, teneva la testa bassa e diceva a malapena un paio di parole. Lasciava parlare loro due, e ora le conversazioni erano a dir poco imbarazzanti.

Ma quando erano da soli, al buio nel loro letto, Maisy era *ancora più* diversa. Era esigente, quasi disperata quando facevano l'amore. Si aggrappava a lui come se avesse paura che se ne andasse, cosa che non sarebbe accaduta.

Jack non aveva idea di cosa stesse succedendo, ma non gli piaceva. Oh, di certo amava che la moglie fosse così affettuosa e passionale, ma non a causa di qualsiasi problema ci fosse. Jason sosteneva che la salute mentale di Maisy era fragile, e in presenza del fratello sembrava proprio così. Ma di notte, quando lo implorava di prenderla più forte, di scoparla in tutte le posizioni possibili, non sembrava affatto fragile.

Se non fosse stato certo che non era così, avrebbe pensato che stesse recitando... ma non era sicuro di quale fosse la vera Maisy. La ragazza delicata che diceva a malapena due parole durante il giorno? O la donna insaziabile che prendeva tutto quello che lui aveva da dare e ne pretendeva di più ogni notte?

Non era solo preoccupato per sua moglie, ma anche per la propria salute. I mal di testa non erano diminuiti e aveva dei flash di cose che non capiva. Pensava fossero ricordi, e ne era entusiasta; non c'era nulla che desiderasse di più che ricordare qual era la sua vita prima di svegliarsi in quella casa. Ma ciò che vedeva non aveva senso. I flash includevano persone e luoghi che non riconosceva, e la cosa che lo confondeva di più di tutte era avere la sensazione di essere in volo. Ma invece di dargli le vertigini, le visioni di essere tra le nuvole, di volare sopra le città e gli oceani, lo facevano sentire *libero*.

Lo sconcertava e disorientava, e ogni nuova immagine gli faceva pulsare la testa; non desiderava altro che il dolore cessasse.

Maisy sussultò tra le sue braccia. Prima avevano fatto l'amore in modo quasi disperato. Sua moglie si era inginocchiata tra le sue gambe aperte e gli aveva fatto un pompino che gli aveva sconvolto il mondo. Non gli aveva permesso di tirarsi fuori quando era venuto, e aveva ingoiato ogni grammo del suo piacere, senza esitazione. Lui le aveva restituito il favore finché non si era dimenata sulle lenzuola, tutta sudata, dopo due orgasmi. Poi lo aveva cavalcato quasi freneticamente, fino a farlo venire ancora una volta nel profondo del suo corpo. Alla fine si era accasciata contro di lui e si era addormentata quasi all'istante.

Quando aveva cercato di spostarla per farla stare più comoda, si era aggrappata a lui con un piccolo lamento, così l'aveva lasciata dov'era. E ora era evidentemente in preda a un incubo, perché tremava tra le sue braccia e i suoi occhi sfarfallavano dietro le palpebre.

Per un breve momento provò un'empatia così forte che poteva derivare solamente dalla comprensione di ciò che lei stava provando. Ma quando gemette il suo nome, quel sentimento svanì.

«No! Jack! Ti prego, lasciami spiegare!»

«Shhh» la tranquillizzò, odiando il suo tono angosciato. Ma lei non lo sentì.

«Jason, fermati! Farò qualsiasi cosa! Ti prego, non fargli del male!»

Jack si accigliò. Non gli piaceva ciò che stava sentendo. «Svegliati, Stellina!» le ordinò.

Non lo fece, ma *smise* di parlare. Però dalle sue labbra iniziò a uscire un lamento costante. Era straziante, e sembrava talmente sofferente che non poté più sopportarlo.

Rotolò, bloccandola sotto di sé, e le prese il viso tra le mani reggendosi sui gomiti. «Maisy!» disse a voce più alta. «Svegliati! Stai sognando. Sei al sicuro con me. Sono qui, non permetterò a nessuno di farti del male.»

Non sapeva cosa si fosse aspettato facesse, ma di

certo non che aprisse gli occhi come se avesse finto di dormire. Ma non aveva il minimo dubbio che non fosse così.

«Jack?» sussurrò lei, fissandolo.

«Sì, Stellina, sono io. Va tutto bene. Stavi sognando. Vuoi parlarne?»

Ancora una volta quella domanda gli sembrò familiare, come se l'avesse sentita fin troppo spesso. E avrebbe voluto sbuffare, perché l'ultima cosa che desiderava fare era parlarle dei suoi incubi... anche se non sapeva da dove fosse arrivato quel pensiero.

Con sua sorpresa, Maisy annuì.

«Devi sapere che... non volevo tutto questo.»

«Questo cosa, tesoro?»

«Cioè, *volevo* un marito, una famiglia... ma non così!»

Era confuso, ma annuì, desiderando che continuasse a parlare.

«Ti amo» ammise. «E non è una bugia. Farei qualsiasi cosa per te.»

«Anch'io ti amo» replicò.

Lei sorrise con tristezza. «Mi dispiace. Mi dispiace tantissimo.»

«Stai dicendo cose senza senso, Stellina. È stato l'incubo a scombussolarti.»

Lo fissò per un attimo, poi chiuse gli occhi e annuì.

Non gli piacque perdere il contatto visivo. Sembrò che volesse escluderlo, come faceva durante il giorno quando si muovevano per la casa. «Guardami» le ordinò.

Aprì subito gli occhi.

«Ti amo, Maisy. Sei stata l'unica costante nella mia vita dopo l'incidente. Sei la sola persona che so non mi mentirà, che mi dirà le cose come stanno, e farei qualsiasi cosa per te. Avere la possibilità di innamorarmi di te una seconda volta è stato un regalo. Hai capito?»

Le si riempirono gli occhi di lacrime, che poi scesero ai lati del viso fermandosi sui capelli. «Il giorno più bello della mia vita è stato quando ti ho incontrato» sussurrò.

Jack si chinò e le baciò le scie salate. «Allora perché stai piangendo?» le chiese.

«Quando ti tornerà la memoria, te ne andrai» sostenne in un lieve mormorio.

Lui scosse la testa. «No, non me ne andrò.»

«Invece sì. Ma è giusto così. Capirò.»

«Cosa non mi stai dicendo? Cos'è successo tra noi? Perché mi sono trasferito a Spokane?» domandò. Poi scosse la testa. «No, sai cosa? Non ha importanza. Ormai è acqua passata. Abbiamo ricominciato due settimane fa. La cerimonia di rinnovo delle promesse era proprio per questo. Per un nuovo inizio. Non ti lascerò, Stellina. E non permetterò neanche a te di lasciarmi.»

Gli rivolse un sorriso tremante. «Sistemerò tutto. Ti do la mia parola.»

«È già tutto sistemato» disse lui con fermezza. Ma l'ansia gli rimescolò lo stomaco. C'era qualcosa di strano. E per niente positivo. Anche se aveva appena detto che non contava il motivo per cui l'aveva lasciata, nel profondo sapeva che *aveva* importanza. E non poteva sistemare ciò che era successo tra loro se non conosceva i dettagli.

Lei fece un respiro profondo, poi si asciugò le lacrime dalle tempie quasi con impazienza. Gli fece un piccolo sorriso e disse: «Allora.... è notte fonda e siamo entrambi svegli... cosa vogliamo fare?»

Jack non avrebbe voluto cambiare argomento. Per quanto

gli piacesse fare l'amore con sua moglie, aveva un sacco di domande. Una tra tutte era perché all'improvviso avesse ricominciato a prendere così tante pillole; aveva visto i flaconi che Jason le aveva portato. *Odiava* che lei sentisse il bisogno dei farmaci, e avrebbe voluto fare qualcosa, qualsiasi cosa, per diminuire la sua ansia. Non riusciva a capire la necessità di prendere tanti medicinali diversi per un attacco di panico, ma... di certo il medico conosceva la sua storia clinica meglio di lui. Non le avrebbe mai prescritto qualcosa di dannoso, no?

Lei fece scivolare tra i loro corpi la mano che aveva usato per asciugarsi le lacrime e la chiuse intorno al suo cazzo. Come al solito, bastò un solo tocco per farglielo diventare duro.

«Fai l'amore con me, Jack» disse, leccandosi le labbra.

Non poteva resisterle. Tutto ciò che la sua Maisy voleva, l'avrebbe ottenuto. «Come mi vuoi?»

«Come sei ora. Voglio che mi guardi negli occhi mentre mi prendi in modo lento e profondo.»

Cazzo, le sue parole lo eccitarono. Tirò indietro i fianchi e si ritrovò giusto davanti alla sua apertura... poi completamente dentro. Non si ricordava nemmeno di essersi mosso. Ma il suo cazzo ovviamente sapeva cosa voleva, e cioè essere sprofondato nel suo sesso caldo.

Era ancora bagnata dal suo sperma dall'orgasmo precedente, e il pensiero di averla riempita era erotico e soddisfacente da morire. «Così?» le domandò, mentre la accarezzava lentamente dall'interno.

«Sì, sì» gemette.

Jack fece l'amore con Maisy proprio come gli aveva chiesto, in modo lento e profondo, fissandola negli occhi; nemmeno lei distolse mai lo sguardo. Si sentì legato a sua moglie come mai prima... ma allo stesso tempo quello gli sembrò quasi una sorta di addio.

Non sarebbe stato così. Lei era *sua*. Non l'avrebbe lasciata andare. Il solo pensiero era inaccettabile. Quella donna era l'altra metà della sua anima. Non aveva alcun dubbio al riguardo.

Forse non si ricordava la sua vita prima dell'incidente, ma non ne aveva bisogno. Lei era il suo passato, il suo presente e il suo futuro, e non avrebbe permesso a niente e a nessuno di impedirgli di tenerla al suo fianco. L'aveva già dimenticata una volta, ma non sarebbe successo di nuovo. L'avrebbe legata a sé in modo così stretto che nessuno dei due sarebbe riuscito a liberarsi. Se per farlo avesse dovuto mantenerla nell'estasi del piacere, lo avrebbe fatto. Non sarebbe stato un sacrificio procurarle orgasmi multipli ogni notte per il resto della vita.

A quel proposito... portò una mano tra loro e le strizzò un capezzolo, sentendo in risposta una stretta intorno al suo cazzo. Gli piaceva quanto fosse reattiva. Ma aveva bisogno che lei venisse. Anche lui ci era vicino e non voleva arrivarci senza di lei.

Spostò la mano più in basso e cominciò ad accarezzarle il clitoride. Maisy gemette e scosse la testa, ma lui non si fermò, e nel giro di un minuto la fece esplodere di piacere. Ma per tutto il tempo non distolse lo sguardo dal suo. Quando anche lui si svuotò nel suo corpo, la sensazione fu ancora più intima proprio grazie a quel contatto visivo.

Nel momento in cui si sentì sgonfiare dentro di lei, si chinò e seppellì il viso nel suo collo. Inspirò il suo profumo di mele e il leggero, o forse non così leggero considerando quanto spesso avevano fatto l'amore negli ultimi tempi, odore di sesso. Era impresso nella sua memoria. A prescin-

dere da quanto forte avrebbe potuto essere un'altra even-
tuale botta in testa, Jack giurò di non dimenticarlo mai.
Né di dimenticarsi di lei.

Invece di alzarsi per prendere una salvietta e pulire
entrambi, si tirò fuori, se la sistemò contro il fianco nella
solita posizione in cui dormivano, e la strinse a sé.

«Jack, devo lavarmi.»

«No, non devi.»

«Ma... esce tutto» replicò con un sorriso contro la sua
spalla.

«Non importa. Non ti muovere.»

Gli strofinò il naso sulla pelle e gli strinse il braccio
intorno alla pancia. «Ti amo, Jack. Se non crederai a nien-
t'altro, ti prego di credere a questo.»

«Ci credo, Stellina. Davvero.»

Maisy si addormentò subito, e Jack sentì il cuore
gonfiarsi d'amore. La fiducia che gli dimostrava sempre lo
rese determinato a non deluderla, come invece chiaramente aveva fatto in passato. Ora le cose erano diverse.
Lui era un uomo diverso da quello che si era trasferito
dall'altra parte dello Stato a causa di chissà quale stupido
motivo. Non importava se avesse recuperato la memoria e
ricordato ciò che era successo tra loro. L'avrebbe sempre
amata. Non riusciva a immaginare nulla che avrebbe
potuto cambiare quei sentimenti.

———

Jack si svegliò di soprassalto. Maisy dormiva ancora come
un sasso accanto a lui e non si mosse nemmeno per il suo
movimento improvviso. Girò la testa per guardare l'orologio e vide che erano passate due ore da quando avevano

fatto l'amore. Il sole si stava appena mostrando all'oriz-
zonte fuori dalla loro finestra.

Chiuse gli occhi e fece un respiro profondo. Il sogno
era stato così vivido...

*Era in un letto d'ospedale e gli faceva male dappertutto. Non
aveva idea del perché fosse lì o di cosa fosse successo, ma il bip dei
macchinari accanto al suo letto era irritante e non ne poteva più di
medici e infermieri che lo guardavano con pietà.*

La scena successiva che gli balenò in testa...

*Era in una piccola camera da letto accogliente. Owl era seduto
sul pavimento e si teneva il naso. A Jack faceva male la mano e
sapeva d'istinto di averlo appena colpito.*

«Sei sveglio adesso, Stone?» chiese Owl.

*«Ti ho detto di non toccarmi quando ho un incubo o sto
dormendo» ringhiò Jack all'amico.*

*«Fanculo. Non ti lascerò stare lì a urlare di angoscia. Sto bene.
Vuoi parlarne?»*

«No.»

«Ok. Dovevo chiederlo. Sei sicuro di essere sveglio adesso?»

«Sì.»

*«Bene. Vado a fare i pancake. E una doccia. Ci vediamo tra un
quarto d'ora.»*

Jack fece una smorfia. Quel sogno gli stava scombusso-
lando il cervello, gli era sembrato così incredibilmente
reale. Riaprì gli occhi e vide che era ancora nella camera
con Maisy, non in ospedale o in quella stanzetta accogliente, dovunque fosse.

Il sudore gli imperlava la fronte. Non era sembrato
affatto un sogno. Solo che non aveva idea di chi potesse
essere l'uomo che si chiamava Owl, né del perché continuasse a sognarlo. E chi era Stone? Era davvero *lui*?
Sembrava proprio che si fosse rivolto a lui così. Ma quel

nome non significava nulla. Non aveva idea se fosse un soprannome, il suo cognome o cosa.

Lui era Jack Smith, no?

Gli si rivoltò lo stomaco. Che diavolo stava succedendo? Se era la memoria che gli stava tornando, non era più sicuro di volere che succedesse.

Era ironico che nel sogno gli fosse stata posta la stessa domanda che aveva fatto a Maisy dopo che si era svegliata dall'incubo. No, non voleva parlare dei demoni nella sua testa che sembravano uscire solo di notte.

Poi gli venne in mente un'altra cosa. Ovviamente aveva preso a pugni quel tizio perché aveva cercato di toccarlo mentre dormiva. Non *poteva* essere un ricordo, perché con Maisy non aveva avuto mai alcun problema. Era chiaro che non gli dispiaceva che lo toccasse, anzi, dormiva come un bambino con lei al suo fianco. Probabilmente il suo sogno era legato a qualcosa che aveva visto in un film o in televisione.

Maisy si mosse contro di lui così la guardò, contento di concentrarsi su qualcosa di diverso da quello che stava succedendo nel suo cervello.

«Che ora è?» borbottò.

La amava così: assonnata, aperta, che non si nascondeva da lui.

«È presto. Troppo per alzarsi. Chiudi gli occhi, tesoro, puoi sonnecchiare ancora un po'.»

«D'accordo, ma dobbiamo scendere a fare colazione. Sai che Jason ci aspetta.»

Jack serrò i denti. Jason e le sue richieste di presentarsi a colazione potevano andare a fanculo. Erano adulti, e se volevano dormire fino a tardi, dovevano poterlo fare. Ma sapeva già per esperienza che se lo avesse detto a Maisy, lei si sarebbe turbata, e non sarebbe stato un buon modo di iniziare la mattinata.

Così disse semplicemente: «Lo so. Non ti lascerò dormire troppo.»

Lei sospirò contro di lui e la sensazione del suo fiato caldo contro il petto gli fece contrarre il cazzo, ma lo ignorò. Sua moglie aveva più bisogno di riposare che di fare sesso.

Jack non si riaddormentò, si limitò a fissare il soffitto fino a quando non arrivò l'ora di alzarsi se volevano fare colazione secondo il programma di Jason. E proprio come aveva pensato, non appena Maisy fu in piedi, tornò a essere la donna introversa e sottomessa che era diventata nell'ultima settimana.

Lo odiava. Voleva la moglie felice e sorridente che era prima che andasse in banca con il fratello. Si era lasciato convincere a rimanere a casa, ma ora si stava pentendo di quella decisione. Doveva allontanarla da quell'uomo. Il loro rapporto non era sano; ormai era più che evidente. Forse era quello il motivo per cui in passato aveva litigato con lei e che lo aveva spinto a trasferirsi a Spokane.

Be', non sarebbe successo di nuovo. Avrebbe fatto tutto il necessario per proteggere sua moglie, anche da un suo familiare.

Deciso a fare ciò che era giusto, aspettò che Maisy finisse di prepararsi per poterla accompagnare al piano di sotto per iniziare la giornata.

CAPITOLO DIECI

La colazione fu un disastro. Maisy era più che mai consapevole dei crescenti sospetti di Jack. Jason non gli piaceva, giustamente. Suo fratello si comportava in modo sempre più arrogante e presuntuoso di giorno in giorno, e quando Jack le aveva detto di non vedere l'ora di fare il picnic nel parco, lui li aveva derisi.

Se uno sguardo avesse potuto uccidere, Jason sarebbe stato un uomo morto. Ultimamente nessuno dei due nascondeva il loro reciproco disprezzo, e ciò rendeva l'atmosfera molto tesa.

Quando suo fratello alla fine si alzò dal tavolo e se ne andò, senza celare molto l'occhiata di avvertimento che le lanciò, Jack disse: «Basta.»

«Cosa? Ma tu adori le colazioni di Paige.»

«Non ho intenzione di rimanere una settimana di più. So che è tuo fratello e che gli vuoi bene, ma non posso farlo.»

«Mi dispiace che ultimamente sia stato... burbero» replicò quasi disperata, pensando a quando Jason le aveva detto, senza mezzi termini, che se se ne fosse andata via prima dello scadere dei tre mesi se ne sarebbe pentita.

«Burbero? Maisy, è uno stronzo violento. Non mi interessa quello che dice a me, ho sentito di peggio, ma non posso sopportare che tratti *te* in questo modo. Non riesco a capire perché sei rimasta qui così a lungo.»

A essere sincera non lo sapeva nemmeno lei. No, non era vero; all'inizio perché era minorenne e poi perché era intontita dai farmaci e incapace di badare a sé stessa. Inoltre, grazie al fratello non aveva soldi, quindi non avrebbe potuto prendersi cura di sé da qualche altra parte. Non aveva un'istruzione a parte il GED, la certificazione equivalente di diploma superiore, e non aveva mai vissuto da sola, quindi non aveva idea se ce l'avrebbe fatta nel "mondo reale".

Oltretutto... aveva il terrore di suo fratello.

«Guardami, Stellina.»

Si voltò a fissare l'uomo che in poco tempo era diventato il centro del suo mondo.

«Non gli permetterò di farti del male. So che è difficile per te. Quando i tuoi genitori sono morti lui è stato la tua roccia. Se non fosse intervenuto saresti stata mandata in affidamento, strappata via da questa casa e da tutto ciò che conoscevi. Gli sei grata e ha fatto molte cose positive per te. Ma non hai più quindici anni, e ora ci sono *io* a prendermi cura di te. Fidati di me, tesoro, non ti deluderò. Forse non ricordo più l'uomo che ero un tempo, ma so nel profondo che posso provvedere a te. Che posso proteggerti.»

Anche lei lo sapeva. Non aveva la minima idea di chi fosse, ma non aveva dubbi che le persone a lui care, ovunque si trovassero, erano le più fortunate del pianeta. «Come... dove andremo?»

«Non lo so. Ma stamattina mi incontrerò con un tizio per quel lavoro di cui ti ho parlato qualche giorno fa, quello nel ranch. Non è l'ideale, ma ci farà guadagnare i soldi necessari per non dover più dipendere da tuo fratello. Mi ha anche detto che c'è un piccolo cottage disponibile nella proprietà.»

«Cosa ne sai tu di guidare escursioni? Di cavalli?»

«A essere sincero, niente. Ma mi inventerò qualcosa. L'idea di stare in quella bellissima tenuta, di vivere una vita semplice... mi alletta più di quanto credevo possibile. Non tornerò a fare il cacciatore di taglie, e non perché non ho alcun ricordo di cosa significhi *esserlo*, ma perché non voglio fare nulla che mi porti lontano da te per lunghi periodi di tempo. Questo tizio mi ha assicurato che le escursioni sono per lo più diurne, raramente anche di notte. In passato ho fatto un casino, ti ho rimandata in questa casa da sola. Non succederà di nuovo.»

Le si riempirono gli occhi di lacrime.

«Non piangere, tesoro. Tu, invece, cosa vorresti fare?»

«Io?» chiese, tirando su con il naso.

«Sì. Non voglio che ti annoi mentre io sono in giro a riparare le cose e a chiacchierare con gli ospiti del ranch.»

Maisy scrollò le spalle. «Non lo so.»

«Certo che lo sai. Cosa ti piace?»

«Leggere. Gli animali. I fiori. I bambini.»

Sul viso di Jack passò un'emozione che lei non riuscì a interpretare. «Giusto, quindi forse potremmo prendere in affidamento degli animali da un rifugio, per farli abituare a vivere in una casa prima che ne trovino una per loro. Oppure potresti imparare a sistemare i fiori e trovare lavoro come fiorista. Oppure possiamo parlare con il proprietario del ranch per vedere se puoi aiutare con i bambini che arrivano con i loro genitori. E se nessuna di queste cose suscita il tuo interesse, puoi stare seduta sul nostro portico a leggere, circondata da centinaia di fiori che hai piantato, con il nostro fedele bastardino Randy al tuo fianco e il nostro bambino accoccolato al petto.»

«Jack» sussurrò Maisy, completamente sopraffatta.

«La verità è che non me ne frega niente di ciò che farai, Stellina. Voglio solo tornare a casa e vedere il tuo bel sorriso, sapere che sei felice.»

Anche lei lo desiderava. Più di quanto lui avrebbe potuto immaginare. Ma era un sogno. Come cercare di afferrare la nebbia; era proprio lì davanti al suo viso, ma impossibile da tenere nel pugno.

«Ora ti ho spaventata. Dai, hai detto che volevi parlare con Paige prima di uscire. Ti accompagno in cucina, poi vado di sopra a cambiarmi. Sei sicura di voler fare un picnic nel parco a pranzo? Possiamo andare da qualche parte.»

«Sono sicura.»

Nell'ultima settimana si era sforzata di comportarsi come faceva quando era sotto l'effetto dei farmaci: stralunata, come se non si accorgesse di ciò che le succedeva intorno. Ma non aveva preso nemmeno una pillola. Aveva bisogno di essere il più lucida possibile se voleva trovare una via d'uscita dallo schifo che era diventata la sua vita. E per allontanare Jack da suo fratello. Era difficile mantenere quella facciata neutra quando Jason iniziava a criticarla, quando le ricordava cosa sarebbe successo a suo marito se lo avesse sfidato.

Lui si alzò e le tese la mano. Nessuno dei due aveva

mangiato molto, ma Maisy non aveva fame. Non era sicura di quello che sarebbe successo nei giorni successivi, ma data la determinazione di Jack di andarsene, e l'altrettanto forte desiderio di Jason che restassero per poter mantenere il controllo su di lei, qualcosa doveva spezzarsi. Sperava solo che non succedesse a lei.

Le aprì la porta della cucina e Paige e le altre due donne che aiutavano a preparare i pasti si voltarono a guardarli. Soddisfatto che il fratello non fosse nei paraggi, Jack la prese tra le braccia, la fissò per un lungo momento, poi si chinò a baciarle la fronte. «Ti aspetto di sopra.»

Nel momento in cui lui se ne andò, Maisy andò subito da Paige. Non aveva molto tempo e doveva dire alla donna una cosa importante.

«Maisy, che problema c'è? La colazione non andava bene?» chiese, con la fronte aggrottata.

«No, era ottima, come al solito. Ma ho bisogno di parlarti... da sola.»

Per fortuna lei non perse un colpo e si voltò verso le sue assistenti. «Potete darci un momento, per favore?»

Senza esitare, le due donne annuirono e se ne andarono. Una volta rimaste da sole, la cuoca le chiese. «Allora, che succede? Cosa volevi dirmi?»

Maisy si guardò intorno, senza sapere bene cosa stesse cercando. Delle telecamere o dei microfoni nascosti? Anche se ci fossero stati, non avrebbe saputo riconoscerli. Ma non poteva rischiare di essere ascoltata. Indicò con la testa verso la grande dispensa e si avviò in quella direzione.

Paige la seguì con un'espressione confusa, ma non protestò. Maisy chiuse la porta, poi si voltò verso la donna che conosceva praticamente da tutta la vita e fece un respiro profondo. «Ho bisogno che tu faccia qualcosa per me. Qualcosa di enorme. E forse pericoloso. Ma non te lo chiederei se non pensassi che è importante.»

La donna la studiò per un lungo momento. Poi la sorprese.

«Quando ho iniziato a lavorare per i tuoi genitori avevo venticinque anni. Doveva essere un lavoro temporaneo, qualcosa che avrei fatto finché non avessi trovato una "vera" carriera. Ora ne ho sessantuno e sono ancora qui. Volevo bene ai tuoi genitori, e quando sei nata hanno capito che la loro famiglia era davvero completa. Alcuni dei miei ricordi più belli li ho con te, Maisy: preparare insieme i biscotti, tu e i tuoi amici che strillavate di gioia per le torte di compleanno che ti facevo. Ma qui ho anche alcuni dei ricordi peggiori: piangere insieme a te dopo aver saputo dell'incidente, essere preoccupata per te quando eri così depressa da non riuscire ad alzarti dal letto... e vedere tuo fratello maltrattarti in modo così orribile.»

Maisy spalancò la bocca, scioccata.

«Vedo tutto» disse Paige con ferocia. «Me ne sarei andata anni fa, ma non potevo lasciarti da sola in questa casa. Quindi ciò che mi dirai rimarrà tra noi due. Sei la figlia che non ho mai avuto. Ti voglio bene, bambina, quindi qualsiasi cosa tu debba dire, dilla.»

Le fu difficile reprimere il desiderio di svelarle tutto di Jack. Era già abbastanza grave ciò che stava per fare; l'avrebbe messa in pericolo come lo erano loro, ma doveva fare *qualcosa*. Non era molto, ma a quel punto era l'unica cosa che sentiva di poter fare.

«Ho un diario. In realtà non è proprio un diario, ma una confessione. L'ho scritto nell'ultima settimana. Ho incluso tutto ciò che sono riuscita a ricordare, tutti i dettagli che spero possano essere utili. È nella mia stanza.

C'è un'asse del pavimento allentata proprio sotto la finestra. Non credo che Jason lo sappia, altrimenti...» Deglutì a fatica e si costrinse a continuare. «Se dovesse succedere qualcosa a me o a Jack... ho bisogno che tu lo prenda, insieme alle altre cose che ho nascosto lì. Devi portare tutto alla polizia.»

«Maisy» sussurrò Paige in tono tormentato.

«Non che io pensi accadrà qualcosa» mentì in fretta. «Ma se dovesse succedere...»

Lei le afferrò la mano. «Capisco. E non preoccuparti, me ne occuperò io. Ma ho bisogno che tu mi ascolti. Mi stai ascoltando?»

Maisy guardò il volto della donna che c'era sempre stata per lei. Era pieno di rughe che le davano l'aspetto di qualcuno che aveva vissuto una vita estremamente difficile, ma si era presentata lì giorno dopo giorno, immancabilmente, e le aveva preparato zuppe, pane delizioso e dolci, riempiendole la pancia quando non aveva avuto voglia di mangiare. Ora la stava mettendo in grave pericolo non spiegandole del tutto la situazione, ma mentre fissava i suoi occhi nocciola, Maisy ebbe la sensazione che la donna conoscesse già i segreti più oscuri e terribili celati in quella casa.

«Maisy? Guardami. Combatti l'annebbiamento causato da quei maledetti farmaci che ti sta dando e concentrati.»

Le dispiaceva che Paige pensasse che fosse stordita delle medicine che teoricamente stava assumendo. Probabilmente Jason l'aveva avvertita che era depressa e che aveva ricominciato a prenderle; aveva allestito la scena, per così dire. «Ti ascolto» disse alla sua vecchia amica.

«Lo so» replicò con dolcezza, ma con fermezza. «Mi occuperò di quel diario, ti do la mia parola. Ma se si presenta l'occasione, scappa lontano da questa casa e dai fantasmi che la abitano. Tu meriti di volare in alto, mentre qui sei sempre stata legata al suolo. Prendi tuo marito e vattene. Mi hai sentita? *Vattene.*»

«Lo farò.»

«Bene» le disse con una soddisfazione e un sollievo tali da obbligarla a stringere gli occhi per scacciare le lacrime.

«E prenditi cura del tuo uomo. È un bravo ragazzo» aggiunse con un cenno del capo. «Ti proteggerà.»

Maisy avrebbe voluto dire tante cose, ma non c'era tempo, e comunque non era sicura di quello che avrebbe potuto dirle. Paige sapeva che Jack non era suo marito già prima che comparisse qualche settimana prima. Non era stupida. Ma non aveva detto una parola. Era rimasta in silenzio, proprio come facevano tutti con suo fratello.

Una piccola parte di lei si sentì un po' meglio per quella consapevolezza, per quanto terribile fosse. Non era l'unica ad avere paura di Jason. Certo, non la assolveva dalle sue malefatte nei confronti di Jack, ma almeno non si sentiva più così sola.

Paige la abbracciò forte, e dato che erano più o meno della stessa altezza, poté sussurrarle facilmente all'orecchio. «Vai. Allontanati da qui il più possibile.»

Maisy si tirò indietro e chiese: «E tu?»

«Non appena sarai libera, lo sarò anch'io. Sono rimasta solo per te.»

Le sue parole la fecero quasi crollare. Sapere che quella donna si era presa cura di lei per quasi trent'anni le fece un profondo effetto. Poteva restare, ma ciò avrebbe significato che anche Paige sarebbe rimasta, e non era giusto. «Ti voglio bene» le disse.

Fu il turno dell'altra donna di commuoversi. «Ti voglio

bene anch'io, bambina. I tuoi segreti sono al sicuro con me. Ora vai di sopra e preparati per uscire con il tuo uomo. Quando tornerai giù avrò un cestino pronto per il vostro picnic.»

«Grazie.»

Ma Paige scosse la testa. «Sapevo che questo giorno sarebbe arrivato. Ho pregato perché succedesse. E non hai idea di quanto io sia entusiasta che ormai quasi ci siamo.»

Maisy non sapeva cosa dire. Non aveva dei piani. Non sapeva come avrebbe potuto fuggire da quella casa. Ovunque fosse andata, non aveva alcun dubbio che Jason l'avrebbe seguita, perché non avrebbe permesso che qualcosa si mettesse tra lui e il denaro che ormai era quasi suo. Aveva bisogno che lei firmasse i documenti dopo i tre mesi di matrimonio per ottenere lo sblocco dei fondi. Dopo di che... sarebbe sparita.

Si voltò e aprì la porta della dispensa, provando sollievo quando vide che la cucina era ancora vuota. Salutò Paige con un bacio e poi si diresse verso la scala posteriore, in direzione della sua stanza. Fortunatamente non incontrò suo fratello, perché guardandola in faccia avrebbe capito subito che c'era qualcosa di strano.

Entrò in camera e sorrise quando sentì Jack canticchiare in bagno mentre si lavava i denti. Chiuse gli occhi per memorizzare il momento. Era una situazione così... normale. E in una vita in cui *nulla* era mai stato normale, fu una sensazione straordinaria.

L'acqua scorse di nuovo e lo sentì sputare nel lavandino. Un attimo dopo era già sulla soglia del bagno.

«Non ti ho sentita entrare» le disse con un sorriso, andando verso di lei.

Maisy si spinse via dalla porta con l'improvviso bisogno

di toccarlo. Per essere sicura che fosse reale. Che fosse lì. Si scontrò con il suo petto e lo abbracciò forte, appoggiando la guancia sulla sua spalla.

«Tutto bene?» le chiese, ricambiando l'abbraccio.

Sollevò lo sguardo su di lui. «Adesso sì» replicò con sincerità.

Jack la studiò per un lungo momento, mentre lei faceva altrettanto. Gli infilò una mano tra i capelli sulla nuca e lo accarezzò. «Ti fa ancora male la testa?»

Lui scrollò le spalle.

«Hai preso qualcosa?» gli chiese, aggrottando la fronte.

«Sì.»

«Non è normale. Dobbiamo andare dal medico.»

«Starò bene.»

Non le piaceva che avesse ancora mal di testa dopo così tanto tempo dall'incidente. Il tizio assunto da suo fratello lo aveva ferito gravemente, colpendolo abbastanza forte da provocargli una commozione cerebrale e fargli perdere la memoria. Il fatto che gli facesse ancora male, a distanza di settimane, doveva essere un brutto segno. «Forse un medico sarà in grado di spiegare perché non hai recuperato la memoria, o se può essere permanente o meno.»

«Non voglio che qualcuno si trastulli con la mia testa» ribatté con fermezza. «Che mi torni o meno la memoria, non cambierà nulla.»

Maisy non riuscì a trattenere una smorfia; se gli fosse tornata sarebbe cambiato *tutto*.

«Starò bene» ripeté, interpretando male la sua espressione. «Se dovesse sembrarmi che qualcosa non va te lo dirò e andrò da un medico. Te lo prometto. Ok?»

Se lo sarebbe fatto bastare, così annuì.

«Ottimo. Vai a fare ciò che devi prima di uscire. Paige è ancora d'accordo di prepararci un cesto per il picnic?»

«Sì.»

«Bene. Lo prenderemo quando usciamo. Maisy?»

Lei sollevò lo sguardo.

«Oggi sarà una bella giornata. Me lo sento. È il primo giorno del resto della nostra vita.»

Gli rivolse un sorriso incerto. Non sarebbe stato così facile, ne era certa. Jason non li avrebbe lasciati uscire felici di casa per camminare verso il tramonto e iniziare la loro nuova vita. No, avrebbe fatto qualcosa per impedirlo. Il tempo stava scadendo e lui non poteva permettersi di perderli di vista.

«Smettila di preoccuparti, ci penso io» disse Jack. Le diede un rapido e intenso bacio sulle labbra, la girò e la spinse scherzosamente verso l'armadio. «Non ciondolare, non voglio fare tardi al colloquio.»

Gli fece un altro sorriso incerto e andò all'armadio. Indossava già i jeans, ma scelse una camicetta a maniche lunghe elegante che non metteva da anni. Era di un rosso acceso, e le serviva proprio un tocco di colore per risollevarsi l'umore.

Jason non sapeva cosa avrebbero fatto quel giorno. Spesso uscivano a fare la spesa o a comprare vestiti nuovi per Jack, ed era a conoscenza del picnic. Non avrebbe dovuto insospettirsi per la loro uscita. Ma se lui avesse ottenuto il lavoro, avrebbe capito che avevano intenzione di andarsene molto presto.

Maisy rabbrividì, ma si sforzò di mettere da parte i pensieri sul fratello. Voleva godersi la giornata... perché sapeva che il tempo stava scadendo anche per la sua relazione con Jack.

CAPITOLO UNDICI

JACK ERA DI BUON UMORE. Il ranch gli era piaciuto molto. Il proprietario sembrava un tipo piuttosto rilassato e tranquillo, e gli altri dipendenti che aveva conosciuto erano persone alla mano e sembravano ansiosi di avere qualcun altro che li aiutasse nella proprietà.

Il suo lavoro sarebbe consistito nello svolgere qualsiasi tipo di compito necessario per il ranch. Riparare i recinti, pulire le stalle, sistemare le tubature nei cottage degli ospiti, fare manutenzione generale e, una volta imparati i sentieri, fare da guida nelle escursioni intorno alla proprietà, che si estendeva su un terreno di circa cinquecento ettari e comprendeva boschi e aree pianeggianti dove si trovavano le case e i cottage, oltre a un'arena dove i cavalli venivano addestrati dal personale e cavalcati dagli ospiti. Era una grande azienda da gestire e Jack ne era rimasto impressionato.

Ma... gli era sembrato che mancasse qualcosa, e capì cosa quando lui e Maisy arrivarono al piccolo parco non troppo lontano da casa sua.

Le montagne. C'erano colline e valli, ma le montagne vere erano a ovest della città. Provò un senso di nostalgia. Ma di cosa? O di dove? Era frustrante non capire cosa stesse cercando di dirgli il suo cervello.

Una fitta di dolore gli attraversò la testa e trasalì, contento che Maisy fosse di spalle mentre stendeva la tovaglia che Paige aveva incluso nel loro cestino. Gli sembrò di essere sul punto di ricordare tutto, ma per qualche motivo la porta dei suoi ricordi rimaneva ostinatamente chiusa.

Ora erano le notti a essere peggiori. Sognava cose disarticolate e terrificanti, ma senza alcun contesto. Nei suoi incubi balenavano nomi e volti di persone che aveva l'impressione di conoscere, ma il legame con loro rimaneva un mistero. L'unica cosa che lo manteneva sano di mente era Maisy. Stringerla tra le braccia pareva tenere a bada gli incubi peggiori. Averla vicina, sentire il suo profumo di mele, percepire la sua pelle nuda contro la propria, gli impediva di dare di matto.

Le sorrise quando lo guardò dalla sua posizione accovacciata. «Paige ha fatto i biscotti al burro di arachidi» lo informò felice, infilandosi una ciocca di capelli dietro l'orecchio.

Jack si abbassò accanto a lei e prese un contenitore con del pollo alla griglia. «Che ne dici di iniziare con qualcosa di più nutriente?»

«Il burro di arachidi è proteico. E nei biscotti ci sono uova, latticini e carboidrati» disse Maisy stuzzicandolo.

Jack ridacchiò, le tolse di mano il sacchetto di dolci e lo mise da parte, porgendole il contenitore di pollo.

Lei mise il broncio. «Sei cattivo.»

«No. Mi interessa la tua salute e il tuo benessere. Che

ne dici di mangiare prima le cose sane e poi ricevere una ricompensa?»

I suoi occhi scintillarono e disse con tono malizioso: «Ciò che voglio come ricompensa non ha il sapore del burro di arachidi e non è in quel sacchettino.»

E a quello, il cazzo di Jack si contrasse nei jeans. La sera del rinnovo delle promesse sua moglie era stata... reticente. Non poco disposta, ma incerta di fare sesso con lui, delle sue dimensioni, del suo desiderio per lei... di tutto. Era rimasto lontano per troppo tempo, ed era stato evidente. Ma ora l'appetito sessuale di Maisy era pari al suo e dovette trattenersi per non spingerla sulla schiena e prenderla in quel momento. Ma erano in un parco pubblico e c'era gente intorno a loro. Non avrebbe mai fatto nulla che potesse metterla in imbarazzo o in pericolo, e fare sesso in quel posto avrebbe causato entrambe le cose.

«Stavolta ci tocca passare, Stellina. Dovremo accontentarci dei biscotti.»

«Accidenti» borbottò con un piccolo sorriso.

Mentre mangiavano, Jack mantenne un tono leggero. Parlò delle persone intorno a loro, del tempo meraviglioso, di quanto fosse bella con la sua camicetta rossa... qualsiasi cosa che non la stressasse. Ma alla fine dovette parlarle dei loro passi successivi.

«Accetterò il lavoro se mi verrà offerto» le disse solennemente, una volta finito di pranzare e aver goduto dei biscotti di Paige.

Lei sospirò e annuì. Ma non lo guardò, concentrandosi invece su una famiglia che giocava a calciare la palla sul prato poco distante da loro.

«Davvero non vuoi andartene?» le chiese. Doveva

saperlo. Era impossibile che non si accorgesse di quanto il fratello era orribile con lei. Se fosse successo a qualcun'altra, era certo che Maisy l'avrebbe implorata di allontanarsi da quella situazione. Non capiva perché volesse restare.

«Vorrei andarmene, ma non è così semplice.»

«Sì che lo è» insistette. «Hai ventotto anni. Sei un'adulta. Non può controllarti per sempre.»

«Quando avevo otto anni... sono stata ammalata. *Molto* ammalata. Jason dormiva sul pavimento della mia camera ogni notte, anche se i miei genitori glielo proibivano. Erano preoccupati che venisse contagiato, ma a lui non importava. Si intrufolava ogni sera dopo che loro andavano a dormire.»

«Maisy» disse Jack, ma lei non si fermò.

«Quando ne avevo dodici, a scuola c'era un ragazzino che mi tormentava. Metteva in giro voci sgradevoli sul fatto che ero stata adottata e che i miei veri genitori erano dei serial killer. Era ridicolo, ma a dodici anni qualsiasi cosa ti sembra la fine del mondo. Jason è andato a casa sua a parlargli. Non ho mai scoperto cosa gli ha detto, ma i pettegolezzi sono cessati. Subito.»

Sospirò, si sdraiò sulla coperta e fissò il cielo. Jack si abbassò accanto a lei e le prese la mano. Rimasero così, a guardare le nuvole che si rincorrevano pigramente sopra di loro, mentre lei continuava a raccontare.

«Quando mamma e papà sono stati uccisi, ero così smarrita. Avevo una paura folle di finire nel sistema degli affidamenti. Jason si era appena laureato, ma si è trasferito qui e ha fatto le pratiche necessarie per diventare il mio tutore legale. Quando ho espresso il desiderio di morire, mi ha portata da un medico per farmi dare i farmaci di cui avevo bisogno per andare avanti giorno dopo giorno.»

«Farmaci che ti hanno resa una zombie» disse Jack con un'espressione accigliata.

Lei scrollò le spalle. «Già. Ma il fatto è che per anni è stato la mia roccia. L'unica persona che vedevo. Mi ha fatto andare avanti anche quando non volevo. La sua vita non è stata facile. Ha rinunciato a tutto per tornare a casa e prendersi cura di me.»

«Lo capisco, davvero. Ma non hai più otto, dodici o quindici anni. E ora hai me. Non capisco questo controllo che ha su di te, e mi spaventa a morte. È per questo che ci siamo separati?»

Maisy sospirò ma non rispose per un lungo momento. Poi girò la testa e lo guardò negli occhi. «Vorrei andarmene, ma ho paura.»

«Di cosa?»

Aggrottò la fronte. «Jason è cambiato. Non è più il fratello maggiore che ricordavo. Non gli piaci e ho paura che farà qualcosa per... assicurarsi che non possiamo stare insieme.»

«Non succederà, a prescindere da qualsiasi cosa possa dire o fare» le giurò.

Invece di rassicurarla, le sue parole sembrarono renderla ancora più triste, e tornò a guardare il cielo. «Sei la cosa migliore che mi sia capitata, Jack. Dico sul serio» mormorò. «Qualunque cosa accada, questa è l'assoluta verità. Accetta il lavoro, sarai bravissimo. Non mi stupirei se tra un paio d'anni dovessi diventare il comproprietario di quel ranch.»

«Non lo farò se davvero non vuoi. Possiamo trovare un altro modo per sbarcare il lunario» disse, provando un senso di calore dentro di sé per la fiducia che aveva in lui.

Maisy scosse la testa e si voltò a guardarlo. «No. Non

voglio restare in quella casa. Voglio andarmene. Con te. Iniziare una nuova vita. Non sarà facile, ma farò tutto il possibile per aiutarti. Troverò un lavoro, non ho idea di quale, ma voglio contribuire.»

«Mi basta che tu mi sostenga» ammise con sincerità.

«Lo faccio.»

«Bene. Il proprietario dovrebbe chiamare tra qualche giorno, dopo che avrà fatto un altro paio di colloqui. Se mi offre il lavoro, accetterò e decideremo la nostra prossima mossa. Dirò a Jason che ci trasferiamo e non voglio che tu sia lì quando lo farò. Se dovesse protestare, lo rimetterò in riga. Non gli darò altre possibilità di abusare di te. *Nessuno* ti farà più del male, Maisy. Sei mia, e ti proteggerò, provvederò a te. Sono tuo marito, e prendo sul serio le mie promesse.»

Lei deglutì a fatica. «E tu sei mio, e farò lo stesso con te.»

Jack si portò le loro mani unite alla bocca e le baciò le nocche, ma non accennò ad alzarsi. «È proprio una bella giornata» sospirò.

«Sì, lo è» replicò lei ridacchiando.

Jack si sentì più felice in quel momento di quanto non lo fosse stato da quella che gli sembrava un'eternità. Aveva la moglie al suo fianco, un futuro con lei a cui aspirare, e la profonda consapevolezza di essere proprio dov'era destino che fosse.

Un rumore in lontananza attirò la sua attenzione. Girò la testa e non riuscì a vedere nulla nel cielo, ma quel suono gli sembrò incredibilmente familiare.

Si alzò a sedere e fissò nella direzione da cui proveniva.

Qualche secondo più tardi apparve un elicottero. Volava veloce e sembrava puntare a una destinazione specifica. Jack si ricordò che Maisy gli aveva accennato che c'era un ospedale non troppo lontano dal parco.

Il rumore delle pale del rotore gli penetrò nell'anima, e dovette chiudere gli occhi per l'intensità del dolore che gli trafisse la testa.

Nella sua mente iniziarono a balenare delle immagini: uno chalet solido e massiccio immerso tra gli alberi... lui che rideva seduto intorno a un grande tavolo insieme a un gruppo di uomini ... lui seduto davanti una console di comando piena di interruttori e mentre osservava attraverso il parabrezza il terreno molto più al di sotto... uomini in uniforme e armati che salivano e scendevano dall'elicottero che lui pilotava... il suo amico e copilota Owl seduto accanto a lui che cercava freneticamente di evitare che l'elicottero si schiantasse... dolore, sangue, un ospedale... Owl che rideva con una donna dai capelli biondi... l'avvertimento a quella stessa donna di non toccare Stone se avesse avuto un incubo... la gioia di essere ai comandi dell'elicottero che stavano acquistando per il Rifugio... il risveglio in un bagagliaio, il panico...

Gli mancò il fiato mentre la memoria gli tornava di prepotenza. Non successe gradualmente, permettendogli di abituarsi alle immagini e ai suoni che il suo inconscio gli aveva tenuto nascosti. No, si riprodusse come un film dell'orrore a volume altissimo.

«Jack?»

Sentì Maisy chiamarlo come se fosse in lontananza. Con il suo nome di battesimo, non quello che aveva usato per anni... cioè Stone.

Lui era Stone. Non Jack Smith. No, il suo cognome era Wickett. Non aveva fratelli, i suoi genitori erano in pensione e vivevano a New York. Era il proprietario del

Rifugio, un resort di grande successo per persone che soffrivano di disturbo post-traumatico da stress. Era un comproprietario in realtà, insieme a Brick, Tonka, Spike, Pipe, Tiny e Owl, il suo migliore amico.

Merda, Owl! Stava bene? E Lara?

Una miriade di domande gli passarono per la testa... ma poi affiorò la più importante.

Chi cazzo era la donna al suo fianco che gli stava tenendo la mano? Perché di sicuro non era sua moglie. O almeno non lo era fino a qualche settimana prima... prima che fosse rapito.

Gli venne da vomitare ripensando alla cerimonia di rinnovo delle promesse a cui aveva felicemente partecipato. Aveva la sensazione che non fosse stato affatto un rinnovo.

In realtà aveva sposato la bugiarda che gli stava accanto.

«Jack? Cosa c'è che non va? Stai bene? Dobbiamo andare al pronto soccorso? Di' qualcosa, mi stai spaventando.»

Stone deglutì a fatica, pregando che il dolore si attenuasse, e si voltò a guardare Maisy.

Lo stava fissando allarmata e con la fronte aggrottata, la mano che stringeva forte la sua. Se non gli fosse tornato tutto in mente, avrebbe creduto che fosse davvero preoccupata per il suo benessere.

Il senso di tradimento che provò fu così profondo che lo avrebbe messo in ginocchio se non fosse già stato seduto.

Ora non sapeva cosa dirle, e il fatto di non conoscere lo scopo del suo inganno lo trattenne dall'infierire. Aveva bisogno di informazioni. Chi era? Perché lei e suo fratello lo avevano rapito? Lavoravano con Carter Grant, il serial killer che aveva giurato di vendicarsi di Lara? Dov'erano lei e Owl? Merda, doveva chiamare Brick. Scoprire cosa cazzo stava succedendo.

«Ti prego, di' qualcosa!» lo supplicò Maisy.

«Sto bene» riuscì a dire, ma la sua voce sembrò piatta e dura anche a lui.

«Sei sicuro?»

«Sì... è meglio se torniamo a casa.»

«Oh, ehm... ok» replicò a disagio.

Provò un lieve senso di colpa per il fatto che la stava spaventando, ma lo scacciò. Era stato *rapito*, cazzo. Indotto a credere con l'inganno di essere il marito di quella donna! Che il suo cognome fosse Smith. Non poteva fidarsi di nulla di ciò che lei avrebbe detto o fatto. Era chiaramente un'abilissima bugiarda.

Le lasciò la mano e si alzò. Lei fece altrettanto mentre lui cominciava a mettere la roba dentro il cesto, e si chinò per aiutarlo, ma lui le disse in tono brusco: «Ci penso io.»

Maisy annuì e indietreggiò, rimanendo a guardarlo.

La mente di Stone era in subbuglio. Doveva pensare ai passi successivi da intraprendere. Aveva libero accesso alla casa, quindi non sarebbe stato difficile andarsene. Ma prima aveva bisogno di risposte. Doveva sapere il *motivo* per cui si trovava in quella situazione.

Gli faceva male la testa. Gli faceva male il cuore. Accidenti, sembrava che gli facesse male ogni terminazione nervosa del corpo. I ricordi del suo passato non smettevano di scorrere nel suo cervello come un brutto film di serie B. Il periodo trascorso come prigioniero di guerra, le torture, l'angoscioso salvataggio, la calma che provava sulle montagne del New Mexico, il rispetto che aveva per gli amici che si erano stabiliti lì con lui.

Ma insieme a quei ricordi ce n'erano di nuovi che riguardavano Maisy. L'aspetto che aveva mentre gli cavalcava il cazzo. La sensazione di averla al suo fianco mentre dormiva. Lo sguardo spaventato che aveva quando era vicino al fratello. I misteriosi lividi che sosteneva fossero dovuti alla sua goffaggine. Il modo in cui Jason le parlava quando pensava che nessuno lo stesse ascoltando.

Stone era molto confuso. I sentimenti che provava per lei non erano scomparsi nel momento in cui gli era tornata la memoria. Al contrario, si sentiva ancora *più* protettivo nei suoi confronti. Il che era assurdo. Era ovvio che lei facesse parte del complotto messo in atto con il suo rapimento. Lo aveva ingannato dal momento in cui si era svegliato nel suo letto. Ma non riusciva a capire perché e quale potesse essere il fine di quell'elaborato stratagemma.

Si avviarono in silenzio verso l'auto e poi Stone si mise al volante, aspettando a malapena che lei chiudesse la portiera prima di uscire dal parcheggio. L'atmosfera rimase tesa per tutto il tragitto verso casa, ma non riusciva a trovare qualcosa da dire che non rivelasse ciò che stava provando e pensando. Aveva bisogno di spazio, per cercare di capire tutto, per decidere il passo successivo.

Una cosa era certa: non avrebbe passato un altro giorno in quella casa-prigione. Forse non era in catene e non era stato torturato fisicamente, ma mentirgli, fargli credere di essere qualcuno che non era, era comunque una forma di tortura... mentale.

«Riporto il cesto a Paige» mormorò Maisy dopo che lui ebbe parcheggiato.

«Va bene.»

«Jack? Sei sicuro di stare bene?»

«Sì, sono solo stanco. Vado a sdraiarmi e vedo se riesco a far passare il mal di testa. Dammi un po' di tempo, ok?»

«Oh, certo. Pensi di scendere per cena?»

«No, non ho fame. Ci vediamo stasera e parleremo» le disse, guardandola per la prima volta da quando erano stati nel parco. Le sue guance erano prive di colore e sembrava estremamente preoccupata. Com'era giusto che fosse. La sua vita stava per essere stravolta... e non aveva idea di quanto lui potesse essere spietato.

Maisy annuì.

Stone si voltò e si diresse verso le scale. Doveva fare delle telefonate. I suoi amici dovevano essere molto preoccupati per lui. E aveva bisogno di risposte. Se Owl e Lara erano ancora nell'area di Seattle, li avrebbe trovati e fatti uscire da qualunque cazzo di buco Carter Grant li avesse nascosti.

«Jack?»

Non aveva intenzione di voltarsi. Voleva ignorare il tenero e dolce modo in cui pronunciava il suo nome. Ma non ci riuscì. Si fermò e si girò a guardarla.

«Ti amo più di quanto sia in debito con mio fratello. Quando vorrai andartene, io sarò pronta.»

Le sue parole lo confusero ancora di più, ma invece di precipitarsi da lei, scuoterla e pretendere delle risposte alle centinaia di domande che gli frullavano in testa, si limitò ad annuire e a proseguire lungo il corridoio, allontanandosi.

Ogni passo che faceva gli sembrava una tortura, e non sapeva perché. Lei gli aveva mentito. Lo aveva sposato contro la sua volontà... no, non era giusto. Era stato consenziente, solo che pensava di essere un uomo diverso da quello che era in realtà. Ma non poteva ignorare il modo in cui si aggrappava a lui, come se fosse veramente innamorata. Il modo in cui si era aperta, le cose che aveva condiviso... era sembrata così dannatamente sincera su ogni confidenza rivelata.

Serrò i denti e salì le scale due alla volta, sollevato di non aver incontrato Jason. Non era sicuro di cosa avrebbe fatto o detto a quell'uomo se lo avesse visto in quel momento. Prima di fare qualcosa di avventato che avrebbe potuto farlo sbattere nella stanza blindata, che da quello che gli aveva detto Maisy si trovava nel seminterrato − posto in cui non era nemmeno andato e quindi non aveva idea di cosa avrebbe potuto trovare, anche se aveva il sospetto che non gli sarebbe piaciuto − Stone aveva bisogno di pensare, di contattare Brick e di scoprire cosa diavolo stava succedendo.

Dopodiché, avrebbe deciso se sparire come un ladro nella notte o se radere metaforicamente al suolo il posto prima di fare la sua uscita.

In ogni caso, se ne sarebbe andato. Aveva giurato che non sarebbe mai più stato un prigioniero. Non sarebbe rimasto, nemmeno per quella donna che temeva gli fosse già entrata troppo nel cuore.

———

«Stone?! Porca miseria, sei davvero tu? Dove sei? Cos'è successo?»

Stone non poté fare a meno di sorridere sentendo il tono sbalordito dell'amico. «Non pensavo che qualcosa potesse scalfire l'imperturbabile Brick» non poté fare a meno di dire.

«Falla finita e inizia a raccontare» gli ordinò.

Stone tornò serio. «Ti dirò tutto, ma prima devo sapere se Owl sta bene. E Lara?»

«Stanno bene entrambi. Sono qui al Rifugio. Porca puttana, non posso credere che tu non lo sappia. Grant ha ingaggiato un tizio, un certo Ricky Norman, per uccidere te e Owl e per portare Lara nel suo covo sull'isola. Norman invece ti ha venduto. E l'uomo che ti ha comprato avrebbe dovuto portarvi via entrambi, ma alla fine ha preso solo te. Così questo Norman ha portato Owl e Lara da Grant, che si è incazzato. Hanno ingaggiato un conflitto a fuoco e Owl ha rubato l'elicottero mentre quei due stronzi si uccidevano a vicenda, ma non prima di prendersi anche lui una pallottola. Appena si sono alzati in volo, è svenuto. Lara ha pilotato fino a un aeroporto e ora sono sposati e lei è incinta. Tocca a te. Che diavolo è successo? Dove sei stato?»

«Non crederai a quello che ti racconterò» disse Stone, con la mente che ancora stava metabolizzando tutto ciò che aveva appena appreso. Era felice per Owl e Lara, ma incazzato perché avevano dovuto vivere un'esperienza così straziante.

Passò i cinque minuti successivi a spiegare tutto quello che gli era successo.

«Gesù! Ma tu stai bene? Non sei ferito?» chiese Brick.

«No, sto bene.»

«Grazie, cazzo. E ora hai recuperato tutta la memoria?»

«Sì, credo di sì. Ricordo di aver avuto un attacco di panico quando ero in quel bagagliaio. Credo che la mia mente si sia spenta per proteggersi. Mi stavano rapendo di nuovo e forse ho pensato che mi avrebbero torturato o qualcosa del genere. Così ho semplicemente... dimenticato chi ero.»

«E queste persone, Jason e Maisy, ti hanno ingannato? Hanno detto che eri suo marito?»

«Sì.»

«Merda, Stone, è assurdo! Perché?»

«Non lo so.»

«Sanno chi sei? Cioè, da dove vieni, il tuo nome o altro?»

«Non ne sono sicuro. Ovviamente non ho più visto il mio portafoglio o altri effetti personali.»

«Mmmm.»

Stone aspettò. Ma il suo amico non disse altro. «Tutto qui?» chiese con impazienza. «Solo, mmmm?»

«Non ha senso. Ci dev'essere un motivo. Lara ha raccontato che il tizio che ti ha trascinato via ha detto che il suo capo voleva solo un uomo, non due. Ecco perché non ha preso Owl.»

«Parto stasera. Compro un biglietto all'aeroporto e domani sarò a casa.»

«Penso che prima dovremmo considerare la situazione da tutte le angolazioni» ribatté Brick.

Stone era sbalordito. «Non credi che dovrei tornare al Rifugio?»

«No, tornerai *decisamente* a casa, ma dobbiamo capire perché sei stato rapito. Eri tu il loro obiettivo, o sarebbe andata bene qualsiasi altra persona? Ti cercheranno se te ne andrai? Ci servono delle risposte, e non mi piace l'idea che possano rintracciarti qui se dovessi comprare un biglietto. Dammi un'ora o giù di lì e lasciami avvisare gli altri che sei al sicuro. So che Ry può portarti a casa senza lasciare tracce.»

«Chi?»

«Oh, merda, dimenticavo che non sei a conoscenza degli sviluppi. Sai Ryan, l'addetta alle pulizie?»

«Sì?»

«Il suo vero nome è Ryleigh. È un genio del computer. Tex ha ammesso che è persino meglio di *lui*, il che lo fa incazzare. Non ha detto perché è qui o da cosa si nasconde, e di certo si sta nascondendo da qualcosa o qualcuno, ma si rifiuta di dirlo. Ha lavorato giorno e notte per cercare di capire cosa ti era successo. Sarà molto sollevata di sapere che stai bene, ma incazzata perché non è stata lei a trovarti. Tiny la sta tenendo d'occhio, per assicurarsi che non scappi.»

Stone era sempre più sbalordito. «Porca miseria, sul serio?»

«Sì. Ok, vola basso, non far capire che ti è tornata la memoria. Fammi parlare con gli altri e con Ry, poi ti richiamo. Va bene questo numero?»

«Sì.»

«Probabilmente dovrai liberarti del telefono quando te ne andrai. Se i tuoi rapitori sono furbi potrebbero farlo rintracciare e scoprire che hai chiamato qui, anche se penso che ci vorrà un po' di tempo. Non tutti hanno un Tex o una Ry a disposizione per fare cose illegali di hacking informatico» ridacchiò Brick. «E, Stone?»

«Sì?»

«Sono estremamente felice che tu stia bene. Stavamo andando tutti fuori di testa. Non mi piace la situazione, per niente, ma è un enorme sollievo che tu sia salvo. Lara impazzirà. Si è incolpata di non essere riuscita a impedire a quell'uomo di rapirti. E Owl vorrà assicurarsi di persona che stai bene. Credo che quando ti richiamerò ci saremo tutti.»

Stone chiuse gli occhi. Era una sensazione straordinaria avere dei così buoni amici. Non si era reso conto di quanto si fosse sentito solo fino a quel momento. «Grazie.»

«Non serve ringraziare» borbottò Brick. «Tieni vicino il telefono, ti richiamerò non appena avrò altre informazioni da darti.»

«D'accordo.» Chiuse la chiamata e si sedette sul letto.

Non appena lo fece, percepì il profumo di mele.

Si chinò in avanti con un sospiro, appoggiò i gomiti sulle ginocchia e fissò il pavimento.

Voleva credere che Maisy non avesse nulla a che fare con quella situazione di merda. Ma cos'altro avrebbe *potuto* pensare? Gli aveva mentito in faccia fin dall'inizio. Forse non aveva pianificato il suo rapimento, ma aveva continuato con quella farsa quando lui si era svegliato e aveva scoperto di non avere memoria del passato.

Si accigliò, cercando di ricordare proprio il momento in cui si era svegliato... Jason si era rivolto a Maisy con durezza, lanciando una velata minaccia quando lei lo aveva pregato di non "farlo". Si era riferita a qualsiasi cosa Jason avesse pianificato per Jack? Poteva solo supporre di sì.

Ricordò anche il modo in cui lei era stata titubante a rispondere a delle domande che per lui erano state semplicissime. Non aveva dubbi che fosse stata istruita dal fratello. Ma perché? A quale scopo?

Strofinandosi le tempie, sospirò di nuovo. Non c'era dubbio che Jason Feldman fosse un bastardo e un prepotente. Stava abusando della sorella, mentalmente e forse anche fisicamente. Maisy se lo meritava? Stone pensava proprio di no. Aveva passato quasi ogni minuto delle ultime settimane con lei, e ora che aveva un momento per riflettere, si rese conto di quanto fosse spaventata dal fratello. Quel giorno glielo aveva persino rivelato, ma con il fatto che gli era tornata la memoria, lo aveva rimosso.

Non sapeva *perché* era stato rapito, ma se fosse andato via senza lasciare traccia, che fine avrebbe fatto Maisy? Non avrebbe dovuto importargli. Lei aveva partecipato all'inganno per tenerlo all'oscuro sul loro finto matrimonio. Ma non poteva fare a meno di pensare che se l'avesse lasciata sola con suo fratello, lui le avrebbe fatto del male.

Poi un altro pensiero gli attraversò la mente, e si raddrizzò.

Dopo la farsa del rinnovo delle promesse, aveva fatto sesso non protetto con lei tutte le notti. Spesso più volte a notte.

In quel momento poteva benissimo portare in grembo suo figlio.

E non avrebbe mai permesso che il suo bambino venisse cresciuto in quella casa, dai suoi rapitori.

Prendere quella decisione sembrò togliergli un enorme peso dalle spalle. Non si era reso conto di quanto fosse stato in ansia al pensiero di abbandonare Maisy. Non aveva senso. Gli aveva mentito e aveva finto di essere sua moglie... ma lui non riusciva a smettere di sentirla dire nella sua testa che era spaventata.

Be', poteva avere paura di suo fratello, ma sarebbe stata terrorizzata quando avrebbe incontrato Brick e gli altri suoi amici. Potevano essere dei bastardi intimidatori quando volevano. Quando l'avrebbero interrogata le sarebbe stato impossibile mantenere il segreto sul piano che lei e suo fratello avevano escogitato.

Ora Stone doveva solo aspettare che Brick lo richia-

masse per discutere gli accordi per riportarlo a casa senza
lasciare alcuna traccia digitale, e li avrebbe informati che
non sarebbe stato solo, che Maisy sarebbe andata con lui,
poi avrebbe dovuto solo attendere il momento giusto per
fuggire.

Non sarebbe stato al loro gioco, indipendentemente
dal motivo per cui era stato portato lì e gli avevano
mentito. Quando il sole sarebbe sorto, sarebbe tornato a
casa. Alla sua *vera* casa. Dagli uomini e dalle donne che
non gli avrebbero mai mentito.

CAPITOLO DODICI

«Dove sei andata oggi?» Jason urlò in faccia a Maisy.

Lei trasalì e cercò di indietreggiare, ma lui le afferrò il braccio e la trascinò più vicino.

«Mi hai sentito? Dove sei andata?»

«A... fare un picnic. Paige ci ha... preparato un cesto con... il pranzo» balbettò.

«Bugiarda! Stai mentendo! Sei andata in banca, vero?»

«Cosa? No!»

Jason la spinse via con forza, facendola volare all'indietro e sbattere il fianco contro il bordo della scrivania, per poi cadere. Atterrò sul braccio sinistro e sentì un forte dolore. Ma non le piaceva stare a terra con suo fratello che incombeva su di lei. Era troppo vulnerabile lì sotto, a portata dei suoi piedi; l'aveva presa a calci più di una volta e non era una bella sensazione.

Era spaventata a morte. Di lui di certo... ma quel giorno era successo qualcosa a Jack. Un attimo prima stava chiacchierando tranquillamente con lei, e quello successivo le era sembrato lontano un milione di chilometri. Non aveva dubbi che avesse ancora dolori, si capiva dalla sua postura rigida e dalla fronte aggrottata, ma era qualcosa di più di un semplice mal di testa.

Aveva preso le distanze da lei per qualche motivo. Si era scervellata per cercare di capire perché: aveva detto o fatto qualcosa che lo aveva irritato? Non pensava fosse così, ma di certo si stava comportando in modo diverso.

Naturalmente, la ragione più ovvia per cui non l'aveva toccata nemmeno una volta da quando erano tornati a casa poteva essere che si fosse ricordato qualcosa. Ma lo avrebbe detto, no?

Maisy non ne era sicura. Non sapeva come funzionasse l'amnesia. In quel momento odiò ancora di più suo fratello per non aver chiamato un medico per far visitare Jack. E se fosse rimasto permanentemente invalido a causa di qualsiasi cosa gli avesse fatto il rapitore che Jason aveva assunto?

«Sei stata via troppo tempo per un cazzo di picnic!» ringhiò, andando verso di lei.

Cercò di allontanarsi spingendosi sul sedere, ma non fu abbastanza veloce. Lui la raggiunse subito e la afferrò per i capelli, tirandola in piedi mentre lei cercava disperatamente di diminuire la forza della sua presa sulla testa.

«Dimmi dove sei andata. Cos'hai fatto. Subito!» le ordinò.

«Giuro, non abbiamo fatto niente! Jack voleva cambiare scenario, così siamo andati a fare un giro al parco, poi abbiamo mangiato il pranzo che Paige ci aveva preparato e siamo tornati a casa. Ti prego, Jason, lasciami andare, mi stai facendo male!»

Suo fratello la guardò con un'espressione così fredda che la fece rabbrividire.

«Implorami.»

«Cosa?» gli chiese, cercando di liberarsi senza fortuna.

«Implorami di lasciarti andare.»

«Ti prego, Jason.»

Quando lei non disse altro, lui le tirò di nuovo i capelli. «Ancora.»

Se in quel momento avesse potuto andare alla polizia, Maisy l'avrebbe fatto. *Lui* era l'uomo che aveva ucciso la moglie perché non le serviva più. *Era* il mostro che probabilmente aveva ucciso i loro genitori per avidità. Lo odiava. Con tutta sé stessa.

«Ti prego, lasciami andare. Ti giuro che oggi non abbiamo fatto altro che un picnic. Non ti tradirei mai in questo modo. Ti supplico, Jason, lasciami andare. Ti prego, ti prego, ti prego...» Era umiliante abbassarsi in quel modo, ma se fosse servito ad allontanarsi da lui, non aveva problemi a farlo.

Per la prima volta si rese conto del dono che le aveva fatto Jack non obbligandola a supplicare per ottenere qualcosa. L'aveva scambiata per una sua fissazione, ma era più che mai certa che anche lui a un certo punto della sua vita aveva dovuto implorare, e capito quanto fosse degradante. Quanto facesse sentire inermi. Perché in quel momento si sentiva inferiore a un insetto. Jason si stava deliberatamente prendendo gioco di lei, e la sensazione era terribile.

Lui fece un sorrisetto, poi la spinse con tanta forza da farla di nuovo inciampare e cadere per terra. Maisy rotolò e urtò il viso sulla gamba della sedia davanti alla scrivania. Un forte dolore divampò sulla sua guancia, ma non esitò a balzare in piedi.

«Non rovinare tutto» la ammonì Jason. «Mancano poco più di due mesi per poter ottenere quei soldi. Devi solo tenere le gambe aperte, far contento il suo cazzo, e il gioco è fatto.» Socchiuse gli occhi. «So che sei innamorata di lui, è ovvio... e *patetico*. Ma non pensare che voi due potrete vivere per sempre felici e contenti. Non succederà. Non possiamo rischiare che lui ricordi. L'unica cosa che conta è che il certificato di matrimonio è stato depositato ed è iniziato il conto alla rovescia per ottenere ciò che ci spetta. Capito?»

«Sì.»

«Dico sul serio. Forse ora è infatuato di te, ma è perché ha una fica disponibile regolarmente. Non potrebbe mai innamorarsi di te se non credesse che siete già sposati. Sei troppo brutta e stupida per conquistare un vero uomo. Ecco perché sono dovuto andare a cercarne uno io. È stato per il tuo bene, Maise. Ringrazia che invece di portarti a casa un dildo, ti ho comprato un cazzo vero.»

Poi rise, un verso maligno che la fece rabbrividire. L'affetto che un tempo provava per il fratello era ormai scomparso.

«Ora, per essere sicuro che tu non faccia casini, ho parlato con il tuo medico e ti ha prescritto qualcosa di nuovo.» Jason si avvicinò alla scrivania e prese un flacone di pillole che lei non aveva mai visto prima. «E dato che non credo tu prenda le tue medicine ogni mattina come dovresti, è chiaro che dovrò assumermi anche questa responsabilità al posto tuo. Tieni.» Tirò fuori una pillola e gliela porse.

Maisy la fissò con un senso d'ansia. Non aveva idea di cosa fosse e non voleva prenderla. Ma sapeva che era meglio non protestare. Non sfidarlo. Tese la mano, ma Jason scosse la testa. «Non credo proprio, sorellina.»

Si mosse così velocemente che lei non riuscì a sfuggirgli. Le afferrò i capelli sopra la nuca e le inclinò all'indietro la testa così tanto da farle perdere l'equilibrio. Poi le infilò il farmaco in bocca e le coprì le labbra e il naso con la mano, togliendole l'aria.

«Ingoiala» le ordinò.

Maisy spalancò gli occhi e fissò il fratello. Cercò di togliergli la mano dal viso, ma lui era molto più forte. Aveva pensato di fingere di prenderla, di tenerla nascosta in bocca finché non fosse riuscita a sputarla. Ma non aveva previsto che Jason la privasse dell'ossigeno, cosa che non aveva mai fatto prima.

Non voleva ingoiare quella maledetta cosa, ma nella sua disperata ricerca d'aria, mentre si dimenava e si dibatteva, la pillola le scivolò accidentalmente in gola.

«Andata?» le chiese.

Cercò di annuire, ma non riusciva a muovere la testa.

Il fratello tolse la mano e lei prese un'enorme boccata d'aria, poi le aprì la bocca per ispezionarla come se fosse una bambina... o un cane. Infine, le passò delicatamente una mano sui capelli e mormorò: «Brava» come se davvero fosse un animale. «Vedi? Finché farai quello che voglio io, non succederà nulla di brutto. Ora perché non vai a sdraiarti? La pillola farà effetto in fretta e, credimi, non vorrai essere in giro quando succederà.» Ridacchiò, ma lei non trovò nulla di divertente in quel suono.

«Che cos'era?» gli chiese.

«Niente di cui ti debba preoccupare. L'hai già preso in passato... solo Valium. Ma la dose precedente non era sufficiente, così l'ho triplicata.»

Maisy fissò il fratello sconvolta. «Triplicata? Già quella normale mi faceva sentire completamente stordita!»

Jason si limitò a scrollare le spalle. «Be', ora non dovrai

più preoccuparti di nulla. È compito mio. Hai sempre
sofferto troppo d'ansia. Come ho detto prima, è per il tuo
bene, Maise. L'unica cosa a cui devi pensare è rendere
felice tuo marito, e il modo migliore per farlo è tenere le
gambe aperte. Se ha sempre una fica pronta, non penserà
ad altro. Ancora qualche settimana, sorellina. Poi sarà
tutto finito.»

Maisy non chiese cosa significasse quel "finito"... lo
sapeva.

Non voleva nemmeno pensare alle conseguenze di una
tripla dose di Valium. Sarebbe stata completamente intontita, come lo era stata per troppi anni della sua vita.

«Vai di sopra» le ordinò in tono basso e malvagio. «L'ultima cosa che voglio è che tu svenga qui e dover continuare a guardare la tua brutta faccia.»

Maisy si voltò verso la porta, con la mente in subbuglio.
Doveva aggiungere tutto sul suo diario. Doveva far sapere
alla polizia che Jason la stava di nuovo drogando. Jack
aveva detto che voleva stare un po' da solo, non poteva
andare di sopra.... ma se non l'avesse fatto, aveva paura di
ciò che avrebbe potuto fare suo fratello.

Non avendo altra scelta, salì le scale provando una forte
amarezza dentro di sé per il poco controllo che aveva sulla
sua vita. La differenza era che adesso era consapevole della
manipolazione di Jason. In passato aveva pensato che
stesse davvero cercando di aiutarla. Era stata grata che
fosse lì. Ora invece avrebbe voluto essere ovunque tranne
che in quella casa. Ma lui non avrebbe permesso loro di
trasferirsi. Probabilmente avrebbe iniziato a drogare anche
Jack, il che era inaccettabile. Forse poteva litigare con lui,
far sì che la odiasse così tanto che se ne sarebbe andato.

Il suo cuore sembrò perdere un battito a quel pensiero,

ma allontanarlo da Jason era preferibile alla sua morte, dato che quello sarebbe stato il suo destino se fosse rimasto. Maisy aveva circa quindici minuti prima che il farmaco cominciasse a fare effetto, in base all'esperienza con il dosaggio normale, e sapeva che avrebbe dovuto fare qualcosa di drastico prima che ciò accadesse. Una volta che avesse iniziato a provare la sensazione di fluttuare che il Valium le dava sempre, avrebbe perso la determinazione che al momento aveva dentro.

Non pensando ad altro che a convincere Jack ad andarsene da quella casa degli orrori, aprì la porta della loro camera.

Lui era in piedi davanti alla finestra e sentendola entrare si girò verso di lei. E all'improvviso la determinazione di Maisy crollò in picchiata, così si voltò di spalle. Sembrava molto... *arrabbiato*, e lei non lo aveva mai visto così.

«Cosa ci fai quassù? Ti avevo detto che volevo stare da solo.»

Maisy non riuscì a trattenere una smorfia. Era arrivata a considerare Jack il suo posto sicuro. Quando le cose con il fratello si facevano troppo intense, aveva potuto contare sul marito per tranquillizzarsi. Il fatto che le parlasse con la stessa rudezza di Jason fu un duro colpo. Chiuse gli occhi e continuò a rimanere rivolta verso la porta, cercando di raccogliere il coraggio per incitare la sua rabbia. Per fomentarla. Per renderlo arrabbiato e frustrato con lei al punto da farlo andare via.

Si voltò per affrontarlo, aprì la bocca per dire qualcosa di completamente ridicolo e oltraggioso, ma se prima le era sembrato arrabbiato, *ora* l'assoluta furia sul suo volto la bloccò.

«Ma che *cazzo*!» sbottò Jack, andando di gran passo verso di lei.

Maisy rabbrividì e lo guardò avvicinarsi, e quando sollevò la mano non poté fare a meno di trasalire e rannicchiarsi un po'. Il che sembrò farlo infuriare ancora di più. Be', il suo obiettivo era stato proprio quello, così avrebbe voluto andarsene. Almeno la prima parte le era riuscita, anche se non sapeva come. Forse solo perché esisteva? Non l'avrebbe sorpresa, sembrava che ispirasse quel tipo di sentimenti nelle persone.

Merda... cominciava già a sentire gli effetti della pillola che suo fratello le aveva letteralmente ficcato in gola. I suoi pensieri erano disarticolati e si rese conto di non riuscire a ritrovare la determinazione di pochi istanti prima, quando si era incamminata verso la sua stanza.

«Che cos'è successo alla tua faccia? E... sono dei cazzo di segni di dita quelli sul braccio?» ringhiò. Non la toccò, teneva la mano sospesa a pochi centimetri dal suo viso, come se avesse paura di farle del male.

Maisy sorrise e gliela prese, posandosi il palmo sulla guancia. Vi inclinò la testa contro e chiuse gli occhi.

«Maisy?»

«Mmm?» mormorò, persa nella sensazione della sua pelle contro la guancia calda... era così bella. Le sue mani erano morbide, ma avevano anche dei calli che erano piacevolissimi da sentire quando le accarezzava il corpo. Lui era tutto ciò che aveva sempre desiderato in un uomo, ed era suo.

«Che cos'hai? Ti comporti in modo strano.»

Davvero? Sollevò le palpebre e lo fissò. I suoi occhi castani erano così belli. Le ricordavano il cioccolato al latte. Ce n'era in casa? Aveva fame. Poi si ricordò che stava cercando di far arrabbiare suo marito, ma non riusciva a pensare al perché.

All'improvviso le venne in mente. Jason lo avrebbe ucciso. Non aveva dubbi.

«Dovresti andartene» sbottò.

«Cosa?»

«Vattene. Devi andare via. Ma non dirlo a nessuno. Vai e basta, Jack. Devi farlo.»

Lui la studiò, e Maisy provò sollievo quando non spostò la mano dal suo viso.

«Perché? Perché dovrei andarmene?»

«Perché sì. Qui è brutto. Succedono cose terribili.»

«Tipo cosa?»

Ma lei scosse la testa. «Non posso dirlo. Mi odieresti. E io ti amo troppo per portarti a odiarmi di proposito. Ma sistemerò le cose. Devo scrivere sul mio diario.»

«Maisy, hai preso qualcosa?» le chiese con dolcezza.

Il Jack gentile le piaceva molto di più di quello arrabbiato.

«Sto cercando di esserlo» le disse. «Ora dimmi cos'hai preso.»

Accidenti, lo aveva detto ad alta voce?

«Maisy, concentrati. Dimmi cos'hai preso.»

«Non volevo, ma non riuscivo a respirare e ho dovuto deglutire. Ha detto che era Valium. Ma una dose tripla. Non sapevo che la facessero. Immagino che possa far fare quello che vuole ai suoi tirapiedi malvagi.» Ormai non si rendeva più conto di ciò che diceva, e nella sua testa balenavano visioni di creature gialle come in quel cartone animato.

«Cazzo.»

«Mi ha detto anche che dovrei fare sesso ma... sono

stanca. E mi gira la testa. Posso riposare un minuto prima di farlo? O magari fai tutto tu mentre dormo. Ma poi devi proprio andartene.» Sbatté le palpebre e quello sembrò richiedere troppe energie per riuscire a riaprire gli occhi. «Vattene da qui, Jack. Vorrei poterti dire da dove vieni, così potresti tornare a casa tua. Ma non lo so. Mi dispiace. Mi dispiace tanto.»

Si sentì mancare, ma in qualche modo non cadde a terra. Stava fluttuando. No, Jack la stava trasportando. Girò la testa e la seppellì contro il suo collo. «Che buon profumo» gli disse, confidando che non la facesse cadere.

Sentì qualcosa di morbido sotto di lei e sorrise perché riconobbe il suo materasso. «Adoro il mio letto» mormorò sognante.

«È stato Jason a farti questo?» le chiese, facendo scorrere le dita sul suo braccio.

Visto che glielo aveva chiesto gentilmente, annuì.

«E questo?» Sentì le sue dita sulla guancia.

«Più o meno» rispose con un'alzata di spalle. «Sono caduta quando mi ha spinta.»

«E ti ha obbligata a prendere il Valium?»

Maisy percepì scetticismo nella sua voce, e le fece male. Più dei lividi sul corpo. «Hai mai pensato di stare per morire?» Non aspettò che rispondesse, ma continuò. «La sua mano sul naso e sulla bocca... mi ha tolto l'aria. Non riuscivo a respirare. È stato spaventoso. Mi ucciderà, lo sai. Non oggi, perché il tempo non è scaduto, ma tra un paio di mesi saremo belli che morti. Avrei dovuto lasciarglielo fare, così te ne saresti andato. Saresti stato al sicuro. E lui non avrebbe avuto niente. Sarebbe andato tutto in beneficenza. Avrei dovuto morire molto tempo fa... così non saresti qui.»

«Shhh, Stellina, ora sei al sicuro.»

Adorava quando la chiamava così. «Non sono al sicuro» dissentì, poi chiuse gli occhi e non trovò più la forza di riaprirli. Forse avrebbe fatto un pisolino, poi si sarebbe alzata per fare ciò che doveva. Ma in quel momento le interessava solo dormire.

CAPITOLO TREDICI

STONE FISSÒ MAISY con la fronte aggrottata. Quando era entrata nella stanza era davvero arrabbiato con lei, ma ora non riusciva a smettere di preoccuparsi. I suoi respiri erano lenti e superficiali e non riusciva a smettere di fissarle il petto, per assicurarsi che continuasse a sollevarsi e ad abbassarsi mentre lei dormiva. No, non stava dormendo, era praticamente svenuta.

Aveva sentito il bisogno di allontanarsi da lei dopo che gli era tornata la memoria, ma così l'aveva lasciata sola con suo fratello, e lei era tornata in camera drogata e piena di lividi. Non era accettabile.

I suoi sentimenti nei confronti della donna sul letto erano confusi. La odiava per aver partecipato a quell'assurdo inganno, ma l'amore che provava per lei era ancora presente. Ribolliva appena sotto la pelle.

Il suo telefono vibrò, spaventandolo al punto da farlo sobbalzare. Scosse la testa e rispose, mettendo il vivavoce. Non aveva bisogno di nascondere a Maisy la telefonata o ciò che sarebbe stato detto, dato che era come morta.

Anche solo pensare a quella parola lo faceva andare nel panico.

«Stone.»

«Cazzo, è bello sentire la tua voce!»

Sorrise. «Anche per me sentire la tua, Owl. Tu e Lara state bene veramente?»

«Sì. È per *te* che eravamo preoccupati. Hai davvero avuto un'amnesia?»

«Credi che altrimenti vi avrei fatto stare in pena così a lungo?» chiese, un po' più duramente di quanto avesse inteso.

«No, certo che no. Sono solo molto sollevato che tu stia bene.»

«Qual è il piano?»

«Stone, sono Brick. Ho parlato con gli altri e concordano sul fatto che con tutte le domande e i dubbi che abbiamo sulla faccenda, è meglio che la tua strategia di fuga sia clandestina. Ry ci sta lavorando dal momento in cui ha saputo dov'eri e ha ottenuto il numero del telefono che stai usando, e sembra pensare che gli stronzi che ti hanno rapito non abbiano idea di chi tu sia in realtà.»

«Come fa a saperlo?» chiese Stone confuso.

«Come fa a sapere *tutto* quello che sa?» controbatté Pipe.

Stone sorrise. «Ehi, come sta Cora?»

«Sta bene. Stiamo pensando di prendere in affidamento un bambino di sette anni.»

«Possiamo, per favore, attenerci al problema in questione?» domandò Brick, ma fu evidente nel suo tono l'orgoglio e la felicità per il loro amico.

«Che notizia fantastica, Pipe. Sarai un padre e un modello di riferimento straordinari.»

«Se ci approvano» ribatté con ironia. «La gente tende a dare un'occhiata ai miei tatuaggi e a ripensarci. Per non parlare del mio accento strano.»

«Se lo dici tu» replicò Stone. «Se Ry è così brava come dite, potrebbe semplicemente andare ad approvare la domanda e farla passare.»

«Ehi, è un'ottima idea» disse Pipe.

«No, non lo è. Possiamo non incoraggiarla a infrangere la legge più di quanto già non stia facendo per portare a casa Stone?» brontolò Brick.

Sentì delle risatine e capì che probabilmente erano presenti tutti i suoi amici. «Tonka? Spike? C'è anche Tiny?» chiese.

«Siamo qui» rispose Tonka.

«Ma Tiny è nel suo chalet a sorvegliare Ry, come se avesse idea di cosa stia facendo sul computer» aggiunse Spike ridendo.

«Henley e Reese stanno bene? Tutto a posto con le gravidanze? Merda, mi sembra di essere stato via per anni invece che per settimane» disse Stone accigliato.

«Qui va tutto bene, siamo solo ansiosi di vederti. Ma torniamo a ciò di cui stavamo parlando. Ry è entrata nella posta elettronica e nel telefono di Jason Feldman, e sembra che abbia chiesto a un paio di suoi amici di trovare informazioni su di te, ma nessuno è stato in grado di farlo, il che li rende gli stronzi più stupidi del pianeta, considerando che ci sono un sacco di informazioni su di te in rete, se sanno dove cercare.

Sembra anche che uno dei suoi più discutibili conoscenti abbia assunto un amico di un amico per portati in quella casa. Il tizio ha rubato il tuo portafoglio e ora è in fuga. Nessuno riesce a trovarlo. E l'uomo che ha assunto per organizzare il tutto non conosce nemmeno il vero nome del tizio a cui ha chiesto di occuparsi del tuo rapimento. E un altro amico, uno stronzo di nome Don, che non è una persona che vorresti vicino a qualcuno a cui tieni, sembra sia uno spregevole figlio di puttana. Ma comunque sono tutti un branco di dilettanti... parole di Ry, non mie. Anche se sono d'accordo.»

«Ma perché hanno scelto me?» Era la domanda che più lo preoccupava.

«Se ti può consolare, non credo avesse importanza la persona da rapire. Avrebbero potuto tranquillamente prendere me. Ma il movente è vecchio come il mondo. I soldi» rispose Owl. «Ry sta ancora cercando di scoprire tutti i dettagli, ma è convinta che sia legato al certificato di matrimonio che è stato presentato con il tuo nome sopra.»

Il rinnovo delle promesse, che in realtà era stata una cerimonia nuziale. Ma scoprire il motivo del suo rapimento fece sorgere ancora più domande. Tipo, cosa avrebbero fatto se non avesse perso la memoria?

«Bene, comunque Ry ha contattato qualcuno che conosce nel dark web e che ti incontrerà all'aeroporto alle cinque del mattino con un nuovo documento d'identità. Ti ha prenotato il volo delle sei che parte da Seattle. E quando dice che nessuno sarà in grado di rintracciare te o il falso nome che ha creato, le credo.»

Lo sguardo di Stone tornò alla donna sul letto. Maisy era completamente vulnerabile in quel momento. Avrebbe potuto farle qualsiasi cosa, e lei non se ne sarebbe nemmeno resa conto.

Il livido sul suo viso sembrava deriderlo. Lei lo aveva ferito. Gli aveva mentito e lo aveva usato per *denaro*. Eppure, era più che ovvio che avesse il terrore di suo fratello. Stone non poteva abbandonarla, ormai era più che chiaro. Era rimasta sola con Jason per neanche un'ora, ed era tornata da lui ricoperta di lividi e drogata.

Non riusciva a togliersi dalla testa le sue parole quando gli aveva chiesto se avesse mai pensato di stare per morire. Perché sì, lo *aveva pensato*. I ricordi della prigionia erano impressi a fuoco nel suo cervello. Forse era quello il motivo per cui aveva avuto un'amnesia temporanea. Era stato il modo in cui la sua testa aveva cercato di proteggerlo dal rivivere gli orribili ricordi del primo sequestro.

C'erano altre cose che Maisy aveva detto sotto l'effetto dei farmaci e che si ripetevano nella sua mente.

Qui è brutto. Succedono cose terribili.

Ti amo troppo per portarti a odiarmi di proposito. Ma sistemerò le cose.

Immagino che possa far fare quello che vuole ai suoi tirapiedi malvagi.

Vattene da qui, Jack. Vorrei poterti dire da dove vieni, così potresti tornare a casa tua. Ma non lo so. Mi dispiace. Mi dispiace tanto.

Mi ucciderà.

«Mi servono due biglietti e due documenti d'identità» disse all'improvviso.

«Cosa? Perché?» chiese Brick.

«Non ho intenzione di lasciare qui Maisy.»

Le sue parole furono accolte dal silenzio assoluto, poi Owl disse: «Lei era d'accordo, Stone. Sapeva che non eri suo marito, eppure, da quello che hai detto, è stata al gioco.»

«Lo so, ma non voleva» ribatté, rendendosi conto di credere al cento per cento a ciò che stava dicendo. «È una pessima bugiarda, ma ero così confuso e sotto shock, dato che non ricordavo nulla di me a parte il mio nome di battesimo, che ho ignorato i segnali. Il fratello la maltratta. In questo momento è sdraiata sul letto di fronte a me, completamente incosciente a causa della tripla dose di Valium che le ha letteralmente ficcato in gola, e ha lividi sul braccio e sul viso. Ne ho visti anche altri. Se la lascio qui, la ucciderà. Inoltre... c'è la possibilità che sia incinta del mio bambino.»

Sentì Brick borbottare qualcosa su tutte quelle gravidanze, ma poi Owl parlò di nuovo. «Ti fidi di lei?»

«No» rispose senza esitazione. «Ma tutti gli indizi dimostrano che è legalmente mia moglie.»

«È così» disse Spike. «Ry ha trovato la licenza di matrimonio. È stata presentata con tutti i crismi.»

«Ma non c'è il suo vero nome» obiettò Tonka. «Quindi tecnicamente *non* è legale.»

«È mia moglie» insistette Stone, non sapendo bene perché non approfittasse del fatto che dato che il cognome era sbagliato, non era sposato. Ma aveva preso un impegno. Anche se i suoi sentimenti nei confronti di Maisy erano contrastanti, aveva fatto la promessa di proteggerla, e non si sarebbe rimangiato la parola. Soprattutto ora che non aveva dubbi che se l'avesse lasciata lì, sarebbe stata bella che morta.

«Bene, ho mandato un messaggio a Ry dicendole di aggiungere un passeggero. Questo vi renderà più riconoscibili se qualcuno inizierà a cercarvi, ma credo che potrebbe aiutare se indosserete cappelli o altro.»

Stone annuì, aggrottando le sopracciglia e chiedendosi cosa potesse fare una dose così alta di Valium a un feto. Senza rendersene conto, posò una mano sulla pancia di Maisy.

«Bene, riuscirai a raggiungere l'aeroporto?» chiese Brick.

«Sì.»

«Ok. Ry ha detto di lasciare il telefono da qualche parte prima di arrivare lì, e immagino che questo valga anche per quello di Maisy.»

«Ci sono delle foto che non vuole perdere» disse Stone. Ancora una volta, era confuso riguardo alla sua protettività verso la donna che lo aveva ingannato. Ma ricordava l'espressione sul suo volto quando gli aveva mostrato le foto dei suoi genitori; era stata colma di dolore e amore, e non poteva sopportare che perdesse quei ricordi, perché era evidente quanto le mancassero ancora la mamma e il papà.

«Parlerò con Ry. Sono sicuro che non sarà un problema per lei scaricarle prima che spegniate il telefono. Mandami il suo numero dopo che avremo riattaccato» disse Brick.

«Lo apprezzo molto.»

«Figurati. Siamo solo felicissimi che tu stia bene. E questo è ciò che fanno gli amici. Un SEAL non abbandona un altro SEAL» replicò.

Stone ridacchiò. L'aveva sentito dire molte volte dai SEAL che aveva trasportato in elicottero quando era nell'esercito. «Sì, ma io non sono un SEAL.»

«È vero, i SEAL hanno un odore migliore di voi Night Stalker.»

Quello scambio di battute era piacevole. Normale. E all'improvviso non vide l'ora di essere a casa. Di tornare nel suo chalet tra le montagne del New Mexico.

«Sei sicuro di volerla portare con te?» chiese Tonka durante quella piccola pausa.

«No. Ma non posso lasciarla qui» rispose con sincerità.

«Non so dove la metteremo, ma troveremo una soluzione» rifletté Brick.

«Starà con me. Devo tenerla d'occhio. Non mi fido di lasciarla da sola» disse agli amici.

«Mi suona familiare» mormorò Pipe.

«Cosa vuoi dire?» gli chiese.

«È quello che ha detto Tiny di Ry» gli rispose Owl. «Sarà un problema cercare di tenere un basso profilo finché non dovrai partire?»

Riportando l'attenzione sulla situazione, Stone disse: «No. Maisy è fuori combattimento. Intendo, *completamente*. Spero di riuscire a svegliarla abbastanza da farla uscire di casa con le sue forze. Comunque posso dire che mi fa male la testa e saltare la cena. Inoltre, se vedessi Jason, non so cosa potrei fargli.»

«Giusto. Dev'essere cosciente per salire su un aereo» lo avvertì Spike.

«Lo so.» Ed era vero. Le condizioni di Maisy lo preoccupavano, ma era più arrabbiato perché era stata drogata contro la sua volontà. Non poteva dimenticare quando gli aveva descritto come il fratello l'aveva soffocata per farle ingoiare la pillola.

«Va bene. Ti lasciamo andare» disse Brick. «Ti mando i dettagli sul tuo contatto e su dove trovarlo all'aeroporto. Non dimenticare di liberarti dei telefoni, e ci vediamo presto. Stone?»

«Sì?»

«Sono contento che tu stia bene. Qui non era la stessa cosa senza di te. Ciao.»

«Ciao.» Spense il telefono, ma non si alzò dal suo posto accanto a Maisy sul letto.

Senza pensarci le scostò i capelli dal viso. Lei sospirò, e

si girò verso di lui muovendo la mano alla cieca. Quando gli toccò il ginocchio vi strinse le dita intorno quasi disperatamente.

«Maisy?» le sussurrò.

Non rispose.

«Merda» imprecò con un sospiro. Prima era stato incazzato e pronto a infierire su di lei, a obbligarla ad andare con lui per portarla al Rifugio e poterla interrogare. Ora invece voleva solo tenerla stretta e proteggerla da chiunque potesse anche solo guardarla di traverso. Si sentiva davvero confuso.

Guardò l'orologio e vide che mancava ancora qualche ora prima di doversi preparare per andarsene. Le si sdraiò accanto e non si sorprese quando lei si rannicchiò subito contro il suo corpo, posando il viso sul suo petto e stringendogli forte la maglia con entrambe le mani.

«Va tutto bene, Maisy. Sei al sicuro.»

«Non sono al sicuro» borbottò.

«Quando sei con me, sì» replicò, mettendole una mano sulla nuca.

«Ma tu con me non lo sei» sussurrò con una tristezza tale che Stone si scostò per vedere se era sveglia e lucida. Ma non lo era. Aveva gli occhi chiusi ed era completamente abbandonata tra le sue braccia.

Da un lato gli piaceva che non gli stesse nascondendo nulla, e tutto aveva molto più senso ora che sapeva qualcosa di più sul motivo per cui era stato rapito. Ma nella sua testa non riusciva a conciliare la donna che conosceva con la persona che a quanto pareva era talmente avida da assecondare un piano per rapire un uomo e costringerlo a sposarla per soldi.

Ma non appena ebbe quel pensiero considerò che era

possibile che lei non avesse avuto scelta. Jason aveva organizzato tutto a sua insaputa? Forse... ma d'altra parte lei
non lo aveva fermato. Gli era stata di fronte e aveva
giurato di amarlo e onorarlo come se fossero stati davvero
follemente innamorati. E aveva avuto molte occasioni per
dirgli la verità.

Niente aveva senso, ma quella sera non avrebbe ricevuto risposte. Forse nemmeno l'indomani. Ma alla fine lui
e Maisy si sarebbero seduti a parlarne e gli avrebbe rivelato
tutto. Glielo doveva.

————

«Devi alzarti, Maisy.»

Lei sospirò e scosse la testa, cercando di ignorare l'ordine di Jack.

«Per favore, Stellina. Ho bisogno che ti concentri.
Dobbiamo andare.»

Non riusciva a resistergli quando usava quel soprannome. Lo amava. Quasi quanto amava lui. No, era una
bugia, non poteva amare niente più di lui. Si girò e si
sforzò di aprire gli occhi.

La stanza era buia, ma con la luce proveniente dal
bagno riuscì a vedere suo marito seduto accanto a lei con
un'espressione preoccupata.

«Eccoti qui. Ho bisogno che ti alzi. Ce la fai?»

Annuì, poi si mise a sedere in modo sgraziato e cercò di
portare le gambe giù dal materasso. Si sentiva scoordinata
e la stanza sembrava girare.

«Ecco. Lascia che ti aiuti. Appoggiati a me. Brava.»

Le sue lodi le fecero piacere, ma poi si accigliò. Non le
meritava. Era una persona orribile, ma non ricordava cos'a-

vesse fatto per sentirsi così.

«Ti aiuto ad andare in bagno, devi fare pipì prima di uscire, ma intanto bevi questa.»

Sbattendo le palpebre, vide Jack portarle alle labbra una bottiglia d'acqua.

«È tiepida, ma dovrai accontentarti.»

Per una frazione di secondo andò nel panico. Non voleva essere costretta a bere l'acqua. Le sembrava di annegare quando Jason lo faceva... ma poi mise a fuoco l'uomo accanto a lei. Non era suo fratello, era Jack. Suo marito. E non le avrebbe fatto del male. Non come aveva fatto lei.

Quel pensiero la fece accigliare, ma prese comunque la bottiglia.

Jack gliela tenne ferma mentre beveva, ma non la rovesciò per costringerla a prenderne più di quanta riuscisse a mandarne giù. Nel momento in cui l'acqua le toccò la lingua, si rese conto di quanta sete avesse e che la sua bocca era secca. La bevve il più velocemente possibile, poi piagnucolò quando lui gliela tolse con delicatezza.

«So che hai sete e che l'acqua fa bene al tuo organismo, ma non voglio che rischi di vomitare. Potrai berne dell'altra tra un po'. Vieni, andiamo in bagno.»

Avrebbe dovuto sentirsi in imbarazzo per il fatto che lui dovesse aiutarla a slacciarsi i jeans e ad abbassarsi le mutandine, ma quello era suo marito. Conosceva intimamente ogni centimetro del suo corpo.

Maisy allargò leggermente gli occhi quando lo sentì imprecare sottovoce fissando il suo fianco. Abbassò lo sguardo mentre le sue dita sfioravano delicatamente un grosso livido, e aggrottò la fronte, non ricordando come si fosse fatta male.

Con la mascella serrata, Jack la aiutò a sedersi sul water.

Lei si rifiutò di lasciarsi pulire, ma dovette aggrapparsi di nuovo a lui quando si alzò, per non rischiare di cadere di faccia.

Una volta allacciati i pantaloni, la girò verso di sé fissandola con un'espressione seria. «Ce ne andiamo, Maisy. Adesso.»

Le sembrava di fluttuare, di star osservando dall'alto. «Ok.»

«Ho bisogno che tu capisca quello che ti sto dicendo. Stiamo per andare all'aeroporto per lasciare Seattle. E non so se ci torneremo.»

Lei annuì e ripeté: «Ok.» Poi pensò per un attimo a quello che le aveva detto. «Bene. Devi andartene. Hai trovato la tua gente?» Non era sicura di cosa intendesse, ma sapeva che era importante.

«Sì.»

«Sono contenta. Scommetto che erano preoccupati. Probabilmente è una bella sensazione sapere che qualcuno era in ansia per te. Sii libero, Jack. Non tornare. Mai più. Non sei al sicuro qui. Neanche Martha lo era, e ora è nel cortile. Non lo so per certo, ma è quello che penso. Non era al sicuro e l'ho saputo solo quando era troppo tardi. Ma *tu* lo sai e puoi andartene.»

«Verrai anche tu» le disse.

Ci volle un attimo perché comprendesse quelle parole, poi scosse la testa. «Non posso. Devo firmare i documenti. Se non sono qui, si arrabbierà.»

«Allora dovrà arrabbiarsi, perché non me ne andrò senza di te.»

Maisy spalancò gli occhi. «Devi! Devi farlo!» disse, spingendo con urgenza contro il suo petto.

«Non senza di te. Potresti portare in grembo il mio bambino. Non ti lascerò qui.»

Si posò la mano sulla pancia e si abbandonò tra le sue braccia. «Un bambino» sussurrò.

«Sì, quindi verrai con me.»

«Va bene.»

«Va bene?»

Maisy annuì. «Farà del male al bambino. Meno soldi per lui. Vorrei potermene liberare.»

«Liberarti di nostro figlio?» le chiese.

Non le piacque il suo tono ferito, e scosse la testa così forte da farsi venire le vertigini. «No! Non farei *mai* del male a mio figlio. *Mai*! I soldi. Vorrei che non ci fossero. Mamma e papà sarebbero ancora qui, e anche Martha, e tu non saresti mai venuto, ma va bene così. Sarebbero tutti vivi.»

«È tutto a posto, Maisy. Devi solo venire con me adesso. Sei ancora abbastanza fuori fase a causa del Valium, ma ho bisogno che tu sia il più lucida possibile per poter salire sull'aereo.»

«Andiamo su un aereo?»

«Sì, è un problema?»

«Non ci sono mai andata. Volevo farlo, ma Jason ha detto che non era una buona idea. Che ero troppo malata.»

«Non eri malata» le disse, con un tono che non riuscì a interpretare.

Ma lei annuì lo stesso. «Ero triste» mormorò, con profonda consapevolezza.

«Già.»

«Ora non lo sono più» disse con sincerità. «Ho te e ti amo.»

«Giusto. Dobbiamo andare se vogliamo arrivare in tempo per il volo.»

«Posso avere il posto accanto al finestrino?» chiese, mentre la conduceva fuori dal bagno.

«Sì.»

«Che bello!»

La sensazione di fluttuare rimase mentre la aiutava a scendere le scale. Era un bene che ci fosse lui, perché era buio e probabilmente sarebbe caduta se fosse stata da sola. Ma non era sola, c'era Jack. Suo marito si sarebbe preso cura di lei.

Uscirono silenziosamente dall'ingresso invece di andare in garage, e si sentì confusa. Ma poi lui le disse che avrebbero preso un taxi così da non disturbare nessuno in casa, e pensò che avesse senso.

Maisy non aveva alcuna percezione del tempo mentre entravano in aeroporto, non si era nemmeno chiesta perché non avessero valigie. Era troppo stanca, ed eccitata all'idea di salire sull'aereo. Jack incontrò un amico, e ciò la confuse perché non ricordava che avesse amici lì, ma non ci pensò più quando lui fece il check-in a una postazione con un computer, e si misero in fila per i controlli di sicurezza.

Una volta passati, Jack sembrò molto più rilassato, e quando si sedettero in attesa dell'imbarco lei gli si appoggiò contro. Non si accorse nemmeno dell'annuncio del loro volo, e si lasciò aiutare a percorrere il corridoio che portava all'aereo. Lui le indicò una delle prime file di sedili per farla accomodare e Maisy lo guardò.

«Prima classe?» sussurrò una volta seduti.

Le sorrise, ed ebbe la sensazione di potersi perdere in quello sguardo.

«A quanto pare.»

«Forte.»

«Buongiorno, signori Henderson, posso portarvi qualcosa da bere prima del decollo?»

Maisy aggrottò la fronte, non sapendo con chi stesse parlando la donna, ma decise che doveva aver sentito male perché Jack le rispose che avrebbero preso entrambi dell'acqua.

«Puoi prendere anche la mia» le disse, dopo che lei si scolò avidamente tutta quella del suo bicchiere di plastica.

«Sei sicuro?»

«Certo.»

Lo sguardo penetrante di suo marito non l'aveva mai abbandonata, e se fosse stata in grado di pensare chiaramente, si sarebbe chiesta a cosa stesse pensando così intensamente, ma dato che si sentiva ancora fuori dalla realtà, si limitò a bere anche la sua acqua. All'improvviso, gli occhi le sembrarono troppo pesanti per riuscire a tenerli aperti.

«Dormi.»

Gli afferrò il braccio. «Non mi lascerai?»

«No.»

«Me lo prometti?»

«Pensi che mi alzerei e ti lascerei così, da sola su un aereo?» le chiese con la fronte aggrottata.

Maisy scrollò le spalle. «Se fossi in te, lo farei. Sono cattiva.»

«Chiudi gli occhi, Stellina. Andrà tutto bene.»

Fece come richiesto, e presto sentì le sue preoccupazioni scivolare via. Ma prima di lasciare che la sensazione di fluttuare prendesse il sopravvento, sussurrò: «Ti amo.»

Non si accorse nemmeno che lui non ricambiò il sentimento, perché era di nuovo persa nella sicurezza dell'annebbiamento nella sua testa.

CAPITOLO QUATTORDICI

STONE CHIUSE gli occhi mentre abbracciava Owl con forza. Era contento di essere a casa. Be', quasi a casa. Lui e Brick erano andati a prenderli a Santa Fe, e fino a quel momento non si era reso conto di quanto fosse stato stressato.

Avere dei buoni amici che gli coprivano le spalle era una sensazione incredibile. Era abbastanza sicuro di essere riuscito ad andarsene da Seattle senza essere scoperto, ma sapere di avere un sostegno gli aveva tolto un enorme peso.

Maisy era stata piuttosto disorientata per tutto il viaggio, ma in quel momento sembrava più lucida rispetto al pomeriggio precedente, quando era entrata nella loro camera a Seattle.

«Sta bene?» gli chiese Owl scostandosi. «Non ha un bell'aspetto.»

Maisy era in disparte a parlare con Brick, quindi non poteva sentirli.

«In realtà, ora sta molto meglio di prima.»

«Così è stare meglio?» domandò scettico.

«L'ha costretta a prendere una dose tripla di Valium, quindi sì, sta meglio.»

«Capisce cosa sta succedendo?»

«Non lo so» rispose con sincerità.

«Ma sa che ti è tornata la memoria?»

«No. Almeno non credo. Non ho avuto la possibilità di confrontarmi con lei. Di dirle che sapevo tutto. Stavo per farlo, ma poi ha avuto quell'incontro con suo fratello e il farmaco ha fatto effetto prima che potessi parlarle.»

«Be', merda. Sarà interessante» riflette Owl.

«Siete pronti a partire?» chiese Brick, avvicinandosi ai due uomini.

Stone guardò Maisy. Sembrava smarrita e confusa, ma il suo sguardo era fisso su di lui. Come se fosse la sua ancora in un mondo che si era improvvisamente capovolto.

«Jack?» chiese sommessamente.

Stone avrebbe voluto mantenere le distanze. Non poteva dimenticare il suo ruolo in tutto quello che era successo. Ma sembrava così insicura e preoccupata che non riuscì a trattenersi dall'attirarla al suo fianco e lasciarla accoccolarsi. «Va tutto bene, Maisy.»

Lei annuì e si abbandonò a lui.

«Forza, andiamo a casa.»

A casa. Accidenti, suonava bene.

Si avviarono verso la Jeep di Brick, e Stone fece sistemare Maisy sul sedile posteriore, poi salì accanto a lei, che si addormentò praticamente appena uscirono dal parcheggio. Mentre viaggiavano verso Los Alamos e il Rifugio, parlò con i suoi amici delle ultime settimane. Meno di un'ora più tardi, Brick si fermò accanto al lodge e Stone non poté fare a meno di sorridere vedendo il gruppo che lo aspettava fuori.

Svegliò Maisy e la fece scendere dall'auto, ma la perse di vista quasi subito quando fu circondato da tutti i suoi amici. Abbracciò forte Lara, tirandosi indietro per guardarla negli occhi e assicurarsi che stesse bene.

Lei gli sorrise. «È tutto a posto, giuro.»

«Ho sentito che hai pilotato alla grande quell'elicottero» le disse.

Lei arrossì. «Non è stato un bello spettacolo.»

Era enormemente grato per come erano andate le cose. «Sei qui, quindi direi che è stato bellissimo.» Poi l'abbracciò di nuovo e le sussurrò all'orecchio: «Grazie per aver salvato il mio migliore amico.»

Lara aveva gli occhi pieni di lacrime quando alla fine lo lasciò andare. Poi Stone fece il giro abbracciando tutte le donne e dando quella sorta di mezzo abbraccio ai suoi amici. C'era anche Robert, il cuoco del Rifugio, che gli promise che la sera successiva avrebbe preparato le sue costolette di maiale preferite come benvenuto.

Stone si sentì travolgere da un senso di contentezza. Quando aveva accettato di investire nel Rifugio, non era stato sicuro che sarebbe rimasto a lungo. Ora non riusciva a immaginarsi in nessun altro posto.

Una vocina fastidiosa in un angolo della mente gli stava dicendo che era stato pronto e disposto a farsi una vita a Seattle con Maisy, e che sarebbe stato perfettamente felice di farlo, ma la ignorò.

Pensando a lei si chiese dove fosse, e si sentì in colpa per essersene completamente dimenticato per un momento.

Girò su sé stesso per cercarla, facendosi prendere dal panico quando non la vide subito.

«Ryleigh l'ha portata laggiù» gli disse Tiny, indicando il portico del lodge.

Si voltò e la vide accasciata su una panchina con Ryan... no, a quanto pareva il suo nome era Ryleigh, o Ry, come la chiamavano quasi tutti. Maisy guardava in basso e sembrava si sentisse a disagio e fuori posto. Stone si mosse prima di rendersene conto.

Si avvicinò e si accucciò davanti a lei, mettendole le mani sulle ginocchia. Fece un cenno con il capo all'altra donna, poi rivolse la sua attenzione a Maisy. «Ti senti bene?» le chiese.

Lei annuì, ma non alzò lo sguardo. Stone si accigliò. Guardò di nuovo Ry. «Grazie per averle fatto compagnia. Ci penso io ora.»

Ry lo fissò come non aveva mai fatto prima. In genere era una che stava sulle sue, sempre educata e cordiale, ma ora che ci pensava non si era aperta con nessuno. Si era quasi tenuta a distanza. Ma in quel momento gli rivolse uno sguardo così intenso che Stone si stupì di non aver preso fuoco. Era un po' irritante. Lui non aveva fatto nulla di male. Era stata Maisy a non rivelargli il piano di suo fratello. Ma non poté fare a meno di apprezzare la protettività di Ry nei confronti di sua moglie. Era la stessa che provava lui... anche dopo tutto ciò che era successo.

«Sii gentile con lei» gli disse Ry con un po' di aggressività.

Ciò lo mise subito sulla difensiva. «Credo che tu non sappia nulla di quello che c'è tra noi» ribatté.

Ma il suo tono non la fece desistere, anzi, raddrizzò la schiena e socchiuse gli occhi. «Non eri qui, quindi immagino di dover essere più indulgente. Ma le cose stanno così... sono stata io a trovare Jasna, a rintracciare il localizzatore di Reese in modo che tu potessi volare come un eroe e salvarla prima che fosse portata oltre il confine. Sono anche quella che ha lavorato senza sosta per ritrovare il tuo culo e assicurarmi che tornassi a casa.

Da quando, meno di un giorno fa, hai chiamato Brick, ho letto tutti i messaggi e le mail che hai mandato, e ho visto tutte le foto sul tuo telefono. Tra l'altro, il tizio del ranch con cui hai fatto il colloquio vuole assumerti, e ti ha mandato una mail per offrirti il lavoro, quindi immagino che tu debba fargli sapere che non accetterai. Ma, cosa più importante, ho fatto la stessa cosa con il telefono di Maisy.»

Fece un respiro profondo prima di continuare. «Ho tutte le sue foto e tutte le sue mail, e ci sono anche delle registrazioni che suppongo abbia fatto di nascosto, visto ciò che dicono. È probabile che per alcune cose io conosca tua moglie meglio di *te*, quindi ti dico che devi andarci piano con lei.»

Anche Stone socchiuse gli occhi. «Che genere di registrazioni?»

«Conversazioni tra lei e suo fratello, che secondo me è un vero bastardo.»

«Lo è» concordò. «Immagino che tu ti sia intromessa nella mia vita senza prenderti una pausa per indagare su Jason e capire perché cazzo ha scelto di rapire *me* e mi ha mentito così spudoratamente.»

«Ci sto lavorando. Dico solo che» continuò con un tono meno pungente di prima, «tua moglie è più forte, ma anche molto più vulnerabile di quanto tu creda.»

«Tutto ciò non ha senso» ribatté, desideroso di chiudere la conversazione.

Lei scrollò le spalle, poi fece un respiro profondo e

lanciò un'occhiata verso il loro gruppo di amici. «Scusa. Mi sto comportando da stronza. Non hai fatto nulla di male e sto sfogando la mia frustrazione su di te. Hai tutto il diritto di essere arrabbiato con Maisy per quello che ti è successo.»

Rimase sorpreso dal suo brusco cambio di atteggiamento. «Grazie.»

Lei annuì.

«Scusate...»

I due si voltarono verso Maisy sentendo quella flebile parola.

«Hai il mio telefono?» chiese a Ry.

«No, mi dispiace.» Il suo tono era calmo, amichevole e rassicurante.

«Ho dovuto gettarli via prima di arrivare all'aeroporto» le spiegò Stone.

«Ma sono riuscita a recuperare tutte le tue foto» aggiunse rapidamente Ry.

«Oh... bene.»

«Eri una bellissima bambina» le disse. «Quella che ti ritrae tra i tuoi genitori davanti a una barca è adorabile.»

Maisy sorrise con uno sguardo distante. «Sì, siamo andati a vedere le balene. Jason non è voluto venire ed è rimasto con un amico. Ma ci siamo divertiti tantissimo.»

Ry le accarezzò la mano. «Ho delle cose da fare, ma se hai bisogno di qualcosa cercami e te lo farò avere. Sono nello chalet numero dieci, quello con la porta verde, a ovest di quello in cui starai tu. Ok?»

«Ok» rispose distrattamente.

Ry guardò ancora una volta Stone, e l'espressione dolce sul suo volto fu sostituita da una severa. «Vacci piano» gli disse, prima di stringere la spalla a Maisy e alzarsi. Non aveva fatto nemmeno tre metri che Stone vide Tiny staccarsi dagli altri, che stavano ancora chiacchierando fuori dal lodge, e dirigersi verso di lei.

«Ti è tornata la memoria.»

Si voltò a guardarla, era sempre seduta sulla panchina a stringersi le mani in grembo, ma lo stava fissando. Si sedette accanto a lei nel posto appena lasciato libero da Ry, e annuì. «Sì.»

Maisy si guardò intorno per un momento, poi disse: «Questo posto ti si addice.»

«È così» concordò. All'improvviso non sapeva cosa dirle. Aveva passato le ultime settimane al suo fianco e non avevano mai avuto problemi a trovare qualcosa di cui parlare. Ma ora la sentiva come un'estranea, ed era orribile.

«Mi dispiace di aver...»

«No» la interruppe. «Non ora.»

Lei si accigliò.

«Avremo questa conversazione, ma quando non sarai più annebbiata dal Valium. Voglio che tu sia lucida e non abbia scuse per non dirmi tutto ciò che ho bisogno di sapere.»

Maisy strinse le labbra, ma annuì. «Perché mi hai portata con te se ti è tornata la memoria?» gli chiese dopo un attimo.

«Come avrei fatto a ottenere delle risposte altrimenti?» Se non fosse stato a guardarla negli occhi non avrebbe notato il lampo di dolore che passò nel suo sguardo prima che lei riuscisse a controllare le sue emozioni. La loro relazione era una farsa. Era finta. Perché mai avrebbe dovuto essere turbata se lui non aveva altri motivi per volerla lì?

«Giusto» disse.

Stone si sentì uno stronzo, il che non aveva senso. Non

aveva detto nulla che non fosse vero, ma se doveva essere sincero con sé stesso, quello non era l'unico motivo per cui non era riuscito a lasciarla in quella casa. Avrebbe potuto ricordarle della possibile gravidanza. Inoltre... ormai gli era entrata dentro, ma non l'avrebbe *mai* ammesso. E a prescindere da ciò che aveva fatto, non aveva potuto lasciarla lì ad affrontare l'ira del fratello. Soprattutto dopo aver visto i lividi sulla sua pelle e aver saputo che l'aveva drogata, apparentemente senza pensarci due volte.

«È stata una lunga giornata ed è passata da poco l'ora di pranzo. Ti sistemo e torno su al lodge a prendere qualcosa da mangiare. Sono sicuro che nel mio chalet non c'è niente di commestibile.»

Maisy guardò in lontananza e disse: «Non ne sarà felice.»

Sapeva a chi si riferiva. «Non me ne frega un cazzo.»

Lei si voltò e incontrò il suo sguardo. «Verrà a prendermi.»

«Prima dovrà trovarti. E so da fonti sicure che sarà più facile a dirsi che a farsi.»

«Non capisci» insistette accigliata.

«Hai ragione. Non capisco. Ma per ora devi dormire, lasciare che il tuo organismo si liberi di quel farmaco. Domani parleremo. Ti dirò quello che so e tu potrai dirmi perché cazzo tuo fratello mi ha fatto rapire e perché hai assecondato le sue bugie.» Le sue parole uscirono più taglienti di quanto avesse voluto, ma lei si limitò a sospirare e ad annuire.

«Racconterai tutto a me e ai miei amici?» le chiese, facendo ancora fatica a credere che sarebbe stato facile ottenere risposte da lei.

«Sì. Ma lui non si fermerà. Ha bisogno di me.»

«Allora *faremo* in modo che si fermi» ribatté con semplicità. Ma aveva la sensazione che non sarebbe stato affatto semplice. «Andiamo. Dopo pranzo ho bisogno di fare anch'io un pisolino. Sono stato sveglio quasi tutta la notte.»

«A fare cosa?» gli chiese, mentre lui la aiutava ad alzarsi.

«Ad assicurarmi che respirassi» rispose brutalmente.

Maisy inciampò e sarebbe caduta a terra se non ci fosse stato lui a tenerla in piedi.

«Piano» le disse, cingendole la vita con un braccio mentre si allontanavano dal lodge per andare al suo chalet. «Alaska ha detto che lei e le altre andranno a comprarti dei vestiti e dei prodotti da bagno. Puoi indossare qualcosa di mio finché non tornano.»

«Non voglio essere un peso.»

«Non lo sei. Loro sono così.»

Continuarono a camminare, e dopo un po' Maisy disse con dolcezza: «Sapevo che avevi amici come questi. Persone che si preoccupavano. Che sarebbero state angosciate per la tua scomparsa.»

Stone serrò i denti. «Eppure mi hai mentito lo stesso» non poté fare a meno di sottolineare.

Lei non rispose, ma era meglio così. In quel momento era ancora un po' troppo provato dal fatto di essere stato tradito per poterla perdonare. Si sentiva come se fosse stato spezzato a metà. Una parte di lui era entusiasta oltre ogni dire di averla lì, nella sua vera casa. L'altra parte invece era incazzata nera e non avrebbe nemmeno voluto vederla.

Ma lei era una sua responsabilità. Così come non era riuscito a lasciarla a Seattle ad affrontare le ripercussioni della sua sparizione, non avrebbe potuto dare la responsabilità di prendersi cura di lei a uno dei suoi amici. Nel bene e nel male era sua. Falso o no, c'era un certificato di matrimonio depositato in un database di Seattle che lo dimostrava.

Quando arrivò allo chalet, notò che qualcuno aveva già sbloccato la serratura, cosa che apprezzò visto che non aveva idea di dove fossero finite le sue chiavi. Mentre tornavano dall'aeroporto Brick gli aveva detto che Ry stava lavorando per ottenere i documenti d'identità sostitutivi, e che entro pochi giorni avrebbe ricevuto una nuova carta di credito e un nuovo bancomat. Aveva disattivato quelli vecchi non appena saputo della sua scomparsa. Si ripromise di ringraziarla.

Pensò anche che era piuttosto utile avere un genio del computer che lavorava al Rifugio.

Aprì la porta dello chalet e la condusse dentro tenendole una mano sulla schiena. Lei si fermò appena oltre la soglia e osservò l'interno.

L'area principale era un open space, con la cucina su un lato, un divano componibile che occupava la maggior parte del soggiorno e un tavolo da pranzo che divideva i due spazi. Sul pavimento del soggiorno c'era un tappeto grigio, un caminetto di fronte al divano e un'enorme libreria su un'altra parete. Ma la parte migliore, secondo lui, erano le finestre a tutta altezza che si affacciavano sulla foresta. Davano l'impressione che lo chalet fosse completamente aperto su un lato. Come se stesse campeggiando tra gli alberi.

«È...»

Stone trattenne il respiro in attesa che esprimesse i suoi pensieri.

«... Perfetto» continuò con riverenza.

«Già» concordò lui. «Vieni. Ti faccio vedere dove dormirai.»

La condusse in un corridoio e poi in una sorta di ufficio, in cui c'era un piccolo divano letto.

«Prendo delle lenzuola e altre cose per te. Aspetta qui.» Quando tornò un minuto dopo, Maisy era esattamente dove l'aveva lasciata. Non si mosse mentre lui preparava il letto, si limitò solo a spostarsi per permettergli di completarlo. Lui si allontanò ancora una volta per prendere una maglietta e un paio di pantaloncini da ginnastica da darle e, ancora una volta, quando tornò lei era ancora nello stesso punto di un attimo prima.

«Tieni» disse, porgendole i vestiti. «Ti saranno grandi, ma più comodi per dormire.»

Lei abbassò lo sguardo sugli indumenti che aveva in mano e annuì.

Non gli piaceva quello sguardo distante. Anche se era proprio di fronte a lui, avrebbe potuto benissimo essere lontana un milione di chilometri. «Ti porto dell'acqua. Bevila, ti aiuterà a depurare l'organismo. Se ne hai bisogno, c'è un bagno nel corridoio. Puoi farti la doccia quando ti alzi.»

«Ok» sussurrò.

Stone non avrebbe voluto far altro che prenderle la mano e portarla nella sua camera, nel suo letto. Ma ora era tutto diverso. Non conosceva nemmeno quella donna. Adesso che ricordava tutto, le ragioni per cui non doveva portarla nel suo letto erano ancora più gravi...

Gli incubi. Quanto diventava violento.

Ma, ancora una volta, quella vocina nella sua testa gli ricordò che aveva dormito con Maisy per settimane e non le aveva mai fatto del male. Anzi, aveva riposato meglio di quanto non avesse fatto negli ultimi anni, da quando lui e Owl erano stati salvati da quell'inferno oltreoceano.

Sospirando intimamente, uscì dalla stanza. Non sapeva cos'altro dirle. Così, invece di rischiare di dire qualcosa di cui avrebbe potuto pentirsi, chiuse la porta e la lasciò lì.

Un'ora più tardi, Stone non riuscì più a resistere. Doveva andare a vedere come stava. Non aveva sentito alcun rumore provenire dalla stanza degli ospiti/ufficio da quando aveva chiuso la porta.

Bussò dolcemente, ma non ottenne risposta. Non esitò ad aprirla, preoccupato che le fosse successo qualcosa, che potesse aver smesso di respirare a causa di una reazione ritardata ai farmaci.

Le tende della finestra erano aperte e la luce pomeridiana illuminava abbondantemente la stanza. Maisy era raggomitolata sul bordo del materasso. Non si era infilata sotto le coperte e stringeva i suoi vestiti contro il petto, con il naso affondato nella stoffa. Sembrava piccola e vulnerabile.

Stone fece due passi verso di lei prima che il suo cervello riuscisse a mettersi in pari con il cuore. Si bloccò, indeciso. Voleva andare da lei, prenderla tra le braccia e dirle che sarebbe andato tutto bene. Ma avrebbe anche voluto inveirle contro, scuoterla e costringerla a confessare tutto. A spiegargli perché lo aveva tradito in quel modo. Voleva chiederle se tutte le sue belle parole sull'amore e sul prendersi cura di lui non fossero state altro che bugie.

Non fece nessuna di quelle cose. Si limitò a indietreggiare fino a ritrovarsi di nuovo sulla soglia. Poi chiuse la porta in silenzio e tornò al divano. Si sedette e fissò il vuoto. Era esausto e la testa gli pulsava ancora, ma non c'era alcuna possibilità che riuscisse a dormire. Sperava che quando avrebbe fatto buio, sarebbe riuscito a riposare per qualche ora. Per ora, tutto ciò che poteva fare era stare lì e ripercorrere nella sua testa le ultime settimane, cercando di capire le ragioni per cui la donna che aveva sposato si era comportata così.

L'indomani avrebbe avuto delle risposte. Avrebbe deciso cosa fare dopo aver ascoltato ciò che Maisy aveva da dire. Fino ad allora... tutto ciò che poteva fare era ossessionarsi su ogni piccola cosa che lei aveva detto e fatto da quando l'aveva conosciuta.

CAPITOLO QUINDICI

A Maisy veniva da vomitare. Era seduta a un tavolo in una sala conferenze del lodge del Rifugio, posto di cui Jack a quanto pareva era comproprietario. Tutti i suoi amici erano lì e la stavano fissando in attesa che lei desse loro informazioni.

Aveva dormito tutto il pomeriggio e la notte, e quando quella mattina si era svegliata con il profumo di bacon, il suo primo pensiero era stato di piacere; Paige non preparava spesso il bacon o le salsicce perché Jason le riteneva troppo grasse.

Ma non appena aveva aperto gli occhi, ritrovandosi in una stanza che non riconosceva, aveva ricordato: non era più a Seattle, Paige non era lì, e a Jack era tornata la memoria.

Sapeva in che momento era successo: al parco, quando era passato un elicottero.

Ora lui la odiava, e poteva incolpare solo sé stessa.

Aveva fatto il viaggio verso il New Mexico in una sorta

di nebbia. Non ricordava molto di ciò che era successo dopo che suo fratello l'aveva costretta a ingoiare il Valium, e aveva un vago ricordo del volo che avevano preso, ma niente di più. Il giorno precedente aveva incontrato molte persone e, sorprendentemente, la maggior parte era stata gentile con lei. Non era sicura se sarebbe stata così clemente come gli uomini e le donne del Rifugio, se fosse stata al loro posto.

Da quando si era svegliata tra lei e Jack si avvertiva un certo imbarazzo. Si era fatta la doccia, avevano mangiato, Alaska era passata con dei vestiti, e non appena si era cambiata lui l'aveva informata che sarebbero saliti al lodge per parlare con i suoi amici.

E ora era lì.

Si sentiva ancora un po' strana... ma l'annebbiamento causato dal Valium si era diradato. Quando quella mattina lui le aveva chiesto se stava bene, la tentazione di dirgli che non si sentiva ancora sé stessa era stata forte, ma era arrivato il momento di ammettere la sua parte di responsabilità in quello che gli era stato fatto. Prima avesse detto a quegli uomini ciò che sapeva, prima avrebbe potuto andarsene.

Perché non aveva alcun dubbio che suo fratello sarebbe andato a cercarla, che avrebbe assunto qualcuno per trovarla, perché senza di lei non sarebbe stato in grado di accedere al suo fondo fiduciario. E non avrebbe avuto alcuna remora a fare del male a chiunque si fosse frapposto tra lui e ciò che voleva. Cioè i suoi soldi.

Doveva andarsene. Il prima possibile. Dove, non ne aveva idea, ma avrebbe trovato un posto. Forse poteva chiedere a Ry di aiutarla a cambiare nome e a ricominciare da capo. Era stata estremamente gentile con lei il giorno prima, e ricordava vagamente di averla sentita dire che era un genio del computer e che era riuscita a salvare tutte le foto che aveva nel telefono, che probabilmente in quel momento era sepolto in una discarica da qualche parte.

«Perché tuo fratello ha rapito Stone?» le chiese Brick.

Maisy si fece coraggio e prese un respiro profondo. Quegli uomini erano stati più che pazienti, assicurandosi che si sentisse a suo agio, offrendole qualcosa da bere e chiedendole se fosse comoda. Ma avevano il diritto di sapere perché il loro amico era stato rapito. E anche Jack aveva bisogno di saperlo.

«Per rispondere a questa domanda, devo tornare indietro nel tempo...» iniziò.

«I miei genitori erano ricchi. Avevano investito bene, e papà aveva un ottimo impiego nella Silicon Valley. Poi si sono trasferiti a Seattle quando ero ancora piccola, hanno comprato una grande villa, e mio padre lavorava da remoto. Hanno assunto delle persone che aiutassero in casa ed erano molto generosi con i loro soldi nella comunità. Jason ha sette anni più di me e sembrava felice, anche se aveva dovuto lasciare tutti i suoi amici a causa del trasferimento.

Quando avevo circa quattordici anni, Jason ha iniziato a cambiare. Stava per laurearsi e mamma e papà gli stavano addosso perché trovasse qualcosa da fare nella vita, ma lui si accontentava di stare a dormire a casa di amici e cose del genere. C'era tensione tra lui e i nostri genitori, ma onestamente ero troppo presa dai miei interessi per prestare attenzione. Tipico degli adolescenti. Non facevo parte di un gruppo popolare o altro, ma avevo alcuni buoni amici con cui amavo uscire.

Avevo quindici anni quando i miei genitori sono stati uccisi. Quella notte dovevo stare a dormire da un'amica, ma Jason è venuto a prendermi e mi ha portata a casa. Mi ha detto che mamma e papà erano usciti a cena e che quando erano tornati alla macchina, qualcuno aveva sparato loro e rubato l'auto. Papà è morto sul colpo, ma la mamma è sopravvissuta abbastanza a lungo da trascinarsi al suo fianco. È stata trovata con la mano sulla sua testa; la polizia pensa che abbia provato a fermare l'emorragia.»

Maisy ignorò i mormorii di compassione provenienti dagli uomini. Compassione che non sarebbe durata, e non voleva lasciarsi toccare dalla loro preoccupazione che poi sarebbe sparita una volta sentita tutta la storia.

«La polizia non ha trovato l'assassino o gli assassini. Non c'erano prove fisiche sulla scena del crimine; né bossoli di proiettili, né sangue, a parte quello dei miei genitori, né impronte digitali su nessuno dei due. Non c'era nemmeno un video di sorveglianza perché le telecamere del ristorante erano rotte o non so cosa. Quindi nessuno ha mai risposto della loro morte.

Non l'ho presa bene. Ero isterica al pensiero di non vederli mai più. Jason è tornato a vivere a casa ed è diventato il mio tutore legale. Si è preso cura di me, assicurandosi che vedessi dei medici per la depressione e l'ansia. Non riuscivo ad andare a scuola... non riuscivo a interessarmi a *nulla*. Mi sono ritirata, ma Jason mi ha aiutata a studiare per il test GED. L'ho passato a malapena, ma non ero comunque interessata ad andare al college.

Ho ricordi confusi dei primi dodici anni dopo la morte dei miei genitori, perché prendevo molti farmaci. Mi rendevano impossibile pensare a ciò che accadeva intorno a me. Non dovevo preoccuparmi di nulla perché c'era

Jason. I miei genitori avevano un'assicurazione sulla vita e lui ha ricevuto subito quei soldi. Pensavo che usasse la mia parte per pagare le mie spese... farmaci, visite mediche, quel genere di cose. Ma onestamente ero troppo intontita per chiedere.

Quando avevo circa ventidue anni, Jason ha conosciuto una ragazza. Si chiamava Martha. Mi piaceva. Era timida e dolce. Mi ha aiutata a essere un po' più forte e sono riuscita a eliminare alcuni dei farmaci che prendevo da tanto tempo. Lei e Jason si sono sposati in comune e sembrava non avesse molti amici, così stavamo spesso insieme. Ma circa quattro mesi dopo il matrimonio... è scomparsa.»

«In che senso è scomparsa?» chiese Pipe.

«Un giorno era lì e quello dopo non c'era più. Erano sparite anche tutte le sue cose. La sua borsa, una valigia di vestiti, i gioielli che Jason le aveva regalato. La polizia ha indagato, ma con tutti gli altri casi che avevano e senza alcuna prova di omicidio, alla fine credo che l'abbiano semplicemente archiviata come una donna adulta che aveva deciso di lasciare il marito. Inoltre, non aveva una famiglia che avrebbe potuto incoraggiare la polizia a continuare le indagini.»

«Tuo *fratello* non l'ha fatto?» chiese Brick.

«All'epoca ho pensato che fosse troppo sconvolto e umiliato dal fatto che lei lo aveva lasciato. Aveva accennato alla possibilità che lo tradisse, e pensavo che non fosse disposto ad abbassarsi a supplicarla di tornare.»

«E ora?»

Maisy si voltò verso Owl. Jack era accanto a lui... dall'altra parte del tavolo rispetto a lei. Quando si era seduta e lo aveva visto prendere la sedia vicina al suo amico, il più lontano possibile da lei, le aveva fatto male. Molto. Ma non si era sorpresa. Sapeva che quel giorno sarebbe arrivato fin dalla prima bugia che era uscita dalle sue labbra.

«Come ho detto all'inizio, i miei genitori avevano molti soldi. Alla loro morte sono stati divisi tra noi due. Ma i miei erano persone... particolari. Credevano nelle anime gemelle e volevano che i loro figli sperimentassero il tipo di amore vero che avevano loro. Così, per cercare di aiutarci a trovarlo, i soldi che ci hanno lasciato erano vincolati da una clausola.» Non aspettò che qualcuno chiedesse quale fosse, ma continuò.

«Per poter accedere al denaro dei nostri fondi, dovevamo essere sposati da almeno tre mesi. Solo allora avremmo potuto sbloccarli. Ricevevamo un assegno mensile, che fossimo sposati o meno, ma la maggior parte del denaro sarebbe stata accessibile solo dopo il matrimonio.»

«Ah...» disse Tiny con uno sguardo eloquente.

Maisy sentì le guance infiammarsi. Sapeva cosa stavano pensando quegli uomini. Che lei era una stronza avida di soldi che aveva escogitato un piano per accedere alla propria fortuna.

Erano così fuori strada che faceva quasi ridere. Ma perché avrebbero dovuto crederle? Tutte le prove indicavano che lei era esattamente ciò che probabilmente pensavano.

«Quindi tuo fratello si è sposato, e dopo aver avuto accesso al denaro... sua moglie è scomparsa?» chiese Jack.

Maisy annuì.

«Conveniente» mormorò Tonka.

«Non per Martha» non poté fare a meno di dire. Poi

sospirò. «L'ha uccisa.» Quelle parole aleggiarono pesanti nella stanza, ma il fardello che la opprimeva dal momento in cui si era resa conto di ciò che probabilmente aveva fatto il fratello, all'improvviso svanì. Non sapeva se qualcuno le avrebbe creduto, ma almeno stava finalmente condividendo i suoi sospetti.

«Non so come sia avvenuto l'omicidio, ma un giorno, poco dopo la sua scomparsa, Jason ha assunto qualcuno per costruire un campo da basket nel nostro giardino. È stata una cosa strana dato che mio fratello non è esattamente un tipo atletico. Ma è venuta un'impresa che ha scavato una grossa buca, poi, come succede sempre nello stato di Washington, ha piovuto per giorni e giorni, e sono tornati una settimana dopo per riempirla e costruirci sopra la piattaforma di cemento. E credo che Jason abbia messo il corpo di Martha in quella buca.»

«Perché?» chiese Spike. «Mi sembra rischioso mettere un corpo in una buca che qualcun altro riempirà.»

«Lo so. Non ho detto che fosse un piano intelligente. Ma una notte mi sono svegliata dopo aver avuto un incubo e sono scesa in cucina. Lui stava entrando dal retro ed era ricoperto di fango. Mi ha urlato contro e mi ha detto di tornare in camera. Credo che si stesse preparando a spostare il corpo in quella buca. E anche le sue cose. Martha era bassa di statura, appena sopra il metro e mezzo. Credo che l'abbia messa lì dentro, magari scavando un po' di più in modo che gli appaltatori non lo notassero, che poi l'abbia coperta con un po' della terra rimossa dagli escavatori, e quando gli uomini sono tornati per finire il lavoro, l'hanno praticamente aiutato riempiendo la buca con il cemento e costruendoci sopra quello stupido campo da basket. Credo sia uscito circa tre volte a giocare. E questo è quanto.»

«Ma non hai prove» disse Jack.

Maisy si costrinse a incontrare i suoi occhi e scrollò le spalle. Aveva qualcosa che *forse* poteva essere una prova, ma non era sicura che fosse sufficiente.

Nella stanza ci fu un momento di assoluto silenzio e sembrava che lei e Jack fossero gli unici al mondo. Voleva che lui le credesse. Che si fidasse del fatto che non stava semplicemente mentendo per pararsi il culo. Ma quando lui distolse lo sguardo, il suo cuore sprofondò.

«Quindi tuo fratello avrebbe ucciso la moglie dopo aver ottenuto i soldi. Che c'entra Stone?» domandò Owl.

«Giusto» disse Maisy, costringendosi a continuare. Quella era la parte difficile. «Quindi Jason è stato felice per un po'. Aveva molti soldi e non doveva lavorare per guadagnarseli. Ma proprio come era successo con quelli dell'assicurazione sulla vita, alla fine ha speso anche tutti quelli del suo fondo.»

«Quanti?» si intromise Brick.

«Quattro milioni.»

L'uomo fece un fischio basso. «Sono un sacco di soldi.»

«Già. E non gli piaceva il fatto di non poter più spendere e spandere. Percepiva il mio assegno mensile, ma non era sufficiente.»

«Aspetta... il tuo assegno mensile?» chiese Jack.

Lei annuì. «Dato che ero minorenne quando sono morti i nostri genitori, ha fatto in modo che venisse depositato sul suo conto, cosa che all'epoca era legale perché lui era il mio tutore. E quando ho compiuto diciotto anni, non ero mentalmente in grado di gestirlo da sola. Così ha continuato ad andare sul suo conto. Quando ho cominciato a stare meglio, a non prendere più tanti farmaci e ad avere la lucidità per chiederglielo, erano passati anni e lui mi ha detto che stava usando quei soldi per assicurarsi che avessi tutto ciò di cui avevo bisogno. Cibo, un tetto sopra la testa, medicine, pagare lo stipendio di Paige... cose del genere. E ha insistito che non ero ancora pronta a occuparmene da sola.»

«Quindi in tutti questi anni ha rubato anche i tuoi soldi» affermò Tiny.

Maisy abbassò lo sguardo sul tavolo e scrollò le spalle. «Non è che ne avessi bisogno. Ma dopo che Martha è scomparsa e che lui ha dilapidato il suo fondo... ha smesso di somministrarmi del tutto i farmaci. Ha cominciato a incoraggiarmi a trovare un ragazzo.» Sospirò. «Immagino che avesse bisogno che fossi lucida se voleva che mi sposassi.

A me non interessava. Erano anni che praticamente non uscivo di casa, non sapevo *nulla* riguardo agli appuntamenti e alle relazioni. Ma lui mi ha iscritto comunque ad alcuni siti di incontri, mi ha fatto uscire con dei ragazzi, ha fatto venire degli uomini a casa, ed è stato *terribilmente* imbarazzante. Non mi piaceva nessuno di loro, sembravano interessati solo al sesso, non a una relazione. A Jason non importava, continuava a spingermi a smettere di essere così pudica. Ma io non volevo nessuno di quegli uomini.»

«Così ti ha trovato un marito lui» concluse Brick.

Maisy non riuscì a interpretare l'espressione del suo viso e si rifiutò di guardare Jack. «Sì» disse a bassa voce. «Non so come abbia fatto. Voglio dire, ha degli amici davvero orribili, ma non ho mai pensato che lui – o loro – avrebbe fatto qualcosa del genere.»

«Amici come Don Coffey?» chiese Tiny.

«Sì.»

«Chi?» chiese Owl.

«Don Coffey. Ryleigh ha trovato messaggi e mail tra lui e il fratello di Maisy. Non è l'uomo con cui ha lavorato per rapire Stone. Ma hanno fatto altre cose insieme. Roba perversa, come drogare le donne nei bar e portarle nei motel, lasciandole lì a svegliarsi da sole senza alcun ricordo della notte precedente.»

«Bastardi» mormorò Spike.

Maisy non poteva essere più d'accordo. Non sapeva che suo fratello e Don facessero cose del genere. Si sentì morire al pensiero, e si vergognò ancora di più per non essere andata alla polizia. Per avergli permesso di manipolarla in quel modo.

«Perché non l'ha fatta sposare con questo Don?» chiese Spike. «Se Jason voleva mettere le mani sui suoi soldi, perché non farlo fare a uno dei suoi amici?»

«Perché così qualcun altro lo avrebbe saputo» rispose Maisy. «Ci ho pensato anch'io. Don è orribile. Mi diceva sempre cose volgari, mi toccava quando Jason non c'era. Ma se mio fratello avesse dovuto pagarlo per sposarmi, avrebbe dovuto dirgli il perché, e poi probabilmente dividere anche con lui parte della mia eredità. E Jason è avido. Non vorrebbe mai dover pagare più del necessario.»

«Quindi ha organizzato un rapimento. Per cosa? Per costringerlo a sposarti? Queste cose non succedono al giorno d'oggi. Forse ai vecchi tempi con i matrimoni riparatori, ma adesso? Non esiste proprio» disse Owl, scuotendo la testa.

«Cos'avrebbe fatto se io non avessi avuto l'amnesia?» chiese Jack.

Maisy si costrinse a guardarlo. Era lui la parte lesa, non lei. Era *lui* che era stato rapito e a cui avevano mentito. Aveva avuto tutto il tempo di dissociarsi da suo fratello, ma non l'aveva fatto. «I matrimoni riparatori forse non sono una cosa attuale, ma lui non avrebbe esitato a puntare una pistola alla tua testa, o alla mia, per farti andare fino in fondo.»

Pronunciò quelle parole in tono calmo, ma il cuore le batteva a mille e si sentiva un po' stordita. Ma si costrinse a continuare.

«Gli serviva solo la tua firma sul certificato di matrimonio. Una volta ottenuta, ti avrebbe rinchiuso nella stanza blindata nel seminterrato per tre mesi, finché io non avessi firmato i documenti per accettare la mia eredità, e poi ti avrebbe ucciso.»

L'atmosfera nella stanza diventò concitata.

«Mi stai prendendo per il culo?»

«Porca puttana.»

«Non è possibile, cazzo!»

«Gesù.»

Non poteva biasimare quegli uomini per la loro reazione.

«E che mi dici di te?» sbraitò Jack.

Maisy non poté fare a meno di trasalire. «Io?» chiese.

«Cosa ti sarebbe successo passati i tre mesi?»

«Avrebbe ucciso anche me. Non poteva rischiare che dicessi a qualcuno quello che aveva fatto.»

«Pensava davvero di farla franca facendo scomparire altre persone dalla sua vita?» chiese Brick.

«Non credo che ci abbia riflettuto» rispose con sincerità. «Sembrava non preoccuparsi dei dettagli, fintantoché avesse avuto accesso al denaro.»

«Ma tutto ciò non è successo» disse Owl. «Stone si è svegliato e non si ricordava chi fosse. Quando è stato deciso di fargli credere che eravate già sposati?»

Jack ovviamente aveva già raccontato ai suoi amici le parti della storia che conosceva.

«Jason l'ha inventata su due piedi. Appena Jack si è svegliato, nel momento in cui ha capito che non sapeva chi fosse, ha detto qualcosa sul fatto di essere suo cognato e da lì le cose sono precipitate.»

«E perché mai lo hai assecondato?» domandò Brick in tono duro, sporgendosi in avanti.

Maisy sapeva che quella domanda sarebbe arrivata, ma ancora non aveva una risposta.

«Vedi quel livido sul viso?» disse Jack al posto suo.

Riportò lo sguardo su di lui.

Quando tutti annuirono, continuò. «Ne ha altri sulle braccia e uno enorme sul fianco. Ne ha su tutto il corpo. Mi ha sempre detto di essere goffa, ma non l'ho mai vista inciampare quando eravamo insieme.»

Lei arrossì per l'imbarazzo, ma non lo interruppe.

«Quando mi sono svegliato, ho sentito Jason trattarla male. Non capivo cosa stessi ascoltando e ho pensato che forse non avevo compreso bene perché la testa mi pulsava forte. Ma immagino che se quell'uomo era disposto a puntare una pistola alla testa di sua sorella per costringermi a sposarla, non si sarebbe di certo fatto problemi a minacciarla per obbligarla a fare ciò che voleva... cioè stare zitta e assecondare la storia del nostro matrimonio. Fammi indovinare, è stata sua l'idea di dirmi che ero un cacciatore di taglie?»

Maisy annuì, più sollevata di quanto potesse dire che avesse capito tutto da solo. «Ha detto che era una professione solitaria e che avrebbe spiegato perché non avevi amici.»

«E anche il fatto che vivevo a Spokane e l'incendio del condominio?»

Annuì ancora una volta.

«L'idea della cerimonia di rinnovo delle promesse è stata davvero geniale. Non ho sospettato nulla.»

Non sapeva cosa dire. No, non era vero. «Mi dispiace» sussurrò.

«Davvero?» le chiese.

Maisy si morse il labbro. Le dispiaceva di averlo ingannato, che si fosse ritrovato coinvolto nell'avidità di suo fratello. Ma era dispiaciuta per le ultime settimane? Di essere sua moglie? Di tutto ciò che comportava esserlo?

No. Non ne era affatto dispiaciuta. Anche oppressa dal terrore, era stata felice come non succedeva dalla morte dei suoi genitori. Jack l'aveva fatta sentire meritevole, come se non fosse stato un obbligo prendersi cura di lei, ma un privilegio. Non l'aveva ritenuta un intralcio e una spina nel fianco. Era sua moglie, una persona a cui teneva e che voleva proteggere perché era importante, non perché fosse costretto.

Ma non pensava che fosse il caso di dirlo in quel momento. Quindi rispose semplicemente: «Sì.»

Jack non sembrò felice, ma non diede nemmeno l'impressione di volersi lanciare sopra il tavolo e strangolarla. Per lei quella era una vittoria.

«E adesso che si fa?» chiese Pipe. «Sei tornato, lo stronzo che ti ha rapito non sa dove sei, ma dato che presumibilmente siete legalmente sposati, per Maisy presto arriverà il momento di ottenere i suoi soldi.»

«In realtà *non* sono sposati» disse Owl. «Il nome sul

certificato non è il suo. Jack Smith non esiste. E sappiamo tutti che Ry potrebbe far sparire quel documento in un batter d'occhio.»

Il suo cuore perse un battito. Non le era piaciuto ingannare Jack, ma si sorprese del dolore che provò al pensiero di non essere veramente sposata con lui.

«Quello non risolverebbe nessuno dei problemi» sbottò Jack. «Pensi che Jason rinuncerà a mettere le mani sui soldi di Maisy?»

«Potreste divorziare, questo bloccherebbe la questione del tempo» propose Brick.

«E poi? Mandiamo Maisy a casa, così lui può rapire qualcun altro e fare la stessa cosa?» Scosse la testa. «No, non è un'opzione.»

Il suo cuore si gonfiò di emozione. Poteva odiarla e detestare quello che aveva fatto, ma almeno non era disposto a farla tornare da suo fratello, o a mettere qualcun altro a rischio di essere rapito per soddisfare la sua avidità.

«Cosa succederà allo scadere dei tre mesi, Maisy?» chiese Pipe.

Lei si voltò a guardare l'uomo tatuato. «In che senso?»

«Come otterrai il denaro? È un processo automatico?»

«Oh, ehm, no. Ci sono documenti che devono essere firmati. Devo presentarmi davanti al tizio della banca e all'avvocato che si occupa del fondo per ottenere lo sblocco dei soldi.»

«Quali erano le intenzioni di tuo fratello una volta che tu avessi firmato?» domandò Jack.

«Come ho già detto, la sua intenzione era di ucciderti perché non poteva rischiare che ti tornasse la memoria.» Distolse lo sguardo. «E ha accennato al fatto che avrei avuto "un'overdose" a causa del dolore provocato dalla tua morte. Dopodiché penso che avrebbe vissuto per sempre felice e contento con i suoi milioni e i proventi delle nostre assicurazioni sulla vita.»

«Aspetta... quali assicurazioni?» chiese Brick.

Maisy sospirò. «Quella che mi ha fatto firmare di Jack, e quella che, a quanto pare, a un certo punto ha stipulato per me.»

«Porca puttana, *non* mi piace questo tizio» ringhiò Owl.

«Devo parlare con Ryleigh» dichiarò Tiny.

«Pensavo che non ti fidassi di lei» disse Brick.

«Non mi fido. Ma non c'è dubbio che quella donna sappia usare il computer. Maisy, immagino che i soldi del tuo fondo fiduciario andranno sul conto di tuo fratello.»

«Probabilmente sì.»

«Ok... e se così non fosse? Se andassero in un conto creato a tuo nome?»

«Ma questo non porterebbe Jason dritto da me?» Maisy scosse la testa, già in preda al panico. «No! Non voglio che si avvicini a questo posto.»

«Ryleigh è abbastanza astuta da riuscire ad architettare qualcosa in modo che non possa essere ricondotto a te o al Rifugio. Probabilmente potrebbe anche far annullare le polizze sulla vita. E il matrimonio allo scadere dei tre mesi.»

«Sul serio?» chiese con un sopracciglio alzato.

«Può fare qualsiasi cosa con quel computer. Ed è per questo che non mi fido di lei. Penso che dobbiamo chiedere il suo parere su questa faccenda.»

«Sono d'accordo» disse Brick, e anche gli altri annuirono.

Tranne Jack.

«Stone? A cosa stai pensando?» gli chiese Owl.

«Sto pensando che sono d'accordo che Ry faccia la sua magia da una tastiera, ma ciò non impedirà a Maisy di doversi presentare di persona per avere accesso ai suoi soldi. E voglio che stia a non meno di duecento chilometri di distanza da quello stronzo di suo fratello. Non abbiamo idea di cosa farà quando si renderà conto di essere stato fottuto. Vorrà disperatamente mettere le mani su quei soldi.»

Aveva ragione. Jason sarebbe stato oltremodo furioso se i suoi piani fossero andati in fumo. Era davvero instabile, ora l'aveva capito, e non sapeva cos'avrebbe fatto se l'avesse rivista.

Ma se voleva ricominciare a vivere, le servivano quei soldi. Oh, non tutti. Non avrebbe mai voluto mettersi di nuovo nella posizione di essere sfruttata, e milioni di dollari sul suo conto avrebbero potuto farlo succedere. Inoltre, fino a quel momento non aveva mai avuto bisogno di cifre del genere, e di certo non ne aveva bisogno ora. Le bastava solo una somma sufficiente a prendersi cura di sé stessa. Forse avrebbe visto se Ry poteva aiutarla a capire come darne via la maggior parte.

Avrebbe tenuto per sé quelli che sarebbero serviti per comprare una piccola casa e vivere comodamente, poi avrebbe trovato un lavoro da qualche parte e cercato di dimenticare l'uomo che aveva sposato con l'inganno... e che avrebbe amato per il resto della vita.

Ma non sarebbe stata in grado di fare nulla di tutto ciò se prima non avesse fatto la cosa giusta. Quella che avrebbe dovuto fare molto tempo prima.

«Devo parlare con la polizia. Raccontare quello che ho detto a voi» sbottò.

«Possiamo organizzare in modo da fartelo fare da qui» le disse Brick.

Maisy scosse la testa. «No. Cioè, mi andrebbe bene, ma c'è un agente a Seattle che credo abbia sempre sospettato di Jason. Dopo la morte di Martha è venuto un paio di volte per vedermi, ma non è mai riuscito a parlarmi da solo.»

«Possiamo far sì che i detective di qui parlino con lui» la rassicurò Brick.

Ma lei sapeva che alla fine sarebbe dovuta tornare a Seattle. Doveva affrontare suo fratello. Fargli capire che non si sarebbe mai più fatta manipolare da lui. Ma non si trattava solo di quello. «Ho delle prove» ammise in un sussurro.

Immediatamente ebbe l'attenzione di tutti i presenti.

«Quali prove?» sbottò Jack.

Maisy deglutì a fatica. «Ho scritto tutto in un diario, nel caso mi fosse successo qualcosa, e ho detto a Paige dove l'ho nascosto e di portarlo alla polizia.»

Le spalle di Jack si rilassarono un po'. «Ok, ma *non* ti è successo niente, quindi puoi dire ai detective tutto quello che hai scritto.»

«Ho anche fatto delle foto» disse con più calma di quella che in realtà provava.

«Cosa? Quando? Di *cosa*?» chiese Jack.

«Quella sera, quando è entrato ricoperto di fango. Mi sono insospettita. Così, quando sono tornata di sopra, mi sono infilata nel bagno del corridoio, che si affaccia sul cortile. Avevo una vecchia macchina fotografica, sapete, di quelle con la pellicola. Jason è tornato in giardino e l'ho fotografato mentre faceva qualcosa in quel buco. Non so se potranno servire, forse era troppo buio, ma quelle foto potrebbero dimostrare che c'è qualcosa lì sotto. Se la polizia dovesse scavare in quello stupido campo da basket, troverà Martha. Ne sono certa.»

«Porca puttana!» esclamò Owl.

«Dov'è il rullino?» chiese Spike.

«In un buco sotto un'asse del pavimento della mia camera, insieme al diario. E non è tutto.»

«Cos'altro c'è?» domandò Jack.

«Ho il portafoglio di Martha. L'ho trovato sul pavimento dei sedili posteriori dell'auto di Jason. Mi stava portando a una visita medica, e mi faceva sempre sedere dietro perché una volta avevo vomitato e gli aveva fatto schifo. Comunque ho raccolto il portafoglio. Non capivo perché fosse nella sua auto se lei aveva lasciato la città con la sua borsa e una valigia piena.»

Gli uomini si scambiarono uno sguardo tra loro, e avrebbe voluto sapere a cosa stavano pensando.

«Potremmo far prendere quella roba a Paige, come le ha chiesto Maisy» suggerì Pipe.

«Se Jason la dovesse scoprire sarebbe bella che morta» disse Jack.

Maisy fece una smorfia. Non aveva avuto intenzione di mettere in pericolo la sua amica dicendole del nascondiglio, ma ora si rendeva conto che probabilmente non era stata la cosa più intelligente da fare. Era possibile che Paige avesse già recuperato il diario, ma c'era una possibilità ancora più grande che Jason avesse mentito al personale riguardo a dov'erano andati lei e Jack, per nascondere il fatto che erano fuggiti.

«Bene, allora diremo al detective dove sono nascosti gli oggetti e potrà andare a prenderli *lui*» dichiarò Jack.

«Non senza un mandato di perquisizione» disse Spike scuotendo la testa.

«Ma dopo che Maisy avrà detto loro ciò che sa e che ha visto nel suo giardino, dovrebbero avere una giusta causa» insistette.

«Per sentito dire» sostenne Tiny.

«Cazzo.» Jack si passò una mano tra i capelli.

«Posso andare io. *Voglio* andarci» ammise Maisy. «Non volevo mettere in pericolo nessuno. Soprattutto Paige. E.... devo affrontare Jason. Fargli vedere che non mi ha sconfitta. Che non ha vinto.»

«Non sarebbe sola» suggerì Brick. «Andremmo con lei.»

«No» disse Jack.

«Entra in casa, prende le prove e va dalla polizia.»

«Ho detto di *no*.»

«Sì» ribatté Maisy, raddrizzandosi sulla sedia.

Jack le lanciò un'occhiataccia dall'altra parte del tavolo.

Lei non distolse lo sguardo mentre parlava. «Ho fatto un casino. È stato un *mio* errore. Colpa *mia*. Avrei dovuto andare alla polizia quando Martha è scomparsa. Ma non l'ho fatto. Sono stata una codarda. E quando Jason ti ha trascinato in casa e mi ha informata di avermi trovato un marito, avrei dovuto farmi valere per entrambi. Invece ho assecondato il suo stupido piano perché avevo paura. Sapevo che era sbagliato, eppure mi sono comportata come ho sempre fatto: ho lasciato che mio fratello dettasse ogni mia azione.

Non me ne frega niente dei soldi. Vorrei che non ci fossero perché allora non sarebbe successo nulla di tutto questo. I miei genitori potrebbero essere vivi, Martha sarebbe *sicuramente* viva, e tu non saresti sposato con una donna che non avresti mai scelto nemmeno in un milione di anni. Devo farlo, Jack.»

«Non è colpa tua» le disse dopo un attimo.

Si sbagliava. Era *tutta* colpa sua. «Non è nemmeno tua» replicò. «Non hai chiesto tu di essere rapito, di rimanere così traumatizzato che il tuo cervello si è spento per sopportarlo. Non ho chiesto io di perdere anni della mia vita annebbiata dai farmaci ansiolitici e antidepressivi. Una volta hai detto che non mi avresti mai fatto implorare per ottenere qualcosa... ma lo farò. Ho bisogno di fare questa cosa. Per andare avanti. Per chiudere il cerchio.»

Jack la stava fissando con la mascella contratta, poi ringhiò: «*Va bene*. Ma a delle condizioni. Se sei incinta, non ti avvicinerai a tuo fratello. Non metterò in pericolo mio figlio o mia figlia.»

Maisy sentì alcuni mormorii da parte degli uomini intorno a loro, ma non distolse lo sguardo da Jack. Era uno schifo sapere che gli andava bene mettere in pericolo *lei*, ma non il suo bambino. Ma capiva. Davvero. «D'accordo. Se dovessi essere incinta, aspetterò che nasca il bambino prima di andare a Seattle.»

Jack sospirò, poi annuì. «E non ci andrai da sola.»

Maisy quasi si afflosciò sulla sedia per il sollievo. Non *voleva* affrontare Jason da sola. Era impossibile dire cosa le avrebbe fatto. Probabilmente sarebbe finita in una buca nel cortile come Martha o, come minimo, l'avrebbe imbottita di antidepressivi. Sentiva ancora gli effetti del Valium che l'aveva costretta a prendere. Annuì.

«E non mi mentirai mai più. Voglio sapere tutto. Dove sei, dove vai, a chi mandi le mail, a chi telefoni... *tutto*, Maisy. Niente più segreti.»

Per lei non era un problema. Non che avesse amici a cui mandare mail o telefonare. «Va bene.»

«Dico sul serio. Non tollererò altre bugie.»

«Ho detto va bene» ribatté un po' stizzita. «Quando partiremo?»

«Quando potrai sapere se sei incinta?»

Lei si accigliò. «Non lo so.»

«Puoi prendere appuntamento con il medico di Henley» disse Tonka.

«Penso che Cora potrebbe avere un paio di quei test su cui si fa la pipì sopra» aggiunse Pipe.

«Faremo entrambe le cose.»

«Potrebbe essere troppo presto per avere dei risultati. Dipende» suggerì Brick.

«Come diavolo fai a saperlo?» chiese Tiny.

Brick fece un sorrisetto. «Lo so e basta.»

«C'è qualcosa che vuoi dirci?» domandò Spike all'amico.

«No. E anche se volessi, Alaska mi prenderebbe a calci nel sedere se non la lasciassi condividere per prima ogni buona notizia che potremmo avere.»

«Hai avuto il ciclo poco più di una settimana fa, giusto?» le chiese Jack.

Arrossì intensamente. Stava volutamente rendendo pubbliche cose personali, e anche se non le piaceva, sapeva di meritarselo. E *lui* sapeva benissimo quando aveva avuto il ciclo. Era sembrato turbato dal fatto di non averla già messa incinta, e quando lei aveva protestato per le sue avances dicendo di non essere sicura di voler fare sesso in quel periodo del mese, lui era riuscito a cancellare tutte le sue preoccupazioni; aveva protetto il letto con degli asciugamani, aveva fatto l'amore con lei sotto la doccia e si era assicurato che fosse pulita e a posto prima di addormentarsi.

Ma da allora l'avevano fatto un sacco di volte. E anche se il momento poteva non essere ideale, non era così ingenua da pensare di non poter rimanere incinta subito dopo la fine delle mestruazioni.

Annuì di nuovo.

«Quindi deve passare qualche settimana prima di poterlo sapere» disse lui in tono piatto.

Maisy deglutì a fatica. Voleva il bambino di Jack? Sì... e no. Sì perché lo amava così tanto che faceva quasi male. E no perché le avrebbe reso molto meno complicato andare avanti con la sua vita.

«Probabilmente è meglio così. Daremo a quello stronzo il tempo di arrovellarsi e a Ryleigh di fare ciò che deve» sostenne Tiny. «Per non parlare del fatto che non ha senso andare laggiù due volte. Dovrai andare in banca una volta scaduti i tre mesi, quindi tanto vale aspettare e prendere due piccioni con una fava.»

«Nel frattempo ti porterò da un medico per farti visitare e assicurarci che i farmaci che tuo fratello ti ha fatto prendere per tutti questi anni non abbiano causato dei danni permanenti, così che tu possa rimetterti bene in sesto» aggiunse Jack.

Maisy si rincuorò del fatto che avesse parlato riferendosi a entrambi e non solo a lei. Non lo avrebbe biasimato se se ne fosse lavato le mani, ma rendersi conto che non lo stava facendo attenuò un po' l'ansia che le stringeva la pancia.

«Vuoi vedere i progressi dell'hangar?» Owl domandò a Jack con un sorriso.

«Certo che sì! Non te l'ho nemmeno chiesto, come va con l'elicottero?»

«Arriverà. Al momento è bloccato a Seattle finché non saranno concluse le indagini su Grant, ma dopo sarà nostro.»

«Fantastico.»

«Sì, allora... vuoi venire con me?»

«Sì. Sistemo Maisy nello chalet e ci rivediamo qui.»

Tutti si alzarono; la riunione era ovviamente conclusa. Maisy si sentiva a disagio. Jack aveva ragione, ci sarebbero volute alcune settimane prima di sapere se era incinta. Cos'avrebbe dovuto fare nel frattempo?

Ma non le diede il tempo di pensarci. Le fece cenno di camminare davanti a lui e uscirono dalla sala conferenze. Alaska la salutò con la mano dalla reception, ma era evidente che Jack fosse ansioso di trovarsi con Owl, così si limitò a farle un piccolo sorriso e continuò a camminare.

Prima che fosse pronta, lui stava aprendo la porta dello chalet. Entrarono insieme, ma Jack rimase accanto alla soglia. «Torno più tardi» le disse. Poi si voltò e uscì, chiudendo bene la porta dietro di sé.

Ora era sola e aveva voglia di piangere. Non aveva pensato di certo che la prendesse tra le braccia e le dicesse che l'aveva perdonata e che l'amava ancora. Ma si era aspettata... *qualcosa*. Magari che ne avrebbero parlato una volta soli, non che l'avrebbe ignorata del tutto.

Si avvicinò al divano e si sedette, fissando la parete di finestre. Non era sicura di riuscire a sopravvivere un mese in quel posto se Jack aveva intenzione di trattarla così.

Poi scosse la testa. No, poteva farlo. Era la sua penitenza. Era stata debole, aveva ingannato l'uomo migliore che avesse mai conosciuto, e avrebbe accettato qualsiasi punizione lui avesse voluto infliggerle. E qualsiasi cosa sarebbe accaduta tra loro una volta detto e fatto tutto, l'avrebbe accettata con la massima grazia possibile.

Jack non era suo. Per quanto avrebbe voluto tenerlo per sempre, era entrato nella sua vita con un falso pretesto. Non importava se lo amava con ogni fibra del suo essere. Per lui sarebbe sempre stata la sorella dell'uomo che lo aveva rapito. La donna che gli aveva mentito.

Si tolse le scarpe, piegò le gambe appoggiando i piedi sul bordo del cuscino e strinse le braccia intorno alle ginocchia. Vi posò sopra il mento e sospirò. Si chiese cosa stesse facendo Jason in quel momento. Era arrabbiato? Era preoccupato?

Scosse la testa, sapeva che non era preoccupato per lei, ma solo di non essere in grado di ottenere i suoi soldi entro poche settimane. Ma nient'altro. A suo fratello importava *solo* di sé stesso. E presto avrebbe avuto ciò che gli spettava. Ci avrebbe pensato il karma. Doveva crederci, altrimenti era probabile che non sarebbe riuscita a trovare la forza di affrontarlo, di denunciarlo. Di ammettere il suo ruolo in tutto ciò che lui aveva fatto.

Era colpevole per associazione. Non aveva parlato quando ne aveva avuta l'occasione. Aveva invece nascosto le prove, prima perché non voleva credere che il fratello che conosceva e amava potesse essere un assassino... poi perché era convinta che sarebbe stato capace di *ucciderla*.

Ma l'amore che aveva provato per lui era sparito. Ora era tutto per Jack, e avrebbe fatto qualsiasi cosa per proteggerlo. Anche da lei, se necessario.

———

«Trovala» ringhiò Jason a Don.

«E lui?»

«Non me ne frega un cazzo di lui!»

«Quindi, quando li troverò, potrò ucciderlo?» chiese Don con un ghigno malvagio.

«Non mi hai sentito? Lui non è *niente*. Ho quello che mi serve: la sua firma su un certificato di matrimonio. Ma ho bisogno di mia sorella. Viva. Deve presentarsi in banca dopo tre mesi per far sì che il denaro venga trasferito.»

«E io avrò ventimila dollari, giusto?»

«Sì» rispose Jason a denti stretti.

«Li troverò. Non possono essere andati lontano. Ho già chiesto a un tizio che conosco e che lavora all'aeroporto. Si scopa una delle ragazze che sta al banco della reception. Ha controllato e non sono saliti su un aereo, quindi devono essere qui intorno da qualche parte.»

«E se non li troviamo subito, mia sorella avrà bisogno di quei soldi per sopravvivere, quindi tornerà dopo i tre mesi. Andrà in banca come la stronza avida che è» ringhiò Jason. *Odiava* Maisy. Era stata una spina nel fianco per anni. Aveva detestato doversi occupare di lei, e di dover sprecare del denaro per tenerla in vita. Se non ci fosse stata lei, tutti i soldi dei loro genitori sarebbero stati suoi.

«C'è la possibilità che possa farmela prima che te ne liberi?» gli chiese Don.

«Se vuoi scopartela, fallo pure. Ma non è più la stronza stretta di una volta. Suo marito le ha sicuramente allargato la fica.»

«Non mi interessa. Da quando la conosco mi ha sempre guardato dall'alto in basso. Sarà un piacere rimetterla al suo posto.»

«Allora va bene, ma se lo farai dovrai anche liberarti di lei.»

«Nessun problema.»

«Ottimo.»

«Che cosa farai nel frattempo?»

Jason aggrottò la fronte. «Quello che voglio. Ho già licenziato tutto il personale. Lo tenevo qui solo per motivi di apparenza e per fare da babysitter a mia sorella.»

«Be', merda. Mi piacevano i biscotti che faceva quella cuoca.»

«Pazienza» disse Jason alzando gli occhi al cielo. Sentì di nuovo montare la rabbia. Quando si era svegliato e si era reso conto che Maisy e quel cazzo di marito erano spariti, era rimasto completamente scioccato. Poi era andato nel panico. Non gliene fregava un accidente di chi fosse Jack, ma aveva bisogno di sua sorella ancora per un po'.

Per la prima volta dal rapimento si pentì di non aver fatto più domande su quell'uomo. Non aveva specificato nessuno in particolare, aveva solo detto che gli serviva qualcuno da costringere a sposare sua sorella. Il tizio assunto dall'amico del suo amico era ormai un fantasma. Non aveva modo di contattarlo, e anche se *avesse* avuto il suo numero, probabilmente non gli avrebbe nemmeno risposto. Non appena era stato pagato, era praticamente sparito.

Di conseguenza, Jason non aveva idea di chi fosse Jack, né quale fosse il suo cognome o la sua provenienza. Accidenti, non sapeva se avesse amici altolocati che avrebbero potuto aiutarlo a sparire nel nulla con Maisy, come sembrava fosse successo.

Ma non importava. Alla fine la stronza sarebbe tornata.

Doveva farlo se voleva avere accesso alla sua eredità. E a quel punto lui sarebbe stato pronto.

Non ci aveva lavorato tutti quegli anni solo per fallire ora. No, avrebbe incassato la sua eredità e le assicurazioni sulla vita. Una volta fatto, sarebbe stato a posto. Avrebbe potuto vendere quella cazzo di casa per un altro paio di milioni e trasferirsi in Messico. Laggiù tutto costava pochissimo e avrebbe potuto vivere come un re, e avere tutta la fica che voleva.

Era troppo vicino al suo obiettivo per lasciare che sua sorella mandasse tutto all'aria.

Voltò le spalle a Don e fissò il giardino sul retro. Il canestro aveva un aspetto pessimo e necessitava di riparazioni. Doveva occuparsene prima di mettere la casa sul mercato. Pensare a ciò che era sepolto sotto il cemento lo fece sorridere. Lui era il più furbo di tutti. Gli agenti di polizia erano degli idioti, li aveva fregati. Nessuno aveva sospetti su di lui, e presto sarebbe stato di nuovo milionario e avrebbe potuto ricominciare la sua vita, senza la palla al piede della sorella.

L'unica incognita era Jack. Ma alla fine non aveva importanza. Si sarebbe sbarazzato di lui con la stessa facilità con cui si era sbarazzato di Maisy scaricandola al suo amico. Avrebbe dovuto fare ciò che aveva pianificato fin dall'inizio e rinchiuderlo nella stanza blindata nel seminterrato. Ormai era troppo tardi, ma Jack avrebbe avuto ciò che gli spettava.

La porta dell'ufficio si chiuse e sentì Don camminare lungo il corridoio verso la porta d'ingresso. Probabilmente avrebbe dovuto occuparsi anche del suo vecchio amico. Poteva unirsi a Martha in giardino. O forse avrebbe chiamato il numero dedicato alle soffiate e lo avrebbe conse-

gnato alla polizia, una volta che quell'idiota avesse fatto
fuori sua sorella. Avrebbe preso due piccioni con una fava.
Don sarebbe stato rinchiuso e lui non avrebbe dovuto
pagargli nemmeno un centesimo.

Sorridendo, decise che quel piano gli piaceva. Non gli
importava che il numero dei cadaveri stesse aumentando
in modo esponenziale. L'unica cosa che contava era avere i
soldi in tasca. Avrebbe fatto tutto il necessario per otte-
nerli. *Aveva* fatto tutto il necessario. Gli mancavano solo
poche settimane, e se non avesse trovato Maisy prima della
scadenza dei tre mesi, sarebbe stata lei ad andare da *lui*.

La conosceva bene, sapeva il suo modo di pensare.
Sarebbe tornata, anche solo per reclamare i suoi soldi.

E quando l'avesse fatto... sarebbe stata praticamente
morta.

CAPITOLO SEDICI

MAISY ERA SEDUTA nello chalet di Brick e Alaska, e dovette darsi un pizzicotto. Le donne che vivevano al Rifugio erano state così... *gentili*. Non se l'era aspettato, soprattutto dopo che avevano saputo del suo ruolo nel rapimento di Jack. O almeno del fatto che non gli aveva detto subito la verità e portato avanti la farsa del matrimonio.

Quella sera Alaska l'aveva invitata ad andare a casa sua per, come l'aveva chiamato lei, un "baby party" improvvisato. A quanto pareva era stata una scusa per trovarsi tutte e parlare di "cose da donne".

Era al Rifugio da una settimana e non sapeva se sarebbe riuscita a resistere fino allo scadere dei tre mesi.

Jack non era stato cattivo con lei, non l'aveva trattata come una prigioniera o un'emarginata, ma non era l'uomo che aveva imparato a conoscere e ad amare. Non che lo biasimasse; a ruoli invertiti non credeva che sarebbe stata in grado di essere così civile.

Ma odiava dormire nella stanza degli ospiti. In realtà non dormiva affatto bene e pensava che fosse così anche per Jack. A volte di notte lo sentiva urlare a causa di un incubo. Ogni volta avrebbe voluto andare da lui, a tranquillizzarlo come era solita fare, ma dato che non era possibile, poteva solo stare sdraiata sul divano letto e ascoltarlo soffrire.

Quando le rivolgeva la parola era eccessivamente educato, e ciò la feriva. Era come se fossero degli estranei, e faceva più male di qualsiasi altra cosa fosse successa negli ultimi mesi. Forse per lui era facile ignorare i ricordi del tempo trascorso insieme, ma per lei no. Lo amava ancora. Ed era orribile rendersi conto che lui non provava gli stessi sentimenti, indipendentemente da ciò che le aveva detto prima di ritrovare la memoria.

Quando Alaska l'aveva invitata a passare del tempo con lei e le altre donne, Maisy aveva colto al volo quell'opportunità. Non avrebbe dovuto. Sarebbe stato meglio non legare con loro perché non appena scaduti i tre mesi se ne sarebbe andata. Ma passare un'altra sera con Jack che si comportava come se fosse una sconosciuta, un'ospite che tollerava a malapena, l'avrebbe fatta impazzire.

Lo chalet era praticamente gremito, ma nessuno sembrava preoccuparsene. Alaska era in cucina a versare le bibite per chi non era incinta. Jess, una delle addette alle pulizie, stava facendo la spola tra la cucina e il soggiorno con snack e bevande, mentre tutte le altre erano sedute a parlare e a ridere.

Maisy era sul pavimento, appoggiata al divano accanto a Ry. Cora e Lara erano su un altro divanetto. Henley, Reese e Luna, che era la figlia del cuoco del Rifugio, erano tutte sul divano. L'atmosfera era rilassata e felice, e si rese conto di non aver mai vissuto un'esperienza simile. Almeno da quando aveva partecipato a qualche pigiama party durante il liceo.

«Che cosa ti ha raccontato Stone di noi e dei guai che abbiamo passato?» le chiese Henley.

Lei scosse la testa. «Niente.»

«Cosa vorrebbe dire?»

«Solo questo. Niente» rispose.

«Di cosa parlate alla sera?» domandò Cora.

«Ehm... di niente.»

«Giusto, probabilmente hanno di meglio da fare» disse Jess con un sorriso malizioso. Ma sembrò che nessun'altra avesse trovato divertente il suo commento... a dimostrazione che tutte sapevano che tra lei e Jack le cose non andavano bene.

«No, tra noi non è così» disse a Jess, cercando di sembrare indifferente e di non far trasparire la devastazione che provava. Guardando quelle donne, sentì un improvviso bisogno di confessare tutti i suoi peccati. Non aveva idea di cosa pensassero di lei, anche se non credeva che la odiassero, altrimenti non sarebbe stata lì, ma voleva che sapessero quanto fosse dispiaciuta per il ruolo avuto in ciò che era successo a Jack. E per aver assecondato il piano di suo fratello. Non che avesse avuto molta scelta, ma comunque... le dispiaceva per tutto.

«Jack è l'uomo più straordinario che abbia mai conosciuto. È tutto ciò che ho sempre desiderato in un compagno. Le poche settimane che siamo stati insieme sono state... le migliori in assoluto.» La sua voce si abbassò sulle ultime parole. Sembravano così inadeguate per come lui l'aveva fatta sentire. «Ma sapevo che non appena gli fosse tornata la memoria, sarebbe finito tutto. E così è stato. Mio fratello è... malvagio. Non so perché, dato che abbiamo ricevuto la stessa educazione, ma lui ha deciso che il denaro è la cosa più importante del mondo. Non lo so per certo, ma credo che abbia ucciso i miei genitori. E *so* che ha ucciso Martha, sua moglie. Tutto per quei soldi. E poi ha deciso di volere anche la mia eredità.»

Maisy stava divagando, ma non riusciva a fermarsi. Parlava anche velocemente, ma non voleva essere interrotta per paura di non riuscire a dire tutto ciò che voleva. «Dato che avrei dovuto sposarmi affinché lui avesse i miei soldi, ha fatto rapire Jack, e gli avrebbe puntato una pistola alla testa, o l'avrebbe puntata alla mia, probabilmente a entrambi, per costringerlo a firmare il certificato di matrimonio. Poi credo avesse pianificato di tenerlo chiuso nel nostro seminterrato per i tre mesi richiesti prima di poter reclamare la mia eredità, per poi ucciderlo. E uccidere me. Non avrei voluto farlo. Sposare Jack contro la sua volontà, intendo, ma non avevo scelta.

No, non è vero. Ce *l'avevo*. Avrei potuto rifiutarmi. Avrei potuto dire a mio fratello di andare all'inferno, ma non l'ho fatto, ero troppo spaventata dalle conseguenze. Quindi è colpa mia quanto sua se ora Jack è sposato con me. E adesso mi odia per questo.»

Quando finì aveva il fiatone, e per un attimo si sentì in colpa per aver rovinato l'atmosfera gioiosa nella stanza. Ma si sentì molto meglio dopo essersi sfogata.

«Non è colpa tua» le disse Henley.

«Ho assecondato l'affermazione di mio fratello sul fatto che fossimo sposati. Gli ho mentito, ho portato avanti quella storia. E *non è* che Jason mi tenesse una pistola puntata alla testa. Ero sempre da sola con Jack. Avrei potuto raccontargli tutto. Dirgli di andarsene da lì. Ma non l'ho fatto» ammise con tristezza.

«Cosa ti avrebbe fatto tuo fratello se non lo avessi assecondato?» chiese Reese.

Maisy scrollò le spalle. «Avrebbe rapito un altro uomo ignaro? Mi avrebbe chiusa a chiave nella mia stanza. Mi avrebbe picchiata.»

«Esatto!» esclamò Reese, con tale ferocia da farla sussultare per la sorpresa. «Scusa, non volevo spaventarti, ma sul serio, non avevi altra scelta. Se non avessi fatto quello che voleva lui, sarebbero stati guai per te. Sei una vittima tanto quanto lo è stato Stone.»

Maisy apprezzò il tentativo della donna di darle un po' di fiducia, ma non era ancora in grado di perdonarsi.

«E Stone non ti odia» disse Alaska, uscendo dalla cucina e unendosi al gruppo. Si sedette al suo fianco e le mise una mano sul ginocchio. «Davvero» insistette quando le lanciò un'occhiata incredula.

«Mi parla a malapena. Il più delle volte è come se non ci fossi. Quando lo fa, è estremamente educato e fa di tutto per non toccarmi o avvicinarsi troppo. Lo capisco, ovvio, anch'io mi odierei al posto suo, ma... fa male.» Fece un respiro profondo e si guardò intorno. Molte delle donne lì erano sposate. Avevano uomini che avrebbero bruciato la terra per assicurarsi che fossero al sicuro. Probabilmente dicevano loro ogni sera quanto le amavano.

«Siamo stati insieme quasi ventiquattro ore al giorno per settimane. E io... ho fatto l'errore di legarmi troppo a lui. Di credere che fossimo *davvero* una coppia. Raramente passava due minuti senza toccarmi. Si sedeva così vicino che le nostre cosce erano praticamente incollate, teneva sempre una mano sulla mia gamba, o mi sfiorava la guancia con le dita. E di notte...» La voce di Maisy si incrinò mentre abbassava lo sguardo. «Mi stringeva così forte che lo usavo come cuscino. E ora, se mi sfiora anche solo per sbaglio le dita, si comporta come se avesse toccato un filo elettrico. Era tutta una bugia. Ma non *sembrava* lo fosse» sussurrò, così piano che non era sicura che qualcuno l'avesse sentita.

«Non era una bugia» disse Lara con fermezza. «Per nessuno dei due. Lui ti guarda. Quando non stai prestando attenzione non riesce a toglierti gli occhi di dosso. Ti controlla costantemente, per assicurarsi che tu stia bene.»

Ma Maisy scosse la testa con tristezza.

«L'altro giorno, quando eri nella stalla con Tonka, è entrato di corsa al lodge chiedendo dove fossi, e ha detto a Brick e a Spike che non riusciva a trovarti. Era agitato» spiegò Henley.

«Mio padre mi ha detto che gli ha chiesto espressamente di preparare una teglia di fagiolini perché era uno dei tuoi cibi preferiti tra quelli che la tua cuoca a Seattle era solita fare» aggiunse Luna.

«E si sta comportando quasi come Tiny... mi sorveglia mentre lavoro, ripetendomi di stare molto attenta a non fare capire a tuo fratello dove sei, in modo che non possa mettere le mani su di te» sostenne Ry.

Le loro parole la fecero sentire davvero bene, ma non poteva prenderle a cuore. Se avesse lasciato insinuarsi nella sua anima il minimo incoraggiamento, avrebbe fatto ancora più male quando Jack si sarebbe disinteressato completamente di lei. Stava semplicemente aspettando che passassero i tre mesi di matrimonio. Una volta che lei avesse avuto accesso ai soldi avrebbe potuto sistemare la faccenda firmando i documenti per l'annullamento, scaricandola senza sentirsi in colpa.

«Non arrenderti» le disse Alaska con urgenza, stringendo per un attimo le dita intorno alla sua gamba. «So meglio di chiunque altro come ci si sente a essere innamorati di qualcuno che non ricambia i tuoi sentimenti. Ma eccomi qui... con l'uomo che ho amato per tutta la vita.»

Maisy si girò verso di lei. «Non credo che Brick non ti abbia sempre amata. È ovvio che sei tutto per lui.»

«Sì, *ora* lo sono. Ma non è sempre stato così. Davvero non conosci le nostre storie?»

Scosse la testa.

«Be', siediti, sorella. Abbiamo molto da raccontare.»

L'ora successiva fu illuminante. Non aveva avuto idea che quelle donne avessero vissuto situazioni così terribili. Sembravano così... normali. Felici. Era ancora più impressionata da loro dopo aver sentito ciò che avevano passato, e sempre più convinta di non poter essere alla loro altezza.

«Visto? Le cose possono risolversi. Devi solo avere fede» le disse Alaska quando tutte ebbero finito di raccontare.

Ma Maisy poté solo sbuffare incredula. «Nessuna delle vostre situazioni prevedeva mentire ai vostri uomini. Ingannarli. Partecipare a un maledetto *rapimento*» protestò.

«Ascoltami, Maisy. Sul serio» le ordinò Lara, sporgendosi in avanti e inchiodandola con il suo sguardo intenso. «Owl e Stone hanno passato l'inferno insieme. Una sera mi sono incuriosita e ho cercato online uno dei video pubblicati dai loro rapitori quando erano prigionieri di guerra, e ho resistito circa dieci secondi prima di doverlo chiudere. Quello che è successo loro è stato *orribile*. E li ha portati a mettere in discussione tutto ciò in cui credevano e che riguardava la loro vita. Nonostante ciò, non ho mai incontrato due uomini più portati di loro a vivere una relazione. Hanno entrambi un sacco d'amore dentro. Vogliono prendersi cura di tutti. Ma soprattutto sono fedeli a coloro che amano. Sono protettivi nei loro confronti. Pensavo che Owl stesse per impazzire quando non riuscivamo a trovare Stone e non sapevamo cosa fosse successo.

Da quello che ho visto, Stone ti guarda come Owl guarda *me*. Come se non riuscisse a credere che sono nella sua vita. Che io stia con *lui*.» Guardò le altre e sorrise. «Voglio dire, so benissimo che vorrebbe tenermi al sicuro e protetta nel suo chalet ventiquattr'ore al giorno, solo per assicurarsi che nessuno mi faccia del male. E ora che sono incinta questo bisogno è ancora più forte. Ma non lo fa, perché ovviamente sa che non lo sopporterei. Quindi soffre in silenzio per le sue insicurezze e per la paura che possa accadere qualcosa a me o al nostro bambino ogni volta che metto piede fuori dalla porta di casa, e mi lascia vivere normalmente la mia giornata. Ma questo non significa che non sia lì a osservare. Ad aspettare che io abbia bisogno di qualcosa. E quando succede, lui è lì. Senza che glielo chieda. E ciò lo fa sentire bene. Soddisfa quel bisogno profondo dentro di lui.»

«Ha ragione» affermò Henley con dolcezza. «Saresti un'ottima psicologa» disse a Lara con un sorriso.

L'altra si limitò ad alzare gli occhi al cielo. «No, conosco solo il mio uomo. Comunque, devo arrivare al punto. Come ho detto, Stone ti osserva come fa Owl con me. Forse si comporta come se non gli importasse, ma credo sia un meccanismo di difesa. Il suo mondo è stato sconvolto profondamente. E non lo dico per ferirti, è un dato di fatto. Era così spaventato che, come misura protettiva, il suo cervello si è spento e non gli ha permesso di ricordare il suo passato. Ma ora che gli è tornata la memoria, sta cercando di capire come conciliare il suo amore per te con quello che gli ha fatto tuo fratello e, mi dispiace dirlo, che gli hai fatto tu. Come ha detto Alaska, *non* arrenderti. I sentimenti che lui provava per te non sono scomparsi. Sono ancora presenti. Sono solo mescolati a tutti gli altri che sta cercando di rimettere in ordine. Ma se la situazione dovesse mettersi male, darebbe la sua vita per te a prescindere. Non ho dubbi su questo.»

Maisy voleva crederle. Voleva vedere negli occhi di Jack qualcosa di diverso dalla diffidenza. Ma non aveva idea di cosa fare per rimediare a ciò che era successo. Se mai fosse stato possibile. Non era sicura che per lei la vita avrebbe potuto essere bella come per tutte le donne che le stavano intorno, ma lo voleva. Dio, quanto lo voleva.

«Bene, a questo proposito... possiamo parlare di bambini adesso?» chiese Luna. «Non vedo l'ora che iniziate a partorire!»

Tutte risero, compresa Maisy. Fu un sollievo che la tensione nella stanza fosse stata spezzata.

«Non so le altre, ma io sono più che pronta a spingere fuori questo bambino» disse Henley mentre si massaggiava la pancia.

«Di quanto sei?» le domandò Maisy.

«Circa sette mesi. Reese è un mese dietro di me, Lara ha scoperto di essere incinta da poco.»

«Sono così eccitata!» esclamò Alaska.

«Ho delle novità» disse Cora un po' timidamente. «La nostra domanda per l'affidamento è stata accettata.»

Tutte urlarono e si rallegrarono.

«Quando vi daranno il vostro primo figlio? Sapete già

quanti anni ha? È un maschio o una femmina?» chiese Jess, senza dare a Cora la possibilità di rispondere tra una domanda e l'altra.

«Non lo so. In realtà abbiamo richiesto bambini un po' grandi. Non neonati. Ce ne sono così tanti che hanno bisogno di case sicure. E non ci interessa se è un maschio o una femmina.»

«Non avevi detto che avevate deciso di fare domanda per un bambino in particolare?» chiese Ry.

«Sì. Ce n'era uno di sette anni di cui Pipe aveva sentito parlare, ma i suoi nonni hanno deciso di tenerlo e crescerlo loro.» Scrollò le spalle. «Sono sicura che ce ne saranno altri. L'agenzia potrebbe letteralmente chiamare in qualsiasi momento, ora che siamo stati approvati.»

«È fantastico» disse Lara, abbracciando l'amica. «Sono così elettrizzata per voi.»

«E Jasna sarà entusiasta. Le piacciono i bambini, ma credo che sarebbe più felice di avere qualcuno con cui poter giocare e a cui poter insegnare come funzionano le cose da queste parti» sostenne Henley.

Mentre le donne parlavano delle voglie in gravidanza, di come comportarsi con le coliche dei neonati e di altri argomenti legati ai bambini, Ry si chinò in avanti e sussurrò all'orecchio di Maisy: «Possiamo parlare?»

La guardò, non riuscendo a immaginare di cosa si trattasse, ma scrollò le spalle e annuì.

Ry si alzò subito e le afferrò la mano, tirando in piedi anche lei. «Io e Maisy andiamo a parlare di qualcosa di diverso dai bambini» informò le amiche.

«Se ve ne andate vi perderete la bellissima perla riguardo a come la nostra vagina si allargherà quanto la circonferenza di una palla da bowling!» scherzò Henley.

«Oh Signore, è troppo tardi per cambiare idea sull'avere un figlio?» chiese Lara.

Tutte risero mentre Ry trascinava via Maisy. Lo chalet non era enorme e aveva un open space come quello di Jack, ma a quanto pareva nessuna prestò attenzione a loro mentre si fermavano in un angolo della cucina.

Ry lasciò cadere la sua mano e appoggiò un fianco al bancone. «Ho fatto delle ricerche.»

Non disse altro.

Maisy aggrottò la fronte confusa. «Ok?»

«Sai cosa posso fare, vero?»

«Ehm... sì. I ragazzi hanno detto qualcosa sul fatto che sei brava con i computer.»

Lei non sorrise e sollevò un sopracciglio. «Non sono brava con i computer» disse. «Sono incredibilmente *brava*. Non c'è nessuno migliore di me. *Nessuno*. Posso entrare nei database dell'FBI e della CIA, scovare i codici delle armi nucleari russe, scoprire esattamente cosa stanno pianificando i leader cinesi giorno dopo giorno e cancellare tutte le ricerche sui loro dannati palloni, e tutti i progressi della Corea del Nord nella guerra biologica illegale. Quindi, entrare nel database di un'azienda e cancellare le polizze sulla vita, o cambiare la destinazione dei soldi da trasferire da un fondo fiduciario... sono cose da niente per me. Capisci?»

Maisy fissò la donna di fronte a lei. Sapeva che Ryleigh aveva un gran talento al computer solo in base a quello che avevano detto i ragazzi, ma non aveva capito quanto effettivamente ne avesse. «Credo di sì» rispose dopo un attimo.

«Bene. Volevo solo assicurarmi che non darai di matto quando entrerai nel tuo conto corrente e vedrai il saldo.»

«Che cos'hai fatto?» domandò in un sussurro.

«Niente che lui non si meritasse. Per prima cosa, ho cambiato le coordinate bancarie del deposito mensile dal conto di tuo fratello al tuo... il nuovo conto che ho creato per te nella banca qui in città, così ora avrai l'assegno mensile che avresti dovuto ricevere da anni. Tiny mi ha anche detto delle assicurazioni sulla vita che Jason ha stipulato per te e Stone. Quella roba è stata cancellata, quindi non dovrai più preoccuparti. Ho anche cambiato la proprietà della casa da tuo fratello – che non avrebbe dovuto averla dato che era stata lasciata a entrambi, ma lo stronzo in qualche modo è riuscito a far sì che fosse solo a *suo* nome – a te. L'ho anche messa sul mercato, tanto per il gusto di farlo. Jason rimarrà sorpreso la prima volta che qualcuno andrà a vederla.»

Maisy la guardò sbalordita.

«Che c'è? Scusa, per caso volevi vivere lì dopo che sfratteremo tuo fratello?»

«No! Voglio dire, una volta amavo quella casa, ma ora racchiude troppi brutti ricordi. Non voglio più vivere lì.»

«Bene. Allora avrai il ricavato della vendita, che compenserà gli assegni mensili che ti ha rubato in tutti questi anni. Non so quanto tempo ci vorrà, perché sono sicura che Jason si rifiuterà di andarsene, ma mi arriveranno le offerte e le condividerò con te in modo che tu possa decidere quale accettare. L'ho messa in vendita a un prezzo *molto* competitivo, quindi penso che dovresti ricevere diverse buone offerte.»

«Porca miseria» disse, totalmente impressionata.

«L'unica cosa che *non* posso fare è aggirare l'obbligo di andare di persona a firmare per ricevere l'eredità. Mi dispiace. Quindi dovrai comunque tornare a Seattle per occupartene. Ma ho sentito da Tiny che questo già lo sapevi.»

Annuì. «Voglio andarci.»

Ry la fissò per un attimo, poi disse: «Vuoi dimostrare a tuo fratello che non ha vinto.»

«Sì.»

«Buon per te. Stone ha bisogno di qualcuno con la spina dorsale. Non sono qui da tanto tempo come le altre, ma mi piace. È un uomo passionale, ma in senso positivo, se capisci cosa intendo.»

Lo capiva, così annuì.

«Non ero felice quando ho saputo che era scomparso. Mi sono sentita in colpa per non essere riuscita ad arrivare a Lara, Owl e Stone prima che lo prendessero. E ho odiato non aver individuato la pista giusta per trovarlo. Tuo fratello è un bastardo, ma non è del tutto stupido. Anzi, mi rimangio tutto: è un idiota. Non aveva idea di chi fosse Stone, di chi avesse rapito. Scommetto che se avesse saputo che era un ex pilota delle forze speciali e che aveva amici letali che non si sarebbero fermati davanti a nulla per trovarlo, avrebbe scelto un altro uomo. Ma d'altra parte, non ti saresti innamorata di uno qualsiasi, quindi anche se Jason è un idiota, sono contenta che abbia scelto Stone.»

Le parole di Ry le turbinavano in testa. Non riusciva a starle dietro. Ma per fortuna sembrava che non si aspettasse una replica, perché continuò a parlare. «Ero prontissima a odiarti, Maisy. Le mie dita fremevano per provocare più casini che potevo nella tua vita, ma poi mi sono resa conto che ne avevi già tanti. Tuo fratello ti aveva isolata, drogata, minacciata e ferita. Tutto per soldi. E ho visto anche il modo in cui Stone ti guarda. Poi mi ha fatto promettere che nulla di ciò che avevo fatto ti si sarebbe rivoltato contro in qualche modo. È evidente che ti ama.»

Maisy stava scuotendo la testa prima ancora che Ry finisse di parlare.

«È così. E sono d'accordo con tutto quello che ha detto Lara. Se non combatterai per quell'uomo, non sei la donna che *penso* tu sia. Non sarà facile, ma nulla di ciò che vale la pena avere lo è, giusto?»

«Non so cosa fare. Non mi parla. Non mi tocca. Non mi guarda nemmeno.»

«Seducilo» disse senza esitazione.

Lei quasi si strozzò. «Cosa?»

«Spogliati e infilati a letto con lui. Non potrà resisterti.»

«Oppure potrebbe cacciarmi via e farmi morire d'imbarazzo» ribatté incredula.

«Non succederà. Fidati.»

Maisy voleva farlo. Davvero. Ma non avrebbe sopportato di essere respinta da Jack nel momento in cui sarebbe stata più vulnerabile.

«Dimmi la verità... pensi di essere incinta?»

Maisy sospirò. «No.»

«Se *rimani* incinta, quell'uomo non ti perderà di vista» rifletté Ry.

«Non mi interessa intrappolarlo. L'ultima cosa che voglio è dovermi preoccupare se sta con me per il bene di suo figlio o perché mi ama.»

«Già, quello potrebbe essere un problema» replicò con un sospiro. «Ribadisco comunque che del sesso fantastico lo farà smettere di ignorarti.»

Maisy lo desiderava profondamente. Viveva dei ricordi di come avevano fatto l'amore prima che le cose precipitassero. E avere il figlio di Jack sarebbe stato un sogno che si realizzava. Lui sarebbe stato il miglior padre che un bambino avrebbe mai potuto sperare di avere.

«Ok» continuò Ry, studiando attentamente il suo viso con un sorrisetto. «Quindi, mentre aspetti di affrontare quello stronzo di tuo fratello, hai ancora tempo per convincere Stone che non può vivere senza di te.»

«Ma come?»

«Non lo so. Ma sei intelligente, lo capirai» rispose semplicemente, appoggiandosi al bancone come se non avesse un pensiero al mondo.

«*Non* sono intelligente» protestò Maisy. «Ho abbandonato la scuola, ho superato a malapena il GED. Jack è solo il secondo uomo con cui sono stata. Non ho idea di come convincerlo che lo amo davvero e che odio mio fratello per quello che ha fatto.»

«Aspetta, cosa?»

«Cosa, *cosa*?» chiese Maisy, altrettanto confusa.

«Cosa vuol dire che hai superato a malapena il GED?»

«Solo quello. Jason mi ha detto che avevo ottenuto un punteggio così basso che ero a un punto dalla bocciatura.»

«E gli hai creduto?» le chiese, con un'espressione che mostrava esattamente quanto fosse ridicolo quel pensiero.

«Ehm... sì?»

«Ascolta, mentre cercavo informazioni su quel cazzone di tuo fratello, ho fatto ricerche anche su di te. Hai ottenuto un punteggio di settecentottantacinque.»

«Già, cioè il sessantacinque per cento» replicò scrollando le spalle.

«Cosa? No, non è così! Santo cielo. Senti, sappiamo che Jason non è esattamente un tipo integerrimo, ma se ti ha detto che il punteggio massimo era milleduecento, stava mentendo. Accidenti, non è un punteggio per *nulla*. Il punteggio perfetto per il test attitudinale SAT è milleseicento, e quello ACT per l'ammissione al college è trentasei.

Il test GED è diviso in quattro discipline. Il punteggio minimo è di centoquarantacinque per ognuna. Ottenere un punteggio compreso tra centosessantacinque e centosettantaquattro in una disciplina in genere significa che si è pronti per il college. Un punteggio superiore significa che si possono ottenere crediti. Maisy, hai ottenuto un punteggio di centonovanta in matematica – che tra l'altro è stato il *più basso* che hai preso – duecento in ragionamento attraverso le arti linguistiche, centonovantasette in studi sociali e centonovantotto in scienze. Ragazza, sei praticamente un genio!»

La fissò confusa. «Non sono stata quasi bocciata?»

Ry rise. «No, Maisy. Hai ottenuto un punteggio perfetto in una disciplina e quasi perfetto in altre due. Di certo non sei stata *quasi* bocciata.»

«Oh mio Dio» sussurrò. «Mi sono sempre chiesta come sia potuto andare così male. A scuola prendevo sempre A. Ma avevo già iniziato ad assumere così tanti farmaci che credo... credo di aver pensato fosse a causa di quello. Comunque sia, mi sono fidata della parola di Jason, come per tutto il resto.»

«Tuo fratello sapeva quanto eri intelligente. Sapeva anche che lo eri *abbastanza* da capire alla fine che schifoso farabutto fosse. Quindi immagino che ti abbia tenuta drogata per anni per poter spendere i soldi che erano destinati a te.»

Era così. Maisy già odiava Jason, ma adesso ancora di più. Per tutta la vita aveva pensato di essere inutile. Stupida. E qualcuno che era sangue del suo sangue aveva continuato a farglielo credere. E per cosa? Per soldi. «Lo odio» disse a denti stretti.

«Anch'io» replicò Ry quasi con nonchalance. «Ma mi sto occupando di lui. Sapevi che la tua eredità è aumentata nel corso degli anni?»

Maisy la guardò con un sopracciglio inarcato.

«Giusto, scusa. Ovvio che non lo sai. Non sono più quattro milioni di dollari. Sono quasi dieci.»

«*Cosa?* Davvero?»

«Già. Sei proprio una milionaria.»

Ma lei scosse la testa. «Non li voglio.»

«I soldi?»

«Sì, non li voglio. Mi hanno causato solo dolore. Hanno trasformato mio fratello in un mostro, gli hanno fatto uccidere i miei genitori, assassinare una donna innocente e gentile, e rapire Jack.»

«Prima pensavo che mi piacessi, ma ora penso di amarti» disse Ry senza alcuna traccia di divertimento o umorismo. «Il denaro è sicuramente la radice di tutti i mali, e non ti biasimo se non lo vuoi. Ma avrai bisogno di qualcosa per vivere quando tuo fratello non sarà più una minaccia.»

«Mi inventerò qualcosa.»

Ry la studiò per un lungo momento. «Che ne dici di tenerne un po', tipo un milione, e dare via il resto?»

«Un milione è troppo.»

Ma l'altra rise. «No, non lo è. Non hai idea di quanto in fretta spenderai quei soldi, soprattutto se avrai un bambino. Ma per fortuna hai un'amica che conosce le migliori azioni e obbligazioni su cui investire.»

Maisy la osservò socchiudendo gli occhi.

Ry ridacchiò. «Ok. Parleremo delle mie capacità di

broker degli investimenti in un altro momento. Allora, se non vuoi quei soldi, cosa vuoi farne?»

«Donarli.»

«Ottima scelta. E si dà il caso che io sia anche un'esperta di enti di beneficenza legali. Dove vuoi che vadano?»

«Non lo so. Mi piacciono gli animali.»

«Posso raccomandare diversi gruppi di soccorso molto meritevoli che hanno davvero bisogno di soldi.»

«E ai bambini. Oh, e ai gruppi di veterani. Possiamo darne un po' al Rifugio?»

«Sì. Anche se è un po' complicato, perché Brick e gli altri sono piuttosto sensibili riguardo a ricevere della beneficenza. Ma ho già dirottato dei soldi qui. Sai che hanno un pulsante per le donazioni sul loro sito? Ho impostato una routine che invia automaticamente una donazione ogni quattro giorni.» Sorrise. «E loro non ne hanno idea. È fantastico. Stanno costruendo l'hangar per l'elicottero solo con quelle.»

«Che provengono da te?»

«Sì. Cioè, ci sono anche altre donazioni che non ho fatto io, ma è bellissimo dare a questi ragazzi ciò che serve loro per rendere questo posto ancora più fantastico di quanto non sia già. Fanno davvero un ottimo lavoro qui.»

«Da dove arrivano i tuoi soldi?» le chiese.

E a quello, l'espressione felice e soddisfatta sul suo volto svanì. «Non ha importanza. Ok, quindi animali, bambini, veterani... che altro?»

Avrebbe voluto farle altre domande, ma era ovvio che Ry non avrebbe risposto. «Ehm... c'è una donna che faceva la cuoca a casa mia. Si chiama Paige. Ho sentito che Jason l'ha licenziata, insieme agli altri che lavoravano per noi. E non è giusto. Era lì da decenni e sono sicura che la pagava poco.»

«Hai ragione, è proprio così. Mi assicurerò che lei e le altre persone che hanno lavorato per voi siano compensate adeguatamente. C'è altro?»

Maisy diede altri suggerimenti, ma onestamente non aveva la minima idea di come fare per dare via nove milioni di dollari.

«Inizierò con i tuoi suggerimenti e poi ci penseremo, che ne dici?»

Deglutì a fatica, improvvisamente sopraffatta dall'emozione. Era arrivata nel New Mexico una settimana prima aspettandosi di essere evitata, emarginata. Invece, era stata inserita nel gruppo da quelle donne come se ci fosse sempre stata. E Ry... Maisy non riusciva a trovare le parole per ringraziarla.

«Andrà tutto bene» le disse con dolcezza.

Fece un respiro profondo e annuì. «Sì, andrà bene. Perché lo denuncerò.»

«Tuo fratello?»

Annuì di nuovo. «Non posso provare che ha ucciso i miei genitori. Ma farò il possibile per dimostrare che ha assassinato sua moglie. Ho alcune foto, anche se saranno sfocate perché le ho scattate al buio, ho il portafoglio di Martha, che è rilevante perché Jason ha detto alla polizia che l'ha portato con sé quando se n'è andata, ho alcune registrazioni di mio fratello che si comporta in modo orribile con me, e un diario in cui ho scritto ogni singola cosa che mi è venuta in mente e su cui spero possano indagare.»

Ry la fissò per un lungo momento prima di dire: «Ho le mail. E i messaggi. Li ho scaricati dal suo telefono. Potranno essere d'aiuto per Martha, ma forse non per i tuoi genitori. È successo troppo tempo fa. Stamperò tutto e potrai portarli con te quando incontrerai la polizia a Seattle.»

«Lo farai *davvero*?»

«Assolutamente sì. Farò tutto ciò che potrà aiutare a sconfiggerlo e a tenerti al sicuro.»

«Perché?»

«Perché non dovrebbe farla franca con tutto ciò che ha fatto. Perché è uno stronzo avido. E perché mi piaci, Maisy. Siamo molto simili, più di quanto immagini. Hai dovuto fare cose che non volevi perché non avevi scelta. Hai dovuto tacere per la tua sicurezza. Lo capisco. Lo capisco *benissimo*. Ti meriti una seconda possibilità e io voglio aiutarti a ottenerla.»

«Anche tu.» Non sapeva perché lo avesse detto, ma aveva la sensazione che anche quella donna meritasse una seconda possibilità.

Ry fece un sorriso triste. «Non ne sono così sicura. I miei peccati sono molto più gravi dei tuoi. Non sono stata costretta a mentire. Ho fatto in modo che la precedente addetta alle pulizie del Rifugio se ne andasse con l'inganno per poter ottenere il lavoro. E non sono certa che qualcuno possa perdonarmi per aver avuto delle informazioni sulle donne quando erano nei guai e non averle condivise.»

«Da quello che ho appena sentito, le *hai* condivise» protestò Maisy.

Scrollò le spalle. «Troppo poche e troppo tardi. Sono sicura che è ciò che pensano gli uomini. Inoltre, so delle cose sul Rifugio. Cose che non vogliono che si sappiano, e non dirò loro come le ho scoperte. Anche se dovrebbe essere ovvio. Non c'è traccia elettronica che mi possa essere nascosta. Tiny di certo non si fida di me.»

Maisy si morse il labbro, ma visto che stavano mettendo tutte le carte in tavola, decise di chiedere ciò che aveva in testa. «Perché sei ancora qui? Dubito che tu abbia davvero bisogno di questo lavoro.»

«Non mi serve. Sono rimasta perché volevo trovare Stone.»

«Be', è qui. E sta bene.»

«Vuoi che me ne vada?» le chiese, inclinando la testa.

«No, assolutamente no. Ma con tutto questo parlare di Jack e di come mi guarda, non posso fare a meno di dirti che ho notato che Tiny ti perde a malapena di vista.»

«Ovvio, perché ha paura che io mandi in bancarotta questo posto o qualcosa del genere» replicò, alzando gli occhi al cielo.

«Non credo proprio.»

«No» disse scuotendo la testa.

«No, cosa?»

«Non pensare che possa esserci qualcosa tra me e Tiny. Al momento sono ancora qui perché sto lavorando per distruggere tuo fratello. Mi dispiace, ma dovrai fartene una ragione se dovesse esserti rimasto un briciolo d'amore per lui. È un mostro.»

«Lo so. Ma, Ry...»

«Ti prego, non dire niente» sussurrò con un tono torturato.

Maisy avrebbe voluto insistere, fare qualcosa per lei, ma era ovvio che stesse affrontando cose di cui non sapeva nulla, e non conosceva nemmeno Tiny così bene. Non le piaceva vedere la sua nuova amica così... rassegnata. Non sapeva per cosa, ma le dispiaceva.

«Va bene. Non so cosa potrò mai fare per ripagarti del

tuo aiuto, ma se hai bisogno di qualcosa, sono qui per te, Ry.»

«Grazie. Non sai quanto significhi per me.»

«In realtà, lo so.»

«Non mollare con Stone» sussurrò. «Lui ti ama. So che è così. Gli ci vorrà del tempo per superare ciò che è successo, ma lo farà. Fai come ti ho detto. Seducilo. Non ho mai visto due persone più destinate a stare insieme di voi due.»

Maisy non ne era così sicura. Non aveva minimizzato quanto fossero imbarazzanti e andassero male le cose tra loro, ma non voleva più pensarci. «Sai perché tutti lo chiamano Stone? Io non ci riesco. Nella mia testa è sempre stato Jack, ma sono curiosa.»

«Quando si stava addestrando per diventare pilota, dovevano fare questa cosa dell'annegamento. Suona orribile, e i video sono ancora peggio. Li mettono in un affare che simula la cabina di un elicottero che poi capovolgono dentro l'acqua. Devono rimanere fermi per trenta secondi prima di tentare di uscire. Una volta fatto, partono dei getti che soffiano bolle dal fondo della piscina, credo servano per i subacquei che stanno imparando, in modo da ammortizzare l'entrata in acqua. Comunque, li aprono e a quel punto non c'è visibilità perché l'acqua è molto bassa. È spaventoso da vedere. Stone non è un gran nuotatore e ogni volta che usciva dal finto elicottero piombava sul fondo della piscina.»

«Affondava come un *sasso*» disse Maisy con un piccolo sorriso.

«Già.»

«Come ha fatto a passare allora? Voglio dire, ha dovuto superarlo per diventare un Night Stalker, giusto?» Aveva sentito dire che Jack e Owl erano straordinari, che pochissime persone riuscivano a diventare i leggendari piloti Night Stalker dell'esercito. Non era rimasta sorpresa quando lo aveva sentito, sapeva già quanto fosse straordinario Jack, ma era comunque rimasta impressionata.

«Gli hanno permesso di rifare il test alla fine del corso. Ha passato ogni secondo libero in piscina per imparare a nuotare. Era arrivato al punto di non affondare subito quando era in acqua, ma ancora non era un gran nuotatore. Durante il nuovo test è riuscito a risalire in superficie e, pur ottenendo il punteggio minimo, l'ha superato. Da allora gli è rimasto quel soprannome.»

«Come diavolo *fai* a saperlo?» le chiese.

Ry si limitò a sollevare un sopracciglio.

«Giusto, scusa. Dimenticavo. Super hacker informatico» disse con una risatina.

«E non ha sempre portato gli occhiali.»

Maisy era confusa. Cosa c'entrava il suo soprannome con gli occhiali?

Intuendo il suo pensiero, spiegò. «I piloti di elicottero devono avere una vista perfetta. Non possono volare nel deserto e rischiare di ritrovarsi con un granello di sabbia nell'occhio e rovinare le lenti a contatto, e nemmeno gli occhiali che si appannano nel bel mezzo di un'operazione sarebbe un bene.»

«Giusto» concordò Maisy.

«Non ne ha avuto bisogno fino a qualche anno fa. Ha resistito finché ha potuto, perché sai come sono gli uomini, e poi finalmente è andato dall'oculista. La correzione non è poi tanta, ma non era comunque entusiasta di averne bisogno.»

«Mi piacciono. È tipo, sai, una bibliotecaria sexy, ma

uomo. Oddio, è suonato sessista. Certo che gli uomini possono essere dei bibliotecari.»

«Sì. L'ex partner di Tonka, che vive in Virginia, è un bibliotecario.»

«Davvero?»

«Mm-mm.»

«Bene. Comunque, forse dovrei dire che è come uno di quei professori non più giovanissimi di cui leggo sempre nei romance» disse Maisy. Poi arrossì. Non aveva avuto intenzione di ammettere che le piaceva quel genere.

«Oooh, li adoro» concordò Ry, facendola sentire meglio riguardo alle sue letture. Il che era stupido. Che importanza aveva quello che le piaceva leggere? E le storie d'amore erano bellissime. Si concludevano sempre felicemente e la facevano sentire davvero bene dentro, la convincevano che le cose potevano funzionare anche per le persone reali. Le davano speranza.

Poi Ry la sconvolse afferrandola e attirandola a sé. L'abbracciò forte, e fu bellissimo sentire di nuovo un contatto umano. Maisy non si era resa conto di quanto le fosse mancato essere toccata fino all'arrivo di Jack, e ora che lui faceva di tutto per evitare anche il più piccolo contatto fisico con lei, quell'abbraccio significava ancora di più.

«Fai ciò che farebbe una delle protagoniste dei romanzi rosa; entra nella sua stanza nel cuore della notte, nuda, e poi saltagli addosso prima che il suo cervello abbia il tempo di elaborare.» Le sussurrò quelle parole all'orecchio, poi si tirò indietro, sorrise, aprì il frigorifero e prese un'altra caraffa dell'intruglio zuccherato preparato da Alaska, e tornò nell'altra stanza dove tutte le ragazze stavano ancora chiacchierando del più e del meno.

Mentre Maisy le osservava, si rese conto di sentirsi

piuttosto bene in quel momento. Erano giorni che non succedeva, e sapere che Ry la sosteneva era piacevole. E non solo lei. Tutte le donne erano state più che gentili.

All'improvviso capì perché Jack fosse così leale. Se lei avesse avuto degli amici così, avrebbe fatto il possibile per far sì che nelle loro vite tutto andasse nel modo giusto. Non aveva idea di cosa le avrebbe riservato il futuro, ma si sarebbe assicurata che nulla di ciò che avrebbe detto o fatto avesse un impatto negativo sul Rifugio o su chiunque ci viveva e lavorava. Il mondo aveva bisogno di più persone come loro.

A essere sincera la terrorizzava dover affrontare il fratello, ma prima di poter girare pagina, doveva farlo. Voleva che lui sapesse che non l'aveva sconfitta. Che per quanto l'avesse trattata male, lei si era risollevata. Se doveva abbassarsi al suo livello per fargli capire quanto fosse seria, lo avrebbe fatto. Non sarebbe mai più caduta nella trappola dei suoi trucchetti e delle sue manipolazioni. Sperava che sarebbe finito in prigione per ciò che aveva fatto, ma se così non fosse stato, non voleva che cercasse di vendicarsi di lei per il resto della vita.

Voleva essere libera. Voleva che Jack fosse libero. Perché una cosa che sapeva di suo fratello era che serbava molto rancore. E se c'era anche solo l'un per cento di possibilità di arrivare a Jack e danneggiarlo in qualche modo, lo avrebbe fatto. E non era accettabile. Maisy aveva bisogno di rimediare al torto che gli era stato fatto e magari, nel frattempo, ripartire da zero.

Jason si sarebbe arrabbiato e probabilmente avrebbe cercato di farle del male. Ma non pensava che l'avrebbe uccisa. Perché se fosse morta, i suoi soldi sarebbero andati in beneficenza, non a lui. Quindi Maisy avrebbe detto ciò che doveva dire e poi se ne sarebbe andata.

Non pensava che *Jack* volesse affrontare suo fratello, né che l'avrebbe persa di vista a lungo sapendo di cosa era capace. Quindi doveva prendersi tutto il tempo che lui era disposto a concederle. Anche se fosse stato solo un minuto, le sarebbe bastato.

Sentendosi un po' meglio per l'imminente viaggio di ritorno a Seattle, Maisy si unì alle donne. Lasciò che Ry le riempisse il bicchiere e si godette la sensazione di far parte di un gruppo affiatato per la prima volta in vita sua.

CAPITOLO DICIASSETTE

QUALCOSA DOVEVA CAMBIARE. Stone non era sicuro di poter continuare così ancora a lungo. Ogni giorno che passava era sempre più difficile mantenere le distanze da Maisy. Più cercava di starle lontano, più desiderava *stare* con lei. Soprattutto quando lei si sforzava di inserirsi, di dare una mano al Rifugio.

Un giorno l'aveva trovata nella stalla con Tonka e Jasna, a spalare il letame dai box. Un altro in cucina con Robert e Luna, mentre rideva preparando un'enorme quantità d'insalata. Un altro giorno ancora era andata a fare un'escursione con Brick e alcuni ospiti, mantenendoli allegri con le sue chiacchiere mentre camminavano.

Ma le cose tra loro due non andavano bene. Stone non sapeva cosa dirle ogni volta che si trovavano nella stessa stanza.

Qualche giorno prima Ry lo aveva messo alle strette e gli aveva sbattuto in faccia un grosso faldone di fogli dicendogli di darsi una svegliata, che se pensava che Maisy non fosse stata una prigioniera come lui in quella casa, era un idiota.

Quando aveva finito di leggere le mail e i messaggi inviati da Jason ai suoi cosiddetti amici, era stato pronto a tornare subito a Seattle a far fuori quell'uomo.

La corrispondenza risaliva a diversi anni prima. Si era preso regolarmente gioco di Maisy, dicendo ai suoi amici che era patetica e una "pudica stretta". Che non aveva speranze di trovare qualcuno che la sposasse perché era grassa, stupida e brutta. Quel tizio era convinto di essere stato intelligente per averla tenuta a bada con farmaci ansiolitici. In altre mail si era lamentato di quanto la moglie fosse pessima a letto e non aveva mostrato la minima preoccupazione quando lei era "scomparsa".

Ma era stata una conversazione recente tra Jason e il suo amico Don a fargli riconsiderare ciò che pensava di Maisy. Era avvenuta un paio di settimane dopo il loro matrimonio. Don aveva chiesto se la sorella stesse causando problemi insieme al nuovo cognato che viveva sotto il suo stesso tetto. La sua risposta gli era rimasta impressa.

No. Mia sorella è così innamorata di lui che fa tutto quello che le dico di fare.

Maisy gli aveva detto di amarlo un sacco di volte, eppure, quando gli era tornata la memoria, aveva dubitato di ogni parola uscita dalla sua bocca. Ora che aveva avuto tempo per rifletterci, per fare i conti con quello che era successo, aveva la sensazione che lei non avesse mentito sul fatto di amarlo.

Non era mai stato con una donna che fosse così in sintonia con lui. Ogni volta che la testa gli aveva fatto più male, lei lo aveva capito e si era sdraiata sul letto con lui, senza parlare. Ma averla accoccolata addosso lo aveva fatto sentire meglio.

E non avevano fatto sesso... avevano fatto l'amore. Dubitava seriamente che una qualsiasi donna avrebbe potuto recitare così bene. Stone aveva avuto un paio di avventure di una notte, e non c'era stata la connessione che lui e Maisy avevano tra le lenzuola. Lei aveva fatto con entusiasmo tutto quello che le aveva chiesto, anche quando era stata palesemente nervosa. Era impossibile che fosse andata a letto con lui perché glielo aveva ordinato il fratello.

In realtà, aveva fatto di tutto per evitare di rimanere da sola con Jason, cosa che Stone aveva pienamente approvato e incoraggiato. Le poche volte che non aveva potuto farne a meno, era tornata con dei lividi.

I segni c'erano sempre stati, ma a causa del suo tradimento e del dolore provato, si era rifiutato di riconoscerli. Però, dopo aver letto le comunicazioni tra suo fratello e i suoi amici idioti, la reale portata della sofferenza che Maisy aveva sopportato per anni lo aveva scosso profondamente. Sì, era stato vittima del piano malvagio di quell'uomo, ma era stato comunque trattato abbastanza bene perché l'altro non aveva voluto rischiare che si insospettisse. Era chiaro che non avesse avuto la stessa preoccupazione per quanto riguardava la sorella.

Lei era stata completamente dipendente da Jason. Era minorenne quando i suoi genitori erano morti, quando tutto il suo mondo era stato sconvolto, e la persona che aveva pensato fosse dalla sua parte era stata in realtà un nemico sotto mentite spoglie. L'aveva drogata per anni, derubata, poi aveva escogitato il piano del rapimento

minacciando di uccidere non solo lei, ma anche chiunque
l'avrebbe obbligata a sposare.

E poi Stone l'aveva portata via da tutto ciò che conosceva, l'aveva costretta a vivere con lui, le aveva detto che
avrebbe annullato al più presto il loro finto matrimonio,
trattandola come se avesse una malattia contagiosa.

Il problema era che non sapeva come rimediare. I suoi
sentimenti per lei erano estremamente confusi. Non
voleva starle vicino, ma non riusciva a immaginare di non
averla con sé in salotto ogni sera. Voleva sapere tutto
quello che faceva ogni giorno per tenersi occupata, ma
ogni volta che sentiva la sua voce si arrabbiava ancora per il
suo inganno.

Le notti erano le peggiori. Non dormiva bene. Per niente.
Il letto sembrava troppo grande, troppo vuoto, senza Maisy.
E, *Dio*, gli mancava la sensazione di essere dentro di lei. Di
vederla sopra di lui, che gli sorrideva mentre si muoveva sul
suo cazzo. Come sembrava sempre così sorpresa quando
raggiungeva l'orgasmo. Era adorabile. E totalmente eccitante.

Lei lo aveva fatto sentire in grado di fare qualsiasi cosa.
Di poter essere il suo protettore, la sua roccia, l'uomo a cui
si sarebbe rivolta quando era turbata.

Tutto ciò gli era stato strappato via con il ritorno della
memoria... ma, d'altronde, ora che era passato un po' di
tempo, non poteva fare a meno di chiedersi se magari non
tutto era stato una bugia.

Quella sera era stata la peggiore. Aveva preparato loro
una semplice cena a base di tacos e avevano mangiato in
totale silenzio. Poi aveva acceso la televisione su un canale
che trasmetteva una partita di baseball. Si erano seduti ai
lati opposti del divano senza dire una parola. Aveva sentito

il suo inconfondibile profumo di mele. Era ovvio che avesse ordinato il suo shampoo preferito e se lo fosse fatto consegnare, e ogni volta che si era mossa, Stone aveva dovuto costringersi a non voltarsi verso di lei per chiederle se c'era qualcosa che non andava.

Alla fine lei aveva sospirato, mormorato che sarebbe andata a letto a leggere e lasciato la stanza. Nell'istante in cui se n'era andata, la casa gli era sembrata vuota come mai prima. Stone aveva avuto una gran voglia di parlarle, di dirle che la perdonava, di chiederle se il loro matrimonio per lei fosse stato reale o semplicemente un modo di impedire al fratello di farle del male.

Quando infine spense la televisione disgustato e andò a letto, era depresso. Desiderava ancora Maisy, voleva essere suo marito. Voleva sentirla parlare con entusiasmo della serata trascorsa con le ragazze due giorni prima. Invece, l'aveva sentita raccontare tutto a Carly il pomeriggio precedente, mentre la aiutava a pulire uno degli chalet degli ospiti.

Stone si stava perdendo tutto ciò che lei stava facendo, che stava pensando, che stava progettando per il futuro... e lo *odiava*.

Rimase sdraiato a lungo ad ascoltare con attenzione qualsiasi rumore proveniente dalla stanza accanto alla sua. Avrebbe voluto che le cose fossero state diverse. Avrebbe voluto avere il coraggio di mettersela sulle ginocchia e farla parlare con lui. No, non era giusto. Era *lui* quello che non parlava. Che stava facendo di tutto per farla sentire indesiderata. Era tutta colpa sua, non di Maisy.

Alla fine si addormentò, ma non il suo cervello. Continuava a pensare a ogni minuto trascorso con Maisy in quella casa a Seattle. A quanto era stato felice, nonostante tutto. Ed era stato grazie a lei. *Lei* aveva fatto la differenza.

———

Maisy non riusciva a dormire. Non dormiva una notte intera da... be', dall'ultima volta che si era addormentata tra le braccia di Jack. Con lui era al sicuro. Da dopo il suo arrivo, suo fratello non era mai entrato in camera sua. Era stato come un muro tra loro, impedendogli di dirle cose meschine, di pizzicarla, di spingerla a terra. E senza di lui al suo fianco, ogni rumore le dava la sensazione che potesse essere Jason che tornava per vendicarsi perché se n'era andata. Per aver rovinato i suoi piani.

Ormai doveva essersi reso conto che non riceveva più il suo assegno mensile. Dovevano avergli anche notificato l'annullamento delle polizze sulla vita. Forse si era anche accorto che in qualche modo la casa era stata messa in vendita e non era più a suo nome. Doveva essere fuori di testa, di sicuro stava cercando disperatamente di trovare un modo per riprendere il controllo. Il controllo su di lei, sui suoi soldi, sulla situazione.

Dato che era sveglia, sentì un lieve bussare alla porta d'ingresso. Rimase per un attimo confusa, poi balzò in piedi. Erano le undici e mezza, troppo tardi perché qualcuno andasse a fare una visita di cortesia. Doveva essere successo qualcosa.

Maisy uscì di corsa dalla sua stanza e guardò automaticamente la porta di Jack. Era chiusa, come tutte le sere, probabilmente per farle capire che non era la benvenuta in quel santuario privato che era la sua camera da letto.

Decidendo di pensare solo a scoprire chi ci fosse alla

porta a quell'ora, se qualcuno si era fatto male, o peggio, se Jason aveva scoperto dov'erano, si precipitò all'ingresso. Senza guardare dallo spioncino, sbloccò la serratura e aprì la porta.

Trovò Owl.

«Cos'è successo?» sbottò quasi disperata.

«Niente. Cioè, spero di no. È solo che... Stone mi è sembrato strano oggi, e volevo controllare come stava.»

«Oh, bene! Voglio dire... non che Jack abbia qualcosa che non va, ma che non sia qualcosa di più grave. Entra.» Indietreggiò e tenne aperta la porta.

«So che è tardi» disse Owl senza muoversi. «Lara mi ha detto che sono ridicolo, ma non riuscivo a liberarmi dalla sensazione di dover venire a vedere. Per accertarmene.»

«Non c'è problema. Non è poi così tardi» lo rassicurò. Owl sembrava preoccupato, e pensò ancora una volta di essere estremamente felice che Jack avesse un amico come lui. Avevano vissuto insieme esperienze intense, e la sua scomparsa doveva averlo scosso ancora più degli altri.

Gli prese la mano e lo trascinò all'interno dello chalet, chiudendo poi piano la porta. «Siamo andati a letto presto, quindi probabilmente sta dormendo, ma sono sicura che non gli dispiacerebbe se tu andassi a svegliarlo.»

«Oh no» ribatté subito. «Non lo farei mai.»

«Perché?»

«Non gli fa bene essere svegliato. Sai dei suoi incubi, vero?» le chiese.

Maisy annuì. «Sì, ne ha avuti di tanto in tanto quando eravamo a Seattle.»

«Ti ha fatto del male?»

«Jack? No! Perché me lo chiedi?»

«Perché quando ha un incubo, perde una parte di sé.

Non è a posto con la testa. E se viene toccato, diventa violento.»

«No, non è vero» disse confusa.

«*Sì*, invece» ribatté. «Mi ha tirato un pugno più di una volta quando ho cercato di svegliarlo. Ho imparato a mantenere le distanze e a fare ciò che posso per aiutarlo a riprendersi.» Poi Owl sembrò rendersi conto di ciò che lei gli aveva detto. «Aspetta, non è mai diventato violento quando hai cercato di svegliarlo durante un incubo?»

Scosse la testa.

«Wow. Ok, è... è fantastico.»

Maisy era ancora confusa, aveva delle domande sulla punta della lingua, ma un rumore in fondo al corridoio li fece voltare entrambi verso quella direzione.

«Cazzo» imprecò Owl. «Sembra che la mia intuizione fosse giusta. Resta qui.»

Ma non poteva. Riconosceva quei versi strazianti che provenivano dalla camera di Jack. Li aveva sentiti tutte le notti. Stava avendo l'ennesimo incubo, e ogni lamento e supplica affinché uomini senza volto smettessero di fargli del male la laceravano dentro.

Oltrepassò Owl e corse lungo il breve corridoio.

«Maisy, aspetta!»

Lo ignorò e aprì la porta. Come sospettava, lui si stava agitando sul letto, con le coperte aggrovigliate intorno al corpo mentre lottava contro un nemico immaginario. No, immaginario non era la parola giusta. Lottava contro il ricordo degli uomini che lo avevano torturato anni prima.

Quando per un attimo si sistemò su un fianco, rivolto verso di loro, Maisy non esitò, salì sul letto accanto all'uomo di cui era innamorata. A prescindere da quello che era successo tra loro, lo amava ancora. Con tutto il cuore. E lo avrebbe amato fino alla morte.

«Maisy...»

Per quanto la riguardava, nella stanza c'erano solo lei e Jack. «È tutto a posto, Jack, stai bene. Sei al sicuro qui al Rifugio. Quegli uomini non possono più farti del male.»

Rotolò all'improvviso, facendo sussultare Owl, e la attirò contro di sé in modo così brusco che lei grugnì per l'impatto. Ma non le fece male, si limitò a seppellire il naso nei suoi capelli e a stringerla al petto quasi con disperazione.

«Sì sono io, stai bene. Owl è qui» mormorò Maisy.

«Owl! Vattene! Scappa!»

Forse nominare il suo amico non era stata la cosa giusta da fare. Cercò di liberare un braccio, e una volta riuscita avvolse la mano intorno alla sua nuca. «È al sicuro. Lui e Lara stanno bene. Lei è incinta. Diventerai zio.»

Le sue parole lo fecero immobilizzare.

«E lo sono anche Henley e Reese. Sarai zio tre volte. Be', quattro se ci metti anche Jasna. Oh, e Cora e Pipe sono in lista per prendere un bambino in affidamento. Le cose vanno bene qui, Jack. Giuro. Sei a casa, al sicuro, quegli uomini non possono più toccarti.»

«Stellina» sussurrò Jack, con gli occhi ancora chiusi.

«Sì. Sono io. Sono qui.»

«Me ne vado» sussurrò Owl.

Maisy annuì, ma non distolse l'attenzione dall'uomo che teneva tra le braccia. Il suo unico obiettivo era quello di tranquillizzarlo. Di calmarlo. Sentì vagamente la porta della camera chiudersi, ma non ci pensò.

«Mi dispiace» disse Jack sommessamente.

Lo fissò sorpresa. Non sapeva di cosa si stesse scusando. «Nessun problema.»

Poi aprì gli occhi e Maisy fu sorpresa di vederli così limpidi. Così concentrati.

«Jack?» domandò, irrigidendosi. Una cosa era salire nel suo letto mentre aveva un incubo e non sapeva cosa stesse succedendo, un'altra era farlo quando era lucido. Soprattutto considerando come stavano andando le cose tra loro.

«Mi dispiace» ripeté.

«Ehm... ok?» Le uscì più come una domanda che come un'affermazione.

«Sono stato uno stronzo e non te lo meritavi.»

Maisy aveva paura di farsi illusioni. Di solito dopo un incubo era un po' sfasato. Era probabile che l'indomani mattina non si sarebbe ricordato di quella conversazione.

«In realtà mi merito qualsiasi cosa tu mi voglia infliggere» disse un po' triste.

Jack strinse le braccia intorno a lei. «Possiamo parlarne?»

Sapeva esattamente di cosa. E no, non voleva assolutamente parlarne. «Adesso?»

«Io sono sveglio, tu sei sveglia, e l'ultima cosa che voglio fare è pensare a quello che ho appena sognato... quindi sì, adesso.»

Maisy sospirò e chiuse gli occhi. Non voleva parlare di quanto si era comportata in modo orribile. Di avergli mentito più e più volte. Si trovava proprio dove aveva voluto essere nell'ultima settimana. Lo aveva bramato, aveva bramato lui. E ora che era tra le sue braccia, nel suo letto, non voleva fare o dire nulla che avrebbe potuto strapparle via di nuovo tutto.

«Per favore?»

E quello bastò. L'ultima cosa che voleva era che quell'uomo la implorasse per avere qualcosa. Soprattutto data la sua avversione per quell'atto. «Cosa vuoi sapere?» gli chiese.

«Tutto ciò che puoi dirmi. Ovviamente so già che tuo fratello mi ha fatto rapire per far sì che ti sposassi in modo da poter avere la tua eredità. È stata una sua idea anche tutto quello che mi hai detto sulla nostra relazione?»

Maisy annuì contro di lui. Aveva aperto gli occhi e gli stava fissando il petto. «Gli ho detto che non avrebbe funzionato. Che avresti fatto delle domande sul motivo per cui non avevi nessuno dei tuoi averi in casa, su cosa facevi per vivere, cose del genere, insomma. Ma lui mi ha detto cosa dire. E quando ho espresso ancora dubbi sul suo piano... be', mi ha fatto capire che non avevo scelta.»

Jack strinse un attimo le braccia intorno a lei, poi si rilassò di nuovo. «Non riuscivo a capire perché diavolo avrei dovuto lasciarti e andarmene a Spokane. Non aveva senso per me. Anche se non andavamo d'accordo, non mi sembrava una cosa che avrei fatto.»

Non riuscì a trattenersi, sbuffò contro di lui. «Tipo adesso. Mi odi, eppure non vuoi farmi stare da nessun'altra parte.»

Jack rotolò, facendola sdraiare sulla schiena. Lei lo fissò con uno sguardo cauto.

«Non ti odio.»

«Sì, certo» ribatté, con evidente sarcasmo nella voce. «Ti ho mentito in continuazione, ho finto di essere tua moglie, ti ho ingannato per farmi sposare, tutto perché avevo paura di quello che mio fratello avrebbe detto o fatto se lo avessi sfidato. Avrei dovuto dirti la verità. Andare alla polizia. Fare *qualcosa*.»

«Hai mentito, ma per una buona ragione. Sapevi che se avessi detto di no a tuo fratello sarebbero successe cose per niente belle. E se mi avessi detto che non eravamo sposati, che ero stato rapito e avevo un'amnesia... non so se ti avrei creduta. Mi sarebbe sembrato tutto troppo strano.»

Maisy lo fissò. Si era tolto gli occhiali per dormire e i suoi occhi castani sembravano ancora più intensi senza. Aveva tagliato i capelli e regolato la barba dopo che erano arrivati nel New Mexico, e lei desiderava ardentemente sentire le sue guance e le sue labbra contro la pelle.

Il suggerimento di Ry di sedurlo le balenò per la testa, ma non poteva farlo. Era già stato costretto a fare troppe cose contro la sua volontà. L'ultima cosa che voleva era aggiungerne un'altra alla lista. Se c'era una possibilità per loro, voleva che fosse una sua scelta.

«Ti perdono, Maisy.»

Lei sussultò. Temendo di non aver sentito ciò che sperava avesse detto, chiese: «Cosa?»

«Ti perdono. Oggi ho fatto una lunga chiacchierata con Henley, e mi ha fatto riflettere su cose che non avevo considerato prima. Soprattutto a quanto dovevi essere spaventata. Tuo fratello ha portato in camera tua un uomo svenuto, informandoti che sarebbe diventato tuo marito. Dopo il matrimonio, ogni giorno che passava era un conto alla rovescia. Tu, più di chiunque altro, sai esattamente di cosa è capace Jason, e non solo cercavi in qualche modo di affrontarlo, ma dovevi anche continuare a mentirmi, a preoccuparti di cosa sarebbe successo se mi fosse tornata la memoria, e di come avrebbe reagito lui. Avevi molte cose da gestire e non mi sono fermato a considerare tutto dalla tua prospettiva.»

Il cuore le martellava nel petto. Si sarebbe aggrappata

con entrambe le mani al ramo d'ulivo che Jack le stava porgendo. Non aveva il diritto di sperare che le cose sarebbero tornate come prima, ma il fatto che non la odiasse... sarebbe stato sufficiente.

«La verità è che non riesco a dimenticare com'erano le cose tra noi» proseguì. «Prima della notte del nostro matrimonio era da tanto che non stavi con qualcuno... vero?»

Maisy chiuse un attimo gli occhi. Sapeva di essere arrossita, si sentiva le guance calde. Era così imbarazzata. «Da quando avevo quindici anni» sussurrò, riaprendoli.

A giudicare dalla sua espressione era chiaro che lo avesse scioccato. «Non riesco a smettere di pensare a quella notte. A quanto sei stata coraggiosa. Pensavo che avessimo fatto l'amore centinaia di volte. Che tu avessi visto ogni centimetro del mio corpo prima di allora. Ero così eccitato all'idea di avere una seconda possibilità di fare l'amore per la prima volta con mia moglie che ti ho messo fretta. Avrei dovuto essere più delicato. Avrei dovuto andarci più piano.»

«È stato perfetto» sussurrò Maisy, odiando che potesse pensare anche solo per due secondi che lei non aveva amato tutto ciò che avevano fatto. «Ho molti rimpianti per quello che è successo. Per le bugie che ti ho detto, per non essere stata abbastanza forte da oppormi a Jason. Ma non ne ho *nessuno* per la nostra relazione fisica.» Non poteva credere di averlo ammesso ad alta voce, ma aveva bisogno che capisse. «Mio fratello può anche avermi trattata come una prostituta, ma quando siamo stati solo io e te... mi sono sentita speciale. Come se fosse stata davvero la mia prima notte di nozze. Come se tu fossi stato davvero mio marito.»

«*È stata* la nostra prima notte di nozze» ribatté Jack,

con un tono che lei non riuscì a interpretare. «E *sono* tuo marito.»

«Era tutta una bugia» disse Maisy a disagio.

«Davvero?»

Non gli avrebbe più mentito. Mai più. «Non per me.»

«Nemmeno per me. Il fatto è che sapevo che c'era qualcosa di strano. Sentivo come ti parlava Jason, e non mi piaceva per niente. Non riuscivo a capire perché non potevo accedere al mio conto in banca, non riuscivo a immaginarmi come cacciatore di taglie. Niente quadrava, e ora ovviamente so perché. Ma con te... fin dall'inizio, ho sentito di essere nel posto a cui appartenevo. È per questo che non ho messo in dubbio ciò che stava accadendo. Mi stavo godendo troppo mia moglie.»

Maisy non riusciva a credere a ciò che stava sentendo. Forse stava sognando. Le parole che uscivano dalla bocca di Jack erano un miracolo.

Era ancora sdraiato sul suo corpo, tenendola intrappolata sotto di sé. Lei indossava la maglietta che le aveva dato la prima notte allo chalet e le mutandine. Nient'altro. Lui solo un paio di boxer. E ora che ci pensava, la sua erezione le premeva contro la pancia.

Un desiderio improvviso la travolse. Aveva passato tanti anni senza essere sessualmente attiva, ma era come se Jack avesse fatto scattare un interruttore dentro di lei. Lo desiderava con un'urgenza che non aveva mai provato prima. I capezzoli le si inturgidirono sotto la maglia e si sentì bagnare tra le gambe.

«Mi perdoni per essere stato uno stronzo?» le chiese.

«Certo.»

Lui sorrise. «Niente è "certo". Non ti biasimerei se ti rifiutassi di avere a che fare con me.»

«È difficile non avere niente a che fare con tuo marito. Soprattutto quando si rifiuta di farti stare in qualsiasi altro posto che non sia il suo chalet.»

«Ho odiato ogni secondo in cui sei stata nella stanza accanto. Ti volevo qui. Con me. Nel mio letto.»

La stava facendo impazzire.

«Non m'importa quello che è successo prima di questo momento.» Le sue parole erano pregne di sincerità. «Del rapimento, di tuo fratello che è un coglione, di tutte le bugie che hai dovuto raccontarmi per proteggerti. Aspetta, no, non è vero, di una cosa *mi* importa... ho recitato un giuramento, Maisy. Per amare e onorare, nella buona e nella cattiva sorte, in ricchezza e in povertà, in salute e in malattia, mi sono impegnato con te. E prendo sul serio le mie promesse.»

Cosa stava dicendo? Maisy riusciva a malapena a respirare.

«Non voglio l'annullamento» disse, spiazzandola. «Voglio te. Voglio dei figli. Voglio ricominciare da capo. Senza bugie tra noi. Pensi di potermi perdonare tanto da farlo accadere?»

Maisy non riusciva a credere alle sue parole. Si lasciò sfuggire un piccolo gemito e si dimenò fino a liberare le braccia e stringerlo. Si sollevò un po' per seppellire il naso nello spazio tra la sua spalla e il collo e gli avvolse le gambe intorno alla vita. Si strinse a lui il più possibile e scoppiò a piangere.

Non ce la faceva a parlare, riusciva a malapena a capacitarsi di quello che le aveva detto. La voleva? Sul serio?

Per fortuna Jack non sembrò allarmato dalla sua reazione. Si raddrizzò a sedere con lei ancora aggrappata, le mise una mano dietro la testa per tenerla contro di sé e l'altra sulla parte bassa della schiena per attirarla ancora più vicino.

Quando Maisy riprese un po' il controllo delle sue emozioni, alzò la testa per poterlo guardare negli occhi, anche se lui non spostò la mano, tenendola in modo protettivo.

«Perdonare? Non hai fatto nulla di male. *Nulla*» disse con fervore. «Non so perché tu voglia avere a che fare con me. Mio fratello è quasi certamente un assassino, di sicuro un rapitore e uno stronzo. Sei stato costretto a sposarmi con l'inganno e se lui scopre dove siamo, probabilmente farà di tutto per renderci la vita un inferno.»

«Tutto questo non ha nulla a che fare con te. Con noi» disse semplicemente Jack.

I suoi occhi si riempirono di nuovo di lacrime. «Sì, Jack. Voglio tutto. Ti amo. Credo di amarti da quella prima notte, quando sei stato tanto gentile con me, preoccupato di farmi male. Ho capito subito che eri un uomo buono fin nell'anima, e lo hai appena dimostrato di nuovo.»

«Maisy, ti prendo come mia legittima sposa, per amarti e onorarti, nella buona e nella cattiva sorte, in ricchezza e in povertà, in salute e in malattia, finché morte non ci separi.»

Merda, non riusciva a smettere di piangere. «Jack, ti prendo come mio legittimo sposo, per amarti e onorarti, nella buona e nella cattiva sorte, in ricchezza e in povertà, in salute e in malattia, finché morte non ci separi.»

Poi lui abbassò la testa e la baciò, e fu l'incontro di labbra più amorevole e delicato che lei avesse mai sperimentato in vita sua. Poi si scostò, le prese il viso tra le mani e le asciugò le lacrime dalle guance.

«Riusciremo a farlo funzionare» le promise.

«I tuoi amici si chiederanno che problemi hai» lo avvertì.

Lui ridacchiò. «No, non lo faranno. Mi stanno già guardando male tutti. A nessuno piace come ti sto trattando. Sono dalla *tua* parte, Maisy. Nonostante tutto quello che ha fatto tuo fratello, hanno capito che sei la cosa migliore che mi sia mai capitata. Sì, la storia del rapimento è stata orribile per entrambi, ma alla fine ne sono uscito vincitore. E pensa a come farà arrabbiare tuo fratello sapere che siamo insieme per davvero.»

Maisy non poté fare a meno di ridere. Sì, saperla felice avrebbe fatto sicuramente arrabbiare Jason.

«Tutto ok?» le chiese.

«Sì. E per te?»

«Tutto perfetto.»

«Owl mi ha detto che una volta gli hai tirato un pugno quando ha cercato di svegliarti mentre avevi un incubo.» Non sapeva come mai le fosse venuto in mente, ma voleva assicurarsi che lui stesse davvero bene e che tutta la conversazione non fosse in qualche modo dovuta al fatto che era un sonnambulo o qualcosa del genere.

«Sì, più di una volta. Nessuno dovrebbe avvicinarsi a me quando sogno. Non finisce bene per loro.»

«A *me* non hai fatto del male.»

«No, e non te ne farò. Mai. Sei l'unica che può avvicinarsi quando sono perso nei miei incubi, e non vorrei che fosse diversamente.» Si spostò, sdraiandola di nuovo sulla schiena, e rimase sospeso su di lei. Poi con una mano prese tra le dita l'orlo della maglietta sul fianco.

E Maisy si sentì inondare dall'eccitazione. «Sì, Jack. Ho bisogno di te.»

«Sei sicura?»

Sentendosi più coraggiosa che mai, si dimenò e contorse fino a sfilarsi la maglia. Poi si sistemò sotto di lui con addosso solo le mutandine.

Il desiderio e il piacere nei suoi occhi la fecero sentire la donna più sexy del mondo. Non le parlò, si limitò ad abbassare la testa e a prendere un capezzolo tra le labbra.

Maisy gemette. Sentire le sue mani e la sua bocca su di lei le sembrò *giusto*. Le diedero la sensazione di essere finalmente tornata a casa.

E non c'erano più segreti. Lui sapeva chi era e chi non era, e la desiderava comunque. Era un miracolo. In un certo senso sembrava che quella fosse la loro vera prima notte di nozze. Avevano ripetuto le promesse l'uno all'altra senza bugie tra di loro.

Ma a differenza della prima volta, non ci fu nulla di lento e tranquillo. Jack si tolse i boxer e Maisy fece scivolare giù le mutandine e le scalciò via. Lui le infilò una mano tra le gambe e la portò al culmine senza alcuno sforzo. Era bagnata fradicia. Bramosa. Disperata.

«Sono pronta. Ora, Jack. Ora!»

Non le chiese di nuovo se fosse sicura. Non esitò. Le allargò le cosce con le ginocchia e si spinse in lei con forza.

Gemettero entrambi.

«Non riesco ad andare piano» la avvertì.

«Non voglio che tu lo faccia» ansimò lei.

E allora la prese senza alcuna pietà, e Maisy ne amò ogni secondo. Jack teneva lo sguardo fisso sul suo e sembrò che finalmente stesse vedendo tutto di lei.

L'orgasmo la colse di sorpresa. Un attimo prima stava ammirando gli occhi di Jack e il modo in cui sembravano cambiare colore proprio davanti a lei, e quello successivo stava volando nell'estasi.

«Così, Stellina. Vieni sul mio uccello. Stringimelo forte. Cazzo, è così bello.»

Quelle parole prolungarono il suo piacere. Le sembrava di volare. Quando lui grugnì e si spinse dentro di lei più forte che poté, rimanendo piantato lì, capì che stava venendo.

Un attimo dopo Jack sollevò la testa, ed erano entrambi sudati e ansimanti. Rimase nel profondo del suo corpo, qualcosa che Maisy non pensava avrebbe mai più sperimentato.

«Non rinuncio a te» le disse, con la stessa nonchalance di quando si chiedeva l'ora.

«Bene, perché non voglio che tu lo faccia.»

«Non è facile vivere con me.»

Lei non riuscì a trattenersi e rise.

«Cosa? Che c'è da ridere?»

«Jack, lo so bene. Quando ti togli i calzini li lasci in mezzo alla stanza. Ti prendi tutte le coperte, ma dato che di solito sono appiccicata al tuo fianco, non è un problema. Sei un po' schizzinoso con il cibo, diventi scontroso quando non hai mangiato, e non sei esattamente una persona mattiniera. Sei protettivo, gentile e leale fino all'inverosimile. Hai più integrità nel tuo dito mignolo di chiunque altro abbia mai conosciuto. Ti amo. Amo tutto di te. E il fatto che tu dica che non è facile vivere con te è ridicolo, considerando che ho vissuto con un uomo che amava tormentarmi, sminuirmi e ferirmi fisicamente quando poteva farla franca. Con te sento di poter final-mente essere la persona che ho sempre voluto essere.»

«Puoi. E non ti farò mai del male, Maisy. Ti do la mia parola.»

Voleva sentirgli dire ancora una volta che l'amava, ma

era più che soddisfatta che lui non la guardasse male o cercasse di mantenere le distanze.

«Resta qui» le ordinò, poi uscì delicatamente dal suo corpo.

Maisy non riuscì a trattenere una piccola smorfia. Anche se era passata solo una settimana dall'ultima volta che avevano fatto l'amore, Jack non era piccolo e, come promesso, non era stato delicato.

Restò via meno di un minuto e tornò con una salvietta calda. La pulì, facendola dimenare, andò rapidamente in bagno, poi si infilò di nuovo sotto le coperte. La attirò a sé, e Maisy si sistemò contro di lui come aveva fatto per tante notti.

«A posto?» le chiese.

«Sì.»

Un attimo dopo le disse: «Questa cosa mi mancava. Tu aggrappata a me come un cucciolo di scimmia.»

Si sarebbe potuta offendere se lui non fosse sembrato estremamente soddisfatto. «Anche a me» ammise. «Sei sempre così caldo.»

«E tu sei sempre gelata. I tuoi piedi sono due blocchi di ghiaccio, donna.»

Lei ridacchiò. Lo percepì baciarle la testa prima che si rilassasse completamente, addormentandosi dopo pochi secondi. Maisy rimase contro di lui, godendosi il fatto di poterlo di nuovo stringere. Non avrebbe mai pensato che sarebbe successo ancora, ma non solo era successo, sembrava anche che si fossero... risposati?

Non aveva senso e nessuno avrebbe capito se avesse cercato di spiegarlo. Ma prima si erano letteralmente scambiati le promesse. E significavano molto di più dell'altra volta, perché lei non stava vivendo in una bugia,

Jack non soffriva di amnesia... e il suo perdono significava tutto per lei.

Ma nel suo intimo, non era contenta di lasciare che le cose rimanessero così. Jason era ancora una minaccia. Come una nuvola nera che aleggiava su di loro. Non avrebbe smesso di cercare di ottenere i suoi soldi. Lo sapeva, così come sapeva che aveva ucciso i loro genitori.

E se voleva un lieto fine, avrebbe dovuto lottare per ottenerlo. Aveva una paura folle di affrontare suo fratello, ma aveva bisogno di farlo. Doveva dimostrargli che non era la stessa donna che aveva maltrattato per metà della sua vita. Certo, non avrebbe fatto nulla di stupido, ma voleva che lui provasse un po' della paura che le aveva inculcato per anni.

Pensava che avrebbe dovuto affrontarlo da sola, anche se Jack e i suoi compagni erano disposti ad accompagnarla a Seattle per sistemare le questioni finanziarie. Ma ora che lui l'aveva perdonata e sembrava desiderare una vera relazione, voleva che fosse presente perché vedesse che sapeva cavarsela. Non voleva essere la donna patetica e senza spina dorsale che era stata quando l'aveva conosciuta, ma nemmeno essere una di quelle "troppo stupide per vivere". Aveva imparato quel modo di dire online, da una recensione di un libro. La protagonista aveva uno stalker eppure aveva insistito per essere indipendente e andarsene da sola a fare qualcosa. Forse a fare acquisti. E il recensore aveva ragione, era stata troppo stupida per vivere.

Quindi, invece di cercare di affrontare suo fratello da sola, avrebbe chiesto a Jack di essere presente. E magari anche a Brick e Tiny, che si erano già offerti di andare con loro a Seattle. Avere due ex Navy SEAL e suo marito che le coprivano le spalle le avrebbe dato coraggio, e avrebbe dissuaso Jason dal fare qualcosa di stupido... come prenderla a pugni o trascinarla in banca per i capelli e costringerla a dare a lui la sua eredità.

Le sarebbero bastati solo pochi minuti, il tempo necessario per dirgli finalmente che tutto ciò che aveva fatto aveva reso *lui* patetico, come spesso l'aveva chiamata, non lei.

Pensò che fosse un buon piano. Non sapeva come lo avrebbe realizzato se magari Jason non viveva più in quella casa, e aveva la sensazione che non sarebbe stato facile convincere Jack a permetterle di affrontare il fratello, ma per andare avanti con la sua vita, doveva farlo.

Sospirando mise una gamba sulla coscia di Jack e sorrise quando strinse il braccio intorno a lei.

«Tutto bene?» mormorò assonnato.

«Più che bene.»

Si addormentò con il suo profumo nelle narici e il suo calore che le penetrava nelle ossa. Non aveva idea di cosa le riservasse il futuro, ma per una volta nella vita, non vedeva l'ora che arrivasse.

CAPITOLO DICIOTTO

I TRE MESI di matrimonio di Stone e Maisy erano passati. Le cose tra loro andavano più bene che mai. Non si era reso conto di quanto fosse stato teso finché lei non era tornata a dormire tra le sue braccia e avevano chiarito la situazione.

Maisy non era come il fratello. Non lo aveva rapito *lei*. Era stata una vittima dell'accaduto tanto quanto lui. C'era voluta quella chiacchierata con Henley per capirlo veramente, e non era stato difficile decidere di perdonarla dopo essersi fermato a riflettere su come doveva essere stata la sua vita.

Essere di nuovo al Rifugio era terapeutico per Stone. Amava quell'angolo di mondo che lui e i suoi amici si erano ritagliati, e non poteva immaginare di vivere altrove. Per fortuna Maisy si stava inserendo perfettamente, aiutava dove poteva e tutti l'avevano accolta con entusiasmo.

Ma nessuno di loro poteva dimenticare l'esistenza del fratello, che probabilmente era incazzato nero per aver perso l'assegno mensile e per non essere in grado di trovarla per costringerla a cambiare ciò che Ry aveva modificato elettronicamente.

Si stava avvicinando il momento di tornare a Seattle per permettere a Maisy di incontrare l'avvocato e firmare i documenti che le avrebbero dato il totale e legale accesso alla sua eredità. A Stone non piaceva, ma doveva essere fatto per tagliare i ponti con Jason una volta per tutte.

Maisy gli aveva parlato di ciò che intendeva fare con il denaro. Non lo voleva, aveva la sensazione che fosse in un certo senso contaminato. Lui non era d'accordo, ma non le avrebbe mai detto cosa fare con i suoi soldi. Lei e Ry stavano valutando a quali enti di beneficenza devolverne la maggior parte, e lui non era mai stato così orgoglioso di qualcuno come lo era di sua moglie.

Moglie. Stone non aveva pianificato di sposarsi, non ci aveva mai pensato molto. Ma ora che lo era, non riusciva a immaginare di tornare nel suo chalet ogni sera e non trovare Maisy lì. Non riusciva nemmeno a *pensare* di dormire senza tenerla tra le braccia. Il sesso era fantastico, ma era comunque qualcosa di più profondo. La sintonia che avevano e il legame emotivo, erano più intensi di quanto avrebbe mai potuto immaginare.

Quando per i suoi amici era stato evidente che aveva perdonato Maisy e che ora erano più che semplici coinquilini, era stato oggetto di prese in giro ininterrotte. Ma non gli importava. Potevano stuzzicarlo quanto volevano, perché non era mai stato così felice.

Anche se sarebbe stato più rilassato una volta terminata la faccenda del viaggio a Seattle. Non era entusiasta che Maisy volesse tornare a casa sua per prendere il diario, il rullino con le foto che aveva scattato anni prima e le altre

prove, ma, d'altronde, se volevano che Jason fosse condan-
nato per i suoi crimini, avevano bisogno di quella roba. Le
prove contro suo fratello erano per lo più circostanziali, alla
polizia ne sarebbero servite altre per ottenere il mandato di
perquisizione per poter scavare sotto il campo da basket nel
cortile e, si sperava, trovare il corpo della povera Martha.

Brick aveva suggerito che potevano andare lui e Tiny a
prendere la roba, ma lei si era rifiutata. Avevano dovuto
discuterne un po' per capire perché fosse così determinata
a procurarsi da sola le prove necessarie da portare alla polizia, ma alla fine aveva ceduto e spiegato di aver bisogno di
vedere suo fratello ancora una volta, per esternare tutte le
cose che aveva avuto paura di dirgli prima. E con lui, Brick
e Tiny che le coprivano le spalle, era sicura che non le
avrebbe fatto del male.

Stone avrebbe voluto protestare e dirle che era una
cosa stupida anche solo avvicinarsi a lui, ma capiva il suo
bisogno di chiudere la faccenda. E il fatto che lei fosse
abbastanza furba da non farlo da sola, da volere letteralmente un po' di muscoli che la proteggevano, alla fine lo
aveva fatto cedere.

Senza contare che anche lui aveva delle cose da dire a
Jason.

Quindi sarebbero partiti da lì a due giorni. Avevano
chiamato l'avvocato che si occupava del fondo fiduciario, il
quale aveva accettato di incontrarli nell'ufficio del direttore della banca la mattina presto del giorno successivo al
loro arrivo. Poi sarebbero andati a casa a recuperare le
prove che Maisy aveva lasciato, insieme a qualsiasi altra
cosa avesse voluto prendere, visto che se n'erano andati
senza nemmeno una valigia. Le avrebbe lasciato dire ciò

che doveva a suo fratello – sempre che fosse stato in casa – e poi avrebbero trascorso un'altra notte in albergo e sarebbero ripartiti il mattino seguente.

Tutto sommato, il viaggio sarebbe stato molto breve. Anche se solo pensare di tornare a Seattle gli faceva rizzare i peli sulla nuca. Si sentiva ansioso, agitato, proprio come succedeva quando era nell'esercito prima di un volo rischioso.

Quella mattina Brick stava tenendo la riunione settimanale di verifica, dove tutti parlavano di ciò che stavano facendo al Rifugio, discutevano delle cose che volevano cambiare o implementare... in generale, serviva per tenere tutti aggiornati sull'attività. Apprezzava molto quegli incontri. Gli piaceva ascoltare le idee dei suoi amici riguardo al posto. Sembrava che fossero successe tante cose nelle settimane in cui era stato via.

Tonka iniziò con un aggiornamento sugli animali di cui si occupava, poi Brick fece un resoconto delle finanze e delle donazioni, che erano aumentate del cinquecento per cento rispetto a qualche anno prima. Owl parlò dei progressi nella costruzione dell'hangar, e Brick aggiunse che se tutto andava bene, entro un mese o poco più l'indagine su Carter Grant e su ciò che era accaduto sulla sua isola sarebbe stata conclusa, e avrebbero potuto organizzare la consegna dell'elicottero al Rifugio.

Stone era più eccitato di quanto avrebbe potuto esprimere all'idea di avere un elicottero nella proprietà. Non si era reso conto di quanto gli fosse mancato volare fino a quando lui e Owl non erano andati fino al confine messicano per salvare Reese. E anche se era ormai evidente che Grant aveva usato il mezzo come esca per mettere le mani su Lara, non poteva negare che gli era piaciuto molto il Bell quando lo avevano provato.

«Quali sono i piani di Ry?» chiese Pipe a Tiny.

«Perché?» replicò bruscamente, socchiudendo gli occhi.

«Calma, amico, me lo stavo solo chiedendo.»

«Scusa. Non lo so. Sta lavorando con Maisy per fregare suo fratello. Una volta finito quello... credo che se ne andrà.»

«Dove?» chiese Spike.

«Non lo so.»

«Non ti interessa?» domandò Brick.

Nella stanza calò il silenzio, l'attenzione di tutti era su Tiny.

«Perché dovrebbe?»

«Perché ti piace» rispose Tonka schietto.

«No, non mi piace» dissentì Tiny.

«Ceeerto. È per quello che non la perdi mai di vista» disse Owl con uno sbuffo e un tono sarcastico.

«Ci ha mentito. Ci ha ingannati. Potrebbe letteralmente rubarci tutto e noi ce ne accorgeremmo solo a cosa finita. È forse la persona più pericolosa che abbia mai incontrato in vita mia, semplicemente perché ogni volta che tocca un computer può causare danni incalcolabili; al Rifugio, a noi personalmente, agli Stati Uniti. Sapevi che hackerava la posta elettronica del Presidente per divertimento?»

Brick si chinò in avanti e fissò Tiny con uno sguardo penetrante. «Non ci danneggerebbe mai.»

«Non puoi saperlo.»

«Invece sì, ma il fatto che *tu* ti rifiuti di ammetterlo significa che non sei disposto ad aprire gli occhi e vedere cosa diavolo hai davanti.»

«E cosa sarebbe, Brick?» ringhiò.

«Che Ry è spaventata a morte» rispose.

Lui rise. Ma non fu un suono divertito. «Certo.»

«È così» insistette.

«L'unica cosa di cui ha paura è di non poter più giocare con la vita delle persone se venisse sbattuta in prigione.»

Stone non aveva idea se Tiny stesse cercando di convincere sé stesso o loro a credere a ciò che diceva. Non conosceva bene Ry, dato che non permetteva a nessuno lì al Rifugio di affezionarsi troppo a lei, ma quello che *sapeva* gli piaceva. Era gentile, sempre pronta a dare una mano e non amava spettegolare. E il fatto che apparentemente avesse la capacità di mettere le mani su enormi quantità di denaro, ma lavorasse ancora come addetta alle pulizie, la diceva lunga su di lei.

«Ti stai comportando da idiota» disse Spike, con un tono insolitamente duro. «Non era *obbligata* a capire come rintracciare Reese, e se non l'avesse fatto non sono sicuro se l'avrei ritrovata.»

«E il fatto che abbia salvato Jasna, senza chiedere o volere alcun ringraziamento, mi dice tutto quello che devo sapere su di lei» aggiunse Tonka.

«Ha scoperto dei nostri bunker!» obiettò Tiny. «Eravamo tutti d'accordo che non ne avremmo mai parlato con nessuno. Eppure, non solo ne era a conoscenza, ma ce l'ha sbattuto in faccia usandone uno per metterci Jasna. Perché non l'ha semplicemente riportata qui? Perché tutti questi sotterfugi?»

«Immagino che ne sia venuta a conoscenza nello stesso modo in cui scopre qualsiasi altra cosa» disse Pipe in tono ragionevole. «In qualche modo ha trovato i progetti da qualche parte online, o una mail quando li stavamo facendo costruire. Non lo so. Ma sai una cosa? Non mi interessa che ne sia a conoscenza. Sono felice che abbia usato le sue capacità per tenere Jasna al sicuro.»

«Anch'io» concordò Tonka, il che non era una sorpresa dato che era la sua figliastra.

«Quello che voglio sapere è *perché*» aggiunse Brick dopo un attimo.

«Perché cosa?» chiese Tiny.

«Perché ha lavorato qui per mesi senza far capire a nessuno cosa sa fare. Quella donna è un maledetto genio. Tex ha ammesso che è più brava di *lui*, e sappiamo tutti che è qualcosa di enorme. Avrebbe potuto sorseggiare Margarita da qualche parte su una spiaggia, vivendo con i milioni sottratti in modo illecito, eppure ha scelto di essere *qui*, nel New Mexico, nel mezzo del nulla, a pulire bagni e lavare asciugamani e lenzuola. C'è una storia dietro... e voglio sapere qual è.»

Stone era pienamente d'accordo.

«Be', io no» borbottò Tiny.

«Se se ne andasse oggi stesso, non ti importerebbe?» lo sfidò Brick. «Non ci penseresti più a lei? Non ti chiederesti da cosa sta scappando? E non alzare gli occhi al cielo, sappiamo tutti che sta scappando da qualcosa. Che si sta nascondendo. Se non facciamo nulla, se ne andrà e sarà vulnerabile a chiunque o qualunque cosa di cui ha ovviamente paura. E se dovesse accadere, non la troveremo mai più. Prenderà un altro nome e l'avremo persa per sempre.» Scosse la testa. «Magari tu la odi, Tiny, ma io no. In realtà mi piace, e anche ad Alaska. Non voglio che se ne vada senza aver almeno cercato di scoprire qual è il suo problema, senza vedere se possiamo aiutarla.»

«Nemmeno io» disse Tonka.

«Idem» concordò Owl.

«Ha salvato la mia Reese, e quindi farò il possibile per aiutarla.»

Stone era d'accordo con i suoi amici. Ry stava facendo molto per Maisy, senza chiedere nulla in cambio.

«Non la odio» disse Tiny dopo un attimo.

«Non l'avremmo mai detto» ribatté Brick ironico.

Tiny si passò una mano tra i capelli, agitato. «Lei... mi confonde. Non capisco le motivazioni che l'hanno spinta a fare ciò che ha fatto.»

«Forse fa queste cose perché è una brava persona» suggerì Stone.

Tiny sospirò. «A volte, quando non sa che la sto osservando, la sorprendo con la guardia abbassata. Sembra... tormentata. Qualunque cosa stia nascondendo, non è bella. E chiamatemi pure egoista, ma non voglio che qualsiasi cosa sia si ritorca contro di *noi*. Ho la sensazione che sia un problema che potrebbe distruggere il Rifugio.»

«Un motivo in più per scoprire cos'è e convincerla a lasciarsi aiutare» insistette Brick.

«Devi farti da parte, Tiny» disse Tonka serio. «Ha salvato Jas. Non sei obbligato ad aiutarla, ma io mi batterò per Ry, a prescindere da quale sia il suo nome.»

«Anch'io» concordò Spike.

«È stata un miracolo per la maggior parte di noi» aggiunse Owl.

«Bene. Ho capito. Mi farò da parte. Ma non biasimatemi se un giorno ci sveglieremo e tutti i nostri conti bancari saranno stati prosciugati e lei se ne sarà andata» disse Tiny, lanciando le mani in aria.

Tonka spostò la sedia così velocemente che cadde dietro di lui. «Sei uno stronzo» sostenne in tono calmo e controllato. «Sono stato come te per molto tempo, amico. Mi sono rifiutato di vedere quello che avevo davanti agli occhi finché non è stato quasi troppo tardi. Ry non resterà qui se non si sente la benvenuta. Se pensa che tu creda le cose peggiori su di lei. Ha praticamente già un piede fuori dalla porta. L'unico motivo per cui non se n'è ancora andata è perché Maisy ha bisogno di lei. Nel momento in cui avrà finito, sparirà. E mi dispiacerebbe tanto, perché ha salvato la vita di mia figlia senza chiedere nulla. È stata disposta ad affrontare un potenziale serial killer per riportare a casa Jas.

Ry non ruberà i nostri soldi. Avrebbe potuto farlo appena arrivata qui e non avremmo avuto idea che fosse stata lei. Datti una svegliata, Tiny, prima che sia troppo tardi. Ora... vado a controllare Melba. Ha uno zoccolo che le dà fastidio.» E con quello, Tonka si diresse verso la porta e uscì senza voltarsi indietro.

Nella stanza calò il silenzio, che alla fine fu rotto da Brick. «Vado a chiamare Savannah per dirle che siamo pronti per il suo rapporto.»

Stone si accigliò. Tonka era molto più loquace da quando lui e Henley si erano messi insieme, ma non era il tipo d'uomo che imponeva la propria opinione. Che avesse rimesso al suo posto Tiny era incredibile. Ma non poteva fare a meno di provare pena per il suo amico. Era evidente che stesse lottando con i sentimenti che provava per Ry.

«Ti va bene venire a Seattle?» gli chiese, mentre gli altri parlavano tra loro.

«Sì, perché non dovrebbe?»

Scrollò le spalle. «Non ero sicuro che ti saresti sentito a tuo agio a lasciare Ry da sola a casa tua.»

Tiny sospirò. «Brick ha ragione. Anche Tonka. Sono

stato uno stronzo. È solo che... ho un brutto presentimento su Ry. Non su di lei personalmente, ma su ciò che sta nascondendo. Quello che può fare è molto al di fuori dalla mia portata, ma so che qualsiasi sia il suo problema... potrebbe rovinarci tutti.»

Stone annuì. «Staremo via solo un paio di giorni. Quando torneremo potremo riunirci insieme a lei e rassicurarla che non vogliamo che se ne vada, che desideriamo aiutarla.»

«Ok.»

«Qualunque cosa sia, la risolveremo» disse Stone con fermezza.

«Lo spero. Perché ho la sensazione che altrimenti saremo *noi* a pagarne il prezzo.»

Stone stava per dire altro, ma Savannah entrò nella stanza seguita da Brick. Non era il momento migliore per discutere della situazione di Ry, ma dovevano assolutamente fare una chiacchierata seria con quel genio del computer. Molto presto.

CAPITOLO DICIANNOVE

«AVETE ABBASTANZA SNACK?» chiese Luna.

Maisy ridacchiò. «Sì, siamo a posto. Il mio trolley è pieno per metà di cibo.»

«Mi raccomando, fai tutto quello che ti dicono» la avvertì Alaska. «Drake sa il fatto suo, e anche Tiny, dato che erano entrambi Navy SEAL.»

«Non stiamo andando in guerra» replicò con ironia.

«Penso che non dovresti sottovalutare quello stronzo di tuo fratello» disse Lara.

Non aveva torto, così annuì.

«Basta. La state spaventando» s'intromise Jack, cingendole la vita con un braccio. Lei alzò lo sguardo e vide che aveva la mascella contratta. Stava facendo del suo meglio per sembrare indifferente riguardo al viaggio, ma era ovvio, almeno per lei, che non lo era affatto.

Se ci fosse stato un modo per ottenere l'eredità senza dover andare a Seattle, non aveva dubbi che Jack avrebbe insistito su quello. Avevano cercato di organizzare un incontro con qualcuno lì nel New Mexico, ma l'avvocato incaricato del fondo fiduciario era l'unico che poteva rilasciare il denaro e non era disposto a recarsi fino a lì a causa di impegni familiari.

Maisy capiva. Non ci si poteva aspettare che attraversasse il Paese per i capricci dei suoi clienti, e apprezzava il fatto che lui si attenesse alla lettera alla legge, altrimenti probabilmente suo fratello ne avrebbe già approfittato per mettere le mani su quei soldi.

Inoltre, c'erano delle cose che voleva prendere dalla casa... le prove contro Jason erano in cima alla lista, ovviamente, ma anche dei ricordi, dei vestiti, i fazzoletti che suo padre portava sempre con sé e che lei teneva nel cassettone, la fede nuziale di sua madre. Erano solo oggetti, ma erano gli unici che aveva dei suoi genitori.

Brick, Tiny e Jack erano molto tesi, come se si stessero *davvero* preparando per andare in missione. Maisy avrebbe voluto rassicurarli sul fatto che una qualsiasi dimostrazione di forza avrebbe fatto cedere suo fratello. I bulli erano così; erano tanto bravi e forti con chiunque fosse più debole di loro, ma appena qualcuno rispondeva a tono, si arrendevano. Suo fratello non era diverso. Naturalmente quella consapevolezza era arrivata troppo tardi per lei, ma nel suo intimo non vedeva l'ora che Jason si trovasse faccia a faccia con i ragazzi. Se la sarebbe sicuramente fatta sotto.

E soprattutto non avrebbe potuto farle del male. Non con Brick, Tiny e Jack che la proteggevano. Avrebbe potuto dirgli quello che doveva senza temere ritorsioni. Era davvero ansiosa di vedere suo fratello.

Finalmente terminarono i saluti e si diressero verso l'aeroporto di Santa Fe, e quando arrivarono il check-in fu veloce dato che avevano solo i trolley. Una volta imbarcati sull'aereo si sedette tra Jack e Brick, mentre Tiny si accomodò nella fila dietro di loro. Quasi senza accorgersi del tempo trascorso, erano già atterrati a Seattle e saliti in auto, con Tiny alla guida, diretti verso l'albergo.

L'appuntamento in banca era per il mattino successivo, e inizialmente tutta la programmazione le era sembrata perfetta, ma ora avrebbe voluto andarci subito. Rimase tesa durante il viaggio in macchina, temendo che in qualche modo suo fratello avesse scoperto che era lì, e che avrebbe fatto qualcosa per impedirle di arrivare in banca a firmare i documenti.

«Rilassati, va tutto bene» le disse Jack come se potesse leggerle nel pensiero.

Ovvio che non potesse sapere quello che lei pensava, ma probabilmente *poteva* interpretare il linguaggio del suo corpo, percepire lo stress nel modo in cui era aggrappata quasi disperatamente alla sua mano.

«Anche se non è legale, è stata intelligente l'idea di Ryleigh di usare quei documenti falsi che tu e Stone avete usato per lasciare Seattle la prima volta» sostenne Tiny mentre guidava. «Se tuo fratello in qualche modo *ha* la possibilità di controllare i viaggiatori in entrata e in uscita, non saprà che sei tornata finché non sarà troppo tardi perché possa fare qualcosa.»

Sapeva che aveva ragione, ma ciò non le impedì di osservare con timore tutti i veicoli intorno a loro.

«Faremo il check-in, poi ordineremo dal servizio in camera. Troveremo qualcosa da guardare che ti distragga dalla situazione» disse Jack.

Maisy apprezzava il fatto che facesse il possibile per aiutarla a calmarsi, ma l'ultima cosa che voleva era rimanere in camera a pensare a tutti i modi in cui Jason avrebbe potuto rovinare tutto. «E se andassimo al ristorante dell'hotel?» chiese. Non era così stupida da suggerire di andare a fare un giro panoramico o altro, ma forse avrebbe accettato di mangiare al piano di sotto.

«Non lo so...»

Dal sedile anteriore s'intromise Brick. «Penso che si possa fare. Possiamo chiedere un tavolo in fondo al ristorante, lontano dalle finestre.»

«Sei sicura?» le chiese Jack.

Lei annuì con entusiasmo.

«Va bene. Facciamo il check-in e ci troviamo al piano di sotto tra un'ora e mezza circa.»

Furono tutti d'accordo e Maisy cercò di costringere i suoi muscoli a rilassarsi. Andava bene così. Era tutto a posto.

E così fecero. Si registrarono senza problemi; Brick e Tiny condividevano la stanza che si trovava all'altra estremità del corridoio rispetto alla loro.

Si incontrarono nella hall per andare a cenare e Maisy si ritrovò a ridere e a dimenticare quello che avrebbero fatto il giorno successivo... almeno per un po'.

Poi Jack la riportò di sopra, mise un film che a nessuno dei due interessava guardare e la prese tra le braccia.

Era ciò di cui aveva bisogno. Maisy si sentiva sempre al sicuro con lui vicino. L'indomani sarebbe andato tutto bene. Avrebbero portato a termine ciò che dovevano, poi sarebbero tornati a casa e andati avanti con la loro vita.

«Domani andrà tutto bene» le disse Jack sommessamente.

Maisy ridacchiò.

«Cosa c'è da ridere?»

«Stavo pensando esattamente alle stesse parole.»

«Le grandi menti pensano allo stesso modo.»

Lei sorrise a quell'affermazione. «Jack?»

«Sì, Stellina?»

«Grazie.»

«Per cosa?»

«Per essere qui. Per non aver dato di matto quando ho detto che avevo bisogno di affrontare Jason. Per avermi fatta sentire al sicuro. Per avermi perdonata.»

«Non devi ringraziarmi di nulla, Maisy. Forse non abbiamo iniziato la nostra unione in modo convenzionale, ma prendo sul serio le mie promesse. Se vuoi qualcosa, mi farò in quattro per procurartela.»

«Non ho bisogno di nient'altro che te.»

«Mi hai.»

Ed era un miracolo. Jason gli aveva fatto un torto terribile. Lo aveva rapito e costretto a sposare sua sorella. Eppure, era l'uomo migliore che Maisy avesse mai incontrato. Non solo era bello, il che era stato l'ultimo dei suoi desideri per quanto riguardava un compagno, ma era anche intelligente, tollerante, comprensivo, empatico e gentile. Non avrebbe potuto trovare di meglio nemmeno se si fosse scelta lei il marito. E ciò la faceva un po' arrabbiare, perché non voleva dare a Jason il minimo credito per la felicità che stava provando in quel momento.

«Ti amo» gli sussurrò, accoccolandosi al suo fianco.

Lui la strinse amorevolmente. Non le aveva ancora detto di amarla da quando aveva recuperato la memoria, ma Maisy sapeva essere paziente. Era assurdo che si fosse innamorata così tanto di Jack in poco tempo, ma non le importava; aveva bisogno che sapesse cosa provava anche se lui non ricambiava. Sperava che un giorno l'avrebbe fatto, che sarebbe riuscito ad amarla quanto lo amava lei.

Le aveva già detto quelle parole in passato, quando non sapeva chi fosse, e aveva fiducia che lo avrebbe rifatto.

————

Né lei né Jack dormirono benissimo, ma almeno non ebbero nemmeno degli incubi. Si alzarono e si prepararono per quella lunga giornata, si incontrarono con Brick e Tiny nella hall e poi andarono in banca per essere lì all'apertura.

Tutti erano tesi, e Maisy si pentì di aver mangiato tanto a colazione; sperava di non vomitare tutto per il nervosismo. Brick e Tiny erano in massima allerta, e per la prima volta intravide i Navy SEAL che erano nel profondo. Le loro teste erano in costante movimento e stavano sempre tra lei e chiunque potesse avvicinarsi.

Jack le teneva stretta la mano, rifiutandosi di lasciarla persino quando arrivarono davanti alla banca, esortandola a spostarsi sul sedile per scendere dal suo lato del veicolo. In verità, anche se le loro azioni la spaventavano, Maisy era sollevata che fossero così vigili.

E pensando a come sarebbe potuta andare se Jason avesse fatto a modo suo, cioè che l'avrebbe trascinata lì probabilmente stringendole forte il braccio tanto da lasciarle dei lividi e minacciandola per tutto il tragitto... sì, era felice di avere al suo fianco tre uomini eccessivamente protettivi.

Con sua grande sorpresa, la firma dei documenti in un certo senso fu quasi deludente. Dopo tutti quegli anni e tutto lo stress e il dolore provato, incontrarono il responsabile del fondo fiduciario e furono condotti nell'ufficio del direttore della banca, dove la procedura per accedere ai dieci milioni di dollari richiese meno di trenta secondi.

Una volta finito, le fu assicurato che i documenti sarebbero stati archiviati subito e che il denaro sarebbe stato trasferito sul suo nuovo conto – quello che Ry aveva aperto per lei in una banca di Los Alamos – entro una settimana. L'uomo si scusò per il fatto che ci sarebbe voluto così tanto tempo, ma a causa dell'importo era necessario seguire determinati protocolli.

Poi tornarono in macchina e l'atmosfera sembrò venti volte più leggera.

«È stato... diverso da come me lo aspettavo» disse Maisy quando Tiny accese il motore.

«Cosa ti aspettavi?» chiese Brick dal sedile anteriore.

«Non lo so, più sicurezza, più... qualcosa.»

Jack sorrise. «Ormai è fatta. Tuo fratello non ha più alcun controllo su ciò che fai, su dove vivi o su come vengono spesi i tuoi soldi.»

E in quel momento realizzò. «È tutto finito.»

«Sì, il suo regno del terrore è finito» concordò lui.

A quello Maisy scoppiò a piangere. Fu un misto di sollievo, tristezza per i suoi genitori e felicità per il fatto che suo fratello non poteva più farle del male.

«Merda! Sta bene? Devo accostare?» chiese Tiny con un tono un po' disperato.

Brick sorrise. «Hai molto da imparare sulle donne. Sta bene, è solo un pianto liberatorio. Giusto, Stone?»

Mentre faceva del suo meglio per controllare le emozioni, Maisy lo sentì annuire. La parte più facile era stata risolta, ma doveva ancora affrontare Jason, prendere le prove e altre cose. Più tardi, quella sera, avrebbe potuto avere un altro crollo, ma ora doveva riprendersi.

Fece un respiro profondo e si raddrizzò.

«Tutto bene?» le chiese Jack.

Scosse la testa, ma disse: «Sì.»

Lui ridacchiò. «È tutto a posto» disse con fermezza. Poi le mise una mano sulla nuca, la tirò verso di sé e le baciò la fronte. «Sono fiero di te» sussurrò.

Le sue parole la fecero fremere dalla testa ai piedi. Non aveva fatto altro che entrare in una banca e firmare un pezzo di carta, ma sapere che Jack era orgoglioso di lei significava tutto.

«Allora, il piano rimane quello?» chiese Tiny dopo un attimo.

La sera prima, a cena, avevano parlato di come procedere una volta arrivati alla casa, ma Maisy capì che stava solo ribadendo ciò che avevano già deciso.

«Faremo il giro dell'isolato per perlustrarlo. Poi parcheggeremo a distanza di qualche casa e Maisy userà la sua chiave per entrare. Non busseremo. Se suo fratello ha fatto cambiare la serratura, andremo alla porta della cucina sul retro, romperemo una delle finestre ed entreremo da lì» disse Brick.

«Vuoi ancora farlo? Potremmo andare prima dalla polizia e chiedere un mandato di perquisizione per prendere le foto e il diario» disse Jack.

«Ma facendo così c'è la possibilità che non venga approvato, no?» chiese Maisy. «Qualcosa sul fatto che è la mia parola contro la sua e che non ci sono prove sufficienti.»

Jack non rispose, si limitò a fissarla, e lei capì di avere ragione.

Se possibile in quel momento si innamorò ancora di più di lui. Era ovvio che non volesse tornare in quella casa. Non voleva nemmeno che ci andasse *lei*. Di certo non voleva che Jason le si avvicinasse. Ma era disposto ad accompagnarla perché sapeva che era una cosa che lei aveva bisogno di fare.

«Devo assicurarmi che venga punito per quello che ha fatto a Martha. E se è coinvolto nell'omicidio di mamma e papà, anche per quello. E ho bisogno delle foto di quel rullino e del portafoglio di Martha per avvalorare ciò che dirò ai detective.»

«Potremmo andare a prenderli noi» si offrì Brick.

Maisy apprezzava tanto quegli uomini, ma era una cosa che doveva fare lei. Avrebbe dovuto farlo molto prima. Si odiava per aver lasciato passare così tanto tempo e per aver permesso a suo fratello di farla franca con i suoi crimini. «Faremo in fretta» li rassicurò.

«Certo che sì» disse Tiny.

«Dentro, di sopra, prendere la roba, fuori» concordò Brick.

Maisy avrebbe voluto ricordare loro che aveva intenzione di affrontare Jason, ma più si avvicinavano alla casa, più le si rivoltava lo stomaco e peggiore le sembrava l'idea. L'ultima cosa che voleva era sentire le parole piene di odio di suo fratello. E non aveva dubbi che lui si sarebbe sfogato su di lei nell'unico modo che sapeva: verbalmente ed emotivamente. La conosceva meglio di chiunque altro e quindi sapeva esattamente come ferirla.

Per la prima volta incrociò le dita nella speranza che Jason non fosse in casa, ma quelle speranze si infransero quando vi passarono davanti e vide la sua auto nel vialetto. Per qualche motivo non la metteva mai in garage, gli piaceva parcheggiare proprio davanti alla porta d'ingresso ed entrare da lì. Come se avesse dei domestici che spostavano l'auto per lui... cosa che non era.

Tiny accostò qualche abitazione più avanti e spense il motore.

«Facciamolo» disse con decisione.

Un po' della sua sicurezza si riversò su di lei. Non stava facendo nulla di male. Quella era casa sua, poteva entrare se voleva. Fece un respiro profondo e strinse le dita intorno a quelle di Jack mentre scendeva dall'auto.

Si avviarono verso la casa come se avessero tutto il diritto di essere lì... perché lo avevano. Non si mossero furtivamente, non attraversarono il prato come dei ladri. Maisy teneva la chiave ben stretta nella mano, e cercò di far rallentare il battito del cuore mentre si avvicinavano alla porta d'ingresso. Trattenendo il respiro, infilò la chiave nella serratura e tirò un sospiro di sollievo quando girò.

Entrarono e Brick si chiuse la porta alle spalle. La casa era stranamente silenziosa. Era ancora presto, almeno per Jason, e dato che si era liberato di Paige e delle altre domestiche, non c'era nessuno. Dalla cucina non proveniva il profumo della colazione, e anche se era rimasta lontana solo poche settimane, la mancanza di una donna delle pulizie era evidente. C'erano polvere e rifiuti ovunque. Le buste del cibo da asporto erano abbandonate sul pavimento, come se chiunque le avesse lasciate cadere avesse pensato che qualcun altro le avrebbe raccolte. Nell'aria c'era anche un odore un po' strano, come se Jason avesse dato una festa e fosse stata rovesciata roba alcolica senza che nessuno poi ripulisse.

«Forza, Maisy, troviamo queste prove» disse Tiny in un sussurro.

Annuì e indicò le scale. Mentre salivano lanciò un'occhiata a Jack; stava contraendo il muscolo della mascella, e sapeva che neanche lui aveva dei ricordi proprio belli di quella casa. Certo, per la maggior parte del tempo vissuto lì non aveva avuto coscienza di essere stato rapito, ma non contava.

Passarono silenziosamente davanti alla camera di Jason e si diressero verso la sua. Quando aprirono la porta, Maisy non riuscì a non ansimare sorpresa alla distruzione che si trovò davanti.

Nella grande stanza non c'era un solo oggetto rimasto inviolato.

I cassetti erano aperti e il loro contenuto era per terra. Le coperte e il materasso stesso erano stati fatti a brandelli, l'imbottitura era fuoriuscita ed era disseminata insieme alle altre cose sul pavimento. Il tappeto era macchiato di quella che supponeva fosse vernice rossa, ma l'effetto era inquietante perché sembrava sangue. I vestiti che si trovavano nell'armadio erano stati strappati via dalle grucce e gettati ovunque.

Si inoltrò nella stanza dirigendosi stordita in bagno. I suoi articoli da toeletta erano stati svuotati su tutto il ripiano e sul pavimento. Il dentifricio, lo shampoo, persino la bottiglietta di profumo che sua madre le aveva regalato al suo tredicesimo compleanno, erano stati svuotati.

Non aveva dubbi che fosse stata opera di Jason. Era entrato lì in un impeto di rabbia e aveva distrutto tutto.

Invece di essere turbata era furiosa. Suo fratello aveva fatto i capricci come un bambino perché non aveva ottenuto quello che voleva, ovvero soldi che non erano suoi, tanto per cominciare. Aveva rapito Jack, gli aveva mentito, l'aveva trattata di merda... ed era *lui* quello arrabbiato!

In quel momento si rese conto della fortuna che aveva avuto. Se Jason non avesse rapito Jack, se non fosse stato uno stronzo così avido, probabilmente molto presto lei avrebbe raggiunto Martha sotto quel campo da basket.

«Dove hai nascosto la roba, Maisy?» le chiese Brick gentilmente.

Strinse le labbra, si allontanò dal caos che regnava in bagno e andò alla finestra. Un tempo le piaceva sedersi sulla piccola panca che suo padre le aveva costruito così che potesse leggere comodamente i libri guardando fuori. Quei libri, che per anni erano rimasti accuratamente sul piccolo scaffale sotto la seduta, ormai erano tutti distrutti; le pagine strappate, le copertine piegate e calpestate. C'era vernice versata su tutto.

Maisy si inginocchiò sul pavimento, spinse via un po' della roba sparpagliata e trattenne il respiro mentre cercava la tavola allentata. Su un bordo c'era spazio sufficiente per infilarci l'unghia. La sollevò e sentì Tiny imprecare quando nel buco del pavimento non si vide nulla.

Lei sorrise tra sé e sé e allungò il braccio sotto. La cavità era lunga e lei aveva infilato le prove proprio in fondo, fuori dalla vista, nel caso qualcuno *avesse* trovato quel nascondiglio.

Non si era resa conto di quanto fosse tesa finché le sue dita non sfiorarono il piccolo sacchetto che aveva nascosto lì. Si raddrizzò tirandolo fuori e lo porse agli altri.

«È questo?» chiese Brick.

Annuì.

«Sei sicura?»

Annuì di nuovo.

«Lo tengo io» disse Jack, prendendo il piccolo sacchetto azzurro.

Maisy glielo lasciò senza esitare e lui se lo infilò in una tasca del gilet. Si era chiesta perché lo avesse messo in valigia, dato che non sembrava qualcosa che era solito indossare, ma si era resa conto di quanto fosse utile quando aveva visto che le molteplici tasche contenevano oggetti come coltelli, fascette e altre cose che avrebbero potuto tornare utili a un uomo tosto come suo marito.

Una volta messo al sicuro il sacchetto, le porse la mano per aiutarla ad alzarsi.

«Il passo successivo avrebbe dovuto essere prendere le tue cose, ma...» Brick si interruppe mentre tutti si guardavano intorno.

Maisy si rattristò per un attimo quando sul pavimento vide la sua tuta preferita ricoperta di vernice e la foto delle mucche che aveva sempre amato spezzata a metà e anch'essa imbrattata... tutti i suoi averi erano andati distrutti.

Ma fece un respiro profondo. Come aveva pensato prima, erano solo oggetti. Alaska e le altre donne avevano fatto di tutto per farla sentire a suo agio e le avevano comprato tanta bella roba da vestire. E Jasna le aveva fatto un disegno di Melba per farla sorridere, che ora era appeso a una parete nello chalet di Jack.

Felice di aver messo qualche mese prima l'anello di sua madre, uno dei fazzoletti di suo padre e una foto dei suoi genitori nel nascondiglio, per tenerli al sicuro, Maisy si voltò verso Jack. «Non voglio prendere niente da qui, ho tutto quello che mi serve a casa.»

Casa. La gente lanciava in giro quella parola senza pensarci, lo aveva sempre fatto anche lei. Ma in realtà una casa non era costituita da quattro mura e un tetto, era un qualsiasi luogo, o una qualsiasi *persona*, che ti faceva sentire al sicuro. E quella non la faceva sentire al sicuro da anni, da quando i suoi genitori erano stati uccisi. All'inizio perché chi aveva sparato loro era ancora a piede libero, poi a causa di Jason. Le aveva reso la vita un inferno, e lei era stata felice di perdersi nell'annebbiamento causato dai farmaci per sfuggirvi.

La sua casa era ovunque si trovasse Jack. Non importava che fosse nello Stato di Washington, nel New Mexico o dall'altra parte della luna. Finché lui era al suo fianco, lei era a casa.

«Ok, allora andiamocene da qui» disse Brick bruscamente.

Jack le prese di nuovo la mano e seguirono l'amico, con Tiny che chiudeva la fila, mentre uscivano dalla stanza e percorrevano il corridoio. Ma fu quando arrivarono al piano di sotto che la fortuna li abbandonò.

Jason era nel soggiorno e alzò lo sguardo sorpreso quando apparvero tutti.

«Bene, bene, bene» disse. «Guarda se non è la mia sorellina che torna a casa con il marito.»

Maisy rimase a bocca aperta. Suo fratello aveva un aspetto *orribile*. I capelli erano spettinati, le sue ciocche castane erano sparate dappertutto. Sembrava che non si radesse da qualche giorno e si sentiva l'odore che emanava il suo corpo anche stando dall'altra parte della stanza. Era chiaro che non facesse la doccia da un bel po', e i vestiti pendevano sul suo corpo emaciato.

Era scioccata. Suo fratello si era sempre vantato del suo aspetto, ma ora sembrava un barbone.

«Jason» mormorò, non sapendo cos'altro dire.

«Visto che sei qui, immagino significhi che mi hai completamente fregato» le disse.

Maisy si accigliò. «Cosa?»

«L'hai fatto, no? Hai firmato i documenti.»

A quello comprese. «Sì.»

«Hai rubato questa casa e anche i soldi dal mio conto» la accusò.

«Non erano soldi tuoi» disse Jack, parlando per la prima volta. «Erano di Maisy.»

«Erano miei!» gridò Jason, facendola sobbalzare.

Mentre Jack la sosteneva, sentì Tiny avvicinarsi alle loro spalle.

«*Miei!* Chi si è preso cura di te quando mamma e papà sono morti? Io! Invece di accettare il lavoro che mi era stato offerto, sono tornato a casa per fare da babysitter alla mia sorellina. Eri a pezzi, cazzo! Non riuscivi ad andare avanti senza di me. Ti saresti uccisa se non ti avessi portata da un medico. Sei stata fuori di testa per anni. *Anni*, Maise! E questa casa non è economica! C'era da pagare il mutuo, i domestici, la cuoca, l'elettricità. Ho pensato a tutto io, mentre tu ti piangevi addosso come la patetica che sei!»

Maisy serrò i denti. Odiava quando Jason le ricordava quel periodo. Era vero, non aveva affrontato bene la morte dei loro genitori, ma lui non aveva fatto molto per aiutarla, si era limitato a incoraggiarla a prendere i farmaci per farle dimenticare tutto.

«E che ringraziamento ricevo? Lettere nella posta che mi informano che hai cancellato le polizze, rubato i miei soldi, tolto il mio nome dai conti... sei una maledetta *stronza*!»

«Ho cancellato le polizze sulla vita che hai stipulato a nome mio e di Jack senza il nostro permesso» disse Maisy in tono piatto. «E mi rubavi anche l'assegno mensile perché avevi sperperato la tua eredità *e* le assicurazioni sulla vita di mamma e papà.»

Si sentiva calma. Il cuore le batteva forte e tremava un po', ma era bello riuscire a tenergli testa per una volta.

Suo fratello fece un passo verso di lei, ma Brick si mise tra loro.

Jason si accigliò. «Chi è questo? Ti scopi anche lui? Ti piaceva molto prendere il cazzo di tuo marito, ti abbiamo sentita tutti gemere e bramarlo. Sei una maledetta *puttana*. Sei andata a letto con un uomo che conoscevi solo da pochi giorni. Se avessi saputo quanto ti piaceva il cazzo, avrei venduto il tuo corpo per qualche soldo in più molto tempo fa. Avrei potuto guadagnare un po' dandoti a tutti i miei amici. E che sia chiaro, ho *comprato* tuo marito. Nessun altro ti avrebbe voluta, perché sei patetica e orrenda!»

Maisy sbiancò. Non si vergognava di quello che lei e Jack avevano fatto. I loro amplessi erano stati bellissimi, e i commenti volgari di Jason non potevano cambiare quel fatto. Ma non le piaceva che parlasse di lui in quel modo.

«L'hai rapito» sibilò Maisy a denti stretti.

«Perché non avresti mai trovato un uomo da sola!» urlò. «L'ho fatto per *te*! Sei così ingenua. Pensavi davvero di poter continuare a vivere qui, senza un lavoro, senza un modo per fare soldi, per il resto della vita? Ti ho fatto un favore. Inoltre, sembra che ora tu non abbia nulla di cui lamentarti.»

«Adesso basta» intervenne Jack, spingendola dietro di sé.

«Vaffanculo!» sbottò Jason con un ghigno. «Pensi che me ne freghi qualcosa di quello che pensi? Sei ancora più patetico di mia sorella. Un vero uomo avrebbe combattuto. Non avrebbe perso la testa, letteralmente, dopo essere stato rinchiuso in un bagagliaio per quanto, venti minuti? Ti sei bevuto completamente la mia storia. Senza battere ciglio. Eri solo felice di infilare il tuo cazzo nei buchi di mia sorella. Se non fossi stato così debole, così ridicolo, avresti capito di non averla mai incontrata prima del tuo risveglio.»

Maisy sentiva Jack praticamente vibrare davanti a lei. Ascoltare le parole di Jason le faceva venire da vomitare, non riusciva a immaginare cosa stesse provando lui.

«L'unico motivo per cui l'hai portata con te quando te ne sei andato è perché hai capito che potevi mettere le mani sul suo patrimonio. È piena di soldi. Ricca sfondata. E ti sbagli se pensi che ne avrai anche tu perché sei suo marito!» Jason rise, fu una risata stridula e isterica che le fece rizzare i peli sulle braccia.

«Il vostro matrimonio non era legale. Come hai potuto essere così stupido da pensare che lo fosse? Non c'è il tuo vero nome su quello stupido certificato. È stato comunque sufficiente per ingannare il governo e quello stronzo della banca, ma non era reale. È stato tutto falsificato. Anche il tizio che vi ha sposati non aveva il potere di farlo. Quindi se pensi di ottenere anche un solo centesimo, sei più stupido di quanto pensassi.»

«Abbiamo finito qui» disse Brick in tono basso e furioso.

Maisy avrebbe voluto alzare gli occhi al cielo. Aveva sempre saputo che il suo matrimonio con Jack non era legale. Ma Jason aveva ragione: *era* stato sufficiente per ingannare la banca. E una volta che i soldi fossero arrivati sul suo conto, avrebbe potuto darli a chiunque avesse voluto... sposata o meno. Ora che non era più sotto il controllo del fratello, di certo a *lui* non avrebbe dato nulla.

«Vai pure via, cara sorella. Ma non è finita. Sei in debito con me!»

«In debito con te?» chiese incredula. «Non ti devo un bel niente. Hai rubato i miei soldi per anni. Mi hai fatto del male, Jason. In continuazione. Sei un bullo violento e non tollero più le tue stronzate. Questa storia *è* finita. Farò ciò che avrei dovuto fare il giorno in cui Martha è scomparsa.»

Lui socchiuse gli occhi. «E cosa sarebbe?»

«*Sai* cosa. So tutto, Jase. So cos'hai fatto. A Martha e probabilmente ai nostri genitori.»

«Non sai un cazzo» ribatté, senza correggerla sul soprannome per la prima volta da che ricordava.

«So che hai rapito un uomo innocente, e so che non verrai a cercarmi, perché sarai troppo impegnato a inventarti altre bugie per coprire quelle che hai già detto. Ti ricordi tutti i dettagli di ciò che hai raccontato alla polizia tanti anni fa, quando Martha è scomparsa apparentemente nel nulla? Ho sentito dire che è molto difficile ricordare le bugie e raccontarle sempre allo stesso modo. Il karma, Jason. Ci penserà lui a te.»

Maisy si sentiva orgogliosa di sé stessa. Finalmente aveva tenuto testa a suo fratello, e la sensazione era davvero bellissima.

Ma poi lui si mosse, balzando verso di lei così velocemente da farla barcollare e inciampare all'indietro.

Andò addosso a Tiny, che la stabilizzò subito, poi la fece girare in modo da metterla dietro a tutti e tre gli uomini che avevano formato una sorta di muro tra lei e il fratello, chiaramente instabile.

Brick spinse Jason con una forza tale da farlo cadere

all'indietro, ma lui balzò subito in piedi e l'odio che vide nei suoi occhi la fece rabbrividire.

«Portala fuori da qui» ordinò Jack a Tiny.

«Dovremmo andarcene tutti» disse Maisy angosciata.

«Io e tuo fratello dobbiamo parlare» sostenne Jack.

«No. Andiamo e basta. Lui non è importante.»

Ma fu come se non l'avesse sentita. La sua schiena era dritta e rigida, e quando gliela toccò sentì ogni muscolo tendersi.

«Ti prego, Jack» riprovò. «Ti supplico, andiamo via.» Una volta le aveva detto che non l'avrebbe mai fatta implorare per qualcosa. Stava usando le sue parole contro di lui e lo sapeva, ma non le importava. Avrebbe fatto qualsiasi cosa pur di allontanarli dalla lingua velenosa del fratello.

«Non finisce qui!» urlò Jason, mentre Brick e Jack cominciavano a indietreggiare verso la porta d'ingresso.

Non le importava quello che diceva lui, *era* finita. Sperava che sarebbe andato in prigione per molto tempo a causa di ciò che aveva fatto a Jack e a Martha. Ry avrebbe inviato le prove elettroniche che aveva scoperto, e forse, se la polizia avesse scavato abbastanza a fondo, sarebbe riuscita a trovare chiunque Jason avesse reclutato per uccidere i loro genitori.

Si sentiva triste e sollevata allo stesso tempo. Era finalmente libera dal controllo del fratello. Non poteva pensare all'ultima frase minacciosa che aveva urlato, era troppo concentrata a uscire da quella casa una volta per tutte.

Maisy tirò un sospiro di sollievo solo quando tutti e quattro furono fuori e con la porta chiusa dietro di loro. Jack la prese per un braccio e la spinse lungo il marciapiede verso la loro auto. Nessuno disse una parola mentre salivano e Tiny partiva.

Ma nel suo intimo era spaventata. Non per quello che aveva detto Jason, non perché doveva andare alla stazione di polizia e convincere un detective che suo fratello era un assassino.

No, era perché Jack era seduto accanto a lei ma guardava fuori dal finestrino... senza toccarla.

Nelle ultime ventiquattro ore l'aveva toccata in ogni momento, come aveva fatto prima che gli tornasse la memoria. Le aveva tenuto la mano sull'aereo e in macchina, le aveva messo la mano sulla coscia mentre mangiavano, l'aveva tenuta tra le braccia tutta la notte... e ora era a pochi centimetri da lei, ma avrebbero potuto essere chilometri.

Teneva la mascella serrata e la testa girata dall'altra parte, con lo sguardo concentrato sul paesaggio che scorreva. Non sapeva a cosa stesse pensando, quale degli insulti di suo fratello avesse toccato un tasto dolente, ma era ovvio che Jason aveva detto qualcosa che lo aveva scosso, facendogli prendere le distanze da lei.

Avrebbe voluto pregarlo di parlarle, ma con Brick e Tiny presenti non era il momento adatto. Poteva solo aspettare quello giusto, pregando che nel frattempo si rendesse conto che Jason era un uomo disperato che sparava cazzate e che avrebbe detto qualsiasi cosa pur di far innervosire e reagire uno di loro.

———

Stone era seduto alla stazione di polizia e guardava dritto davanti a sé. Aveva respinto i tentativi di Tiny e Brick di parlare. Non riusciva a smettere di risentire nella mente le parole che il fratello di Maisy aveva vomitato. Era già stato furioso per le cose orribili che aveva detto a lei, ma, per qualche ragione, non era stato pronto a ricevere il veleno che aveva rivolto a lui.

Avrebbe dovuto esserlo. Aveva sentito di peggio da prigioniero di guerra, ma le cose che Jason gli aveva detto avevano colpito nel segno con una precisione micidiale.

Un vero uomo avrebbe combattuto.

Era vero, lui non aveva combattuto affatto. Era stato colto di sorpresa e aveva perso i sensi prima ancora di rendersi conto di essere in pericolo.

Non avrebbe perso la testa, letteralmente, dopo essere stato rinchiuso in un bagagliaio per quanto, venti minuti?

Invece di capire come uscire da quel bagagliaio, di provare a disattivare le luci dei freni o di usare la maniglia di emergenza che ormai per legge tutte le auto avevano, lui era andato fuori di testa. La sua mente si era spenta, incapace di gestire lo stress della situazione. Che razza di uomo era?

Uno patetico, proprio come Jason lo aveva accusato di essere.

Ti sei bevuto completamente la mia storia. Senza battere ciglio.

Era vero anche quello. Molti dei dettagli che Maisy gli aveva fornito sul suo passato non gli erano sembrati veritieri, ma non aveva mai messo in dubbio il fatto di essere sposato. Non aveva mostrato irritazione perché aveva avuto la sensazione che le cose tra loro fossero "giuste". E tutto l'addestramento ricevuto, tutto ciò che aveva visto e fatto, tutto quello che aveva subito per mano di terroristi internazionali, non era servito per agire contro la chiara minaccia che aveva percepito dal fratello fin dall'istante in cui si era risvegliato.

Se non fossi stato così debole, così ridicolo, avresti capito di non averla mai incontrata prima del tuo risveglio.

Sì, *avrebbe* dovuto capirlo. Il suo istinto avrebbe dovuto prevalere. Invece, era stato così felice di perdersi in Maisy, da ignorare tutti i segnali d'allarme che gli urlavano che c'era qualcosa che non quadrava. Inoltre, aveva lasciato che Jason abusasse continuamente di lei, convincendosi di non causare ulteriori problemi tra i due che avevano già un rapporto burrascoso.

Aveva sbagliato clamorosamente. *Era* patetico. Brick, Pipe, Owl... *nessuno* dei suoi amici si sarebbe bevuto la storia che gli avevano propinato. Tanto per cominciare, non sarebbero stati così deboli da lasciare che il loro cervello si spegnesse. Henley gli aveva spiegato che aveva sperimentato un'amnesia indotta da un trauma, che era improvvisa e rara, anche se un po' più comune tra i veterani di guerra e le vittime di abusi... ma ciò non lo faceva sentire affatto meglio.

Era perso in un annebbiamento causato dal disgusto per sé stesso, e nemmeno la vista di una Maisy pallida e tremante, che andava verso di lui dopo essere stata per due ore in una sala interrogatori, riuscì a scuoterlo. Anzi, vederla lo fece vergognare ancora di più. Non aveva fatto *nulla* per aiutarla. A causa sua, aveva passato un inferno ancora *peggiore*. Tutte le sue cose erano state distrutte; ogni singolo oggetto che aveva posseduto.

Stone si alzò, ma non riuscì a far funzionare le gambe. Non riuscì a costringersi a camminare verso di lei. Lo fece Brick al posto suo. Andò da Maisy e le cinse le spalle con un braccio in modo protettivo.

«Che ti prende?» sibilò Tiny. «Datti una svegliata, amico.»

Stone annuì... ma comunque non si mosse.

Tiny gli afferrò la spalla e lo girò, praticamente spingendolo verso la porta.

Fece il viaggio di ritorno all'hotel in uno stato confusionale. Stone sentì i suoi amici chiedere a Maisy dell'incontro con i detective, se pensava che le avessero creduto. Una parte di lui provò sollievo quando rispose che avrebbero indagato subito e ottenuto un mandato di perquisizione il prima possibile, ma per quanto avrebbe voluto partecipare alla conversazione, non ci riuscì.

Patetico.

Debole.

Stupido.

Quelle parole riecheggiavano nella sua testa. Cercò di bloccarle, ma era impossibile.

Quando arrivarono in albergo, Tiny chiese a Maisy: «Vuoi pranzare al ristorante? E magari anche stasera a cena?»

«Ehm... no. Voglio solo andare in camera e dormire» rispose lei. «Non ho fame.»

«Va bene. Se cambi idea, fallo sapere a Stone. Può ordinare da asporto» le disse Brick.

«Lo farò.»

«Ci vediamo nella hall domani mattina alle sei. Abbiamo il volo presto. Saremo a casa prima che tu te ne accorga.»

«Bene. Non vedo l'ora di andarmene. So che probabilmente dovrò tornare per il processo, se mai ce ne sarà uno, ma per ora non riesco a immaginare di voler rimettere piede qui tanto presto.»

I due uomini la abbracciarono, poi tutti insieme salirono sull'ascensore che li avrebbe portati al loro piano.

Brick trattenne Stone mentre Tiny accompagnava Maisy lungo il corridoio.

«Che ti succede?» gli chiese.

«Niente.»

«Stronzate. Maisy ha passato l'inferno, devi scrollarti di dosso questa depressione e aiutarla a superarlo.»

«Lo farò» replicò, sapendo benissimo di mentire. Maisy meritava un uomo migliore di lui. Qualcuno in grado di difenderla quando si presentavano dei problemi. E lui ovviamente non era quell'uomo. Chi poteva sapere quando avrebbe avuto un altro attacco di panico e dato di matto? Il loro matrimonio non era legale, la cosa migliore da fare era lasciarla andare. Lasciarla libera di vivere la sua vita. Ora aveva i soldi per andare ovunque, per essere qualsiasi cosa volesse. Non dubitava che Ry avrebbe trovato un modo per farle tenere l'eredità anche se fosse emerso che il matrimonio non era legale.

Brick lo guardò, poi scosse la testa. «Non rovinare tutto, Stone. Dico sul serio. È la cosa migliore che ti sia mai capitata.»

Sapeva che il suo amico aveva ragione, fin nel profondo, ma lui non era la cosa migliore per Maisy. Neanche lontanamente.

Annuì, poi si girò e si avviò lungo il corridoio.

Chiuse la porta e si ritrovò da solo con lei, che lo fissò per un lungo momento prima di sospirare e voltarsi verso il bagno. «La sola presenza di Jason mi ha fatta sentire disgustosa. Vado a fare un'altra doccia.»

«Ok» replicò, sentendosi ancora sconnesso da lei e da tutto ciò che era successo in quella casa.

Dopo aver sentito l'acqua del bagno scorrere, camminò per qualche minuto nella stanza.

Non poteva restare lì. La camera era troppo piccola. Le pareti si stavano chiudendo su di lui.

Si cambiò rapidamente e si infilò un paio di pantaloncini e una maglietta, poi bussò alla porta del bagno.

«Sì?» chiese Maisy.

Stone la socchiuse appena. «Vado di sotto a fare ginnastica. Non uscire dalla stanza per nessun motivo. Va bene?» Non era così perso nei suoi pensieri da dimenticare di avvertirla di rimanere al sicuro.

«Ok. Jack?»

«Sì?»

«Stai bene?»

Avrebbe dovuto chiederglielo lui. Un altro fallimento da parte sua. «Sì, sto bene. Ho solo bisogno di sfogarmi un po'. Torno presto.»

«Ok.»

Chiuse la porta del bagno, fece un respiro profondo e uscì dalla stanza.

———

Maisy lasciò scendere le lacrime, e l'acqua della doccia le lavò subito via. Non sapeva perché stesse piangendo. Tutto era andato piuttosto bene. Aveva ottenuto l'eredità, raccolto le prove contro Jason, lo aveva affrontato e aveva persino convinto i detective che probabilmente ora avevano indizi piuttosto concreti contro di lui.

Ma ad un certo punto, nel periodo che andava dal momento del confronto con suo fratello e il viaggio verso la stazione di polizia, aveva perso Jack.

Non sapeva come o perché, ma di sicuro era come sparito. Era presente, ma non lo era.

I farneticamenti di suo fratello erano stati orribili, ma niente che non avesse già sentito prima. Amava dirle che era patetica. Ormai quelle parole le entravano da un orecchio e uscivano dall'altro. Inoltre, era un maledetto assassino, come poteva prendersela per quello che diceva?

Forse Jack l'aveva fatto? O magari, dopo aver rivisto Jason, dopo essere tornato in quella casa, aveva cambiato idea riguardo all'averla perdonata?

Non ne aveva idea, ed era uno schifo. Sapeva solo che Jack ora sembrava non voler avere più nulla a che fare con lei. Accidenti, persino in albergo le era rimasto il più lontano possibile.

Fece un respiro profondo e si asciugò gli occhi. Se l'era cercata. Come aveva potuto pensare, anche solo per un secondo, che le cose tra loro avrebbero potuto funzionare visto come erano iniziate? Suo fratello aveva ragione, si era innamorata di un perfetto sconosciuto, ed era andata a letto con lui senza pensarci due volte.

Ma lo amava. Anche conoscendolo da poco, amava davvero Jack.

Sospirò, uscì dalla doccia e si asciugò. Andò in camera, si rivestì, sapendo che non sarebbe riuscita a dormire come aveva previsto, e si sedette sul materasso. Sarebbe stata una lunga giornata e una notte imbarazzante, dato che Jack la evitava e c'era un solo letto. Ma era grande, avrebbero potuto condividerlo senza toccarsi.

Quel pensiero la deprimeva. Una delle cose che preferiva al mondo era stare accoccolata a lui mentre dormivano.

Quando sentì bussare non aveva idea da quanto tempo fosse appoggiata alla testiera del letto, con le braccia intorno alle gambe a fissare fuori dalla finestra il cielo nuvoloso del pomeriggio. Pensando che Jack avesse dimenticato la chiave nella fretta di allontanarsi da lei o che magari si fosse smagnetizzata, si alzò, e senza guardare dallo spioncino sbloccò la porta e la aprì.

Nel momento in cui il suo cervello registrò chi aveva davanti, Maisy capì di aver commesso un grave errore.

Cercò subito di richiuderla, ma ricevette un pugno in faccia prima ancora di riuscire a spingerla per metà. Cadde a terra, poi fu tirata in piedi da una mano brutale sul braccio.

Piagnucolò mentre Don Coffey cominciava a trascinarla lungo il corridoio. «Non fare il minimo rumore, altrimenti ucciderò quello stronzo che si sta allenando al piano di sotto. Capito?»

Annuì subito. Non aveva dubbi che avrebbe messo in pratica la minaccia. Di certo non era il tipo che ci pensava due volte a colpire una donna in faccia o a sparare a un perfetto sconosciuto.

Don evitò gli ascensori e la trascinò giù per le scale, facendola inciampare sulla maggior parte dei gradini per via del suo passo veloce. Uscirono da una porta laterale che dava nel parcheggio, e prima che si rendesse conto di ciò che le stava accadendo, la spinse nella sua auto e partì.

Lontano da Jack.

Lontano dalla sicurezza.

Probabilmente per portarla da Jason.

Era praticamente morta. Pregava solo che Jack si rendesse conto che non se n'era andata di sua spontanea volontà. Che capisse che non voleva lasciarlo, che aveva solo commesso un errore. Che non aveva avuto scelta.

Il terrore minacciò di sopraffarla, ma fece un respiro profondo. Doveva essere forte. Jack, Brick e Tiny l'avreb-

bero trovata. Avrebbero capito cos'era successo e chi
l'aveva presa. Doveva solo resistere fino ad allora.

Guardandosi intorno, cercò di escogitare un piano per
allontanarsi da Don. Avvicinò la mano alla maniglia della
portiera, ma lui si limitò a ridacchiare.

«Provaci pure» le disse.

Cosa che lei fece, ma non successe nulla, non si aprì.

«Serrature di sicurezza per bambini. Sono utili in
momenti come questo.»

Non le piaceva quell'uomo. Chi pensava in quel modo?
Chissà a quante altre donne aveva impedito la fuga con
quello stratagemma.

Ma non si sarebbe arresa, nel modo più assoluto. Non
quando era sul punto di essere libera una volta per tutte.
Libera di fare ciò che voleva. Di vivere il resto della sua
vita con Jack... almeno, sperava fosse quello il piano. Dopo
ciò che era successo quel giorno, non ne era più così sicura.
C'era da immaginarlo che suo fratello sarebbe riuscito a
rovinare la cosa più bella che le fosse mai capitata.

Cercò di rimanere calma e di non dare di matto mentre
Don percorreva le strade familiari che portavano alla sua
casa d'infanzia. Parcheggiò sul retro, spense il motore,
scese, poi le afferrò di nuovo il braccio.

Maisy fece una smorfia di dolore, facendo il possibile
per muoversi velocemente e cercare di evitare che Don le
slogasse la spalla quando la tirò fuori dall'auto. Inciampò
mentre lui la conduceva alla porta della cucina e la spingeva dentro. Non fu minimamente sorpresa quando la
accompagnò verso l'ufficio del fratello.

Aprì la porta e la spinse dentro con forza. Maisy cadde
in ginocchio ma si alzò rapidamente in piedi, scostandosi i
capelli dal viso.

«Grazie. Ora vattene» disse Jason con freddezza.

Maisy guardò verso la porta, confusa.

«Non tu, stronza» continuò, sbuffando e indicando Don. «Tu.»

«Me ne andrò non appena verrò pagato.»

«Bene. Vai, prenditi pure la TV nell'altra stanza.»

Don sbuffò. «Era una battuta? Voglio i soldi che mi hai promesso.»

«Non li ho. Non ancora.»

«Ma che cazzo!» esclamò con aria furiosa.

Maisy fece del suo meglio per rendersi invisibile. L'ultima cosa che voleva era ritrovarsi coinvolta nella rissa che stava chiaramente nascendo tra i due. Non poté fare a meno di pensare alla storia di Lara, al fatto che il serial killer che aveva rapito lei e Owl, e il tizio che aveva ingaggiato per il rapimento, si erano talmente incazzati l'uno con l'altro che avevano finito per uccidersi a vicenda in una sparatoria. Forse sarebbe stata abbastanza fortunata che ciò accadesse anche lì.

Jason si alzò da dietro la scrivania così in fretta che la sua sedia stridette sul parquet, traballò e cadde per terra.

«Avrai i tuoi soldi non appena io avrò i *miei*!» urlò.

«È una stronzata!» ribatté Don. «Avevi detto ventimila per seguire tua sorella e lo stronzo del finto marito e rapirla non appena ne avessi avuta la possibilità. Be', ho avuto quella possibilità. Il tizio è sceso in palestra. Io sono salito e ho bussato alla porta. Lei ha aperto subito, anche se comunque non avrebbe potuto controllare lo spioncino, dato che avevo messo il dito sulla lente.»

«Come facevi a sapere in quale stanza mi trovavo?» chiese Maisy, non riuscendo a stare zitta.

«Ho sedotto la cameriera» le rispose con un ghigno. «E

per *sedurre* intendo che l'ho minacciata dopo aver preso quello che volevo da lei.»

Maisy strinse le labbra. Quell'uomo *proprio* non le piaceva.

Don si voltò di nuovo verso Jason. «Voglio i ventimila dollari che mi hai promesso.»

«E li avrai. Mia sorella è piena di milioni adesso.»

«Bene. Allora ne voglio *cinquantamila*.»

Suo fratello fissò il suo cosiddetto amico con gli occhi socchiusi. Trattenne il respiro, e pregò che entrambi tirassero fuori le pistole dalla cintura e cominciassero a spararsi a vicenda.

«È per questo che non ti ho chiesto di sposarla» replicò Jason con un tono che sembrava calmo.

I sogni di una grande sparatoria morirono. Conosceva quel tono. Stava pianificando qualcosa. Stava per fare il doppio gioco con Don. Non aveva dubbi. Usava sempre quel tono con lei proprio prima di informarla di qualcosa che non le sarebbe piaciuto.

«Ho bisogno di tempo per... parlare... con la mia cara sorella. Domani avrò i tuoi soldi.»

Fu il turno di Don di socchiudere gli occhi. «Ti conviene.»

«Li avrò» lo rassicurò. «Ci conosciamo da molto tempo. Sai molte cose su di me, quindi sai che non ti fregherò.»

Maisy avrebbe voluto scoppiare a ridere. Suo fratello avrebbe fregato chiunque pur di ottenere ciò che voleva. Aveva ucciso i suoi stessi *genitori* per soldi. Inoltre, Don di certo non avrebbe potuto andare a lamentarsi con la polizia che Jason non gli aveva dato il compenso promesso per il rapimento della sorella.

«Va bene. Tornerò domani. A mezzogiorno. Sarà meglio che tu li abbia.»

«Li avrò. Sono sicuro che mia sorella collaborerà. E se non lo farà... be', non è che le servano le dita della mano sinistra per aggiungermi al suo conto, visto che è destrorsa.»

I due uomini risero, e a Maisy venne da vomitare.

«Hai bisogno di aiuto per portarla nel seminterrato?» gli chiese Don dopo un attimo.

«Il giorno in cui avrò bisogno di aiuto per far fare a questa stronza ciò che voglio, sarà quello in cui potrai benissimo rinchiudere anche me e buttare via la chiave.»

«Chiedevo solo» disse. Poi la fissò con uno sguardo che la fece sentire sporca solo per il fatto di esserne la destinataria. «Magari domani mi lascerai passare con lei il tempo che mi hai promesso, prima di farle qualsiasi cosa sia nelle tue intenzioni.»

Jason scrollò le spalle. «Non capisco perché la vuoi. È orribile.»

«Non ho bisogno di guardarla in faccia per fare quello che le farò» replicò con un sorrisetto.

Maisy sentì di nuovo la bile salirle in gola.

«Ok. Per me va bene.»

«Ottimo. Domani. Vedi di avere i miei soldi, Jason, o non ne sarò felice.»

«Li avrò» replicò con sicurezza.

Don annuì, poi si girò e uscì dall'ufficio.

«Jason...» iniziò Maisy, ma lui le si avventò contro così velocemente che le parole le morirono in gola mentre indietreggiava barcollando. Ma non poteva andare da nessuna parte. Jason le afferrò il braccio nello stesso punto in cui l'aveva afferrata Don, facendola trasalire, e si diresse verso la porta.

Lei cercò di staccargli la mano, senza successo. Poi provò a liberare il braccio dalla sua presa, ma lui non fece altro che stringere ancora di più le dita. A quel punto fu travolta dal panico e cominciò a lottare disperatamente contro di lui. Era quasi ridicola la facilità con cui la sotto-metteva, a prescindere da cosa faceva, che fosse scalciare o mordere, lui riusciva a tenerla saldamente.

«Basta!» gridò, scuotendola così forte da farle sballot-tare la testa.

«Ti prego, Jason, possiamo parlarne» lo supplicò. Non aveva intenzione di firmare nulla. Avrebbe preferito morire piuttosto che farsi portare via un altro centesimo da lui. Ma non era per i soldi, non proprio. Si trattava di farsi valere per la prima volta nella vita. Di non cedere a suo fratello. Voleva morire? No. Soprattutto ora che aveva così tanto per cui vivere. Ma se doveva scegliere tra dargli ciò che voleva e morire, avrebbe scelto la seconda opzione.

«Il tempo per parlare è scaduto, sorellina. Hai fatto la tua scelta: quello stronzo invece di me. Un uomo appena conosciuto. Il suo cazzo dev'essere magico o qualcosa del genere se hai preferito lui a tuo fratello, al sangue del tuo sangue, quello che ti ha accolta quando nessun altro l'avrebbe fatto, quando saresti finita in una casa famiglia. Quello che si è assicurato che tu prendessi le medicine di cui avevi bisogno per non finire in manicomio. Ok. Va bene così. Pazienza. Ora voglio ciò che è *mio*.»

Maisy avrebbe voluto urlargli contro che *aveva* ricevuto la sua eredità. Che non era colpa sua se aveva sperperato tutto. Che non era giusto che volesse prendersi anche i *suoi* soldi, dato che ne aveva già rubati abbastanza nel corso degli anni. Ma era troppo concentrata a rimanere in piedi mentre Jason la trascinava velocemente verso il seminterrato.

«Penso che passare un po' di tempo nella stanza blindata cambierà il tuo atteggiamento. Oggi pomeriggio ho delle cose da fare, ma stasera faremo una chiacchierata. E per chiacchierata intendo che tu firmerai i documenti che mi aggiungeranno al tuo conto in banca e che mi concederanno l'esclusiva su come verranno spesi i soldi. Domattina andrò lì, dirò a quegli stronzi che sei costretta a letto e non puoi presentarti, tipo che hai il ciclo, dato che gli uomini odiano parlare di queste cose. Poi preleverò i soldi per Don, tornerò qui, gli permetterò di passare un po' di tempo a tu per tu con te... poi, Maise... mi dispiace, ma dovrai sparire.»

Le si gelò il sangue. «Jason, se dovessi sparire la gente se ne accorgerà. Ho degli amici... un marito.»

«Oh, ci conto» replicò con una risata, mentre accendeva la luce in cima alle scale che portavano al seminterrato. «Chiamerò la polizia per denunciare la tua scomparsa. Racconterò del tuo recente esaurimento nervoso, del fatto che hai sposato un uomo che conoscevi solo da cinque giorni, che lui è riuscito a prendere il controllo del tuo patrimonio, e ora sei scomparsa. Alla fine troveranno il tuo corpo in un campo da qualche parte... e quando faranno il test dello stupro, troveranno il DNA del mio caro amico dentro di te. Don verrà incriminato e... bim, bum, bam, fatto. Lui andrà in prigione e io sarò libero. Il fratello addolorato.»

Maisy lo guardò confusa. Di cosa stava parlando? Don? Avrebbe detto alla polizia che lei aveva sposato *Don*? Come poteva essere così stupido? Aveva un certificato di matrimonio in cui figurava il nome di "Jack Smith". E il suo cosiddetto "amico" avrebbe raccontato ai poliziotti tutto della sua eredità e di ciò che aveva fatto Jason per ottenerla.

Inoltre, c'erano Jack e i suoi amici. Probabilmente si sarebbero rivolti alla polizia non appena avessero scoperto che era scomparsa, perché la colpa poteva essere solo di una persona, e loro sapevano esattamente chi era quella persona.

Per non parlare del fatto che nasconderla proprio in quella casa era ridicolo! Sarebbe stato il primo posto in cui chiunque l'avrebbe cercata.

Suo fratello aveva perso la testa. C'erano talmente tanti buchi nella sua storia che ci sarebbe potuto passare un camion. Era chiaramente uno squilibrato.

«Mi ero dimenticato che Don voleva farsi un giro con te, ma la cosa funzionerà meglio di quanto avessi previsto. Devo vedere se riesco a rubargli il telefono mentre è impegnato con te, in modo da portarlo con me quando mi libererò del tuo corpo. Così quando i poliziotti controlleranno le sue tracce digitali, lo localizzeranno nella zona in cui è stato trovato il tuo cadavere, mentre il mio telefono sarà qui in casa e mi fornirà un alibi.»

Dio, era praticamente impossibile che il suo piano potesse funzionare. Ma ciò non significava che lei non fosse in pericolo.

Mancò l'ultimo passo e cadde in ginocchio, ma Jason non rallentò. Le ci volle un attimo per rimettersi in piedi, e quando ci riuscì erano già davanti alla stanza blindata. I suoi genitori l'avevano fatta costruire perché temevano che qualcuno li prendesse di mira per i loro soldi. Ironia della sorte, il loro stesso figlio stava per usarla per torturare e infine uccidere la sorella proprio per i soldi che le avevano lasciato.

Lui aprì la porta e la portò al lato opposto della stanza, dove aveva attaccato delle catene al muro. Sembrava chiaro che avesse già pianificato tutto o, più probabilmente, aveva avuto intenzione di tenere Jack lì, dopo averlo costretto a sposarla. Maisy provò di nuovo a lottare per liberarsi, ma non poteva farcela contro di lui, che le chiuse le manette intono ai polsi e poi fece un passo indietro.

Le catene erano fissate alla parete all'altezza dei fianchi, erano lunghe circa un metro, sufficienti a permetterle di alzarsi e muoversi un po', ma abbastanza resistenti da non poterle staccare dal muro o fare qualsiasi altra cosa che le protagoniste dei film di azione facevano di solito per salvarsi.

«Non pisciare o cagare sul pavimento, tanto non pulirò. Vai lì.» Le indicò un secchio lì vicino. «Tornerò più tardi. Fai la brava.» Poi rise e le voltò le spalle.

«Jase, ti prego! Non devi farlo» gli disse disperata.

Suo fratello si girò di nuovo. «Quante cazzo di volte devo dirti di non chiamarmi così?»

Poi se ne andò senza dire altro. Per fortuna la porta si chiudeva dall'interno, non dall'esterno. Non poteva rinchiuderla dentro, ma le catene le impedivano di arrivare fino a lì per bloccarla così che non potesse più entrare. Inoltre, non le sarebbe servito a nulla. Se si fosse chiusa nella stanza, sarebbe stata comunque fregata. Certo, Don e Jason non avrebbero potuto arrivare a lei, ma alla fine sarebbe morta di sete. Una volta i suoi genitori avevano conservato in quella stanza provviste utili a viverci per mesi, ma erano finite da tempo.

Maisy appoggiò la schiena al muro e scivolò giù fino sedersi, poi avvolse le braccia intorno alle ginocchia e pianse. Pianse per il fratello che non riconosceva più, perché aveva paura, perché sapeva che quando Jack sarebbe tornato nella loro stanza avrebbe dato di matto non trovandola lì.

Ma poi fece un respiro profondo. Non aveva idea di cosa lo avesse spaventato prima, perché fosse stato così turbato. Ma aveva piena fiducia in lui. Non appena si fosse reso conto che non era andata nella stanza dei suoi amici, o in qualsiasi altro luogo dell'hotel, il primo posto in cui avrebbe pensato di cercarla sarebbe stato lì. E *sarebbe* andato a cercarla. Anche se avesse deciso di non voler essere sposato con lei, che era troppo problematica o di non poterla perdonare, non l'avrebbe lasciata nelle mani di suo fratello. Su quello non aveva dubbi.

CAPITOLO VENTI

«CHE DIAVOLO STAI FACENDO?» ringhiò Brick.

Stone lo ignorò, mentre cliccava sul link che Ry gli aveva appena inviato. Non gli ci era voluto molto per capire che si stava comportando da idiota. Aveva lasciato che le parole di quello stronzo del fratello di Maisy lo destabilizzassero, ed era stata proprio quella l'intenzione del bastardo.

Prima si era letteralmente fermato mentre stava correndo sul tapis roulant nella piccola palestra dell'hotel, evitando a malapena di essere scaraventato contro il muro alle sue spalle dal nastro in movimento, e avrebbe voluto prendersi a calci nel sedere.

In qualche modo, Jason aveva saputo esattamente come farlo dubitare non solo di sé stesso, ma anche di Maisy. Non era un debole. Cazzo, era sopravvissuto a qualcosa che la maggior parte degli uomini non sarebbe riuscita a sopportare nemmeno per cinque minuti. Era stato torturato da dei maledetti terroristi. Eppure...

Lui e Owl avevano passato l'inferno e chissà come

erano riusciti a trovare delle donne che non li compati-vano, che non li consideravano meno uomini per quello che avevano passato. Li amavano esattamente così com'e-rano. E le loro esperienze li avevano resi ciò che erano diventati.

Era stato proprio uno stronzo. Maisy aveva bisogno che la sostenesse e incoraggiasse, e lui aveva rovinato tutto. Non le era stato vicino quando aveva parlato con i detective, cosa che doveva essere stata estremamente diffi-cile per lei. Non aveva insistito per restare al suo fianco mentre raccontava la sua versione della storia. Non aveva fatto un bel niente.

Facendo le scale due alla volta era tornato di corsa nella loro stanza per scusarsi, per strisciare ai suoi piedi, per dirle che razza di stronzo era stato, ma l'aveva trovata vuota. Non si era fatto prendere dal panico, non all'inizio. Si era limitato a percorrere il corridoio per andare nella camera di Brick e Tiny, sicuro di trovarla lì.

Ma non era stato così. Era rimasto confuso per mezzo secondo, poi era stato travolto dal terrore.

Jason l'aveva rapita.

Certo, poteva essere scesa a prendere del ghiaccio o per fare uno spuntino, ma in fondo sapeva che lei non lo avrebbe fatto. Non da sola.

C'era solo una persona al mondo che aveva un motivo per farle del male. Il suo maledetto fratello. E Stone l'aveva lasciata sola e vulnerabile. Un'altra nota a suo sfavore. Un'altra cosa a cui avrebbe dovuto rimediare.

Brick si era precipitato a perlustrare le aree comuni dell'hotel, e mentre Tiny aveva cercato di rassicurarlo, offrendo ragioni per cui Maisy avrebbe potuto essere uscita e dove altro avrebbe potuto essere, tipo a mangiare al ristorante, a nuotare in piscina, Stone era stato impegnato a mandare messaggi a Ry.

All'insaputa dei suoi amici e di Maisy, aveva parlato a lungo con la donna prima di partire per quel viaggio. Era affascinato dalle sue capacità. E dato che non era stato sicuro di riportare Maisy a Seattle, si era informato per vedere se magari poteva avere dei suggerimenti per proteggerla.

E li aveva avuti.

«Sul serio, Stone, che cazzo stai facendo? Dobbiamo andare a cercare Maisy.» All'insaputa anche di Brick, che era tornato da pochi minuti con la notizia che la sua ricerca era stata infruttuosa.

«So dov'è» disse Stone, fissando la mappa sullo schermo.

«Cosa? Come?»

«Dov'è?»

Non fu sorpreso dalle domande dei suoi amici. «Ry mi ha dato dei localizzatori. Ne ho uno io e ne ho dato uno a Maisy. Be', non gliel'ho proprio dato, gliel'ho infilato in tasca stamattina. Sembra una monetina, ma non lo è.»

«Dici sul serio?» chiese Brick.

«Sì. Ho parlato con Ry, che a quanto pare si è consultata con Tex che le ha suggerito il localizzatore.»

«Be', non è una sorpresa. Quell'uomo ama i suoi cazzo di dispositivi di localizzazione» disse Tiny.

«Esatto.»

«Come sapevi che ti sarebbe servito?» gli chiese Brick.

«Non lo sapevo. Cioè, speravo di non averne bisogno, ma dato che suo fratello pur di mettere le mani sui soldi di Maisy era disposto a fare qualcosa di estremo come rapire un perfetto sconosciuto, tenerlo prigioniero per tre mesi e poi probabilmente ucciderlo... non ho voluto correre rischi.»

«Quindi l'ha presa lui?» domandò Tiny.

«Non lo so, ma non credo. Di sicuro non voleva rischiare di essere ripreso da qualche parte, così da poter affermare di non sapere nulla. Ry sta lavorando per entrare nelle telecamere di sorveglianza dell'hotel, così lo sapremo con certezza. Ma alla fine non importa. L'ha fatta rapire. È a casa sua.»

«Cosa stiamo aspettando? Andiamo a prenderla! Possiamo sicuramente catturare quello stronzo!» esclamò Tiny, dirigendosi verso la porta.

«Voi non andrete da nessuna parte» li informò.

«Cosa?» dissero gli altri due all'unisono.

«Ho bisogno del vostro aiuto da qui. Maisy ha gettato le basi oggi quando ha raccontato la sua storia ai detective. Mi serve che contattiate uno di loro per dirgli che Jason ha rapito la sorella e la tiene sotto costrizione per cercare di ottenere i suoi soldi, e che poi veniate alla casa.»

«E tu cosa farai?» gli chiese Brick.

Stone socchiuse gli occhi. «Andrò a riprendermi mia moglie.»

«Non è una buona idea» lo avvertì.

«Col cazzo che non lo è. Senti, è sparita perché sono stato uno stupido. Mi sono lasciato suggestionare da quello stronzo.»

Brick gli lanciò un'occhiataccia. «Se ti riferisci al suo discorso del cazzo sull'essere deboli, stava sparando stronzate a vanvera.»

«Già, ora me ne rendo conto, ma in quel momento ho preso a cuore le sue parole. Senti, io non sono come te e gli altri. E nemmeno Owl lo è. Siamo dannatamente bravi ai comandi di un elicottero, non esiteremmo a volare in mezzo a una tempesta di sabbia o a un cazzo di uragano, ma le operazioni a terra non fanno per noi... ovviamente. Abbiamo combattuto entrambi quando il nostro elicottero è precipitato, ma non è servito, siamo stati comunque catturati e torturati. Quando lo scagnozzo di Jason mi ha preso, non ho avuto la possibilità di reagire perché sono stato colpito alle spalle. E aveva ragione quando ha detto che sono andato nel panico in quel portabagagli. Non ho nemmeno provato a scappare. Dovrò conviverci, ma alla fine... ho ottenuto la cosa migliore che mi sia mai capitata da questa brutta esperienza.»

«Maisy» aggiunse inutilmente Tiny.

«Esatto. Ormai ciò che è successo è successo. Jason ha giocato sporco, ed è ora che lo batta al suo stesso gioco.»

«Qual è il tuo piano?»

«Mentre tu e Tiny convincete i poliziotti a ottenere un mandato di perquisizione, cosa che non dovrebbe essere difficile una volta che avremo da Ry le riprese delle telecamere dell'hotel e vedranno la mappa con la localizzazione, in aggiunta alle cose che Maisy ha raccontato loro oggi, io andrò dritto alla porta d'ingresso e chiederò di vedere mia moglie.»

«Cosa? È una follia!» esclamò Tiny.

«In realtà è un piano perfetto» disse Brick annuendo. «E meno male che non sei capace nelle operazioni a terra.»

«Jason potrebbe sparargli» avvertì Tiny.

«Potrebbe. Ma non credo che lo farà. Vuole che la sorella soffra il più possibile. Se ci coordiniamo bene, Jason sarà troppo assorbito dall'arrivo di Stone per pensare che si tratti di una trappola o per chiedersi dove siamo *noi*. Quando lo farà, sarà troppo tardi e lui sarà spacciato.»

«E se dovesse fargli del male? O farlo a Maisy? Riusciresti a convivere con quel peso?» Tiny chiese a Brick, che incontrò lo sguardo di Stone. «Mi fido di lui. Può gestire le cose in quella casa finché non arriveremo noi.»

Le sue parole significarono molto per lui. Brick aveva ragione. Jason poteva spargargli in testa non appena lo avesse visto, e ciò avrebbe sicuramente ferito sua sorella come nient'altro avrebbe potuto fare. Ma anche se avrebbe corso un rischio... era d'accordo con il suo amico. Jason era pazzo, e con lui alla sua mercé non avrebbe potuto fare a meno di vantarsi con la sorella sul fatto di avere tutto il controllo. Sarebbe stata la sua rovina. Stone ci avrebbe scommesso la vita.

Ci *scommetteva* la vita.

«E lo direi anche se ci fosse Alaska in quel seminterrato e Jason fosse quello stronzo di trafficante di donne che voleva mettere le mani su di lei.»

Ed era per *quello* che Brick era uno dei suoi migliori amici. Per la lealtà. Per la fiducia. Per la sua assoluta certezza che anche se lui non era un Navy SEAL o un operatore della Delta Force, avrebbe potuto gestire la situazione in quella casa fino all'arrivo dei soccorsi.

Proprio in quel momento gli arrivò una notifica di un messaggio sul telefono. Abbassò lo sguardo e vide che era di Ry. Un altro link. Ci cliccò sopra e osservò un uomo, che decisamente conosceva, bussare alla porta della sua stanza d'hotel. L'orario era di un'ora prima. Non appena Maisy aprì, vide Don darle un pugno, poi afferrarla e trascinarla fuori dalla stanza con una presa che sembrava dolorosa, costringendola a percorrere il corridoio. Stone serrò i denti.

«Cosa ti è arrivato?» chiese Tiny.

Invece di rispondere, inviò il link a entrambi. «Potete mostrarlo ai poliziotti.»

Aspettò che i suoi amici guardassero il breve filmato, il loro corpo era rigido mentre vedevano ciò che Maisy aveva subito.

«Probabilmente pensava che fossi io. So che era preoccupata per il mio stato mentale. Me ne sono andato così in fretta dopo che siamo tornati in camera che avrà pensato avessi dimenticato la chiave. Sistemerò tutto. Definitivamente. Suo fratello non sarà più un problema dopo stasera.»

«Esatto, cazzo. Vai» disse Brick. «Prendi la macchina. Noi andremo alla stazione di polizia in taxi, poi ci incontreremo alla casa.»

Dopo aver preso le chiavi da Tiny, Stone si diresse verso la porta. Indossava ancora i pantaloncini e la maglietta, il suo abbigliamento standard per l'allenamento, ma l'unica cosa a cui pensava era arrivare a Maisy. Doveva essere terrorizzata, e di sicuro si stava chiedendo se sarebbe andato a cercarla.

Aveva fatto una promessa che non aveva intenzione di infrangere. Una volta che si fossero lasciati tutto alle spalle, si sarebbe assicurato che sua moglie non avesse mai più motivo di dubitare di lui. Non aveva fatto altro che tradire la sua fiducia, e se lei lo avesse rivoluto per sé, avrebbe fatto in modo che non accadesse mai più.

Maisy era la donna più straordinaria che avesse mai conosciuto. La vita continuava a prenderla a calci in faccia, eppure lei riusciva ancora a vedere il buono nelle persone. Ad aprirsi agli altri. Aveva accolto l'amicizia di un gruppo di sconosciuti al Rifugio e li aveva fatti innamorare di lei in poche settimane.

Proprio come era successo a lui.

Amava Maisy. Non aveva mai pronunciato quelle parole ad alta voce da quando gli era tornata la memoria, e se ne rammaricava profondamente. Lei glielo aveva detto un sacco di volte, probabilmente sperando di sentirle a sua volta... un altro suo comportamento da idiota. Ma mai più.

Lei era sua. Certificato di matrimonio legale o meno, era *sua*. Così come lui era di Maisy.

Era arrivato il momento di dimostrarglielo.

CAPITOLO VENTUNO

MAISY NON AVEVA idea di che ora fosse, né da quanto tempo si trovasse nella stanza blindata. Sapeva solo di avere il sedere intorpidito per essere stata seduta sul pavimento di cemento. E aveva freddo. E fame. Ma quelle cose erano l'ultima delle sue preoccupazioni. Avrebbe sofferto molto di più al ritorno di Jason.

Le era ancora difficile credere che suo fratello le avrebbe tagliato le dita se non avesse firmato i documenti che le avrebbe portato. Ma, d'altra parte, aveva ucciso Martha, e probabilmente anche i loro genitori, e aveva intenzione di incastrare l'amico per il *suo* omicidio. Data la situazione, che cos'erano delle dita?

Un rumore proveniente dall'esterno della stanza la fece sobbalzare, e le catene che la tenevano ancorata al muro sferragliarono. Il cuore le batteva forte e ogni muscolo era teso. Non avrebbe reso facile a Jason toccarla, per arrivare alla sua mano avrebbe dovuto sedersi sopra di lei. Ma avrebbe fatto in modo di artigliarlo con le unghie così avrebbero trovato il suo DNA sotto. Lo avrebbe ferito il più possibile, per far insospettire i poliziotti.

Inoltre, tagliarle le dita le avrebbe fatto perdere molto sangue, quindi se fosse riuscita a far sì che succedesse in contemporanea ai graffi, il loro sangue si sarebbe mescolato e quelli del laboratorio della scientifica sarebbero stati in grado di capire che Jason aveva avuto a che fare con le ferite sue e di Don.

La sua mente stava andando a mille chilometri all'ora. Tutti i programmi sugli omicidi che aveva guardato le passarono per la testa, mentre cercava di trovare un modo per far pagare al fratello i suoi crimini, anche successivamente alla sua morte.

Di certo vedere Jack quando la porta si aprì era l'ultima cosa che si sarebbe aspettata.

Per un attimo il suo umore si risollevò, ma quando vide Jason dietro di lui con una pistola puntata alla sua testa, il cuore le sprofondò nello stomaco per poi frantumarsi in un milione di pezzi. Se avesse minacciato Jack, lei avrebbe eseguito tutti i suoi ordini. Poteva anche tagliarle tutte le dita dei piedi e delle mani e non avrebbe fiatato, se ciò avesse significato proteggere suo marito.

«Ehi, sorellina! Guarda chi ha deciso di unirsi alla festa!» disse Jason allegramente, entrando nella stanza. «Vai laggiù» ordinò a Jack con un tono molto più duro.

Senza lamentarsi, e come se fosse andato lì per un tè pomeridiano, lui andò alla parete opposta e si sedette dove gli aveva indicato.

«Mettile» gli intimò, puntando la pistola verso le manette.

Ancora una volta, senza dire una parola, fece ciò gli era stato ordinato, si chiuse le manette intorno ai polsi.

Maisy cercò di attirare la sua attenzione, per dirgli pur senza parlare di fermarsi, di combattere. *Qualcosa*. Ma lui non la guardò finché non fu intrappolato come lei.

«Jack» gemette disperata.

«Va tutto bene» le disse.

«Sì, sorellina, va tutto bene!» esultò Jason.

Infilò la pistola nella cintura e Maisy pregò che partisse un colpo per sbaglio e si sparasse all'uccello. Se lo sarebbe meritato. Avrebbe dovuto essere scioccata da quel pensiero sanguinario, e dieci minuti prima forse lo sarebbe stata, ma ora che Jack era lì e alla mercé di suo fratello, non lo era affatto.

«Lascialo andare» lo implorò.

«No.» Quella parola inequivocabile fu pronunciata in tono piatto.

«Ti prego, Jason! Vuoi che firmi tutto? Va bene. Lo farò. Dammi i documenti. Ma non fargli del male. Lui non ha niente a che fare con tutto questo. Non ha *mai* avuto niente a che fare con tutto questo.»

«Smettila, Maisy» disse Jack.

Lei lo ignorò. «Dico sul serio! Lascialo andare! Firmerò qualsiasi cosa tu voglia.»

«Oh, mi darai i miei soldi» replicò Jason. «Ma è troppo tardi per lasciarlo andare, ormai dovresti saperlo.»

«Non è vero» protestò.

«È tutta colpa tua!» urlò Jason all'improvviso, facendole chiudere di scatto la bocca e accasciare contro il muro. «Se non fossi così stupida, così bisognosa di attenzioni, così maledettamente difficile da uccidere, tutto questo non sarebbe successo!»

Maisy lo fissò a occhi spalancati. «Cosa? Di cosa stai parlando?»

«Jason, che piani hai qui?» chiese Jack.

Ma suo fratello ignorò anche lui. «Gesù, ti ho dato psicofarmaci per *anni*, e invece di portati al suicidio com'era scritto tra i rischi nelle avvertenze, quella merda ti ha solo reso più dannatamente compiacente. Poi ti ho drogata fin sopra i capelli, cazzo! E invece di farti fermare il cuore, ti faceva addormentare e ti svegliavi *ogni maledetta volta*! Così ho cercato di fondare un'associazione non a scopo di lucro, in modo che tu potessi firmare dei documenti per cedere la tua eredità al mio ente di beneficenza quando saresti morta, ma era maledettamente troppo impegnativo. Dovevo fornire un sacco di prove per dimostrare che l'associazione era legittima. Quindi ho dovuto escludere quel piano. Non potevo ucciderti senza che tu fossi sposata, perché tutti i soldi sarebbero andati ad *altri* enti di beneficenza. Fanculo a mamma e papà, maledetti benefattori! Perché non potevano far redigere un testamento normale come tutti gli altri?»

«Li hai uccisi» disse Maisy con voce bassa e piatta, quasi priva di emozione. Lo aveva sospettato, aveva anche detto alla polizia che era certa che suo fratello avesse assunto qualcuno perché sparasse ai loro genitori, ma aveva avuto comunque un briciolo di speranza di sbagliarsi, che lui *non* fosse un mostro. Ma quella speranza ora era morta.

«Certo che sì» ringhiò Jason. «Erano tirchi. Lo sai che si sono rifiutati di pagarmi gli ultimi due anni di college? Possedevano milioni di dollari e non hanno voluto sborsarne un paio di migliaia per la mia retta. Mi hanno costretto a trovare un lavoro! Cazzo, non c'è da stupirsi che i miei voti facessero schifo. È stata colpa *loro*, non mia!»

«Che cos'hai fatto?» gli chiese Maisy.

«Quello che dovevo. Non volevo fare quello stupido lavoro di cui erano così entusiasti. Mi hanno rovinato la vita! E poi c'eri tu, la preferita. Il loro angelo. Ottimi voti, facevi tutte le cose extracurriculari che volevano *io* facessi e che odiavo. Eri quella che non sbagliava mai. Ottenevi tutto quello che desideravi. Non era giusto!»

«Li hai uccisi perché eri *geloso*?»

«No. Li ho uccisi perché volevo i loro soldi. Soldi che *meritavo*, e che non avrei dovuto elemosinare ogni mese!»

Maisy non aveva parole per quello che stava sentendo. Ma immaginò che se lo avesse fatto parlare... «E Martha?»

Jason sbuffò. «Lo *sai* perché quella stronza è morta. Ha adempiuto al suo compito.»

«Tu non sei mio fratello. Sei un mostro» sibilò.

Ma lui si limitò a ridere. «Non importa. Non mi interessa quello che pensi. E comunque non ha importanza, perché presto non dovrò più preoccuparmi che tu mi rovini i piani.»

«Pensi davvero che riuscirai a farla franca?»

«L'ho già fatto» rispose compiaciuto. «Non ero nemmeno un sospettato per l'incidente di mamma e papà, e quando Martha è scomparsa ero il povero marito addolorato. E ti ho già detto chi verrà incolpato del tuo stupro e della tua morte.»

«E Jack? Che scusa avrai per lui?» gli chiese, sinceramente curiosa di sapere cosa stesse pensando di fare.

«Per *lui*?» Sbuffò. «Per uno sfigato? Chi se ne frega. Nessuno lo ricondurrà a me.»

Maisy non riuscì a trattenersi e rise. E una volta iniziato, non riuscì a fermarsi. Il che fece arrabbiare Jason.

«Maisy» la avvertì Jack, ma lei tenne lo sguardo fisso sul fratello, ridendo sempre più forte. Era una cosa tra loro due, e non aveva più intenzione di camminare in punta di piedi intorno a quello stronzo.

«Smettila. Stai zitta!» le ordinò Jason.

Ma Maisy non riusciva a smettere. Suo fratello era così presuntuoso. Così *stupido*. Aveva sempre chiamato lei così, ma pensare di farla franca uccidendo Jack era davvero troppo.

Solo quando le si avvicinò e Jack pronunciò di nuovo il suo nome come avvertimento, Maisy riuscì a controllarsi. Appena in tempo, perché suo fratello era ovviamente pronto a prenderla a calci. Lo guardò e gli disse: «Non hai idea di chi hai rapito, vero?»

Jason arricciò le labbra. «Non importa.»

Importava. Jack era importante.

«Si chiama Jack Wickett. Era un Night Stalker dell'esercito americano; sono i loro fenomenali piloti di elicottero, nel caso non lo sapessi. È stato un prigioniero di guerra e la sua faccia è stata postata su internet dai suoi rapitori. Quando è stato salvato, tutto il Paese ha gioito. Ci sono state parate, ha ricevuto encomi.» Stava un po' esagerando, ma non le importava.

«Quando è uscito dall'esercito, si è unito ad alcuni suoi compagni, ex Navy SEAL, Delta Force, e altre forze speciali, e hanno fondato una sorta di resort nel New Mexico. Ha vinto dei premi, e anche le foto degli altri proprietari sono su internet. Hai rapito uno dei volti più riconoscibili del Paese, caro fratello. Ma non mi sorprende che nessuno dei tuoi tirapiedi idioti non l'abbia riconosciuto. Però ora se dovesse sparire di nuovo, ti assicuro che i suoi amici lo posteranno sui social, con i dettagli del rapimento e del nostro finto matrimonio. Tutto il *mondo* saprà chi è... e cos'hai fatto tu.»

Maisy era un po' preoccupata che potesse chiederle perché i suoi amici non avessero fatto un bombardamento mediatico la prima volta, ma visto il suo cipiglio arrabbiato e il fatto che il suo viso stesse diventando sempre più rosso, pensò che in quel momento fosse troppo furioso con lei per pensare a qualcos'altro. Ed era ciò che voleva.

«Forse puoi farla franca con l'omicidio di mamma e papà, di Martha e persino con il mio, ma è impossibile, *impossibile*, che riuscirai a nascondere il fatto che mio marito era *quel* Jack Wickett, e che è misteriosamente scomparso nello stesso periodo in cui sono scomparsa io. I poliziotti ti staranno addosso, perlustreranno tutta la casa, soprattutto dopo quello che ho detto loro stamattina. Sarai sicuramente in cima alla lista dei sospettati.»

«*Cosa*? Cos'hai detto?» chiese Jason, con ancora più rabbia, se possibile.

«Tutto, Jason. Ho detto *tutto*» affermò, guardandolo dritto negli occhi.

«*Cazzo*... cazzo, cazzo, cazzo, *cazzo*!» esclamò, camminando avanti e indietro.

Poi estrasse la pistola dalla cintura e gliela puntò sulla fronte.

Smise di respirare. Per quanto avesse fatto la spavalda, non voleva morire. Non ora. Non dopo aver trovato Jack.

«Spararle non risolverà nulla» disse Jack con fermezza dall'altro lato della stanza. Maisy vide con la coda dell'occhio che era in piedi, ma non osò guardarlo.

Perché suo fratello non aveva abbassato l'arma.

«No. Ma mi farà sentire meglio» replicò lui, con una voce stranamente calma.

«Metti giù la pistola! Subito!»

La nuova voce proveniente dalla porta la fece sobbalzare, però non distolse gli occhi dalla canna della pistola puntata alla sua testa.

Jason non si mosse. Ma Jack sì.

Suo fratello cadde pesantemente, sbattendo la fronte sul pavimento di cemento. Maisy emise uno strillo sorpreso e spaventato, ma prima che potesse fare qualcosa, due uomini vestiti completamente di nero con dei giubbotti antiproiettile con un numero di tasche che rivaleggiava con quelle del gilet che aveva indossato Jack quella mattina, si unirono a lui per sottomettere suo fratello.

La pistola che Jason le aveva puntato contro venne allontanata con un calcio, e gli ammanettarono le mani dietro la schiena prima che lei potesse battere le palpebre. Poi Jack fu lì, inginocchiato di fronte a lei, impedendole di vedere ciò che stava accadendo a suo fratello.

«Razza di sciocca» le mormorò con affetto, mentre un altro degli uomini presenti nell'affollatissima stanza blindata usava una chiave per toglierle le manette dai polsi. Jack la prese in braccio come se non pesasse nulla e la portò fuori dalla stanza, che all'improvviso la fece sentire claustrofobica, poi dal seminterrato, e salì le scale. Non si fermò in salotto, ma attraversò la casa, anch'essa piena di agenti in uniforme, uscì all'esterno e andò dritto verso un'ambulanza.

«Come hai fatto a liberarti dalle manette?» gli chiese.

«Avevo una chiave in mano. Quell'imbecille di tuo fratello non ha nemmeno controllato. Stavo aspettando l'occasione per sottometterlo... e hai provveduto tu. Anche se non sono entusiasta che tu l'abbia fatto arrabbiare così tanto da portarlo a puntarti l'arma contro. Giuro che ho perso dieci anni di vita.»

«Jack, sto bene» disse, dopo aver deglutito più volte per ritrovare la voce.

«Assecondami. Non è andata proprio come avevo previsto» mormorò, mentre la sistemava delicatamente su una barella.

Maisy non ebbe modo di chiedergli quale fosse stato il suo piano perché i paramedici incominciarono a girarle intorno, prendendole i parametri vitali e facendole domande su come si sentiva.

Dopo essersi affannati una decina di minuti su di lei, alla fine decisero che non aveva bisogno di andare in ospedale.

«Potete darci un minuto?» chiese Jack.

Senza esitare, i paramedici uscirono dal retro dell'ambulanza, lasciando loro un po' di privacy.

«Dobbiamo parlare di nuovo con gli agenti, ma prima volevo dirti quanto sei straordinaria. Ero pronto a fare qualsiasi cosa per guadagnare tempo e permettere a Brick, Tiny e a metà della polizia di Seattle di arrivare, ma non ho dovuto fare un bel niente. L'hai fatto tu per me.»

«Ma cosa sei venuto a fare qui? Don ha preso anche te?»

Jack scosse la testa. Era inginocchiato accanto alla barella, teneva una mano sul suo braccio e le accarezzava la pelle con il pollice, e Maisy non era sicura se stesse sognando o meno. Aveva lasciato in hotel un uomo che era sembrato pronto a rompere con lei, e ora la guardava come aveva fatto prima di recuperare la memoria. Con amore.

Doveva essere sotto shock o qualcosa del genere.

«No, sono andato alla porta e ho bussato.»

Maisy rimase a bocca aperta. «Cosa? E perché mai *l'avresti* fatto?»

«Perché sapevo che eri da qualche parte in quella casa.»

Un sacco di domande le frullavano per la testa. «Come facevi a saperlo?» chiese dopo un attimo.

«Stamattina ti ho messo in tasca un localizzatore.»

«Cosa?» domandò, completamente scioccata.

«Per farla breve, ho parlato con Ry ed entrambi abbiamo convenuto che, per ogni evenienza, non sarebbe stata una cattiva idea che qualcuno fosse in grado di sapere dove ci trovavamo in ogni momento di questo viaggio. Dopo quello che è successo a Lara e Owl... accidenti, alla maggior parte delle donne del Rifugio, non ha esitato a procurarmi due localizzatori. Era tutto ciò su cui poteva mettere le mani in quel momento, altrimenti anche Brick e Tiny ne avrebbero avuto uno. Quando mi sono dato una svegliata e sono tornato in camera, tu non c'eri più. È stato semplice contattare Ry e chiederle di rintracciarti. Ho visto che eri qui, ho mandato Brick e Tiny alla polizia e sono venuto direttamente alla casa. Ho pensato che avrei potuto distrarre tuo fratello abbastanza a lungo da far arrivare i rinforzi. Ma ripeto, non avevi bisogno di me.»

Maisy scosse la testa. «Avrò sempre bisogno di te.»

Un lampo di desiderio brillò nei suoi occhi, e lei pregò che fosse un buon segno. Le diede una stretta sul braccio. «Inoltre, hai fatto quello che non credevo fosse possibile.»

«Cioè?»

«Hai fatto confessare tuo fratello. Su tutto. Rimarrà rinchiuso per sempre, Maisy. Non sarà mai più un problema per te.»

«Sarà la mia parola contro la sua.»

«No. Quei localizzatori che mi ha dato Ry sono anche dei piccoli microfoni. Li ha attivati non appena ha saputo che eri sparita.»

«Ma era nella tasca. Non è possibile che abbia sentito

quello che ha detto Jason» protestò, anche se aumentarono le sue speranze sul fatto che, per miracolo, la registrazione di quello che aveva detto sarebbe stata abbastanza udibile da poter essere usata contro di lui.

«Il tuo lo era, ma il mio no» disse Jack con un piccolo sorriso. «L'avevo in mano e avevo pianificato di piazzarlo nel seminterrato. Se ci fosse successo qualcosa, alla fine qualcuno l'avrebbe trovato e avrebbe capito cos'era. Anche se non fosse successo, Ry avrebbe sicuramente inviato i file audio alle autorità.»

Cominciò a metabolizzare le ramificazioni di ciò che Jack le stava dicendo. «È finita?»

«È finita» le confermò.

Maisy chiuse gli occhi e fece un sospiro di sollievo.

«Con il fatto che useranno le sue parole contro di lui, oltre alle foto che hai dato al detective, il portafoglio di Martha e, immagino, la testimonianza di Don − soprattutto dopo che avrà sentito come Jason lo avrebbe incastrato per il tuo omicidio, oltre che per ottenere clemenza sul suo ruolo nel tuo rapimento di oggi e per tutte le altre stronzate che ha fatto per lui in passato − è spacciato.»

Sentì la sua mano sulla guancia, e aprì gli occhi per fissare il suo bellissimo sguardo castano.

«Mi dispiace. È tuo fratello. So che è difficile.»

Maisy aggrottò la fronte. «*Non* è mio fratello. Non lo è più. Mi rifiuto di pensare a lui in quel modo per un altro secondo. È un mostro. Un serial killer. Lo odio. Ma, Jack... *tu* stai bene?»

«Io? Perché?»

«Ho detto delle cose... non avevo intenzione di dire qualcosa che avrebbe potuto farti tornare in mente brutti ricordi.»

Ma lui scosse la testa. «Sei stata magnifica. Non sono entusiasta del modo in cui l'hai provocato. Era il *mio* piano far sì che rivolgesse la sua attenzione su di me in modo che ti lasciasse in pace, ma niente di quello che hai detto mi fa amarti di meno.»

Maisy sbatté le palpebre. Aveva paura di credere che avesse detto quello che lei *pensava* avesse detto.

Jack si alzò e si sedette sul bordo della barella. Le prese il viso tra le mani e si chinò verso di lei. «Ti amo, Stellina. Camminerei attraverso le fiamme dell'inferno per avere il diritto di essere tuo marito. Finora ho fatto un pessimo lavoro come tuo compagno, ma ti prometto che migliorerò... se me ne darai la possibilità.»

Maisy non esitò, gli gettò le braccia al collo e lo strinse forte, e sentì Jack ridacchiare contro di lei.

«Mi sbaglio o è un sì?» le chiese contro il collo.

«Anch'io ti amo.»

«Farò di meglio» le disse, dopo essersi tirato indietro per poter incontrare il suo sguardo.

«È impossibile. Sei già l'uomo migliore che abbia mai incontrato. E ti amo così tanto.»

«Che ne dici se scendiamo da qui, ci assicuriamo che Brick e Tiny stiano bene, andiamo alla stazione di polizia per parlare ancora con il detective, dormiamo un po' e poi torniamo a casa?»

Le sembrava tutto perfetto, tranne forse parlare con i poliziotti, ma doveva essere fatto. Lo sapeva. «Sì, ma prima possiamo cambiarci? Indossare qualcosa di pulito che non sia contaminato da mio fratello e dal suo seminterrato?»

«Manderò Tiny in albergo a prendere la nostra roba e gli dirò di raggiungerci alla stazione di polizia.»

Si sentì travolgere dall'emozione. Probabilmente era

una reazione ritardata a tutto quello che era successo, ma non pensava che qualcuno avrebbe pensato male di lei per quello. Appoggiò la testa sul petto di Jack e fece del suo meglio per non andare in mille pezzi.

«Va tutto bene, Stellina. Ci sono io. Ci sarò sempre.»

Non si mossero per un paio di minuti, poi Maisy si raddrizzò. «Ora sto bene.»

«Sei dannatamente forte. Ti amo.»

Non si sarebbe mai stancata di sentire quelle due parole. «Anch'io ti amo. Ora andiamo. Prima torniamo a casa, meglio è.»

«Amen» replicò Jack. Poi si mise in piedi, la aiutò a scendere dalla barella sorreggendola finché non fu stabile, e la condusse fuori dall'ambulanza.

EPILOGO

ERA TRASCORSO un mese da quando il fratello di Maisy aveva tentato di ucciderla, e gli incubi di Stone non erano più sull'essere un prigioniero di guerra, ma su Jason che le sparava in testa mentre lui non faceva altro che stare lì a guardare.

Anche lei aveva degli incubi, ma c'erano sempre l'uno per l'altra, abbracciandosi nel cuore della notte, rassicurandosi a vicenda che andava tutto bene. Che Jason non avrebbe mai più potuto fare del male a nessuno dei due.

Suo fratello era in prigione nello Stato di Washington, e l'ultima volta che avevano parlato con il procuratore distrettuale, lui li aveva informati di essere sicuro che avrebbero potuto ottenere una condanna per tutti e tre i capi d'accusa di omicidio premeditato, più due di rapimento e una serie di altre imputazioni. Come minimo avrebbe passato la vita in carcere, nel migliore dei casi senza la possibilità di avere la condizionale.

Anche il suo amico Don sarebbe andato in prigione, e

proprio il giorno prima avevano appreso che i detective erano riusciti a rintracciare uno degli uomini assoldati da Jason per uccidere i suoi genitori. Era stata una giornata difficile per Maisy, ma Stone era stupito per come era riuscita a riprendersi e a vedere il lato positivo di quegli ultimi sviluppi; finalmente i suoi genitori avrebbero avuto un po' di giustizia.

Quella mattina si era svegliata al sorgere del sole, come al solito si era incontrata con Tonka e Jasna alla stalla per aiutare con vari compiti, poi era andata al lodge per dare una mano a Luna e Robert con la sistemazione della colazione a buffet per gli ospiti. Stone era orgoglioso di lei come non mai, e non desiderava altro che proteggerla da tutto lo schifo che la vita a volte amava gettare sulle persone. Maisy aveva avuto la sua parte, e se era per lui, da quel momento in poi avrebbe sperimentato solo cose belle.

Ry tre giorni prima aveva chiesto di parlargli e gli aveva fatto uno dei regali più premurosi che avesse mai ricevuto. Non era sicuro di cosa avrebbe pensato Maisy, ma sperava sarebbe stata altrettanto contenta.

Stone avrebbe voluto chiedere a Ry se sarebbe rimasta, ma ultimamente sembrava molto più... fragile, e non aveva voluto fare o dire nulla che potesse spingerla a prendere decisioni affrettate sul suo futuro. Per quanto lo riguardava, non gli sarebbe dispiaciuto se fosse rimasta per sempre. Sì, gli era simpatica, ma, soprattutto, sarebbe stata un'ottima risorsa per il Rifugio avere una persona di talento come lei nel campo dell'elettronica e nella ricerca di informazioni.

Certo, era un po' preoccupato per la sua propensione a infrangere la legge mentre le raccoglieva, ma aveva promesso a lui e agli altri che non avrebbe mai fatto nulla che potesse attirare l'attenzione sul Rifugio. Come uomo che aveva beneficiato delle sue capacità, legali o meno, era disposto a fidarsi della sua parola.

Non aveva idea di cosa stesse succedendo tra lei e Tiny. Per la maggior parte del tempo il suo amico sembrava irritato con la sua nuova coinquilina, ma quando qualcuno proponeva un'altra sistemazione, tipo convertire una delle sale conferenze del lodge in uno spazio abitativo temporaneo per lei, o farla trasferire nello chalet riservato ai familiari e agli amici che avevano costruito, lui poneva immediatamente il veto all'idea.

Quindi Ry continuava a vivere a casa di Tiny, anche se loro due erano come l'olio e l'acqua. Per metà del tempo sembrava non si sopportassero nemmeno, eppure... lei era ancora lì.

Alaska gli aveva mandato un messaggio per avvertirlo che Maisy stava tornando al suo chalet, così quando lei entrò Stone era lì ad aspettarla.

«Ehi!» lo salutò felice.

Nel mese trascorso da quando erano tornati da Seattle, incubi a parte, Maisy era sbocciata. Aveva perso lo sguardo tormentato che a volte aveva avuto, e sembrava più sicura di sé. Stava diventando sempre più estroversa. Stone amava quei cambiamenti e il fatto che stesse acquistando fiducia in ciò che era. Suo fratello le aveva detto spesso di essere stupida e debole, quando in realtà era tutt'altro.

Era venuto a conoscenza dei suoi risultati nel test GED, e l'aveva incoraggiata a frequentare i corsi dell'Università del New Mexico, a Los Alamos. Ci stava pensando, ma non sapeva in cosa specializzarsi. Aveva tempo per capire cosa fare in futuro e, onestamente, Stone era entusiasta di averla lì con lui e che entrambi potessero finalmente vivere una vita reale, anche se frenetica.

Si era ambientata al Rifugio come se ci avesse vissuto da sempre. Amava fare le escursioni con gli ospiti, aiutare Lara e Cora a pianificare le attività per i bambini per i periodi in cui avrebbero aperto il posto alle famiglie, e ogni volta che Stone si girava, la trovava ad aiutare qualcuno nel suo lavoro.

Avevano finalmente assunto un nuovo addetto alle pulizie, dato che era meglio utilizzare altrove le capacità di Ry. Era stata proprio Maisy a mostrare al ragazzo, Joshua, come funzionavano le cose al Rifugio e a presentarlo a tutti. Il giovane piaceva a Jess e Carly e sembrava essersi inserito molto bene.

Stone aveva finalmente avuto la possibilità di chiamare i suoi genitori e di metterli al corrente di tutto quello che era successo nella sua vita. Sulla perdita della memoria, anche se aveva minimizzato la parte in cui era stato rapito... di nuovo. Era stata già abbastanza dura per loro quando era prigioniero di guerra, e voleva solo proteggerli. Tuttavia, aveva raccontato tutto di Maisy e di essersi sposato. Loro, ovviamente, erano stati entusiasti, e sebbene non potessero ancora andare nel New Mexico a trovarli perché sarebbero partiti per una crociera di tre mesi entro più o meno una settimana, avevano insistito per chiamarlo su FaceTime in modo da poterla conoscere. La telefonata era durata due ore, e alla fine Maisy li aveva completamente conquistati semplicemente essendo sé stessa.

La consegna dell'elicottero che il Rifugio aveva acquistato era prevista per la settimana successiva, e Stone e

Owl erano elettrizzati. Brick, dopo tutto quello che era successo, aveva assunto un team di piloti per portarlo lì. Sarebbero andati a incontrarli all'aeroporto di Los Alamos, avrebbero esaminato i documenti, fatto un'ispezione del velivolo, poi Owl e Stone avrebbero fatto un altro volo di prova per assicurarsi che tutto fosse a posto e l'avrebbero portato al resort. La piattaforma di atterraggio e l'hangar erano stati completati la settimana precedente, e tutti erano entusiasti di iniziare un nuovo capitolo al Rifugio.

Ma Stone aveva qualcosa di molto importante di cui parlare con Maisy, ed era estremamente nervoso.

«Stai bene?» gli chiese con la fronte aggrottata, mentre andava verso di lui.

Annuì. «Sì. Hai passato una bella mattinata?»

Gli fece un sorriso raggiante. «Tonka sta pensando di prendere un altro paio di capre e di vendere il loro latte a una donna in città. Fa un formaggio e uno yogurt divini. E... ancora capre!»

Stone amava vederla così eccitata, così esuberante.

«Luna mi ha parlato dei suoi corsi e... credo di voler fare almeno un tentativo con lei il prossimo semestre. Voglio dire, non vado a scuola da una vita e non sono sicura di ricordarmi come si studia, ma voglio provarci.»

«Andrai alla grande.»

«Comunque, ho anche chiacchierato con una delle ospiti. Non so come faccia Henley a fare quel lavoro. Mi sento triste e sconvolta per loro quando sento ciò che alcune persone hanno passato. E prima che tu dica qualcosa, no, non le ho chiesto di dirmi nulla riguardo al suo disturbo post-traumatico da stress, è stata lei a parlarmene spontaneamente.»

«Non pensavo che l'avessi fatto, Stellina.» L'ultima cosa

che sua moglie avrebbe fatto era ficcare il naso nei problemi di qualcuno.

«In ogni caso, immagino che dopo che la storia di ciò che ci è successo ha fatto il giro dei social, lei l'abbia vista e abbia voluto dirmi che le dispiaceva. Si è immedesimata in me perché anche lei ha avuto una brutta esperienza in famiglia. Credo che avesse una sorella che era la preferita dei genitori. Cioè, *davvero* la loro preferita. La trattavano come una principessa, ma chiudevano la nostra ospite in un armadio, le davano a malapena da mangiare, la facevano stare sulla sua sporcizia e non le permettevano di uscire, di andare a scuola o altro!»

Maisy si stava agitando, ma non poteva biasimarla. Aveva letto la scheda informativa dell'ospite di cui parlava, e la sua storia era orribile. Nel corso degli anni aveva sentito che succedevano cose di quel tipo, ma non si era mai soffermato troppo sui dettagli. E per una buona ragione. Leggere quelli di quella povera donna era stato solo un promemoria di quanto potessero essere malvagi gli esseri umani.

Ma poi c'erano persone come la sua Maisy. Che si facevano in quattro per fare la cosa giusta, per essere gentili, per aiutare dove potevano.

«Comunque, è uno schifo. Ma la buona notizia è che sta benissimo» disse con un sorriso. «Ha avuto una famiglia affidataria incredibile che poi l'ha adottata quando aveva *diciassette* anni. Ho anche conosciuto la sua fidanzata. È fantastica e sono così carine insieme!»

Stone sorrise. Aveva conosciuto la coppia quando si era registrata all'inizio della settimana.

«Mi fa piacere» le disse.

Sua moglie arricciò il naso. «Scusa, sto parlando a raffica e non ti ho nemmeno chiesto della tua giornata.»

A quello ridacchiò. «Maisy, sono le nove e trentuno. Non ho ancora avuto modo di *avere* una giornata.»

Lei rise. «Ok, giusta osservazione, ma sono passate quanto, tre ore da quando ci siamo alzati? Cos'hai fatto mentre ero via?» Si appoggiò a lui fissandolo con così tanto amore che dovette trattenersi dal mettersela sulle spalle e gettarla sul letto. Si era svegliato nel cuore della notte con un'improvvisa voglia di fare l'amore con lei. Non aveva avuto un incubo, non aveva nemmeno sognato qualcosa, ma il bisogno di assicurarsi che Maisy sapesse quanto l'amava lo aveva spinto a far scivolare una mano lungo il suo fianco e poi tra le gambe.

Lei non si era lamentata per essere stata svegliata, e avevano fatto l'amore a lungo, lentamente e con dolcezza. Ogni volta che stava con lei, era sempre più sicuro che fosse la sua compagna perfetta.

«Jack?»

E quella era un'altra cosa. Adorava che lo chiamasse così. Tutti gli altri, e intendeva proprio *tutti*, lo chiamavano Stone. Ma non la sua Maisy. Lei insisteva nell'usare il nome con cui lo aveva conosciuto. Lui era il suo Jack, e lo adorava.

«Scusa, stavo pensando alla notte scorsa» le disse.

Le sue guance si infiammarono e fece un timido sorriso. «Sì?»

«Già. E anche se non vorrei altro che trascinarti a letto, c'è qualcosa di cui voglio parlarti. Qualcosa di importante.»

«Di Jason?» chiese, aggrottando la fronte.

«No!» praticamente gridò. Fece un respiro profondo e

si costrinse a rilassarsi. Odiava anche solo sentire il nome di quello stronzo di suo fratello. Le aveva reso la vita un inferno, e Stone voleva che d'ora in avanti per lei fosse tutto bello. «No» ripeté con un po' più di calma. «Ma se avrò notizie mi assicurerò di dirtelo subito. Si tratta di qualcos'altro.»

Ora che lo stava per fare, si sentì improvvisamente insicuro.

«Ok. Qualunque cosa sia, andrà bene. La risolveremo insieme.»

Che donna. L'amava così tanto. Era evidente che fosse nervoso e lei stava facendo il possibile per tranquillizzarlo. Le afferrò la mano e la condusse fino al tavolo che separava il soggiorno dalla cucina. Prese un foglio di carta e glielo porse.

«Questo me l'ha dato Ry. Si è presa la briga di sistemare alcune cose.»

Sembrava confusa e non poteva biasimarla. Non si stava spiegando affatto bene. Lei prese il foglio e abbassò la testa per leggerlo.

Stone vide l'istante in cui elaborò il significato di quelle parole. Maisy alzò la testa di scatto e incontrò il suo sguardo. «È il nostro certificato di matrimonio» sussurrò.

«Già. Dato che non c'era scritto il mio vero nome, praticamente il denaro della tua eredità era stato ottenuto illegalmente, il che avrebbe potuto rivoltarsi contro di te, oltre al fatto che tecnicamente non siamo mai stati sposati. Ma.... come ho detto, Ry ha sistemato tutto.»

Maisy abbassò lo sguardo sul pezzo di carta che aveva in mano e passò un dito sulla sua firma. Invece di Jack Smith, come aveva scritto quel giorno di qualche mese

prima, ora c'era Jack Wickett. E la sua diceva Maisy Feldman, invece di Smith come aveva firmato lei.

«Cosa? Come ha fatto?» chiese incredula.

«Ry ha delle incredibili capacità» fu tutto ciò che disse.
Non era il momento di entrare nei dettagli di come si era
introdotta nel database dello Stato di Washington e aveva
modificato il documento originale che era stato scansio-
nato. Che aveva preso la sua firma da uno dei tanti moduli
che aveva sottoscritto lì al Rifugio e sostituito quella sul
certificato di matrimonio.

«So che abbiamo parlato di sposarci qui nel New
Mexico, solo per assicurarci di essere coperti su tutti i
fronti... ma ora non è più necessario farlo. A meno che tu
non lo desideri. Voglio dire, se vuoi una festa con i nostri
amici, sono sicuro che tutti ne sarebbero felici. E ti meriti
il matrimonio dei tuoi sogni; l'abito bianco, percorrere la
navata, il ricevimento. Volevo solo assicurarmi che ti
andasse bene il fatto che siamo già sposati... realmente.»

Stava farfugliando, ma non riusciva a intuire quello che
Maisy stava pensando, e ciò lo faceva impazzire.

In risposta, lei posò il certificato sul tavolo... poi si
voltò e si allontanò da lui.

Stone poté solo guardarla con aria costernata. Aveva il
cuore in gola e gli veniva da vomitare, ed era più doloroso
di qualsiasi altra cosa avesse mai provato. Compreso il
periodo trascorso come prigioniero di guerra. Se la sua
Maisy lo avesse respinto, non era sicuro se si sarebbe mai
ripreso.

Lei entrò nella loro camera da letto, ma un attimo
dopo stava già tornando. La sua espressione era imperscru-
tabile. Si fermò davanti a lui con qualcosa in mano.

Stone abbassò lo sguardo e il suo cuore mancò un

battito. Capì subito cosa fosse, e tornò con lo sguardo su di lei, che ora aveva un sorriso enorme. La felicità e la contentezza nella sua espressione erano accecanti.

«Una volta hai detto che non potevo andarmene perché avrei potuto essere incinta. Be'... sembra che non ti libererai di me. Di noi.»

«Sei... siamo... un *bambino*?» disse con voce soffocata, mentre stringeva in mano il test di gravidanza positivo.

Maisy ridacchiò. «Già. Non puoi essere così sorpreso, considerando che non abbiamo usato alcun tipo di protezione. E visto che la cosa che preferisci al mondo sembra sia venire dentro di me...» Lasciò in sospeso la frase.

Stone si inginocchiò e la cinse con le braccia, nascondendo il viso contro la sua pancia. Sentì le sue mani tra i capelli mentre gli si riempivano gli occhi di lacrime. Erano anni che non piangeva. Non lo aveva fatto nemmeno quando lo avevano torturato. Ma il pensiero che lei avesse il suo bambino lo aveva fatto crollare completamente.

Alzò lo sguardo e disse: «Ti prego, non lasciarmi mai. Non potrei sopportarlo. Ti amo tanto, Stellina. Ci siamo conosciuti in una situazione sbagliata, ma tu sei letteralmente la cosa migliore che mi sia capitata. Ti supplico, non lasciarmi mai. Se ti dovessi fare arrabbiare, dimmi cos'ho combinato così potrò assicurarmi che non accada più. Qualsiasi cosa tu voglia, mi farò in quattro per dartela. Ti prego, Maisy, ti prego.»

Lei scosse la testa mentre anche i suoi occhi si riempivano di lacrime, e cercò di tirarlo in piedi. Ma Stone non si mosse. Non poteva. Non c'era modo che le sue gambe riuscissero a sorreggerlo.

«Non farlo» gli disse. «Non implorare, non è da te. E poi non è necessario. Non voglio andare da nessuna parte.

Il giorno in cui ti ho incontrato è stato l'inizio della mia nuova vita, e lotterò con tutte le mie forze per tenermela. E non ho bisogno di un altro matrimonio. Magari tra vent'anni potremo fare davvero il rinnovo delle promesse, ma per ora voglio solo godermi il fatto di essere la signora Wickett e creare una famiglia con te.»

Al diavolo i suoi piani. Avevano parlato di fare un'escursione alla Table Rock, e lui aveva avuto intenzione di mettersi in ginocchio e ridarle gli anelli che aveva comprato per lei a Seattle, ma il pensiero di andare in qualsiasi altro posto che non fosse il loro letto lo disgustava. Doveva dimostrare a sua moglie quanto l'amava. Quanto fosse estasiato per il loro bambino. Aveva ragione, amava venire dentro di lei, ma dato che sembrava non le dispiacesse affatto, non se ne preoccupava.

Trovando finalmente la forza, si alzò. Poi le avvolse un braccio intorno alla vita e la ricondusse nel corridoio da dove era appena arrivata. Andò al comodino e aprì il cassetto. Tirò fuori gli anelli che avevano portato prima che gli tornasse la memoria, e le prese la mano con riverenza. Li fece scivolare sul suo anulare, e una volta al loro posto, fu come se anche nella sua vita tutto si fosse sistemato. Indossò il proprio anello, poi si chinò e la baciò, a lungo, lentamente e profondamente.

Senza dire nulla, spogliò sua moglie a tempo di record e, dopo averlo fatto a sua volta, si infilò a letto con lei. Invece di attirarla contro di sé, la spinse sulla schiena e scivolò giù tra le sue gambe. Appoggiò la fronte sulla sua pancia, proprio come aveva fatto nell'altra stanza.

«Ciao, piccolo» sussurrò, mentre le accarezzava la pelle morbida. «Sono il tuo papà. E sarò il miglior papà del mondo. Faremo escursioni, andremo a pesca e ti insegnerò a volare in elicottero. Non passerà un solo giorno senza che tu senta le parole "ti voglio bene". Viaggeremo, rideremo e probabilmente litigheremo, ma in ogni caso, ti amiamo già.»

Sentendo tirare su con il naso, Stone alzò lo sguardo e vide Maisy piangere a dirotto. Ma non si preoccupò; sapeva che erano lacrime di felicità. Risalì lungo il suo corpo finché non furono appiccicati dalla testa ai piedi. Portò una mano tra di loro, sistemò il suo cazzo duro come la roccia tra le sue cosce, poi scivolò lentamente dentro di lei.

Maisy gli sorrise e allargò le gambe per fargli più spazio. Era stretta e sicuramente non abbastanza bagnata per accoglierlo con durezza, ma a nessuno dei due importava. Aveva semplicemente bisogno di essere connesso a lei in quel momento. Sentì il suo interno ammorbidirsi gradualmente intorno a lui.

«Ti amo» le disse, fissando i suoi bellissimi occhi marroni.

«Ti amo anch'io.»

«Sarò il miglior marito e padre. Ti do la mia parola.»

«Lo sei già» sussurrò.

Fecero l'amore con tutta la devozione che avevano nell'anima, poi scoparono con intensità. Quando raggiunsero l'orgasmo, erano entrambi madidi di sudore e respiravano a fatica.

«Be', dato che per oggi abbiamo fatto abbastanza ginnastica... penso che un pisolino sia d'obbligo» mormorò Maisy con un piccolo sorriso, mentre si accoccolava contro di lui tra le coperte aggrovigliate.

«Sono d'accordo» le disse Stone, mettendo da parte il fatto di aver detto a Owl che più tardi si sarebbero trovati, dato che Maisy avrebbe dovuto incontrarsi con Cora per aiutarla a preparare lo chalet per il figlio adottivo che si sarebbe unito a loro entro qualche giorno.

Quando lei stava per addormentarsi tra le sue braccia, Stone la spinse sulla schiena, poi le posò il palmo della mano sulla pancia e guardò la sua bella moglie.

«Hai intenzione di fare così per i prossimi otto mesi circa?» borbottò lei assonnata.

«Fare cosa?»

«Fissarmi.»

«Oh, quello. Sì» replicò semplicemente.

«Come vuoi.»

Maisy si addormentò con il sorriso sulle labbra e la mano sopra la sua sulla pancia.

Stone chiuse gli occhi e rifletté sulla sua vita. Non aveva idea di come fosse finito lì. Era un figlio di puttana fortunato, e lo sapeva. Se quando era prigioniero di guerra gli avessero detto che alla fine si sarebbe ritrovato lì, non ci avrebbe creduto. Ma tutto ciò che aveva sperimentato nella vita, gli alti e i bassi, erano valsi la pena perché lo avevano portato dove si trovava in quel momento. Il punto era che se lo meritava. Meritava Maisy. E lei si meritava lui a sua volta. Avevano vissuto l'inferno e quella era la loro ricompensa.

Doveva chiamare i suoi genitori. Far sapere agli altri che non avrebbero dovuto celebrare il matrimonio... e, naturalmente, informare tutti che presto ci sarebbe stato un altro bambino al Rifugio.

Ridacchiò sommessamente. Quattro bambini in arrivo, più il nuovo figlio adottivo di Cora e Pipe. Dio, il progetto di avere un resort per soli adulti era volato fuori dalla finestra in breve tempo.

Stone posò la testa sul cuscino accanto a quello di Maisy e si addormentò. Il loro futuro sarebbe stato pieno di sfide, ne era certo, ma insieme avrebbero potuto affrontare qualsiasi cosa.

———

Era arrivato il momento di andarsene. Ryleigh lo sapeva, ma aveva difficoltà a farlo. Era rimasta già troppo a lungo. Ormai tutti erano al sicuro, non c'erano nuove crisi. Aveva fatto tutto il possibile per gli uomini e le donne del Rifugio, e ora doveva dileguarsi.

Ma ogni volta che progettava di sgattaiolare fuori nel cuore della notte e sparire nel nulla, qualcosa la fermava. Jasna che le chiedeva aiuto per i compiti. Maisy che le domandava come stava e sembrava sinceramente interessata alla sua risposta. Stone che le chiedeva di sistemare il suo certificato di matrimonio. Jess e Carly che la invitavano ad andare a chiacchierare mentre piegavano gli asciugamani...

Ryleigh non era mai stata trattata così... gentilmente, come al Rifugio.

E in cambio, li aveva ingannati. Stava *ancora* mentendo loro. Non sapevano tutte le cose che aveva compiuto. Non capivano che il solo fatto di starle vicino poteva metterli in guai seri. Era come un veleno. Suo padre glielo aveva detto più e più volte, e per quanto lei avesse cercato di negarlo, di bloccare quella voce nella sua testa, non ci riusciva.

Quell'uomo le aveva insegnato tutto quello che sapeva, il che significava che era una criminale quanto lui. Non importava che avesse cercato di fare ammenda. Che fosse fuggita lontano da lui, che avesse usato tutto ciò che le aveva insegnato *contro* di lui. I poliziotti e i federali non avrebbero creduto che non avesse avuto scelta. Sarebbe stata rinchiusa proprio come suo padre... se fosse stata catturata.

E più a lungo rimaneva in un posto, più si sarebbe sentita a suo agio lì e maggiori sarebbero state le possibilità di essere rintracciata. Non aveva paura della polizia... avrebbe accettato la punizione che le avrebbero inflitto perché se la meritava. Era suo padre che la terrorizzava.

Non si sarebbe accontentato di farla sentire la figlia peggiore del mondo. No, l'avrebbe distrutta. E non solo lei, ma tutto ciò a cui teneva. E per la prima volta in vita sua *aveva* qualcosa a cui teneva. Il Rifugio e tutti coloro che vivevano e lavoravano lì.

Suo padre non avrebbe esitato a distruggerli, a poco a poco.

Quindi doveva andarsene, prima che fosse troppo tardi.

Ma aveva la sensazione che fosse *già* troppo tardi.

Ed era tutta colpa sua.

Sapeva bene che non avrebbe dovuto usare il computer che Brick le aveva spinto davanti con rabbia sul tavolo quando Lara e Owl erano stati rapiti e Stone era scomparso. Sapeva che avrebbe aperto uno spiraglio che suo padre avrebbe potuto sfruttare.

E così era stato.

Stava iniziando.

La sua vendetta.

Aveva aspettato per anni l'opportunità di trovare la figlia e farle pagare il fatto di averlo tradito, di aver usato contro di lui le abilità che le aveva insegnato.

Il primo indizio era stato la detrazione di dieci cente-

simi dal conto corrente del Rifugio. Erano solo dieci cente-
simi, ma avrebbero potuto essere anche un milione. Stava
giocando con lei. Le stava facendo capire che l'aveva
trovata. Che era là fuori. A osservare. Ad aspettare il
momento giusto.

Avrebbe distrutto il Rifugio senza preoccuparsi delle
vite che avrebbe rovinato. Anche se non sapeva quanto
quelle persone significavano per lei... le avrebbe rovinate
comunque. Semplicemente perché aveva vissuto in mezzo
a loro. E l'unica persona che poteva fermarlo era *lei*.
Andarsene ora non sarebbe servito a nulla. Non lo avrebbe
fatto smettere.

Il suo telefono vibrò per l'arrivo di un messaggio e
Ryleigh lo prese.

Henley: *Hai sentito la notizia? Maisy è incinta! Ci troviamo
tutte al lodge tra quindici minuti!*

Avrebbe dovuto essere felice. E lo era. Maisy e Stone erano
adorabili insieme. Ma ciò significava anche un'altra
persona da proteggere. La pressione che sentiva era
immensa. Non era sicura di poterla gestire.

Ma d'altra parte, non aveva scelta.

Guardando fuori dalla finestra vide Tiny in lontananza.
Era con una delle coppie che soggiornavano al Rifugio
quella settimana, e stava gesticolando indicando il terreno,
probabilmente per mostrare loro le tracce di un coniglio o
di un cervo.

Sentì il cuore battere in modo irregolare e aggrottò le
sopracciglia. Quell'uomo la odiava, e non poteva biasi-

marlo. Aveva mentito. Aveva ingannato non solo lui, ma tutti quelli che vivevano e lavoravano lì. E si rifiutava di rispondere alla maggior parte delle domande che le rivolgeva quando erano soli; non voleva continuare a mentirgli, quindi teneva la bocca chiusa.

Non l'avrebbe mai perdonata, ed era orribile, perché l'ex SEAL le piaceva davvero. Era leale, generoso e un po' rude, il che la eccitava. Era cresciuta circondata da nerd. Uomini e ragazzi che fissavano un computer tutto il giorno. Desiderava avere un uomo virile. Qualcuno che sapesse maneggiare un attrezzo elettrico, che non avesse paura di sporcarsi le mani e che preferisse passare il tempo all'aperto, sudando e facendo lavori fisici.

E aveva avuto più di una fantasia in cui Tiny la spingeva contro il muro e la prendeva con forza. Senza permetterle di dire di no – non che lo avrebbe fatto – e dandole più piacere di quanto avrebbe potuto sopportare.

Ma lui la guardava a malapena. Figurarsi se desiderava qualcosa di più intimo.

Sospirando, Ryleigh prese il telefono e digitò una rapida risposta a Henley, facendole sapere che le avrebbe raggiunte al lodge appena possibile. Poi tornò a concentrarsi sul computer. Doveva trovare un modo per rendere elettronicamente impenetrabile il Rifugio. Non lasciare nemmeno un piccolo buco in cui suo padre potesse entrare. Aveva già blindato come meglio poteva il conto bancario, ma con il numero di fornitori che venivano pagati elettronicamente, c'erano molte tracce che suo padre avrebbe potuto seguire.

Strinse le labbra e inspirò profondamente. Una volta che si fosse assicurata che il Rifugio era completamente protetto, se ne sarebbe andata. A quel punto, probabil-

mente i suoi segreti sarebbero stati già tutti svelati.
Nessuno sarebbe stato triste di vederla andare via...
tranne lei.

––––––––

Speriamo che Tiny riesca a superare la sua scontrosità e
accettare Ryleigh, e scoprire da cosa sta esattamente scappando. Leggete la conclusione della serie Il Rifugio in
Meritare Ryleigh.

Soccorrere Sidney
Soccorrere Piper
Soccorrere Zoey
Soccorrere Avery
Soccorrere Kalee
Soccorrere Jane

Mercenari di Montagna

Difendere Allye
Difendere Chloe
Difendere Morgan
Difendere Harlow
Difendere Everly
Difendere Zara
Difendere Raven

Delta Force Heroes

Salvare Rayne
Salvare Emily
Salvare Harley
Il Matrimonio di Emily
Salvare Kassie
Salvare Bryn
Salvare Casey
Salvare Sadie
Salvare Wendy
Salvare Mary
Salvare Macie
Salvare Annie

Armi e Amori

Proteggere Caroline

Proteggere Alabama
Proteggere Fiona
Il Matrimonio di Caroline
Proteggere Summer
Proteggere Cheyenne
Proteggere Jessyka
Proteggere Julie
Proteggere Melody
Proteggere il Futuro
Proteggere Kiera
Proteggere i figli di Alabama
Proteggere Dakota

Ace Security

Il riscatto di Grace
Il riscatto di Alexis
Il riscatto di Bailey
Il riscatto di Felicity
Il riscatto di Sarah

Una raccolta di storie brevi

Un momento nel tempo

BIOGRAFIA

L'autrice

Susan Stoker è annoverata da *New York Times*, *USA Today* e *Wall Street Journal* quale scrittrice di successo, le cui collane di libri includono Badge of Honor: Texas Heroes, SEAL of Protection e Delta Force Heroes. Sposata con un sottufficiale dell'esercito in pensione, Stoker ha vissuto in ogni dove negli Stati Uniti - dal Missouri alla California e al Colorado - e attualmente vive sotto i grandi cieli del Texas. Quale vera sostenitrice del "vissero felici e contenti", Stoker ama scrivere romanzi in cui una relazione romantica si trasforma in amore.

Per ulteriori informazioni sull'autrice e il suo lavoro, visita il sito web www.stokeraces.com

www.ingramcontent.com/pod-product-compliance
Lightning Source LLC
Chambersburg PA
CBHW060315100726
47907CB00002B/403